L'AUTEUR

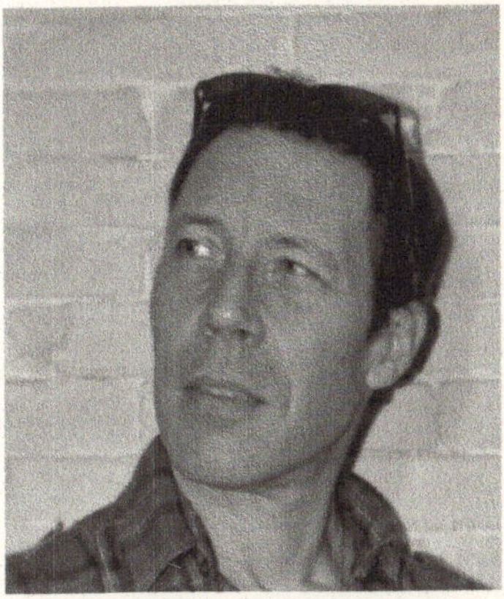

Auteur au nom imprononçable, originaire du Sud de la France et vivant actuellement près de La Rochelle, Luca Tahtieazym est l'auteur de quinze romans parus à ce jour. Jonglant avec les genres et les styles, inspiré par Steinbeck, Ellroy, Dard ou Stephen King, il apporte un soin particulier aux intrigues de ses livres, s'efforçant de proposer des histoires originales et des personnages tourmentés et attachants. Tahtieazym a remporté le concours des plumes francophones 2017 (plume des lecteurs) avec son titre VERSUS.

LUCA TAHTIEAZYM

LA MANTE NUE

INCEPTIO

Direction éditoriale :
Guillaume Lemoust de Lafosse

ISBN : 978-2-490630-68-4

Inceptio Éditions
13 rue de l'Espérance
La Pouëze
49370 ERDRE EN ANJOU

www.inceptioeditions.com

« C'est normal que ça commence par la fin ? »

Vous

ÉPILOGUE

Lundi 12 mai 1986

La 205 trépide au rythme de ses hanches. Gabriel s'exécute avec fougue. Nous nous aimons toujours comme si c'était la dernière fois. La croûte de la banquette arrière sur laquelle je suis avachie me râpe les coudes, les lombaires, les fesses et la nuque. En me tortillant sous son poids, je cherche un peu plus de confort ; en vain. Puis je suis emportée par mes sens et je le serre de toutes mes forces pour qu'il ne m'échappe pas. Ses ahans se confondent avec les râles qu'il a l'habitude d'articuler dans l'acmé de son orgasme. Quelque chose d'humide atteint ma joue et coule vers mes lèvres, contourne ma bouche, glisse le long de mon menton pour venir s'étancher dans mon cou. Une larme.

— Gaby, ça va ?

Il tourne son visage taillé à coups de serpe pour que je ne le voie pas. Rien ne va dans ses traits sculptés à la hâte. Sa mâchoire est trop rectiligne, ses pommettes trop saillantes, son nez trop busqué. Pris indépendamment, chaque détail de sa face hagarde présente un défaut ; pourtant, l'assemblage du tout me chavire et me rend folle. Les vrais hommes beaux sont ainsi, faits de bric et de broc, et leur charme inné ne se façonne pas.

Gabriel s'écroule délicatement sur moi, éreinté. Il m'embrasse sur la tempe – sa bouche est chaude –, entortille avec indolence une mèche de mes cheveux entre son pouce et son index, comme s'il en jaugeait la texture. Puis il se dégage et s'extirpe de l'habitacle du véhicule. Il rajuste son pantalon, ferme le zip de sa braguette et discipline sa mise en calmant sa respiration.

— Ça va, Juliette ?

Je hoche la tête sans mot dire. Au-dessus de nous, le soleil a de la fièvre. Des nuages tanguent dans le ciel, intrépides, mais s'évitent au dernier moment. Depuis quelques jours, Gabriel parle vite. Les mots se bousculent, les pensées s'enchaînent et se torpillent avant d'avoir été toisées. Nos décisions récentes annoncent de grands bouleversements, et l'adrénaline qui sinue dans nos veines n'a jamais été si prégnante. Nous sommes tombés d'accord pour quitter cette ville et cette vie, pour tout recommencer, pour jeter un voile opaque sur nos histoires et tout remodeler à notre convenance.

À quelques pas, l'immense dalle de l'une des falaises complexes des Eaux Claires nous surplombe. Ce site d'escalade est le plus réputé de l'Ouest, mais il n'est que midi et les lieux sont déserts. Sur ma droite, l'une des voies me fait de l'œil – une 8c particulièrement ardue. Je l'indique du doigt à Gabriel.

— C'est ce qu'on va se taper.

Il contemple le bloc de granit, impressionné.

— T'es sûre ?

— Oui.

— T'es sûre, sûre ?

— Oui, oui.

— C'est pas dangereux ?

— Si.

— Bon. Alors, on y va.

Avec des gestes experts, je vérifie l'attirail dont nous sommes harnachés. J'ai fait ça cent fois. Gabriel, lui, en novice, ne se préoccupe de rien. Il me fait confiance. Je lui explique une énième fois comment enfiler son baudrier. Puis je contrôle les nœuds, fixe les sacs à magnésie, ajuste les dégaines.

— On va monter ensemble, Gaby. On sera attachés l'un à l'autre. Je grimpe, je m'occupe des fixations, et une fois que c'est fait, tu me suis. On va s'assurer mutuellement.

— Je te laisse mener le truc. T'as qu'à me dire ce que je dois faire. T'es la patronne, mais vas-y mollo.

— J'aime quand tu me dis que je suis la patronne.

Gabriel lorgne l'accès qui mène à la falaise. Le plateau que nous empruntons avant de poser un premier pied sur la face verticale est couvert de roches. La voie s'ouvre sur un calcaire friable et de multiples fissures, mais au bout de trois mètres de grimpe, la paroi devient lisse et glissante. C'est un passage farouche, hostile, indompté. Ici, la nature te crache à la gueule qu'elle ne peut être domestiquée sans exiger un tribut. Le joug de l'homme cesse quand commencent les cimes, quand les vents violents vous versent vers les rivages sauvages, qu'ils deviennent puissants, quand on perd ses repères et qu'on s'en remet au hasard. Un peu plus loin, des chemins déjà équipés et sécurisés balisent le corridor, mais ils ne correspondent pas à ce dont nous avons besoin.

— Tu me suis, Gaby, et tout se passera bien. Tu as confiance ?

— Oui. Et puis, l'avantage des gens comme moi, les couillons qui croient en Dieu, c'est qu'ils s'en remettent au destin sans trop se poser de questions. Souviens-toi de ce qui est écrit sur mon bracelet. Souviens-toi que je suis « *Property of Jésus Christ* ». Il ne peut rien m'arriver.

Je me lance et gravis les premiers mètres. Je cramponne mon mousqueton à une broche, puis lui jette la corde.

— Passe ça dans ton harnais, comme je t'ai montré, et ensuite, tu me rejoins. Je vais te soutenir, ça ne devrait pas être trop difficile.

Gabriel se hisse. Il lui faut environ trois minutes pour

m'atteindre. Il est déjà luisant de transpiration. L'odeur de sa sueur me plonge dans la réalité. Il n'y a rien d'aussi tangible que d'être écarté de la froide occurrence des choses matérielles. Ici, aux quatre vents, dans le tourbillon, tout est vérité, flagrance, justesse. Bientôt, nous serons à près de vingt mètres de hauteur. Nous dominerons la vallée et serons aspirés par le vide.

— C'est bon pour toi, Gaby ?

— J'ai les genoux qui tremblent.

— Détends-toi. Tu ne risques rien.

Je poursuis la grimpe. Si je tombe, c'est le poids de Gabriel qui compensera la force de ma chute et m'empêchera de m'écraser au sol. L'assurage est question de rigueur. Si on évite les actes téméraires et les maladresses dues au manque de concentration, on ne court aucun danger.

Je contourne un méplat effilé comme la lame d'un rasoir. Pause. Je bade les chênes clairs et les pins sylvestres qui s'étendent sous moi, tachant le paysage de nuances violines qui se marient avec l'azur cérulé de ce ciel de printemps. Un peu plus loin, sur ma gauche, une couenne que j'ai déjà montée en moulinette m'attire, mais je vise plus haut et plus rude aujourd'hui. Je veux quelque chose d'épidermique, quelque chose de si tonitruant que j'en serai balayée comme une vétille.

Je me faufile ensuite dans une étroite chatière verticale qui me permet de soulager les articulations de mes épaules, soumises à rude épreuve. Mes vieilles douleurs au dos se réveillent. J'en fais fi. « Gaby, vas-y, à ton tour. » Gabriel monte. Il peine, rage et peste contre les éléments, mais ne renonce pas. Ses injures volettent vers les dieux. Je conseille du mieux que je peux l'homme que j'aime.

Il lui faut du temps pour se trouver à ma portée, mais je le congratule chaleureusement :

— On en est à la moitié.

— Dis-moi qu'on a fait le plus dur, je t'en supplie.

— Eh bien…

Je fixe le ressac de pacotille qui nous sert de toit et ne lui réponds pas. Puis je repars à l'assaut du bloc. Le calcaire présente maintes variations de brun et de gris, comme des ocelles indisciplinés qui maculeraient un vieux tapis antique ou une plaque de bois soumise aux intempéries. Mon œil valide cherche des prises, mais mes chaussons dérapent et ripent souvent contre des aspérités pas assez prononcées.

Quinze mètres de hauteur. Là-haut, rien n'est plus pareil.

— Gaby, à toi.

De là où je suis, j'entends résonner sa respiration rauque. Je me tiens en opposition dans une cavité oblique, coincée entre un dièdre et une brèche horizontale. Le décor est splendide et féroce. Chaque fois que je vole dans les cieux, bercée par les caresses d'un noroît ensorceleur, je me mets à croire que tout ce qui compte n'est pas forcément en bas. Il y a une solution ailleurs. Là-haut. C'est là-haut que ça se passe. C'est là-haut qu'on m'attend. J'ai tellement cru être invisible que je suis surprise de découvrir des réponses là où je ne les attendais pas.

Gabriel chute trois fois, faute de prises ou à cause de la fatigue. Je le retiens et lui permets de recouvrer son équilibre, mais cela l'épuise aussi bien physiquement que moralement. Enfin, il arrive à ma portée, exténué. Je lui demande de se décaler de deux mètres sur sa droite, en longeant une petite corniche de trois ou quatre centimètres de largeur à peine.

— Maintenant, je vais m'approcher de toi pour vérifier les attaches. Ne bouge pas.

Je fais un saut vers lui et m'agrippe à une fissure que j'ai repérée plus tôt. Pendant que ma main droite, couverte de magnésie, se cramponne à une pince, je farfouille dans sa dégaine et dégage sa corde. Quand il constate qu'il n'est plus assuré, il s'affole.

— Fais gaffe, Juliette ! T'as enlevé la corde. Bordel, y a plus rien qui me retient ! Fais vite.

Faire vite. Voilà une notion toute relative. J'ai toujours suivi le mouvement. Je me suis toujours hâtée vers une échappatoire dont je ne voulais pas. Et Dieu sait que les résultats n'ont pas été à la hauteur.

D'un jeté sur la droite, je m'éloigne de lui, retrouvant ma position d'origine. Gabriel est maintenant seul, à deux mètres de moi, pourtant au bout du monde, accroché à la paroi par la seule force de ses doigts et de ses pieds crispés. Plus d'assurage. Plus rien, si ce n'est le gaz qui l'entoure, le vide qui le menace.

— Juliette, qu'est-ce qui se passe ?

Il déglutit et se colle à la roche, l'embrassant à pleine bouche, l'épousant de tout son poids. Incapable de regarder en bas, il ferme les yeux. Puis les rouvre et oriente son regard ombrageux dans ma direction.

— Juliette, merde… J'ai plus de corde, là, non ?

— Non.

— Mais… faut que tu m'aides. Reviens et aide-moi à remettre cette putain de corde !

— …

— Juliette, vite ! Je vais pas tenir longtemps. Si je lâche, je m'écrase…

— …

— Si je tombe, j'atterris sur les gros blocs de granit, en bas…

— …

— Juliette !

— …

— Juliette, pourquoi ?

La question.

Ses muscles sont tétanisés. Il tremble de tout son être. Je

l'aime si fort ; c'est pour ça que je lui en veux. C'est un sentiment insolite, l'amour. Une passion mordante qu'on n'apprivoise pas. Elle vous saisit et se joue de vous, comme un marionnettiste cruel.

Le front de Gabriel ruisselle. Sa bouche s'ouvre en grand, comme un poisson sur la rive qui chercherait une bouffée d'oxygène. Même en pleine panique, il est beau.

Il tient. Immobile, comme paralysé, incapable de faire le moindre mouvement. Mais il se raccroche à la vie avec l'énergie du désespoir, refusant l'inéluctable, conjurant le sort maudit. L'instinct de survie. Même quand tout est foutu, l'homme se raccroche à la lumière au bout du tunnel, malgré l'élan du dérisoire, même quand celle-ci se trouve à des milliers de kilomètres.

Gabriel ne veut pas mourir dans ce qui aura l'apparence d'un banal et tragique accident. Il visualise les promesses de nos destins conjugués. Je l'aime, il m'aime. L'amour de deux êtres que rien ne peut séparer. Un amour véritable et sincère. La perspective. Le demain qui prend le pas sur l'hier.

Puis, fatalement, à un moment, après une seconde ou une éternité, à bout de forces, il hurle son refus – un cri de rage désespéré –, lâche ses prises, dégringole, se fracasse huit mètres plus bas et explose sur la roche sauvage, dans une gerbe de sang et d'organes palpitants qui se déversent hors de son corps et roulent sur le granit. Et il meurt.

FIN

X

LE DÉBUT DE LA FIN

UN MOIS PLUS TÔT

Mercredi 16 avril 1986

Cette fille est perdue, avec sa face blême, son spleen gluant, son œil crevé, son passé trop voyant et son avenir flou. Cette fille fume le néant. Cette fille s'évapore.

Cette fille, c'est moi. Un portrait brumeux. Une damnée diaphane qui danse dans les dédales de son désarroi.

Le parfum ensorcelant des aromatiques plantées dans la jardinière, juste derrière moi, m'empêche de me concentrer. La marjolaine et le romarin s'obstinent, tournicotent autour de ma petite personne paumée, confectionnant au-dessus de ma tête une couronne qui s'approche et se retire, un halo de fragrances qui me collent à la peau et à la peine. Dans l'herbe, à dix mètres, Francis marque l'arrêt. Le cabot cabotine et je ne peux pas lui en vouloir. Le chien bondit et attrape une touffe de gazon vert anis, trop précoce pour briller de toute sa chlorophylle.

— Juliette, on fait quoi, maintenant ?

— On kidnappe le soleil. Et on ne demande pas de rançon.

Je tends mon buste en arrière, comme pour mieux accueillir les rayons au zénith qui me brûlent l'épiderme. Ma gorge et mon corsage s'offrent à eux, vulnérables.

— Non, continue Gabriel, je voulais dire : qu'est-ce qu'on fait pour… tu sais quoi.

— On fait rien pour… je sais quoi. On attend.

— Je ne sais pas si je veux rester là à ne rien tenter, à attendre qu'on me tombe dessus. La passivité, c'est pas mon truc, Juliette. Le Maroc, c'est une déroute, et maintenant, il n'y a plus de pistes pour trouver Jimmy. Je ne veux pas perdre l'emprise. Faut qu'on bouge.

— Je comprends.

— Tout à l'heure, ou demain, ou dans une semaine, un connard va m'alpaguer dans la rue et m'insulter. Ou me casser la gueule. *Encore* me casser la gueule. J'ai l'impression que jusqu'à la fin de mes jours, on cherchera à me casser la gueule. Les crétins aiment casser la gueule. Il y a ceux qui cassent la gueule et ceux qui se font casser la gueule. Merde, je sais à quelle catégorie j'appartiens… On va me casser la gueule, hein ?

— C'est possible.

— Et alors, je dois faire quoi ?

— Réparer ta gueule chaque fois.

Gabriel prend un air pensif. Il tripote la petite cicatrice en forme d'esperluette, au-dessus de son sourcil droit – comme il le fait quand il est indécis –, et dit :

— Je peux encaisser.

Je confirme d'un mouvement de tête discret. Gabriel a beau avoir supporté nombre d'humiliations, il est d'une résilience à toute épreuve. Il fait partie de ces êtres qui ne courbent jamais l'échine.

Le stoïcisme façon Épictète, très peu pour moi. La vertu et la sagesse sont des notions faites pour être étirées et distordues comme des élastiques, mais accepter de ne pas tout maîtriser, consentir qu'un flot de rage soit parfois destiné à nous noyer, ça évite de croire pour rien.

J'aimerais être une épaule compatissante pour Gabriel, mais vous savez quoi, les gens ? On ne renie pas sa nature, et il tiendra debout, quoi qu'il doive supporter. Le cabot cabotine et les vivants vivent ; ou essaient de vivre. C'est ainsi. Pour tous, pour les habitants de La Rochelle et pour ceux qui lisent les journaux, regardent les bulletins d'information à la télé ou écoutent la radio, Gabriel restera le suspect principal d'une affaire qui a défrayé la chronique. La jeune femme est morte, oui, et il s'est retrouvé dans l'œil du cyclone. Tant que le coupable n'aura pas été trouvé – le *vrai* coupable –, l'ombre de la suspicion planera sur sa tête, comme un spectre. Un couperet qui ne demande qu'à trancher dans le vif. Oui, on l'insultera. Oui, on lui cassera la gueule. Parce que la vindicte populaire est la plus puissante, et que quand quelque chose nous échappe, on a besoin d'*un* coupable, qu'importe qu'il ne soit pas *le* coupable. On casse des gueules, c'est comme ça ; ou pire. C'est humain. Finalement, le problème est là : il n'y a que des humains pour régler les problèmes des humains.

En septembre 1983, une jeune femme de 22 ans a été trouvée morte dans une décharge, le corps tronçonné en petits morceaux – une bouillie de chair. Une innocente. Une femme qui flirtait avec le bonheur avec tellement de frivolité qu'on ne pouvait qu'être jaloux d'elle, de sa beauté, de sa capacité à amadouer les caractères les plus vils. Elle s'appelait Margot Vanuren.

Le soir de sa disparition, Gabriel a croisé le chemin de Margot. Puisqu'il était le dernier à l'avoir vue vivante – le dernier avant le tueur, bien sûr –, Gabriel a été suspecté. Une pincée de panique, un zeste de mauvaise foi et de grosses poignées de malchance – d'énormes pelletées de guigne, même. Rajoute un peu de pression de là-haut et tu y es. Voilà la recette. Le visage de Gabriel a été placardé partout. Les unes des journaux de la presse quotidienne régionale s'en sont donné à cœur joie. Le monstre a été arrêté, braves gens. Vous pouvez quitter vos taudis et reprendre le cours de vos vies insipides. La bête a été mise hors d'état de nuire. Vous ne risquez plus rien. Venez voir le zoo et l'animal abject qui occupe la cage répugnante, les gens. Venez voir, les gens. Il est là, les gens, juste pour vous. Dans la paille, dans la fange. Il vous guette, mais ne peut rien vous faire. Attaque, la bête, et colle ta truffe aux barreaux qu'on tremble un peu et qu'on rie beaucoup. C'est un show. Achetez votre pop-corn et surtout, surtout, les gens, n'ayez plus peur, on l'a eu, ce barbare. *Viva la policía !*

Sauf que Gabriel n'avait rien à voir avec la mort de Margot. Eh oui, *innocent*… Il a été libéré, mais la populace n'oublie pas, ne se remet pas en cause. L'opinion publique ronge le doute, grignote l'objectivité. Pas d'éponge à portée de main pour effacer l'ardoise. À une autre époque, Gabriel aurait été lynché sur la place publique et hop ! dossier classé, m'sieur dame. On passe à autre chose et on félicite la justice de savoir arrondir les angles quand un détail la chiffonne. L'iniquité ? Un concept éculé…

Depuis, Gabriel subit les accusations et les quolibets du *vulgum pecus*.

La seule issue selon lui : trouver Jimmy.

Mais personne ne saura jamais qui est Jimmy, le petit copain invisible de Margot au moment de son assassinat. Elle en parlait à tout le monde, mais ne l'a jamais présenté à quiconque. Pourquoi tant de mystères ? Peut-être parce qu'il n'était pas qui il semblait être. Jamais les investigations n'ont permis de l'identifier. Gabriel a longtemps cru que la piste Jimmy permettrait de le dédouaner. Jimmy est un beau suspect, ne serait-ce que par les arcanes qui le nimbent, et dans tous les cas, il représente un témoin d'une importance primordiale.

La petite voix qui parle dans ma tête, celle qui me persécute, me susurre :

Tu es paumée, Zabójca. Tu ne sais plus quoi faire pour aider l'homme que tu aimes.

Je ne réponds pas à la Cloche. Après tout, ce n'est pas parce que je suis folle et que j'entends une voix aux accents polonais me conseiller, me moquer, m'accabler, que je dois lui prêter attention. Enfoiré de Jiminy Cricket qui me hante et me manipule. La Cloche est toujours là quand il s'agit de me remémorer ce qui m'afflige.

Francis, fatigué par sa chasse aux herbes folles, s'approche de nous et quémande quelques caresses. Il a soif et la bave coule de ses babines. Des trèfles sont collés à sa truffe. Je caresse son oreille trouée. Nous sommes à l'unisson, lui et moi : deux êtres saccagés, massicotés par la vie et son cours tumultueux, par l'arôme empoisonné de la rue.

— Gaby, si on partait ?

— Partir où ?

— N'importe où, mais loin de La Rochelle. Loin de tout ça.

— Il y aura toujours quelqu'un qui me reconnaîtra, qui aura vu ma trogne au 20 heures et me regardera avec des yeux sadiques.

— Mais il y en aura moins ailleurs qu'ici. Gaby, partons, tu veux bien ?

J'aime cet homme. Il m'a fallu du temps pour l'admettre, mais c'est indéniable. Je suis bien obligée de le reconnaître. Quand je le fixe, mon cœur fait des cabrioles dans ma poitrine. Quand je lui parle et qu'il ne m'écoute pas, j'ai envie de devenir muette. Quand il s'adresse à moi, mon attention se focalise sur ses mots, et le paysage autour de nous devient trouble. J'aime être seule pour mieux ressentir son absence. Et quand il est là, je me sens forcée de tricher. Tricher parce que contrairement à ce que tous les amoureux ingénus affirment la bouche en cœur, tous ces bonifaces qui jurent un amour éternel et plaquent leur âme sœur au bout de deux ans, seule la vérité nous enlaidit. Je lui mens parce que je l'aime trop pour qu'il me connaisse vraiment. S'il me sait, je fondrai. Parce qu'alors, il verra quelle furie je suis et il fuira. Je suis rouge et il rêve de blancheur. C'est seulement dans les films et dans les couples qui se croient parfaits qu'on clame haut et fort qu'il n'y a pas de secrets entre deux âmes qui se complètent. Des conneries, tout ça. On ne se révèle pas à ceux qui comptent vraiment, parce qu'alors, tu imagines ? Ils te verraient tel que tu es. Jamais Gabriel ne pourra me compléter parce que trop de vide remue autour de moi. Combler le fossé qui me sépare des êtres humains ne relève pas de l'humanité.

J'aime Gabriel, et sa peine est ma peine.

Je sens son être, je vois ses qualités et ses défauts, j'englobe ce qu'il est *pour de vrai.* Je vois ses grains de beauté, ses ongles rongés, je sens son haleine du matin, je maudis cette manie qu'il a de racler son assiette en faisant crisser sa fourchette, je remarque ses cernes, et je sais, oh oui, je sais ce qu'il sera dans dix, vingt, trente, cent ans. Et je l'aime pour ça.

Gabriel ne me répond pas. Je lis en lui comme dans un livre ouvert. S'il quitte La Rochelle, ce sera un constat d'échec, comme si on lui en avait intimé l'ordre et qu'il n'avait eu d'autre choix que de s'exécuter. Partir, ce serait concéder qu'il est coupable, et ça, c'est au-dessus de ses forces. Il est trop brave et trop orgueilleux pour fléchir. Et puis, il se sent investi d'une mission : trouver la bête qui a annihilé la pureté.

— C'est ma ville, Juliette. Je te l'ai déjà dit. Je n'ai rien fait de mal et je n'ai aucune raison de partir. Je préfère crever plutôt que de leur laisser croire que j'admets quoi que ce soit.

— C'est injuste, je veux bien, mais tu sais ce qui t'attend si tu ne pars pas, si *on* ne part pas.

— Je ne suis pas le plus fort. Je ne suis pas le plus vaillant. Je ne suis pas le plus courageux. Mais je ne capitulerai pas. Jamais. Je préfère tenter le coup.

Je souffle bruyamment. Un soupir looooonnnnggggg.

— Et moi ?

— Toi ?

— Oui, moi, Gaby. En refusant de t'éloigner de toute cette merde, tu me mets aussi en danger.

— Tu n'es pas en danger. Je ne l'accepterai pas. Tu ne risques rien.

— Je suis avec toi. Donc si, je risque quelque chose. Tu te souviens, ces types qui nous ont agressés en pleine rue, comme ça, juste parce qu'ils t'avaient reconnu et qu'ils avaient envie d'en découdre. J'étais avec toi, et je me suis retrouvée au milieu de tout ça, malgré moi. Comprends-moi, Gaby, c'est pas que je refuse de jouer un rôle, tu le sais bien. Mais on serait tellement mieux ailleurs, toi et moi. Ensemble. Comment veux-tu construire quelque chose ici, avec tous ces fantômes ?

Gabriel reste muet.

Il reste muet, Zabójca.

Je sais, la Cloche.

Rester muet, c'est déjà une réponse. Tu ne comptes pas assez pour lui. Pas de concession.

Si, je compte pour lui.

J'hésite. Je pourrais me lever et ficher le camp pour bien lui faire entendre que je ne me soumettrai pas à sa décision. Que ses choix nous lient et que je peux refuser de faire mien le sort qui lui est promis. Je peux prendre mon balluchon et aller respirer les parfums iodés de l'océan ou d'une mer lointaine, avec mon chien et ma solitude comme seuls acolytes. Remettre les compteurs à zéro. Je suis libre de l'abandonner et de filer là où l'on m'attend, loin des sérénades mélancoliques.

Mais personne ne m'attend.

Je me dresse d'un bond sec, contourne la table et m'assieds sur ses genoux. En me lovant dans le creux de ses bras, me pelotonnant jusqu'à devenir minuscule, je saisis que les augures ne nous réservent rien de bon.

*

Mardi 6 mai 1986

D'ici quelques semaines, je serai employée dans la boutique de location de cycles, sur l'île de Ré, comme l'an dernier. Curieusement, le patron, Simon Barnier, m'a à la bonne. Que je porte des lunettes noires pour dissimuler mon œil de verre ne le dérange pas. Il aime les tempéraments forts et les gueules cassées ; et ça tombe bien. En attendant, je dispute quotidiennement deux ou trois parties d'échecs au *Foc*, mon troquet fétiche, histoire de récolter le tas de billets dont j'ai besoin pour payer mon loyer. Ma réputation de joueuse audacieuse a franchi les frontières de la région, et alors que je craignais qu'on cherche à m'éviter, plusieurs compétiteurs fureteurs se manifestent régulièrement pour s'opposer à moi. On cherche l'affrontement avec la borgne intrépide comme on peut être intrigué et attiré par un phénomène paranormal, un animal légendaire ou un lieu mystérieux.

J'ai quelques fois perdu, j'ai souvent gagné. Si les Belles-de-nuit sont mes fleurs préférées, c'est parce qu'elles ne se dévoilent que lorsque plus personne n'est là pour les admirer. Ceux qui s'y connaissent se demandent si ma renommée est surfaite. Les joueurs du dimanche, eux, se convainquent qu'ils sont prêts à parier deux ou trois cents francs pour *me voir en vrai* et tenter leur chance. Bref, ce n'est pas la panacée, mais les échecs me prennent environ trois heures par jour et me permettent de subsister.

On s'étonne beaucoup qu'en cette fin de XXe siècle, un joueur de haut niveau se hasarde encore à pratiquer des attaques Morphy. J'ai une conception romantique des échecs, et la prise de risque, les gambits du roi, les déplacements téméraires de pièces majeures et les sacrifices font battre mon cœur plus fort, plus vite – s'il bat ne serait-ce qu'un peu, c'est déjà une victoire. Et si je ne me montrais pas hardie, je serais une joueuse normale ; j'aime mieux être folle. *I love you Paul Morphy.*

Je tripote mon fou et le pousse en c4 quand Pierrot, le patron du *Foc*, m'amène Francis, au bout d'une laisse.

— Juliette, ton clebs a encore fait une connerie.

— Qu'est-ce qu'il a bouffé, cette fois ? Une chaussure ?

— Non. Une marmite.

— Une marmite ? Une *vraie* marmite ?

— Oui, il doit digérer le métal. Il a commencé par les poignées, tu sais, celles que même en les mettant sous une flamme, tu les abîmes à peine. Eh bien, lui, il les a bouffées. Et après, il s'est fait les dents sur le reste de la marmite. Et je crois qu'il a encore faim. Il regardait bizarrement un pot de fleurs quand je l'ai trouvé. Tant pis si t'es au milieu d'une partie, Juliette, mais soit tu le gardes, ton chien, soit... je le cuisine.

— Tu quoi, Pierrot ?

— Ben oui. Je l'cuisine. Peut-être une daube, avec des girolles et une sauce au poivre.

J'attrape la laisse devant les yeux ébahis de mon adversaire et l'attache à ma chaise. L'autre en face grimace et dit :

— Vous allez le garder là, votre chien ?

— Oui. Ne vous inquiétez pas, il est nul aux échecs. Il ne m'aidera pas.

— Il me déconcentre.

— Tant mieux. C'est à vous de jouer.

Je l'expédie en une demi-douzaine de coups. Comme tous

les compétiteurs aigris, il refuse d'abandonner et m'oblige à aller au mat. Dans le circuit, ce comportement est indigne. Mais nous jouons à la sauvette, à la terrasse d'un bistrot, avec uniquement du liquide non déclaré en jeu, comme les joueurs de bonneteau. Il n'y a rien d'officiel et l'abruti en profite. Puis l'abruti se lève, enfile son gilet d'abruti et, avec sa démarche d'abruti, quitte le *Foc* en maugréant comme un… Je paie une gamelle de flotte à Francis pour fêter la victoire. Et nous partons.

Quand je rejoins Gabriel chez lui, je le découvre assis dans son fauteuil, de profil, les traits tirés, taciturne, la bouche pincée. Dans sa main, un verre de vin rouge. Inutile de lui raconter mes trois victoires du jour et de lui montrer la liasse chiffonnée dans ma poche. L'heure est grave, c'est dans l'air, sinueux, poisseux, dangereux et d'autres mots en – eux.

— Gaby ? Qu'est-ce qu'il y…

— C'est la merde.

— Que s'est-il passé ?

— Ça tombe. Ça me dégringole dessus. Ça n'en finira jamais.

Il pivote et une fois que nous sommes face à face, je découvre qu'un cerne bleuâtre gonfle son œil gauche. Le cocard boursouflé s'étend jusqu'à sa pommette, tuméfiée elle aussi, dessinant des ridules veineuses qui tréfilent vers la lisière de sa chevelure.

— Bordel, Gaby, qui t'a fait ça ?

— Qui m'a fait ça ? Je ne sais pas.

— Comment ça ? Tu as bien vu celui qui t'a fait ça, non ?

— Oui. Mais je ne le connaissais pas. C'est le problème. Me tombent dessus des types que je ne connais ni d'Ève ni d'Adam, mais qui eux, semblent tout savoir de moi. Ils ont vu mon visage à la téloche il y a des années et ils se croient plus fortiches que les flics. Et ça ne sert à rien de faire de la pédagogie. Essaie de les amadouer et ça les met encore plus en rogne. Un connard de présentateur a dit à une époque que j'étais coupable, alors forcément, même si j'ai été innocenté depuis, je suis coupable. Voilà. Une fois que c'est dit, c'est dit.

— Qui t'a fait ça ?

Gabriel expire une grande bouffée de dépit – et le dépit, ça encombre l'haleine –, comme s'il l'avait contenue trop longtemps dans ses poumons. Ses yeux injectés de sang roulent.

— C'est pas important. Je passais dans la rue. J'ai croisé un couple de passants, sur le trottoir d'en face. La fille m'a montré du doigt et a murmuré quelque chose à l'oreille de son mec. Je ne sais même pas exactement ce qu'elle a dit, mais je le devine très bien. Elle a dû lui balancer un truc comme : « Regarde, c'est le type qui a tué la petite Margot, qui l'a violée et qui l'a coupée en morceaux ». J'ai perdu mon sang-froid. J'ai traversé et je lui ai demandé pourquoi elle me dévisageait comme ça. Mais y a eu un problème.

— Quel problème ?

— Son mec faisait une tête de plus que moi.

Je m'agenouille à ses pieds et pose mes mains sur ses genoux. Gabriel est à bout de nerfs. Je crains le pire. Je le sais solide, mais pas indestructible. Maintes fois, alors qu'il était lui-même au plus bas, il s'est forcé à sourire pour me remonter le moral, faisant comme si rien le concernant n'avait d'importance. Il est l'être le plus généreux et le plus altruiste qu'il m'ait été donné de rencontrer. Si ça ne s'arrête pas, un jour, on le frappera trop brutalement et il ne se relèvera pas. La semaine dernière, les murs de la maison de sa mère ont été tagués à la bombe de peinture. Des insultes. « La mère de l'assassin », « Ici est né un monstre », « Va brûler en enfer ». Gabriel ne s'est pas étendu sur le sujet, mais que sa propre mère devienne une cible l'a affecté au-delà de tout.

J'ai toujours su que s'il demeurait à La Rochelle, le pire débarquerait à l'improviste. La loi de Murphy. Nous y sommes presque. Les mois passent et le sablier est sur le point d'exploser, plein à craquer. C'est une question de semaines, de jours peut-être, avant que la fin de tout ne survienne. Un holocauste maison. L'hallali. *End of the world*, très chers.

— T'es allé porter plainte ?

Gabriel me lance un regard désabusé. Cette ironie m'effraie, car elle est signe de renonciation, de fatalisme, d'abdication. On courbe la tête, dans cette pièce, parce qu'on accepte son sort, en dépit de l'injustice flagrante.

— Réponds, t'as prévenu les flics ?

— Juliette, sérieusement ?

— Oui, sérieusement. Si un type t'a agressé, tu dois le dire aux flics.

— Pour quoi faire ? C'est moi qui ai agressé verbalement sa copine avant d'en recevoir une. Je ne suis pas tout blanc. Et tu me vois, moi, Gabriel Cassel, aller me plaindre aux flics ? Moi ? Aux flics qui sont passés pour des cons en me gardant en cellule alors que je n'avais rien fait ? Les flics me haïssent. Moins je les vois, mieux je me porte. Si j'allais leur dire qu'on m'a cogné en pleine rue, ils applaudiraient et me demanderaient pourquoi on ne m'a pas frappé plus fort. Et pendant ce temps-là, l'assassin court toujours. Laisse tomber, Juliette.

Ça sent mauvais, Zabójca. Toi qui as toujours les narines en feu, tu as bien dû t'en rendre compte, non ?

Oui, la Cloche, ça sent mauvais. Que veux-tu que j'y fasse ?

Eh, tu sais très bien ce que tu dois faire.

Partir. Le quitter. En vérité, ce n'est pas lui que je veux quitter – je l'aime trop –, mais tout ça, cette bauge, ce galetas, ce repaire de faux-culs, cette populace écœurante, cette loi du plus fort, la loi de ceux qui crient, ceux qui suivent le mouvement sans s'interroger, les moutons, les porteurs d'œillères. Je vais fuir le facile, le troupeau et l'entraînement. S'il veut attendre la mort, les pieds coincés dans ce cimetière des Charentes et dans ses certitudes, je n'y peux rien.

— Gaby ?

— Oui ?

— Je pars.

— Tu ne restes pas un peu ?

— Non, je veux dire que je pars. Pour de bon. Je quitte La Rochelle.

Son teint pâlit en un centième de seconde. Sa bouche s'ouvre et s'arrondit, puis s'immobilise.

— Juliette, tu déconnes ?

— Non. Je pars. Si je reste, ça va faire trop mal.

— Mais qu'est-ce qui va te faire trop mal ?

— De te perdre.

Gabriel porte sa main gauche à son crâne et se gratte au-dessus de l'oreille. Devant lui, une cigarette presque consumée, posée sur le cendrier, dégage une fumée bistre. Les volutes forment une myriade de voiles brun marengo qui se confondent.

— Alors, pour ne pas me perdre, tu me quittes. Pour ne pas me perdre d'une manière, tu me perds d'une autre ?

— Oui. Je préfère ça plutôt qu'attendre que tu te fasses tuer. Je souffrirai moins. Je serai perdante dans tous les cas, alors autant sélectionner l'option qui me laminera le moins. Gaby, jamais je n'aurais cru m'attacher autant à quelqu'un, et voilà que quand ça m'arrive, celui que j'aime n'essaie même pas de survivre. Tu vas rester là, les bras ballants, à attendre que des timbrés t'éliminent. C'est trop pour moi. Si tu veux crever, OK, mais ne me demande pas d'assister au spectacle. Si moi je suis encore vivante aujourd'hui, c'est que…

— Que quoi ?

— Que je sais que c'est ce qu'on doit faire : rester en vie.

Rester en vie, c'est ça. C'est plus fort que moi. Mon mantra. Même quand on attend pour se jeter dans le gouffre, quand on compte les secondes de bonheur et les heures de déveine, qu'on se dit que ça y est, mec, c'est bon, on peut en finir, le job est fait et l'issue est toute trouvée, eh bien, même dans ce cas, je survis. Je me raccroche à des riens et je suis encore là.

— Et tu vas faire quoi ? Comment je te protégerai ? proteste-t-il.

— Me protéger de quoi ?

— De tout, Juliette. Tu vas aller où ?

— Je ne sais pas. N'importe où sauf à Paris et à La Rochelle. Je m'en fous. Disons… Strasbourg.

— Mais à Strasbourg, il fait froid.

— Alors à Brest.

— Brest aussi, il fait froid.

— Alors à Montpellier. On s'en fout, de la destination, elle ne compte pas. Si tu ne veux pas survivre, je m'en vais.

Et je ne bouge pas. Gabriel est cahoté de frissons qu'il ne réfrène qu'en contractant tous les muscles de son corps. L'accumulation de stress, de désespoir et d'incertitude le broie. Je suis attendrie par cette réaction instinctive, mais je ne remue pas d'un millimètre, et il me faut faire preuve d'une force surnaturelle pour ça.

— Juliette, je t'aime.

— Je sais. Je sais que tu es sincère. Tu l'as toujours été. Moi aussi, je t'aime. C'est pour ça que je ne veux pas assister à ça. Succombe seul, Gaby.

— Avec toi. Je t'en prie.

— Non, seul, c'est mieux. Seul, c'est bien. C'est ça, ce qu'il nous faut.

Gabriel se secoue. Ça part de sa nuque et descend vers sa poitrine, puis son ventre, son bassin et ses genoux. Il me rappelle Francis qui s'ébroue après une baignade. Comme s'il venait d'être touché par une décharge électrique, il se lève. Quelque chose vient de changer. Un bouleversement, en un instant. Ce genre d'éclat que les regards convaincus révèlent quand une décision majeure a été prise.

— Montpellier, c'est ça ? demande-t-il en frémissant.

— Montpellier, oui. Ou Nice ou Amsterdam ou Santiago du Chili ou Sydney. Partout sauf Paris et ici.

— Montpellier, c'est une bonne idée. Ou Nice ou Amsterdam ou Santiago du Chili ou Sydney.

Je fronce les sourcils et le fixe, les lèvres pincées, perplexe, un peu méfiante. Les couleurs se mélangent. Les murs se confondent avec le sol. Gabriel fait de légers mouvements de tête d'avant en arrière, le regard perdu dans le vide, comme s'il était seul, ou aliéné.

— Montpellier, poursuit-il, j'ai toujours rêvé d'y aller.

— C'est une belle ville.

— Tu connais ?

— Non, je n'y suis jamais allée.

— Alors on t'en a parlé ?

— Même pas.

— Alors comment tu sais que c'est une belle ville ?

— Parce que ce n'est pas ici. Et que ce sera avec toi.

Il se force à esquisser un semblant de rictus, bombant sa cage thoracique en inspirant fortement. C'est le geste qu'on accompagne souvent d'une grande déclaration.

— Tu sais, Juliette, j'ai toujours pensé que ce serait une défaite de quitter La Rochelle. Parce que c'est ce qu'ils veulent, et que si je cède, ils auront gagné. Parce que je suis innocent, que je n'ai rien fait de mal. Mon instinct me disait qu'il fallait tenir, les affronter, ne pas rompre. Et il faut toujours suivre son instinct, c'est ma devise.

— Je sais. Je l'aime bien, ta devise.

— Mais te perdre serait encore une plus grande défaite. Montpellier, tu dis ? OK, barrons-nous de cette ville de merde et allons à Montpellier. Foutons le camp. Toi, moi. Oublions tout ça. Montpellier, oui, bonne idée. Ou Nice ou Amsterdam ou Santiago du Chili ou Sydney. N'importe où tant que c'est avec toi.

Ça lâche. En moi, ça lâche. Toutes mes barrières s'écroulent. De posture je n'ai plus. Il est prêt à tout pour me suivre, même à renier ses convictions les plus profondes. Il va me suivre et nous allons être heureux, juste pour nous venger d'eux, pour leur faire un grand bras d'honneur en multipliant les baisers et les caresses. Ils vont échouer parce que nous serons ensemble. Gabriel et moi contre le reste du monde, contre les lâches, les bellicistes, les poissards, les hargneux, les obtus, les vengeurs aveugles. Montpellier ou ailleurs, disons Montpellier, loin des commérages, des qu'en-dira-t-on, des rumeurs qui se propagent à vitesse grand V.

Un renouveau. Un autre monde. Tourner la page. Pour oublier tout ce qu'il y a eu, y compris avant que je rencontre Gabriel. Recommencer en se souvenant des erreurs pour ne plus les commettre.

Je me jette dans ses bras et me fonds en lui.

*

Dimanche 11 mai 1986

Ce qu'il y a de fort avec les coups de tête, c'est que quand on se fout de tout, ils ne peuvent pas faire mal. Rien ne nous retient. En acceptant de partir, Gabriel a brisé les digues. Tout change avec une sentence. L'acquis pénètre l'être subitement, modifiant l'essence, la structure, la matière. Un coup de gomme magique. Pour l'instant, nous avons la gomme, il ne nous reste plus qu'à en passer un coup sur la page qui conte nos passés biffés avec des mots vicieux et le tour sera joué.

Nous avons informé nos propriétaires que nous allions quitter nos appartements respectifs. Nous embrasserons nos rares amis avant de décamper loin de La Rochelle. Gabriel, qui connaît Freud sur le bout des doigts, me l'a cité avec cet air lunaire qu'il prend quand il médite sur un sujet qui le touche vraiment : « Les souvenirs oubliés ne sont pas perdus ». Bientôt, nous serons là-bas – ailleurs – et nous donnerons une chance à notre avenir d'être radieux, mais le passé sera toujours là, enfoui, prêt à rejaillir.

Moi, je n'ai que deux ou trois cartons – et un cabot pouilleux – qui résument toutes mes possessions, toute ma vie. Gabriel a quelques affaires stockées dans la maison de sa mère. Il souhaiterait les emballer et les emporter. Lui a une histoire, une famille qui l'aime et qui le soutient, qu'il aime et qu'il soutient. Il ne peut pas tout éroder, et je le comprends. En cela, nous ne sommes pas pareils, mais le voir aimer une mère et une sœur me met du baume au cœur. J'aurais pu être jalouse, ressentir des émotions cruelles parce que je suis sans attaches, mais ce n'est pas le cas.

Nous sommes dans le grenier de la maison dans laquelle il a grandi. Quelque chose de solennel plane dans l'air. C'est si complexe de dire adieu à des objets, des décors, des couleurs. En ce qui me concerne, il n'y a guère que les odeurs que j'aimerais charrier dans mes bagages, mais des odeurs, il y en a partout, et la mémoire olfactive est puissante. Mon nez a toujours été un grimoire plus efficace que le film de ma vie.

Je tends un vieux tableau poussiéreux posé dans un coin du grenier, couvert de toiles d'araignées, à l'encadrement doré.

— C'est quoi, ça ?

— Mes arrière-grands-parents.

Sur la peinture, des traits chirurgicaux esquissent deux

êtres au buste cambré, le menton levé, la mine sévère. Une redingote, des bacchantes taillées avec soin. On reconnaît quelques détails du visage de vieux papy dans la figure anguleuse de Gabriel. Un peu plus loin, d'autres cadres. L'un d'eux montre Gabriel et sa sœur Carole, enfants, pris en photo alors qu'ils se chamaillent gentiment, comme si le garçon pinçait les fesses de la fillette pour l'obliger à sourire devant le photographe. Sourire, finalement, ça n'est que se tordre les lèvres.

— Tout ça, cette maison, ces souvenirs, je les laisse derrière moi, dit Gabriel, mais ça va me manquer. C'est ici que je venais cacher mes trésors quand j'étais gosse. C'est ici, dans ce grenier pourri, que je me planquais quand j'étais triste. Ma cachette secrète. Mon refuge de môme rêveur.

Pendant qu'il pérore, le regard perdu, Gabriel se rappelle qu'en acceptant de fuir avec moi, il s'éloigne de tout ce qui l'a forgé en tant qu'individu. Je sais que c'est faux, moi, mais je ne peux le lui expliquer. Ce ne sont pas les autres et les choses, les jouets d'enfants et les tableaux, qui composent les qualités et les défauts d'un individu. Gabriel est ce qu'il est de par ses expériences, ses joies et ses chagrins, ses gains et ses pertes. Mais il ne peut pas encore comprendre tout ça. Il a grandi dans un environnement sain, entouré, choyé, et ne sait pas qu'on se remplit de courage et de fierté quand on abandonne les colifichets.

Il est prévu que nous partions à Montpellier samedi prochain, à bord d'un fourgon loué ici, à La Rochelle, et que nous n'aurons pas besoin de rapatrier à son point d'origine. Une semaine pour dire adieu à la ville qu'il n'a jamais quittée. Une semaine pour en profiter à fond. Nous nous sommes juré de ne rien oublier de ce que nous voulions accomplir à tout prix avant de larguer les amarres.

— Gaby, tu veux prendre quoi, exactement ?

— Juste des souvenirs. Je sais que ça encombre, mais j'en ai besoin. Des babioles, des photos, des tableaux… C'est là que je range tous les vieux trucs. Chez moi, c'est trop petit.

— On doit se dépêcher. J'aimerais pouvoir rentrer me changer avant d'aller au resto.

— OK.

Nous dînerons chaque soir de la semaine dans les meilleurs restaurants de la ville. Je dois aussi aller saluer mon patron sur l'île de Ré, Simon Barnier, et jouer six parties d'échecs au *Foc* contre des adversaires qui ont appris mon départ et sont prêts à miser gros si j'accepte de les affronter avant de mettre les voiles.

Je déniche un album photo collectant tous les clichés des différents événements religieux de la vie des enfants Cassel : baptêmes, communions et tout le tralala. Dans les cartons que je fouille, il y a toute la vie de l'homme que j'aime. Les témoignages d'une existence qui fut normale jusqu'à ce qu'un soir, il croise par hasard Margot Vanuren. Je suis touchée par des petites choses *a priori* sans importance. Une vieille montre au bracelet en plastique m'arrache un sourire. Une collection de feuilles séchées, coincées entre les pages d'un album, me permet d'imaginer Gabriel bambin, debout sur une chaise de jardin, sur la pointe des pieds, attrapant la branche d'un figuier en riant comme un forcené. Un vieux cerceau de *hula hoop* me le figure en train de se déhancher, avec des camarades de classe qui l'entourent et l'encouragent. Une paire de lunettes à la monture orange me le présente comme un gosse heureux et innocent, insouciant comme tous ceux dont la taille n'excède pas un mètre quarante.

Dans un carton au-dessus des autres, je découvre un vieux porte-monnaie en cuir râpé, rempli de pièces anciennes.

— T'as vu ça, Gaby ?

— Ma collection de pièces. Chacun son truc. Toi, c'est les

échecs et les matchs de tennis de Connors, moi, c'est ça – et Freud, mais Freud, c'est moins sexy. En vrai, je te l'avais pas dit, mais je suis riche. Avec ça, je devrais pouvoir te payer un café, ce soir.

Apparaissent aussi un bandana rouge avec des liserés noirs, des tee-shirts de marque aux couleurs passées, une voiture Majorette et un bracelet tressé jaune fluo sur lequel est inscrit en lettres vertes : *Property of JC*.

— *Property of JC* ? demandé-je d'une voix qui tremble.

— Bah oui. Te moque pas, Juliette. Dans la famille, tu sais… *Property of JC*. Je suis la propriété de Jésus Christ. OK, ça fait un peu couillon, mais c'est comme ça. J'ai même un tee-shirt avec un truc dans le même style écrit en gros sur le devant. Tu imagines ? Et le pire, c'est que ma mère m'obligeait à le porter quand j'étais gosse. Je sais que t'es pas portée sur la religion, mais pour les générations d'avant, ça comptait.

— Je peux le prendre ?

— Non, m'dame. C'est comme un talisman. *Je* suis *Property of JC*.

Gabriel trouve d'antiques 33 tours et en brandit un fièrement en criant :

— Un original des Beatles ! Ça, ça doit valoir du pognon.

Il se met à chantonner le refrain de *All you need is love* pendant que je transbahute le contenu des cartons dans un gros sac en essayant de garder mon calme.

— C'est bon, s'exclame Gabriel. Je crois qu'il y a tout. On y va ?

Nous descendons les marches qui mènent du grenier au salon. Une fois dans la pièce principale de la maison familiale, Gabriel me sert une orangeade. Le breuvage est frais et revigorant. Nous sortons sur le patio et dégustons nos verres lentement, gorgée après gorgée, sans nous presser. Le soleil de mai brave les nuages et j'attrape un rayon pour ne plus le lâcher.

— Dis, Gaby, on s'est promis de faire en une semaine tout ce qui nous tenait à cœur, non ?

— Exact. Tournée des grands-ducs, baignades à volonté, surf…

— J'aimerais que dans la semaine, par exemple demain, on retourne aux Eaux Claires. Tu te souviens de ces falaises, près d'Angoulême ?

— Quoi ? Tu parles si je m'en souviens. La seule fois où on y est allés, j'ai eu la trouille de ma vie. Tu voulais m'initier à l'escalade, mais je ne m'attendais pas à ça.

— Je voudrais qu'on y retourne.

— Oh non, Juliette. Franchement, tu m'avais foutu les pétoches.

— S'il te plaît. C'est la seule chose que je te demande. On grimpe ensemble, en même temps, en s'assurant l'un l'autre. Aucun risque.

— Je…

— J'y tiens.

Et comme toujours, Gabriel soupire en hochant la tête.

Je gagne toujours.

IX

JIMMY

QUATRE MOIS PLUS TÔT

Mercredi 15 janvier 1986

La radio ressasse la mort de Thierry Sabine et Daniel Balavoine, hier, lors d'un accident d'hélicoptère au Mali, pendant le Paris-Dakar. Les tubes du chanteur sincère s'enchaînent et mon cœur de pierre est moins dur aujourd'hui. Il ne saigne pas – il est trop sec pour ça –, mais il paraît suinter d'un liquide gluant qui n'est pas de la peine, mais qui y ressemble pourtant comme deux gouttes d'eau. Je ne suis pas une héroïne.

Une migraine tenace m'oblige à fermer les yeux pour mieux les écarquiller ensuite, alors que les ténèbres sont presque totales depuis que j'ai baissé les stores vénitiens de la chambre de Clothilde Ramier, l'une des amies de Margot Vanuren.

J'ai envie de fumer, mais Clothilde a insisté : pas de tabac à l'intérieur de sa maison. Et Gabriel, à côté de moi, n'a pas fait la moindre pause en une heure. Moi, je me suis levée à trois reprises. Une fois pour aller me soulager dans le cabinet de toilette minuscule au fond du couloir, les deux autres pour m'en griller une. Je ne vais pas l'abandonner encore, je me sentirais coupable et n'ai pas besoin de ça.

— Alors ?

— Rien. Et toi, c'est mieux ?

— Oui.
— T'as quoi ?
— Rien.

Clothilde est la troisième copine de classe de Margot que nous interrogeons. Les deux premières n'ont rien pu nous révéler. Elles se souvenaient de Margot, mais aucune d'elles ne détenait la moindre information sur Jimmy. Margot leur avait certes avoué qu'elle sortait avec un nouveau soupirant, juste avant sa disparition, que celui-ci était très mignon, mais bizarrement, elle ne s'était pas confiée davantage. Elle n'était pourtant pas réputée pour sa pudeur ou sa discrétion. Sabine, certainement son amie la plus proche, nous a même déclaré : « Ce Jimmy, elle m'en a parlé une fois d'elle-même. Après, il fallait que ce soit moi qui lui tire les vers du nez. Elle n'aimait pas en causer, de Jimmy, ça se voyait comme le nez au milieu de la figure. Alors moi, bien sûr, j'en rajoutais. Je la harcelais, disons-le clairement. Mais non, que dalle, Margot, elle restait secrète. C'était la première fois qu'elle se comportait comme ça. D'habitude, ses copains, elle nous les présentait, même si ça ne durait qu'une ou deux semaines. Elle nous racontait comment ça se passait au niveau de... enfin vous voyez... au niveau du sexe. On savait tout dans les moindres détails. C'est vrai que j'ai jamais compris pourquoi elle en disait si peu sur Jimmy. On avait son prénom, et c'est à peu près tout. J'ai été vexée. Je lui ai fait la gueule pendant deux jours. Le fait qu'elle ne veuille pas se confier à moi, c'était comme un affront. »

L'idéal pour Gabriel et moi eût été que la famille de Margot nous autorise à fouiller sa chambre, dans l'espoir de découvrir un indice ignoré des gendarmes. Mais bien sûr, convaincue que Gabriel a assassiné leur fille, jamais elle ne le permettra. Nous nous sommes donc lancés sur les traces de Margot, quelque peu désespérés, remontant le temps, arpentant des sentiers déjà battus. Nous chassons une illusion : celle que quelque part, un détail, même infime, nous mettra sur une piste crédible.

Nous nous sommes présentés à la porte de Clothilde, après avoir appris d'une tierce personne qu'elle et Margot suivaient la même formation universitaire pendant l'année scolaire précédant la mort de la fille Vanuren. Comme les autres, elle a été étonnée par notre quête. Mais elle ne nous a pas fermé la porte. Je ne sais pas si elle a reconnu Gabriel, mais je suis la seule à avoir donné mon identité.

— Tiens, regarde ça…

Je m'approche de Gabriel. Clothilde nous a sorti un vieux carton contenant des tonnes de cahiers, de manuels, de photographies de l'époque. Nous passons tout au peigne fin, sans but précis.

Gabriel me tend une photo de promo. L'une de celles où l'on capte pour l'éternité tous les élèves d'un coup de déclencheur.

— C'est quoi ?

— Une photo de la fac.

— La classe de Margot ? Je ne la vois pas.

— Non, la classe au-dessus. La classe de dernière année, apparemment.

— Ah.

J'ai beau détailler chaque visage, je ne remarque rien d'incongru.

— Et alors ?

— C'est la promo 1982/83, l'année scolaire avant la mort de Margot Vanuren. Ceux qui figurent sur cette photo, normalement, n'étaient plus à la fac en septembre 1983, quand Margot… Enfin, bref, là, ce sont des gens qui côtoyaient Margot. Ils n'étaient pas en classe avec elle, même s'ils avaient peut-être des cours en commun, mais ils se croisaient sûrement dans la cour, à l'entrée du bahut…

— Et alors ? On a déjà vu des photos de promo de l'époque. Y compris certaines de la classe de Margot. Mais quel est le rapport ?

— Regarde les prénoms et les noms, derrière.

Je tourne la photo. Au dos sont inscrites les identités de chaque individu présent sur le cliché. Je lis.

— Je ne vois pas, Gaby. Ce sont des noms de camarades de fac, c'est tout. Ils n'étaient pas dans la même classe…

Gabriel se saisit de la photographie en souriant. Il me désigne un visage. « Là, regarde. » Le type qu'il me montre est grand, mince, les cheveux châtain clair et les yeux bleus. Il porte un pull en laine marron qui paraît fait main. Un air ahuri, dans la lune, perché, mais avec une lueur féroce dans le regard. Il se tient au troisième et dernier rang et dépasse d'une bonne tête la jeune fille à sa gauche et le brun au teint mat à sa droite.

— Eh bien, qu'est-ce qu'il a, ce bonhomme ?

— Il a quelque chose qui m'intrigue.

— Quoi ? Il est grand ?

— Non.

— Il a l'air… un peu con ?

— Non.

— C'est pas sa connerie qui t'intéresse ?

— Non, c'est son prénom.

Je retourne le cliché et cherche le prénom du géant maigrelet. Les prénoms et noms sont écrits au feutre noir, dans l'ordre de présence sur la reproduction, soit de bas en haut et de gauche à droite. Je compte et trouve.

— Lui ?

— Oui.

— James Scintaglia. Eh bien ?

Gabriel cesse de sourire béatement.

— Tu ne vois pas ?

— Non.

— James.

— …

— James. Jimmy. Jimmy pourrait bien être le diminutif de James.

J'approche la photo de mon œil, curieuse.

— Ouah… Tu pousses le bouchon un peu loin, non ?

— On se raccroche à ce qu'on peut, Juliette. Tu as autre chose à proposer ?

— Non.

— Je sais que tu n'es pas très chaude à l'idée de creuser la piste Jimmy, mais je t'assure que c'est lui qu'on doit chercher. On sait que Margot fréquentait un certain Jimmy et que personne ne sait qui c'est. Donc on doit le trouver si on veut m'innocenter définitivement. C'est bien ça, le projet, non ?

— Ça l'est.

— Alors là, on tient un bonhomme qui se prénommait James et qui était dans la même fac que Margot Vanuren. J'admets que c'est maigre, mais on ne perd rien à fureter un peu dans ce sens, OK ?

Gabriel m'aide à me redresser. La nicotine me hèle, mais je lui résiste. Nous quittons la pièce et rejoignons Clothilde au rez-de-chaussée. Elle nous propose un café, nous demandons une bière.

— Alors, vous avez trouvé quelque chose dans tout ce fourbi ?

— Juste une photo, celle-là.

Clothilde la fixe.

— Ah oui, c'est la promo au-dessus de celle de Margot et moi.

— Pourquoi vous avez cette photo en votre possession ? Que vous ayez une photo de votre classe, c'est plutôt normal, mais une de la promo du dessus…

— Vous voyez le garçon, là ?

Clothilde nous indique un trapu court sur pattes avec le front dégarni.

— Celui qui perd ses plumes ?

— Oui. Bon Dieu, c'est vrai qu'il perdait ses cheveux à 22 ans, ce type… Eh bien, je sortais avec lui. Il s'appelait Thierry. Quand on sortait avec un garçon, ça se faisait de s'échanger des photos. Il n'avait pas de photo de lui, alors il m'avait donné ce cliché de classe. C'est un peu couillon, mais c'était mieux que rien.

— Et lui, là, vous le connaissiez ?

Gabriel pose son index sur l'objet de sa découverte.

— Ah, James… Bien sûr que je le connaissais. On faisait plus ou moins partie de la même bande.

— Vous voulez dire que vous étiez souvent avec lui ?

— Oui, en tout cas au début de l'année scolaire. Avec James, Thierry, Denise, Isabelle et Margot. Tous les six, on était tout le temps fourrés ensemble à un moment. Mais quand j'ai cassé avec Thierry, ça a été fini. Les garçons de quatrième année sont repartis dans leur coin et nous, avec les filles, on a trouvé un autre groupe auquel se rattacher.

Gabriel est comme un chien renifleur. Il vient de flairer une piste et ne la lâche plus. Il a tellement été proie qu'il se veut dorénavant chasseur.

— Et ce James… Scintaglia… C'est bizarre son prénom, d'ailleurs. Il a un nom italien, mais un prénom anglais…

— Oh, ses parents étaient aussi cons que lui, c'est tout. Moi, je connaissais bien mieux Thierry puisque nous étions ensemble, mais James était son meilleur copain, alors… Ses parents l'ont appelé comme ça à cause de James Bond. Vous savez, Sean Connery et Roger Moore…

— Oui, tout le monde connaît. Et donc, ce James, vous en pensiez quoi ?

Le visage de Clothilde s'assombrit. Elle est de ces gens dont les expressions trahissent les sentiments. Songeuse, elle se met à mâchouiller l'extrémité de sa lèvre. Gabriel la presse – mais sans la brusquer. Dans un quart d'heure, son mari rentrera, et il craint que cela écourte notre entretien. Nous avons convenu de ne pas tourner autour du pot et d'aller à l'essentiel.

— Vous avez bien un avis sur lui, non ?

— Oui.

— Et ?

— Et c'était un connard. Franchement, s'il n'avait pas été le meilleur pote de Thierry, jamais on n'aurait traîné avec lui. C'est pas que c'était une racaille, non, loin de là, même. Plutôt un fils de bonne famille. Mais il était complètement frappé. Il se bagarrait tout le temps et il nous faisait peur.

— Il faisait aussi peur à Margot et à vos autres copines ?

— Euh… je ne sais pas. Mais attendez, vous voulez dire que c'est peut-être lui qui a tué Margot ?

Alerte. J'éteins l'incendie avant qu'il se propage :

— Non, non, pas du tout. On vous l'a expliqué, Clothilde, on cherche juste à comprendre comment ça se passait il y a deux ans et demi. Vous comprenez, il n'y a aucune piste. Les gendarmes ont renoncé, alors nous, on remue, on regarde là où il n'y a rien, en nous disant que si on soulève des pierres, on trouvera peut-être quelque chose dessous, c'est tout.

— Et donc, complète Gabriel, James vous faisait peur ?

— Oui… Non, pas vraiment. Je sais pas, il avait quelque chose de bizarre, ce garçon. Il fumait des joints à longueur de journée. Il avait tout le temps les yeux explosés. Et à la fac, il n'en foutait pas une.

— Vous êtes restée en contact avec lui ?

— Avec lui, vous plaisantez ? Non, en juin, il a quitté la fac et on ne l'a plus jamais revu. Nous, on a repris en septembre pour notre dernière année, mais quelques jours seulement après la rentrée, Margot a été… Enfin, voilà, quoi…

J'aimerais me concerter avec Gabriel. Si nous entrons dans le vif du sujet avec Clothilde, il se peut que cela s'ébruite, mais n'est-ce pas ce que nous souhaitons, en vérité ? Les gendarmes ont-ils pensé qu'il pouvait y avoir un rapport entre Jimmy et James ? Ce géant allumé au hasch pourrait-il avoir joué un rôle dans la mort de Margot ?

Clothilde dresse énergiquement un doigt en l'air, comme si elle venait de se remémorer une chose importante. Elle dit :

— Mais c'est vrai que…

— Oui ?

— Si je me souviens bien, au début de l'année scolaire 1982/83, quand je sortais avec Thierry, James tournait autour de Margot.

— Vous voulez dire qu'il la draguait ?

— Oui, on peut le dire comme ça. Elle était vraiment canon, vous savez.

— Et comment réagissait Margot ?

— Bof… Margot avait déjà un copain. Et dès qu'elle en changeait, elle en avait un autre tout de suite. Vous avez interrogé les anciens petits amis de Margot ? Peut-être que l'un d'eux…

— Ça, les gendarmes s'en sont déjà chargés. Nous, ce qui nous intéresse, c'est ce qu'ils n'ont pas fait.

— Comme s'intéresser à un type qui l'a connue et qui voulait coucher avec elle, c'est ça ? Oui, je crois que James aurait bien aimé se taper Margot, mais… oh, pardon… je ne devrais pas utiliser ce genre de mot pour parler d'une copine qui a été tuée…

— C'est pas grave. Est-ce que James s'est montré… comment dire… insistant ?

— Avec Margot ? Non, pas que je m'en souvienne, en tout

cas. C'était juste un connard un peu dingue, plutôt friqué, qui se la jouait rebelle.

— Vous avez dit qu'il se bagarrait beaucoup.

— Oui. Enfin, pour être honnête, je ne l'ai vu se battre qu'une fois, mais il cherchait la merde, ça oui. Pour un oui ou pour un non, il emmerdait tout le monde. Genre tête brûlée, vous voyez ? Moi, les mecs violents, ça m'a toujours fait peur. C'est pour ça que je pouvais pas le supporter, James.

Gabriel paraît bouleversé. Je sens qu'il cherche ses mots. J'en profite pour prendre la main sur l'entretien et orienter Clothilde là où je veux l'emmener :

— Dites, Clothilde, est-ce que vous êtes sûre que Margot n'est pas sortie avec James ?

— Ah non, je l'aurais su. Enfin…

Un doute ? Ne pas la laisser réfléchir :

— Enfin quoi, Clothilde ?

— Y a juste un truc. James, je ne pouvais pas le blairer et je l'avais dit plusieurs fois à Margot. Du coup, je pense que si elle était sortie avec lui, peut-être qu'elle n'aurait pas voulu me le confier, histoire que je lui fasse pas la gueule pour ça, vous voyez ?

— Vous pensez qu'elle aurait pu avoir une histoire avec lui ? intervient Gabriel.

— Une histoire ! Ah, pas mal, ce terme… Une histoire, non. Là, je l'aurais su. On était tout le temps ensemble. Si elle avait eu une vraie histoire avec James, je m'en serais aperçue. Margot aurait annulé des sorties, m'aurait posé des lapins. Une histoire, non, mais coucher avec lui une fois ou deux, ça, je ne sais pas. Margot, elle était comme ça. Un peu trop fonceuse. Souvent, elle le regrettait. En fait, à part Jimmy, je crois que jamais elle ne m'a dit être tombée amoureuse de quelqu'un. Elle enchaînait les mecs, mais en vrai, elle s'en foutait. Jusqu'à ce Jimmy qu'elle n'a jamais voulu me présenter…

Gabriel tapote sur la table du salon avec son index et son majeur. Ce tambourinement incessant me rend folle, mais je n'ose lui en faire la remarque. Une odeur de fruits rouges flotte dans la pièce, quelque chose de sucré qui enchante et effarouche.

— Clothilde, vous savez où nous pourrions trouver James Scintaglia ? l'interroge Gabriel.

— Pas la moindre idée. À part Denise, tous les amis de l'époque ont quitté La Rochelle. Thierry, je ne l'ai plus jamais revu. Isabelle non plus. Et Margot, forcément…

Gabriel me jette un regard inquisiteur. Je le comprends instantanément : il est temps de mettre les voiles. Je me force à sourire. Gabriel dit :

— Clothilde, on va vous laisser. Une dernière question, si vous le permettez.

— Bien sûr.

— Est-ce que vous avez jamais entendu James Scintaglia être surnommé Jimmy ?

— Non, je… Oh, merde ! James. Jimmy. Vous pensez que… Je n'avais jamais fait le lien.

— On ne pense rien, Clothilde. Merci pour toutes ces informations.

Gabriel ne pense rien. Je ne pense rien.

Mais tout de même…

*

Jeudi 16 janvier 1986

Francis jappe. Presque une heure que sa laisse est attachée à ce réverbère. J'occupe la place à côté de la cabine, accoudée à la tablette que les PTT mettent à la disposition des clients pour consulter les annuaires, et derrière moi, une mamie aux cheveux orange – orange, pas roux – s'impatiente en claquant ostensiblement le haut de ses cuisses. « Vous en avez encore pour longtemps ? » Avec sa canne, elle frappe le sol trois fois, comme si elle annonçait l'ouverture du rideau rouge lors d'une pièce de théâtre.

— Encore un moment, Madame, j'essaie de me dépêcher.

— Ça fait dix minutes que j'attends.

— Y a de la place là-bas. Je montre l'autre côté de la salle.

— Non, là-bas, la chaise est trop haute. C'est de cette place que j'ai besoin et elle ne vous appartient pas. Je vais finir par mourir de vieillesse si vous ne vous dépêchez pas.

— Mourez plutôt là-bas, c'est plus confortable.

L'ancêtre se met à jacasser. La jeunesse d'aujourd'hui, les vraies valeurs, le respect qui se perd, l'effronterie, de son temps machin, de son temps bidule.

J'entends encore mon chien aboyer, dehors. Je saisis sur l'étagère le bottin du département du Val-d'Oise. Le numéro 95. Le dernier. Il me restera à vérifier les DOM-TOM, mais pour l'instant, je sèche. Je tourne les pages jusqu'à la lettre « S ». Pas de Scintaglia dans la région parisienne, ça se confirme.

J'ai trouvé plusieurs Scintaglia dans le 17 et le 16, que je me garde pour plus tard, et quelques-uns dans le 06, le 04, le 75, le 24 et le 13, mais aucune personne que j'ai contactée aux numéros de téléphone indiqués ne connaissait de James.

Francis hurle. Si je ne fais rien, il finira par se faire embarquer par la fourrière. Je ramasse la feuille où j'ai noté les informations dont j'aurai besoin et quitte le bureau de poste, le dos en miettes.

En passant, j'exécute une petite révérence à l'attention de la vieille.

*

— Oui, oui, Monsieur, un vieux copain de James.

— À la fac, vous disiez ?

Je mouline de la main gauche pour engager Gabriel à répondre promptement, à broder. Pas de blanc, pas de silence, pas d'hésitation. La voix dans l'écouteur collé à mon oreille répète :

— C'est bien à la fac que vous avez connu James ?

— Oui, c'est ça.

— Et vous vous appelez comment ?

— Gabriel.

Je donne un coup de coude à Gabriel. Il laisse échapper un « Aïe » furieux et pose sa main sur le microphone.

— T'es couillon ou quoi ? lui dis-je.

— Ben quoi ?

— Pourquoi tu donnes ton vrai prénom ?

— Bah, juste avec mon prénom, il ne peut pas…

— Michel. Tu t'appelles Michel, c'est pigé ?

À l'autre bout du fil, pensant peut-être que le téléphone est en dérangement, Albert Scintaglia lance des :

— Allô ? Allô ?

— Oui, pardon, monsieur Scintaglia.

— Comment vous avez dit que vous vous appeliez ?

Gabriel me fixe avec une lueur de défi qui m'agace copieusement et lance :

— Gabriel.

— Si vous étiez un ami de James, peut-être qu'on se connaît, alors ? Vous êtes déjà venu à la maison ?

— Non, Monsieur, jamais. Et donc, je vous disais que j'aurais bien aimé avoir de ses nouvelles. Ça fait une paie qu'on s'est pas vus. Qu'est-ce qu'il devient, ce bon vieux James ? Il est dans le coin ?

— Ah ça, non ! s'exclame Scintaglia un peu trop fort. On peut même dire qu'il a joué les filles de l'air.

— Ah ?

— Eh oui. Il est parti à l'étranger, mon fils. On peut dire qu'il a bien réussi.

— Il est où ?

— Au Maroc. À Agadir, plus exactement. Vous savez quoi ? Eh bien, lui qu'était pas vraiment doué pour les études, il a réussi à devenir directeur adjoint dans une usine qui fabrique des conserves de sardines. Vous y croyez ?

— Non, vraiment ? James ?

— Eh oui. Comme quoi tout peut arriver.

Gabriel est enfin dans son personnage. Aucune raison de craindre quoi que ce soit. Il s'agit en apparence d'un simple appel amical d'un copain qui recherche un vieux camarade, c'est tout. Pourquoi le père de James se méfierait-il de Gabriel ?

— Franchement, reprend ce dernier, je ne m'attendais pas à ce que James s'en tire aussi facilement.

— Moi non plus. Il a loupé ses examens et s'est retrouvé l'été 1983 sans diplôme et sans perspectives. Incroyable qu'il ait su rebondir si vite. On peut dire qu'il nous en a fait voir des vertes et des pas mûres.

— Je suis vraiment content pour lui. Vraiment, Monsieur, c'est pas pour lui faire injure, mais à un moment, j'ai cru qu'il allait mal tourner. C'était un super copain, mais il faisait des petites bêtises…

— Des conneries, oui ! N'ayez pas peur des mots. Il aurait vraiment pu mal tourner, je suis d'accord avec vous. Mais il s'en est sorti comme un chef. Bon, nous, avec sa mère, forcément, on est tristes de ne pas le voir, mais que voulez-vous, c'est le boulot.

— Il ne rentre pas souvent ?

— Jamais. Depuis qu'il est parti au Maroc, il n'est pas revenu une seule fois en France. C'est pas faute de l'inviter, ça… Mais il nous dit qu'il a trop de travail et qu'il ne peut pas partir comme ça. Alors nous, que voulez-vous, on fait avec… On va pas lui reprocher de s'investir dans la boîte qui lui a fait confiance. C'est une usine qui marche très bien.

Je trépigne et fais signe à Gabriel de couvrir le microphone. Une fois que la paume de mon amoureux s'est posée sur les petits trous, je lui dis : « Demande-lui un numéro de téléphone et une adresse. » Dont acte. Pour une fois, Gabriel suit mes directives et cesse de jouer le cerveau de l'équipe. Le cerveau, c'est moi, les muscles, c'est… moi aussi. Bon.

Gabriel note les indications communiquées sans méfiance par Albert Scintaglia.

— Merci, Monsieur. Je vais lui passer un coup de fil, et qui sait, peut-être que j'aurai le temps d'aller lui faire un coucou là-bas.

— Ah, eh bien si c'est le cas, appelez-moi avant. J'aurai des trucs à lui faire passer.

— Promis. Au fait, il est parti quand, au Maroc, James ?

— Juste après l'été qui a suivi sa dernière année de fac. Début septembre 1983, de mémoire…

*

Mardi 21 janvier 1986

— Tu es sûr ?

— Un peu que je suis sûr. C'est lui, Juliette. J'en suis sûr.

— Ne fais pas la même connerie que les flics, Gaby.

Il me fixe avec une moue que je connais trop bien. Celle de la victime incomprise. Outré, mon homme.

— Comment ça ? Quelle connerie ?

— Accuser quelqu'un à la légère. Les gendarmes l'ont fait avec toi, et c'est pour ça que tu te retrouves en train de courser un homme qui n'existe peut-être pas. Ne fais pas la même chose avec James Scintaglia. T'as pas apprécié qu'on t'accuse sans preuve. Alors, ne te comporte pas comme un con de flic avec lui.

Gabriel retient un soupir. Son teint s'empourpre et je devine qu'il se contient.

— Juliette, bon sang, regarde la réalité en face. Il y a quatre-vingt-dix pour cent de chances que James soit le Jimmy qui sortait avec Margot Vanuren. Je sais que tu ne crois pas à cette piste, mais là, c'est évident.

— Pas du tout. Rien ne laisse supposer que James soit Jimmy, à part le fait que le second pourrait être le diminutif du premier. Ça fait léger. Et ce n'est pas la piste Jimmy que je suis, moi.

— Ah bon ?

— Non, c'est la piste James.

— C'est la même chose.

— Non, au contraire. Comme je te l'ai dit, jusqu'à preuve du contraire, James n'est pas Jimmy et James n'est pas celui qui a tué Margot.

— Alors pourquoi tu es là ?

— Simplement parce qu'un hasard nous a mis en présence d'indices qu'on ne peut pas occulter. Margot connaissait James. James lui tournait autour et il a quitté la France quelques jours seulement après la mort de Margot. Et d'ailleurs, il n'est jamais revenu, comme s'il craignait quelque chose. On ne me fera pas croire qu'en plus de deux ans, il n'a jamais eu l'occasion de rentrer, même un week-end. Mais ça ne fait pas de lui le coupable pour autant. J'insiste là-dessus, mais c'est suffisant pour qu'on le suspecte. Personnellement, je me lance sur sa piste sans me préoccuper qu'il soit ou non le Jimmy que tout le monde recherche. Savoir qu'il connaissait Margot Vanuren et qu'il a fui juste après sa mort me suffit.

Gabriel boude. Sans que ce soit volontaire, il s'écarte un peu de moi. À peine quelques centimètres, mais c'est suffisant pour que je comprenne le message. Puis il balance nonchalamment :

— De toute façon, ça ne change rien. James Scintaglia était un enculé de première, et que tu sois convaincue ou non de sa culpabilité, c'est la même chose. Tu es là et tu m'accompagnes, ça me suffit.

La voix qui résonne dans l'aéroport l'interrompt et annonce l'embarquement pour notre vol. Bordeaux-Paris. Puis Paris-Marrakech. Ensuite, nous louerons un véhicule et parcourrons par nos propres moyens les 250 kilomètres qui nous sépareront d'Agadir. Gabriel a insisté pour que nous fassions un détour par Essaouira. Je lui ai rétorqué que nous n'allions pas au Maroc pour faire du tourisme, mais pour en apprendre davantage sur James Scintaglia.

Essaouira… Comme si nous avions le temps de badiner… Nous ne nous y rendrons pas, c'est chose certaine.

*

Mercredi 22 janvier 1986

Essaouira brille.

Je suis paralysée devant un artiste qui travaille le thuya, accroupi sur le sol, avec une dextérité captivante. Les objets en bois qu'il façonne avec des outils rouillés sont si précis et si approfondis qu'il me faut les scruter de très près pour en apprécier les détails les plus minutieux. Gabriel me susurre à l'oreille :

— Il te plaît, ce… truc ?

— C'est pas un truc, Gaby. C'est un yaz, une lettre de l'alphabet amazigh, sculptée dans du bois de thuya. C'est le symbole berbère de l'homme libre.

— Ah, je me disais aussi. J'ai trouvé le cadeau idéal pour obtenir tes faveurs cette nuit. Combien ça vaut, à ton avis ?

— On n'est pas au souk. Ici, on ne marchande pas.

— Tout se marchande au Maroc.

— Non. C'est un artiste. Si tu veux me l'offrir, tu le paies à son juste prix ou je refuserai le cadeau.

— Et c'est quoi, son juste prix ?

— Celui que fixera l'artiste.

— Tu ne connais pas le prix.

— Je sais, mais c'est cher.

Cinq minutes plus tard, pour une poignée de dirhams qui me paraît ridicule eu égard à la qualité du pendentif, le yaz éclaire mon cou, glissé dans une lanière de cuir, balançant sur la naissance de mes seins.

Je parviens enfin à convaincre Gabriel de nous éloigner du port. Nous passons devant les ateliers de vannerie, et malgré moi, je ne peux m'empêcher de m'attarder, flânant comme jamais je ne le ferais ailleurs. Dans la médina, après la porte Bab el-Marsa, nous longeons des vendeurs d'épices et de fruits et légumes. Les couleurs safranées des étals attirent mon regard. Gabriel me presse : « Tu viens, Juliette ? » Je traîne, apaisée par ces ruelles étroites, alors que j'évolue pourtant dans un décor qui devrait m'oppresser. Un peu plus tôt, je me suis assise sur une roche ocre et j'ai admiré la sqala de la kasbah pendant près de trois quarts d'heure. Moi qui suis si sensible aux odeurs, je découvre ici des senteurs méditerranéennes incroyablement puissantes et complexes. L'iode se marie au parfum de la terre et des arganiers qui encerclent la cité. Mon odorat est tellement sollicité par les effluves emportés par les vents que ce sens qui m'est si précieux m'use. Je suis incapable de rendre mes narines insensibles, alors j'accepte d'être harassée.

— Chérie ?

— M'appelle pas comme ça.

Gabriel fronce les sourcils, fait mine de réfléchir et poursuit :

— Madame ?

— Oui ?

— On se promène encore un peu là où y a pas trop de monde pour que Madame ne panique pas, puis on déniche un chouette resto de poissons façon grand monde pour titiller les papilles si sensibles de Madame. Qu'en dites-vous ?

— Cela convient à Madame.

Nous devons nous hâter. J'ai confié la garde de Francis à un chenil, et ce jusqu'à samedi. Nous devrons rentrer à tout prix. Cela nous laisse deux jours et une partie du samedi pour enquêter sur James Scintaglia. Bien sûr, au lieu de dévier notre route vers Essaouira, nous aurions mieux fait de nous diriger immédiatement vers Agadir, mais j'apprécie les lieux et cette soirée romantique en compagnie de l'homme que j'aime. Les derniers mois ont été si stressants que nous avons besoin de nous retrouver. Je comprends ceux qui fuient. Ici, dans ce paysage neuf, tout change. Les embruns sentent différemment à La Rochelle ; pas meilleur, ce n'est pas la question, mais ils sentent *différemment*. Refaire sa vie. Oublier et reconstruire. Je repense à Gabriel et à sa ville, à cette cité océane et à ses sérénades ensorcelantes, à la caresse des alizés. Quitter La Rochelle serait pour lui un sacrifice et un aveu, celui de son échec. Pourtant, ici, personne ne l'insultera dans la rue. Il ne risque rien. Il est un homme libre. Un yaz qu'il porterait à son cou aurait du sens. Et la quête du sens demeure l'acte ultime.

Si nous ne trouvons pas le coupable, il nous faudra quitter La Rochelle. Ou du moins, *je* devrai quitter La Rochelle. Je ne pourrai attendre qu'on lui passe la corde au cou, car c'est fatalement ce qui surviendra un jour. Gabriel sera lynché sur l'autel de la justice aveugle, celle de la plèbe, celle qui sacrifie pour avorter tout sentiment d'imputabilité.

Nous marchons lentement, paisibles. Il ne fait que 15°C, mais pour nous, c'est déjà un changement manifeste au vu du climat qui régnait en France la veille, quand nous sommes partis.

— Tiens, regarde, celui-là. T'en dis quoi ?

Je lorgne la façade discrète du restaurant. Les murs couverts de chaux n'agressent pas l'œil comme le font certains commerces trop voyants. La carte est sommaire et cela me rassure. Du poisson, des crustacés et encore du poisson. Je hoche la tête.

On nous installe face à face, autour d'une table ronde en métal.

— Alors, Essaouira, je t'avais pas menti, me fait remarquer Gabriel. C'est magnifique, non ?

— C'est sublime. Si proche et si différent de Marrakech. Ici, c'est… plus calme. Comme si le temps s'écoulait moins vite.

— Oui, ça crie moins, ça va moins vite.

— Ça sent moins fort, aussi. Non, réflexion faite, ça ne sent pas moins fort, mais plutôt… moins dense.

Sur le conseil de Gabriel, nous commandons des fruits de mer et des poissons grillés. Gabriel précise qu'il y aura un beau pourboire à la clef si les plats servis sont soignés et copieux.

— Tu vas voir, ici, c'est bon et… énorme.

— Énorme ?

— Oui. On a commandé les fruits de mer, mais je ne sais

pas si tu as remarqué, il n'y avait aucun détail dans le menu. Juste « Fruits de mer et poissons ».

— Oui, c'est vrai.

— On va avoir droit à la pêche du jour. Plein de poissons, des langoustes savoureuses, peut-être des cigales de mer. Ils vont nous faire rôtir ça sur la grille, à la braise, mais ce sera exceptionnel. Si on avait mangé sur le port, on aurait eu la même chose, mais on se serait retrouvés le cul sur des bancs pourris, avec des tas de mouettes volant au-dessus de nous, en train de larguer leurs fientes sur nos assiettes…

— Génial, Gaby. Tu sais m'ouvrir l'appétit, toi…

— N'est-ce pas ?

Effectivement, alors que nous avons déjà englouti une bouteille entière d'un chardonnay de Meknès succulent, deux serveurs déposent entre nous un plateau immense, couvert de crabes, de langoustes, d'énormes crevettes. Des bars grillés, fardelés de branches de thym, sont délicatement alignés sur le côté.

— Gaby, on va jamais pouvoir manger tout ça…

— Question d'honneur.

Il commande une autre bouteille de vin et nous dévorons.

Une fois repus, un silence s'installe entre nous. Sur ces entrefaites, pendant que nos cuillères tournent et retournent dans nos thés à la menthe, servis avec le cérémonial de rigueur, nous nous dévisageons.

— Juliette ?

— *Call me « Madame », please.*

— Juliette ?

Je pose mes mains sur mes genoux. Gabriel est trop sérieux pour que je batifole, mais l'humour est la manière la plus efficace de me protéger. Chacun sa rondache.

— Juliette ? insiste-t-il.

— Oui ?

— Je voulais te dire… merci.

— Merci pour quoi ?

— Merci… d'être là. Ça fait si longtemps que je me bagarre tout seul. C'était tellement vain que ça en devenait ridicule. Tous ceux qui me connaissent me croient innocent. Même les gendarmes qui ont un brin de jugeote le pensent. Et pourtant, je vis un enfer depuis deux ans et demi et je pense… je pense que quand je t'ai rencontrée, alors que je venais juste d'être libéré, j'étais en train de lâcher. Je veux dire que j'abandonnais. Je ne sais pas ce qui se serait passé si tu n'avais pas fait irruption dans ma vie, mais… alors voilà : merci.

Une heure plus tard, nous faisons l'amour dans la chambre d'hôtel que nous avons réservée en arrivant. La fenêtre est ouverte et une moustiquaire déchirée volette en claquant contre le chambranle. L'air est chaud et j'ai soif. Les parfums de l'herboristerie en face remontent jusqu'à moi : anis, marjolaine, sauge. Des passants, deux étages plus bas, papotent tranquillement, en remontant la rue vers le borj el-barmil. Ils n'entendent pas mes cris quand je jouis.

Gabriel et moi, nous nous aimons très fort, cette nuit-là.

*

Jeudi 23 janvier 1986

Agadir est une ville cosmopolite, neuve, contrairement aux autres cités marocaines de la région du Souss. Le tremblement de terre de 1960 l'a ravagée et tout a été reconstruit. Si la Médina a perdu une partie de son âme et de son patrimoine, donc de son charme, elle est belle et resplendissante. Le soleil brûle ma peau, et j'ai le sentiment qu'il s'opère quelque chose en moi qui tient de la régénération. On trouve parfois sa catharsis là où on ne l'attend pas ; *quand* on ne l'attend pas.

Avec Gabriel, hier soir, nous avons longuement soupesé les différentes options qui se présentaient à nous. Pour aborder James Scintaglia, il n'y a que deux manières : la franche et la sournoise. Nous pourrions provoquer une rencontre, en apparence accidentelle, et profiter d'être tous les trois français pour nouer le contact. Ce serait une intrusion, une infiltration dans son monde. On l'apprivoise, on le sécurise, on le fait parler de lui et de ses années en France, pour tenter de le forcer insidieusement à nous révéler un détail qui puisse nous mettre la puce à l'oreille.

— Ou on lui tombe dessus, propose Gabriel, on l'embarque, et on lui demande clairement si c'est lui qui a tué Margot Vanuren après lui avoir mis des baffes dans sa gueule.

— La manière délicate, quoi.

— Ouais.

— On va plutôt l'approcher sans révéler nos véritables intentions. Si on voit que ça ne mène à rien, tu pourras lui sortir le grand jeu.

Nous guettons l'usine. Les photos que nous avons trouvées chez Clothilde datent de quelques années. Normalement, il n'a pas dû trop changer.

— Sauf s'il est coupable et qu'il ne veut pas qu'on le reconnaisse, remarque Gabriel. Il a peut-être même fait de la chirurgie esthétique.

— Et il aurait gardé le même nom ?

La voiture de location dans laquelle nous patientons, garée à quelques encablures de l'entrée du bâtiment dans lequel travaille Scintaglia, sent les produits de nettoyage. Je baisse ma vitre pour que s'échappe la fumée de la cigarette que je tète convulsivement, mais la chaleur envahit l'habitacle.

Tu sais pourquoi tu es ici, Zabójca ?

Pour innocenter Gabriel, la Cloche. Tu le sais bien.

Tu es sûre que c'est pour ça ?

Pour quoi d'autre ?

Tu aimes traquer les fantômes, pas vrai ?

Va te faire foutre.

L'homme que nous cherchons n'a pas d'horaires. Il est directeur adjoint dans cette usine qui fabrique des conserves de sardines. De la sous-traitance pour des marques européennes. Main-d'œuvre pas chère, réglementation malléable, cadences démoniaques, planning sans limites. Le royaume de la productivité. L'antre de la production moderne et folle.

Nous n'avons que peu de temps pour mettre le grappin sur James et lui faire cracher quelque chose qui pourrait l'incriminer, et nous avons passé plusieurs heures ici, dans cette caisse rapiécée qui sent l'antiseptique. Une journée de perdue. Nous pensions qu'aux alentours de midi, Scintaglia quitterait l'usine pour déjeuner, mais il n'a pas bougé. Il a dû manger sur place, et nous sommes restés là, bêtement, hésitant sur la conduite à tenir. Bientôt 19 heures et nous avons gaspillé un temps précieux.

— Là ! s'exclame Gabriel. C'est lui.

— Où ?

— Regarde.

Je fixe mon attention sur la direction indiquée par son index. Un homme jeune, de type caucasien, grand et plutôt maigre, sort par la porte principale de l'usine.

— C'est lui, assure Gabriel.

Je hoche la tête. En face de nous, à cinquante mètres à peine, apparaît James Scintaglia. Il contourne le bâtiment et grimpe dans une vieille Peugeot rouge dont je ne parviens pas à identifier le modèle.

— Qu'est-ce qu'on fait ?

— Suis-le, Gaby. Ne le lâche pas.

Scintaglia s'engage dans une artère débouchant sur un boulevard qui rejoint le littoral. Autour de nous, au volant de leurs bolides rafistolés, les Marocains klaxonnent pour un rien. Ici, on klaxonne les autres conducteurs pour les saluer. On klaxonne pour insulter. On klaxonne parce que c'est comme ça. Une Lada qui a l'apparence d'un tank russe nous coupe la route. Gabriel l'injurie.

— C'est bien, Gaby, tu te fonds dans le décor.

Nous suivons James sur trois ou quatre kilomètres. Il se gare sur le parking d'un hôtel de luxe.

— Qu'est-ce qu'il fout ? demandé-je.

— Il va boire un coup ou se payer une pute.

— Ici ?

— Ici, il va trouver des Européens. Et de l'alcool. Dans la Médina, dans les gargotes où il n'y a pas de touristes, on ne doit pas servir d'alcool.

Nous nous parquons près de la sortie et descendons. Notre stratégie est simple : l'accoster sous couvert de ce statut de compatriotes que les expatriés doivent nécessairement rechercher, et le déstabiliser.

Nous retrouvons James à l'intérieur du bar, dont l'entrée s'ouvre sur le hall d'accueil de l'hôtel. Vêtus à l'occidentale, nous n'éprouvons aucune difficulté à pénétrer dans les lieux. Le jeune homme en casquette, Mister Welcome, nous sourit et nous indique le comptoir d'un air affable. Scintaglia est accoudé au zinc, un whisky glace à la main, une moue de baroudeur imprimée sur la face, et devise avec le barman. Plusieurs jeunes filles délurées patientent plus loin, perchées sur de hauts tabourets, en se trémoussant.

Gabriel et moi prenons place à un mètre de lui. Nous commandons la même chose que Scintaglia : whisky glace. Faisons simple, les piliers. Gabriel garde le menton baissé. Avant d'entrer, nous avons convenu qu'il n'était pas impossible que notre cible se soit tenue au courant de l'évolution de la situation à La Rochelle et des progrès de l'enquête, et qu'il ait vu le visage de Gabriel Cassel dans la presse. S'il est coupable et qu'il a tué Margot, il est certain qu'il aura jeté un œil sur ce qui se déroulait là où il a opéré. Et s'il est innocent, puisqu'il a passé sa vie à La Rochelle, il aura peut-être voulu rester informé. Dans tous les cas, Gabriel se tient légèrement à l'écart, la tête baissée, discret, dans l'ombre. C'est donc à moi de prendre les devants.

— Bonsoir, vous êtes français ? demandé-je à mon voisin.

— Oui. Originaire des Charentes. Et vous ?

— Moi, je viens de Lyon. Et lui, dis-je en désignant Gabriel, qui a baissé la visière de sa casquette, il est de Nîmes. C'est mon frère.

Gabriel fronce les sourcils. Ça, ce n'était pas prévu au programme, mais je suis convaincue que Scintaglia aura davantage envie de copiner avec une femme si son compagnon n'est pas dans les parages.

— Ça fait plaisir de voir des compatriotes, ricane James en levant son verre et en le tendant vers moi. Ça fait plus de deux ans que je suis ici, et *les gens civilisés me manquent.*

Les gens civilisés me manquent… Je trinque avec le connard colonisateur en maîtrisant la répartie qui cherche à s'échapper de ma bouche. Instantanément, je hais ce type. Avec le portrait brossé par Clothilde, l'amie de Margot qui nous a permis de dénicher cette piste, je partais avec un *a priori* négatif, mais en une phrase, il a confirmé tout ce que je pensais de lui.

Gabriel garde ses distances. Je paie une nouvelle tournée et James approche son tabouret.

— Comment vous vous appelez ?

— France. Et mon frère, c'est Philippe. Faut pas lui en vouloir s'il vous fait pas la causette, il est timide.

— Pas de problème. Moi, c'est James.

— Et qu'est-ce que vous faites au Maroc, James ? Vous

n'avez pas l'air d'un touriste.

— Je bosse ici. Je dirige une usine qui fabrique des conserves de poissons.

Et James se lance dans un long monologue sur son rôle, son lustre et la place capitale qu'il occupe dans les rouages de l'entreprise. À l'entendre, on pourrait croire que l'économie du Maroc tient grâce à ses compétences. Tant mieux, les gens prétentieux sont toujours les plus faciles à manipuler. Il suffit d'ouvrir grand les yeux, d'arrondir la bouche, de lancer çà ou là des « C'est vrai ? », « Vraiment ? », « Ouah ! », pour que l'autre en face abaisse ses barrières et se montre négligent.

— Je suis impressionnée, James. Et en plus, tu as à peine vingt ans… Oh ! pardon, *vous* avez à peine vingt ans.

— On peut se tutoyer, je préfère.

— Moi aussi. Nous, avec mon frère, on est là parce qu'on a gagné un voyage, mais c'est trop dépaysant pour moi. C'est pour ça que je suis contente de t'avoir rencontré.

James sourit et profite du fait que Gabriel se soit rendu aux toilettes pour me lancer :

— J'aime bien ton style, France.

— Mon style ?

— Ouais. Les lunettes noires, même le soir, ça fait classe.

— Et encore, t'as pas vu le reste.

C'est bon, il est ferré. Si James ouvre sa grande gueule, il va se mettre à baver.

— Et… euh… par rapport, à ton frère…

— Quoi ?

— Ça le dérange pas que… Enfin, il va peut-être pas aimer qu'un homme cause à sa sœur, non ?

— Non, il s'en fout. Pas de souci de ce côté-là.

Gabriel revient. Nous buvons encore deux tournées. Puis James se redresse, saute de son tabouret, remonte ses bretelles et lance :

— Dis, France, ça te dirait de venir prendre un verre chez moi ? J'habite pas très loin et j'ai un appartement très chic, tu verras.

Je me tourne vers Gabriel, qui n'a pas été convié directement :

— Philippe, ça te tente ? On y va ?

Acquiescement de Gabriel et moue dubitative de James – le frérot dans les bagages de sa proie, ça ne l'emballe guère.

Nous quittons tous les trois le bar de l'hôtel, grimpons dans nos véhicules respectifs et Gabriel et moi suivons James pendant cinq ou six kilomètres. Il se gare devant une villa aux murs couverts de chaux, ocres, dans un lotissement à l'écart du centre-ville. Quand nous quittons l'auto de location, il nous dit :

— N'ayez pas peur pour la bagnole, y a pas de voleurs dans le coin. Que des Européens. Les Arabes ne viennent pas ici.

Pendant un temps, j'imagine le calvaire des employés de l'usine dans laquelle il exerce.

Nous pénétrons dans un couloir sombre et triste et débouchons dans un salon meublé à la française. Pour le dépaysement dont je me plaignais plus tôt, tu repasseras. Il n'y a pas la moindre mosaïque ou le moindre objet de décoration qui pourrait rappeler dans quel pays nous nous trouvons. Tout est si classique que j'en suis gênée. Le rejet total de la culture locale est un anachronisme dans ce lieu qui n'appartient pas à son espace. La maison de Scintaglia jure, car elle clame très haut qu'elle veut dominer, imposer, écraser.

Gabriel s'installe dans un fauteuil, la mine toujours basse. James ne l'a pas reconnu. Peut-être n'a-t-il même pas vu son portrait dans un journal. Et forcément, pour moi, c'est déjà une preuve qu'il n'a rien à voir avec la disparition de Margot. S'il était l'assassin, il se serait renseigné sur les suspects. Nous posons nos fesses sur le canapé. Une bouteille de whisky et trois verres apparaissent comme par enchantement sur la table vitrée qui nous sépare. À la tienne. À la tienne. Et encore à la tienne.

J'essaie de faire parler James. Qui ne demande que ça. Son sujet favori : lui. Pendant qu'il s'épanche, je vois Gabriel dresser le buste, comme si un regain d'intérêt modifiait sa posture. James déballe qu'il est grand. James dit qu'il est fort. James affirme que seuls les Français – et un peu les Allemands – savent faire régner la discipline chez les Arabes. James claironne donc qu'il est grand, beau et fort. Et moi, j'enrage. Je tâtonne, mais ne trouve pas comment l'amener à ce qui nous préoccupe. Il est saoul et ses défenses sont aux abonnés absents. Je peux y aller franco, mais la conversation prend des tournures bizarres, et je ne parviens pas à la cadrer.

— James, t'étais d'où, exactement ?

— La Rochelle. Ah, vivre à La Rochelle, c'est pas donné à tout le monde.

— T'es parti quand ?

— En 83. Directos après la fin de mes études. Z'avaient besoin d'un type solide ici, alors je…

— Juste après tes études ?

— Ben oui.

— Et tu reviens en France, parfois ?

— Jamais eu le temps. C'est qu'ici, j'ai un poste important, moi. On compte sur moi. Tu sais, France, sans moi, ici, c'est…

— Mais t'as de la famille en France ? Pourquoi t'as pas pris au moins un week-end pour revenir à La Rochelle ?

— Je te l'ai dit, à cause du boulot. Ici, sans moi, ça peut pas mar…

— Tu fuis quelque chose ?

— Hein ?

Je le ressers. Puis j'insiste. Et m'égare encore dans les vastes étendues de mes questions vaporeuses. Nous frôlons la mort, contournons l'embarrassant, ignorons l'immanquable. James a les yeux qui brillent comme deux lueurs rouges dans l'obscurité. Gabriel s'impatiente. Son genou trémule quand il tape du pied par terre, et ça me déconcentre. Ça m'énerve aussi de jouer ce rôle qui n'est pas pour moi. James n'est pas Jimmy. Ou alors, si, peut-être l'est-il. Peut-être que je me suis perdue, que je ne suis pas moi, que James n'est pas James et que Gabriel n'est pas Gabriel. Des marionnettes qui s'enivrent, l'une jouant avec l'autre avec le soutien de la troisième. Et ça boit et ça s'éloigne. Scintaglia pérore, gonfle le torse, courbe le sourcil et s'émeut de cette petite gloriole qu'il s'est inventée. Il se croit illustre, mais il n'est qu'une vétille, une poussière, une fadaise auréolée de sa propre importance, bâtie artificiellement à grands coups de conviction colonialiste.

Gabriel a pris la suite. Les relents du racisme de James, à chaque phrase qu'il prononce ou presque, nous font bouillir de rage. Gabriel a toujours eu un sens profond de la justice – ce qui est compréhensible au vu du préjudice qu'il a subi –, et je sais qu'il est indigné de devoir donner le change. Mes dents grincent. Mon sang chauffe. Ma respiration saccadée s'accélère. Je ne peux plus faire semblant. Je hais les cons. Je crève d'envie de planter un couteau dans l'œil de ce mec imbu de lui-même, pour le mettre à mon niveau, pour vérifier s'il est capable d'endurer aussi bien que moi les coups du sort, les punchs de la fatalité.

Je me retranche dans mon monde, laissant Gabriel endosser la personnalité d'un Philippe admiratif, compatissant. Les hommes parlent et la femme s'efface. Et Gabriel se retrouve dans la même position que moi quelques minutes plus tôt. Lui aussi ne parvient pas à interroger efficacement James. Impossible de l'amener là où nous le voulons. Gabriel échoue. Chaque fois qu'il est orienté vers septembre 1983 à La Rochelle, James change de sujet. Je ne pense pas qu'il le fasse sciemment pour noyer le poisson. James est simplement stupide, stupide et hautain, hautain et bourré. Bourré, mais encore conscient. Donc, méfiance. Gabriel lui tape maintenant benoîtement sur l'épaule, comme s'ils étaient deux vieux camarades qui se retrouvent après plusieurs années. Les meilleurs amis du monde se marrent. Gabriel fait certainement semblant de s'acoquiner avec cette gale, mais il le fait divinement, avec un art subtil de l'à peu près. Sauf qu'en réalité, tout ça ne sert à rien, car James ne nous livre aucun indice susceptible de servir notre quête.

Alors, moi, comme toujours, quand le couvercle de la marmite est sur le point d'exploser si fort qu'il va crever le plafond de la chaumière, moi donc, j'oublie les recommandations et je redeviens moi-même. Je ne m'aime pas plus aujourd'hui qu'hier, mais c'est bon, parfois, d'être soi-même.

J'attrape le cendrier sur la table, le fais pivoter. Les cendres, les mégots et une cigarette encore allumée se déversent sur la moquette orange, devant le regard médusé des mâles alpha. James dit : « Mais… elle est complètement conne, celle-là… » Gabriel dit : « Juliette, ça va pas ? » James dit : « Juliette ? Elle ne s'appelle pas France ? Je croyais qu'elle s'ap… » James ne dit plus rien.

Il ne finit pas sa phrase, car ma main se déporte sur la gauche et le cendrier l'atteint à la tempe. De toutes mes forces, je tape. Frapper, ça, oh vrai de vrai, ça fait toujours du bien. Le sang gicle. James part en arrière. Il chute de tout son long sur les genoux de Gabriel qui, surpris, a un mouvement de recul. Ma victime du jour laisse échapper un sanglot. Ses mains se posent sur la blessure, mais le liquide écarlate jaillit entre les doigts entremêlés. James dit : « Non, aidez-moi ! » James ferme les yeux quand le sang l'aveugle. James dit : « Ça pisse !

Aidez-moi ! » Gabriel attrape mon poignet, toujours levé. Je me dégage et l'estourbis encore. J'atteins James à l'épaule. Il pleure. Gabriel dit : « Arrête, ne fais pas ça. » James dit : « Pitié ».

Mon homme se précipite vers la cuisine et revient avec un torchon. Il s'en sert de compresse pour éponger le sang qui coule de la blessure au front de James. Je suis debout, face à eux. Calme. Je retiens ma respiration.

— Gaby, pousse-toi.

Il s'exécute à contrecœur et retourne s'asseoir dans le fauteuil. De la main, je balaie tout ce qui encombre la table. Les verres voltigent et vont s'écraser au sol, à deux mètres de nous. L'un d'eux tombe au-delà de la moquette, pulvérisé en un million de miettes translucides. Je m'installe en face de James. Celui-ci est assis, le dos engoncé dans le moelleux du canapé. Il tremble.

— James, j'ai des questions à te poser. Tu vas me répondre ou je vais te faire très mal.

— Mais vous êtes qui, bordel ?

— Philippe et France. Ou Gabriel et Juliette. Comme tu veux. Mais s'il te plaît, ferme-la.

— Mais pourquoi vous m'avez…

Je lève ma main. Le cendrier, toujours tenu fermement, luit. James se tait.

— James, j'ai très envie de te faire mal. Ça fait une heure que je t'entends, et je te jure que j'ai très envie de te faire mal. Alors ne parle que pour répondre à mes questions, je t'en supplie. Ne me fais pas ce plaisir. Ne me donne pas une raison de te faire mal.

— …

— Nous savons que tu sortais avec Margot.

— C'est toi, Jimmy ? m'interrompt Gabriel.

— Jimmy ? répond James. Non, je m'appelle James. C'est

quoi, cette histoire de Jimmy ? C'est qui, Jimmy ?

— James, nous savons que tu sortais avec Margot.

— Margot ?

— Margot Vanuren.

— Margot Vanuren ?

— Ne me fais pas croire que tu ne sais pas qui est Margot Vanuren.

— Si, si… C'était une copine d'une fille avec qui je sortais, à La Rochelle, pendant ma dernière année d'études. Mais je ne suis pas sorti avec Margot.

Je cogne James dans les côtes. Juste comme ça, en amoureuse des *casus belli*. Pour lui rappeler que la menace est réelle, que je suis folle, que la foudre tombe sans avoir été invitée et sans s'annoncer, qu'il est une proie, qu'il ne doit attendre aucune pitié de ma part, qu'il est à ma merci, que je vais peut-être/certainement/forcément (barrez la mention inutile) le tuer. Il gémit. L'odeur de son sang me grise. C'est un parfum métallique, avec des notes insistantes qui rappellent le soufre. Je l'aime, cette odeur.

— James, ne nous fais pas perdre de temps. Tu es sorti avec Margot.

— Non !

— Tu es sorti avec Margot, si.

— Non ! Je te jure. Je me souviens que j'ai dû essayer de la draguer, mais elle m'a rembarré. Et même si j'étais sorti avec elle, merde, qu'est-ce que ça peut bien te faire ?

— Tu es sorti avec Margot.

— OK, si tu veux. C'est des conneries, mais si ça te fait plaisir et que vous vous cassez d'ici, je veux bien te dire que je suis sorti avec elle. Je l'ai épousée et j'ai même eu plein de mômes avec elle. Voilà, ça te va comme ça ?

Je le tape encore, mais à la tête cette fois. Pas loin de la tempe où une estafilade de deux centimètres au moins se dessine sur sa peau hâlée. Son arcade explose. Il hurle. Le rouge inonde le décor. Gabriel est si pâle que je me convaincs qu'il va faire barrage – il n'est pas du genre à flancher.

— James, je veux juste la vérité.

— Je te l'ai dite, la vérité ! Mais tu veux pas l'entendre. Je ne suis jamais sorti avec Margot. On a passé quelques soirées ensemble, avec le groupe de potes que je fréquentais à l'époque, mais c'est tout.

— Tu es parti de La Rochelle début septembre et tu n'y es jamais retourné. Pourquoi ?

— Mais... pour travailler ! Et qu'est-ce que ça a à voir avec Margot ?

— Margot est morte dans la nuit du 3 au 4 septembre 1983.

— Margot est morte ?

— Tu veux me faire croire que tu ne le savais pas ?

— Mais... non !

— Tu es venu au Maroc juste après sa mort, c'est ça ?

— J'ai pris mon poste le samedi 10 septembre 1983. Je m'en souviens très bien parce que c'était la sainte Inès. C'est le prénom de ma mère. Et puis sa date d'embauche, c'est un truc qu'on n'oublie pas.

— Ce qui fait que tu es parti de La Rochelle juste après la mort d'une fille que tu connaissais, que tu as fréquentée. Que tu as essayé de baiser, en vain.

James s'étrangle. Il dodeline, comme s'il était stone. L'alcool et la douleur se mélangent.

— Attendez un peu, fait-il. Vous dites qu'elle est morte dans la nuit du 3 au 4 septembre 1983 ?

— C'est ça. Et juste après, tu quittes La Rochelle.

— Non, pas du tout. J'ai dit que j'avais pris mon poste le 10 septembre, ici, au Maroc, mais j'ai pas dit que j'avais quitté La Rochelle juste avant cette date.

— De quoi tu parles ?

— On m'a pas lancé dans le grand bain comme ça. J'ai fini les cours fin juin et juste après, je suis parti en Tunisie en stage de formation. Je me souviens plus, je crois que c'était mi-juillet.

— Des craques. Tu cherches à t'en sortir.

— Mais m'en sortir de quoi ? Je sais même pas ce que vous voulez. Vous croyez que j'ai tué Margot et que je suis venu me réfugier à Agadir, c'est ça ? Eh bien, si c'est ça, allez vous faire foutre, parce que début septembre, j'étais en Tunisie. J'ai pris un vol de Tunis à Marrakech le 10 septembre. C'est le patron de l'usine qui est venu me chercher et m'a amené à Agadir. Allez lui demander, c'est un compatriote !

— Et tu dis que de mi-juillet jusqu'au 10 septembre, tu étais à Tunis ?

— Oui, dans une usine de produits chimiques. Je vous le jure. Je vous le jure sur ma tête.

— Ta tête ne vaut pas grand-chose.

— Je peux le prouver. Enfin… je pense. Allez dans le placard, là-bas. Y a un gros carton. Il doit y avoir un certificat.

— Un certificat ?

— Pour le stage, oui. J'ai dû faire huit semaines de formation, de mémoire. Et on m'a délivré un certificat.

Je suis à deux doigts de lui donner un autre coup sur la tronche, juste pour m'assurer qu'il sera suffisamment dans les vapes pour ne pas projeter quoi que ce soit pendant que nous examinerons ses papiers, mais face à l'attitude perplexe de Gabriel, je renonce. Tant pis, je le frapperai *sine die*.

À deux, nous étripons tous les cartons dans le placard. Nous trouvons des résumés des cours que Scintaglia a suivis à La Rochelle, des documents administratifs, des notes de frais et leurs justificatifs. Dans un quatrième carton, nous tombons sur ses diplômes et au milieu de ceux-ci, le certificat en question. Aucun doute possible, les dates sont mentionnées très clairement. James Scintaglia a suivi une formation du 18 juillet au 9 septembre 1983. « Il a très bien pu revenir à La Rochelle deux ou trois jours, déclaré-je à Gabriel, juste le temps de la tuer. Comme s'il prenait des vacances, tu vois. Une sorte de permission. » Mais je m'accroche à des chimères en espérant ne pas m'écraser sous le poids de la honte et de la culpabilité. Je me suis plantée lamentablement. Dans un autre carton, nous trouvons des manuels que James a récupérés pendant ladite formation : management, approvisionnements, logistique… Puis, dans une pochette transparente, plusieurs feuilles contenant son emploi du temps. Par exemple, le 18 juillet, il est noté clairement qu'il était d'astreinte de nuit. Et James a travaillé le samedi 3 septembre.

— On bosse le samedi, dans ton usine de chimie ?

— Si on bosse le samedi ? répond James. Mais bien sûr. Même le dimanche. Chez les Arabes, c'est pas comme chez nous, y a pas de réglementation du travail. C'est pour ça, d'ailleurs, que la plupart des boîtes fabriquent ici. Ici, y a pas de syndicats pour vous chier dans les bottes. Et les Arabes, ça coûte moins cher.

Je fais deux pas en avant, m'empare d'une chaise qui trône en face d'un secrétaire, et la lui jette à la face. Il se protège comme il peut et se met à pleurer.

— Pourquoi t'as fait ça, Juliette ? demande Gabriel.

— Parce que j'ai bien cherché, je n'avais aucune raison de ne pas le faire.

Nous continuons de fouiller dans les cartons. Nous tombons sur des copies des notes de frais de James. En septembre 1983, il a des notes de restaurant qui attestent qu'il n'était pas en France lorsque Margot a été tuée. Gabriel, excédé, lui crie :

— Mais c'est toi, Jimmy ? Pas vrai ?

— Jimmy ? Mais c'est qui, ce Jimmy ? Et pourquoi vous

pensez que je suis Jimmy ? Je m'appelle James, pas Jimmy.

— James, Jimmy, c'est du pareil au même. OK, James, tu l'as pas tuée. On en a la preuve. Mais c'est bien toi qui sortais avec elle. C'est bien toi qu'elle appelait Jimmy, non ?

Je pose ma main sur l'avant-bras de Gabriel. James n'était pas à La Rochelle pendant l'été 1983, alors que Margot parlait de Jimmy à ses amies. Je le savais déjà, bien sûr, mais James Scintaglia n'est pas Jimmy.

— Gaby, on s'en va.

Avant de quitter la maison, je me retourne vers James et lui dis :

— James, on quitte le pays à l'aube. Si tu appelles les flics, on leur dira que tu as essayé de me violer. Tu connais nos prénoms, mais je serais toi, je resterais tranquille dans mon coin. T'as peut-être pas envie qu'on sache dans ton usine que tu as essayé de me violer, non ?

— Mais j'ai pas… Je dirai rien. Barrez-vous et je jure que j'appellerai pas les flics.

Nous filons prestement. Gabriel prend le volant.

— Qu'est-ce qu'on va faire en attendant samedi ? On va à Marrakech et on se planque en espérant que les flics ne viendront pas nous chercher ?

— Non. On file sur Casablanca et on prend un avion dès demain. Il faut qu'on quitte le Maroc le plus vite possible. Si James appelle les flics, ils iront directement à l'aéroport de Marrakech. Casablanca, c'est là qu'on va.

— Écoute, Juliette, si on a des problèmes, on dira que c'est moi qui suis responsable de tout, d'accord ? On dit que c'est moi qui l'ai cogné. Toi, tu ne faisais que m'accompagner et tu as tenté de me retenir.

— Pas question.

— Si. Juliette…

Gabriel s'interrompt. Il anhèle et reprend :

— Juliette, tu ne dois pas faire ça.

— Faire quoi ?

— Toute cette violence… Tu dois te contrôler. Tu ne dois pas laisser la Chose que tu as dans le ventre sortir.

— De quoi tu parles ?

— La Chose. En toi, tu as une Chose que tu dois tenir en laisse. Tu n'es pas comme ça. Je ne veux pas que tu deviennes comme ça pour moi. Tu ne dois pas te compromettre.

— Laisse tomber, Gaby. On voulait des réponses, on les a. Et malmener ce type, j'ai aimé ça.

— Justement.

Gabriel est inquiet. Je l'aime pour de multiples raisons, mais notamment pour celle-ci : il est ma bouée, ma vigie, le phare qui m'attire pour me sauver et m'éloigner des gorgones qui veulent faire de moi leur sœur. C'est lui qui m'ancre dans la réalité et m'empêche de devenir un monstre. Il observe un silence accablant, puis me demande :

— Tu crois qu'il va aller se plaindre aux flics ?

— Non, je ne pense pas. Mais on ne peut pas en être sûrs. Un Français qui se fait agresser par des Français, ça les intéressera moins, les flics. Et je sais pas, mais je ne pense pas que James soit du genre à apprécier d'avoir les flics près de lui.

— Il connaît nos vrais prénoms et il sait qu'on est mêlés de près ou de loin à Margot.

— Oui, mais il ne connaît pas nos noms et il n'a pas vraiment vu nos visages. Moi, j'ai gardé mes lunettes tout le temps pour cacher mon œil et toi, t'as passé une partie de la soirée à te planquer sous ta casquette. Et faut pas oublier qu'il est ivre mort. Je pense même pas qu'il aurait la force d'aller voir les flics tout de suite. Et pleurnicher auprès des flics alors qu'il a cinq grammes dans le sang, dans un pays musulman… Mais…

— Mais quoi ?

— Au sujet des flics, croise tout de même les doigts.

VIII

EN QUÊTE

UN MOIS PLUS TÔT

Lundi 16 décembre 1985

Ses caresses sont douces, passionnées, imprégnées d'un magnétisme qui me rend toute chose, comme si nous faisions l'amour pour la dernière fois. Chaque fois que sa peau touche ma peau, je tressaille. Il détient un pouvoir qui m'ensorcelle, qui me fait vibrer de l'intérieur. C'est dans ce toucher, mais aussi dans sa façon de me regarder, comme si je captais la lumière. J'ai souvent l'impression d'être invisible, d'être une Grise dans un monde gris, mais face à lui, je me sens furieusement vivante. Je prends conscience qu'une force mystique anime mes chairs et mon sang, et y ajoute une pincée de magie pour que je sois *moi*.

J'ai même l'impression qu'il me trouve belle…

Francis essaie de grimper sur le matelas, et je le repousse du pied.

— Il veut quoi, le clebs ? demande Gabriel.

— Qu'on fasse des trucs à trois.

— Sale bête. Bon, dis-lui que c'est d'accord.

Gabriel se lève. Il est nu, mais moins pudique que moi, cela ne le trouble pas. Il traverse ma chambre et ouvre le frigo. La lumière éclaire son corps. Il a repris du poids ces dernières semaines, mais il est toujours beaucoup plus maigre qu'il ne l'était avant l'été. Il devra supporter les séquelles de l'agression jusqu'à son dernier souffle. Quand il marche, on a l'impression qu'il le fait sur des échasses. Ses jambes titubent, comme deux brindilles pouvant se briser à la moindre occasion. Ses rotules sont des magmas de cartilages en bouillie, tenant avec des kilomètres de fils, plantées de vis et de matières qui n'ont rien à faire dans un corps humain. Un flamant rose aux pattes plus chétives que nature. Mais utiliser une canne lui confère une sorte de charme, de maturité, qui ne me laisse pas indifférente. Il paraît fragile et vulnérable, et c'est peut-être ce qui m'émeut. Pourtant, je sais qu'il est plus robuste qu'il ne le laisse paraître et que rien ne peut le désaxer. Les icebergs, dont la majeure partie est immergée, sont infrangibles.

Gabriel revient avec une bouteille d'eau minérale fraîche. Il boit deux gorgées à même le goulot et me la tend ensuite. J'enfile un tee-shirt trop grand que je porte quand je suis seule chez moi. Justement :

— Tu te sens pas trop seule ? demande-t-il.

— Seulement quand je suis entourée. Quand je suis calfeutrée chez moi, ça va.

Puis j'ouvre les fenêtres. L'odeur de nos ébats emplit la pièce ; il faut qu'elle prenne congé.

— Gaby, dis, je voulais te parler d'un truc.

— Très bon sujet, ça. J'adore parler des trucs.

— C'est sérieux.

— Je sais. Les trucs, ce sont des trucs sérieux. On ne le dit pas assez, d'ailleurs. Je t'écoute, dis-moi des trucs. Mais… que ce soit sérieux, s'il te plaît.

Il s'assied au bout du lit, toujours nu. Chaque fois que j'essaie d'aborder avec lui des sujets importants, il répond à sa manière, avec ironie et humour, comme s'il s'apprêtait à désamorcer une bombe et anticipait les déflagrations. Ceux qui combattent la fureur avec légèreté ne sont pas plus impuissants que les autres. La nonchalance a toujours été un bouclier.

— Gaby, tu ne supportes plus cette ville, n'est-ce pas ?

— Quoi ? Tu plaisantes ? J'aime La Rochelle au-delà de tout.

Sa rebuffade paraît sincère.

— Elle est curieuse, ta question, Juliette. Tu sais que je suis ici depuis toujours. C'est *ma* ville. Elle m'appartient. Et je n'ai peut-être pas beaucoup voyagé, mais je n'ai jamais vu une ville plus belle.

— Mais tu ne supportes plus d'y vivre.

— De quoi tu parles, exactement ?

— De… des gens. De ceux qui te crachent à la gueule quand ils te reconnaissent dans la rue. De ceux qui t'insultent. De ceux qui te passent à tabac, te bousillent les genoux et t'envoient à l'hosto.

— Ah, eux.

Il se laisse tomber en arrière et se couche sur le dos, fourbu.

— Eux, ils ne sont pas la ville. Ce sont des parasites, rien de plus.

— Mais tu ne le supportes plus, pas vrai ?

— Ben, disons que quand une mamie refuse de me dire bonjour quand je vais acheter une baguette à la boulangerie ou qu'un client ne veut pas s'intéresser à une maison si c'est moi qui la lui fais visiter, oui, ça me pose un léger problème. Juliette, pourquoi tu me parles de ça ?

— Parce que je me demande pourquoi tu ne veux pas partir.

Gabriel fait une moue que je connais. Celle du professeur pédagogue qui va expliquer patiemment la leçon à une petite fille obstinée à qui il faut répéter cent fois les choses.

— Tu sais pourquoi je veux rester ici.

— Je le sais, mais je ne le comprends pas.

— Si je quitte La Rochelle, je ne pars pas, je fuis. Et je refuse de fuir. Fuir, c'est renoncer. Je veux me battre. Ils croient qu'ils peuvent me mettre K.-O., mais ils ne savent pas combien de coups je suis capable d'encaisser. J'ai été soupçonné d'un crime puis mis hors de cause, mais les crétins décérébrés qui vivent ici ont besoin d'un coupable. Faut se méfier de la *vox populi*. Si je m'en vais, ils auront gagné. Tu vois, fuir, ce serait leur donner raison. Ce qu'ils veulent, c'est que je me tienne loin d'eux et de leur famille.

— Non, ce qu'ils veulent, c'est que Mitterrand et Fabius remettent la peine de mort et qu'on te guillotine.

— Aussi.

Gabriel refuse de dramatiser. Le ton de sa voix est posé et caustique.

— Mais tu sais, je dois faire avec. Pas le choix. Si ces types se…

— Et ces femmes. Ces types *et* ces femmes. Tout le monde t'en veut. Même les bébés.

— Si tu veux. Si ces types et ces femmes… et les bébés… se prennent pour des juges et veulent condamner le premier suspect venu sans la moindre preuve, que veux-tu que j'y fasse ? Je peux juste espérer qu'aucun d'eux ne portera jamais la robe d'un magistrat. Mais jamais je ne me prosternerai face à eux.

— Mais tu as les genoux en compote, et à vie. Tu ne crois pas que ce serait plus prudent de déguerpir loin d'ici ?

— Tu as peur du frère de Margot Vanuren ?

— Non, lui, je ne le crains pas. Il ne te menacera plus jamais.

— Comment peux-tu en être si sûre ?

— Je le sais, je le sens, c'est tout. Fais-moi confiance. Mais les autres ? C'est pas Vanuren qui t'a pété les jambes. Tu vas encore te faire bastonner, tu le sais bien.

— On verra. Un jour, on trouvera le vrai coupable. Je pense qu'il faut ça pour qu'on en finisse un jour. Si les flics identifiaient Jimmy, peut-être qu'on me foutrait enfin la paix.

— Donc, tu refuses toujours de partir ?

— Catégoriquement. Je reste. Avec toi.

Je soupire. Encore une fois, je ne peux le forcer à suivre mes conseils, mais mon instinct me dit que tout ça finira mal. Un jour, demain ou dans cinq ans, un soir, dans une rue pas trop éclairée, des types éméchés reconnaîtront Gabriel. Ils l'auront vu en photo, dans le journal, et auront entendu qu'il s'agit d'un tueur remis en liberté par la police qui vit toujours parmi eux, en quête d'une nouvelle proie. Ils lui tomberont dessus à cinq ou six et cette fois-ci, il ne se relèvera pas. L'un d'eux le cognera un peu trop fort et l'assassinera. Et quand la nouvelle fera le tour de la ville, le lendemain, quand les journaux annonceront que l'éternel suspect n'est plus en état de nuire, certains ouvriront une bouteille de champagne en clamant haut et fort que le monstre n'est plus. Et plus tard, peut-être que le vrai tueur sera découvert. Et Gabriel fera figure de martyr.

Je ne peux accepter cette issue sans rien faire.

— Gaby, je voudrais me renseigner au sujet de l'enquête.

— De l'enquête ? De quoi tu parles ?

— La mort de Margot. Je voudrais en savoir plus.

— Mais… pourquoi ? Et comment ?

— Je t'aime, Gaby, et si je t'aime, alors je dois vivre avec ça, moi aussi. Donc j'aimerais tout savoir. Ça me touche aussi, tu sais. Pas directement, pas comme toi. Je ne risque pas de me faire casser la gueule en faisant mes courses. Mais si quelqu'un te tombe dessus quand on est ensemble, j'en supporte aussi les conséquences. J'ai du temps libre, en ce moment. Je ne joue aux échecs au *Foc* que quelques heures dans la semaine, et depuis que Simon a fermé la boutique de location de vélos, en attendant l'été prochain, je tourne en rond.

Gabriel perd son flegme. Il se met à tambouriner sur ses cuisses avec ses index.

— Mais ça veut dire quoi, au juste, se renseigner au sujet de l'enquête ?

— Je ne sais pas. Lire les journaux de l'époque, visiter les lieux, parler à quelques personnes.

— Fureter, mettre ton nez partout, remuer la merde.

— Non, ce serait mal me connaître.

Gabriel hoche la tête.

— Juliette, vaut mieux laisser les fantômes dans les placards.

Tu entends ça, Zabójca, il voudrait m'enfermer dans un placard ? Tu vas laisser faire lui ?

T'es pas le seul fantôme à nous pourrir la vie, la Cloche…

Mon appartement m'a rarement paru aussi étriqué. Je suis libre d'agir comme bon me semble et j'ai déjà pris la résolution de mener ma propre enquête. Mais j'ai besoin du consentement de Gabriel pour qu'il n'ait pas le sentiment que je manœuvre dans son dos.

— Je veux juste creuser un peu. Être au courant. Je ne veux pas fouiner.

— Si, tu veux fouiner.

— Mais non, je…

— Si, tu veux fouiner.

— …

— Assume. Dis-le.

— Non, Gaby. Je ne *veux* pas fouiner. Je *vais* fouiner.

*

Vendredi 20 décembre 1985

En trois jours, j'ai pris en pleine face un nombre incalculable de portes. Personne n'a voulu se confier ou consacrer ne serait-ce qu'un quart d'heure à une inconnue qui n'a aucun rôle officiel dans l'affaire. Je ne suis ni de la famille de la victime ni de celle d'un quelconque intervenant. Si encore je pouvais me targuer de posséder une carte de presse, on m'accorderait peut-être un chouïa d'attention. Mais ce n'est pas le cas. Je ne suis que Juliette Cardone, une borgne paumée de 24 ans, sans travail, sans attaches et, c'est bien le pire, sans aucun tact.

J'ai contacté la gendarmerie, mais dès que j'ai expliqué que j'étais une amie de Gabriel Cassel, on m'a raccroché au nez. Et quand je m'y suis rendue physiquement, j'ai bien cru qu'on allait me rosser. Quand le ton est monté, je me suis imaginée croupir dans une cellule humide, aux murs couverts de salpêtre, d'initiales gravées et de dessins pornos, derrière des barreaux rouillés. Pourquoi ? Simplement parce que Gabriel a raison : les flics le considèrent comme coupable. Pas parce qu'ils en ont l'intime conviction – quoique cela puisse se discuter –, mais parce qu'ils n'ont personne d'autre dans le collimateur et que leur nature profonde les pousse à désigner quelqu'un faute de mieux. « Ils ne veulent pas *le* coupable, ils veulent *un* coupable », m'avait dit Gabriel ; il avait raison.

Commencer par la base, là est la clef. Et la base, seules les coupures de presse de l'époque pourront me la présenter de manière exhaustive.

En Charente, Alain Carretier est *le* journaliste spécialisé dans les faits divers. Il travaille pour le plus grand quotidien de la presse régionale, et même si je le hais déjà pour ce qu'il représente, j'ai dû me résoudre à faire appel à ses services. Je pensais dénicher les canards de l'époque à la bibliothèque municipale, mais une fois sur place, on m'a clairement fait comprendre que les archives n'étaient pas détenues ici. Je n'ai pas le choix, il va me falloir jouer finement avec ce pisse-copie qui met son nez partout.

Je le reconnais quand il entre dans le café. Je n'ai fait que le croiser une fois, quand il sortait de la chambre d'hôpital de Gabriel, mais il est facilement identifiable. Une quarantaine d'années, le cheveu rare, des lunettes rondes qui tombent sur son nez. Il porte une chemise à liserés roses qui paraît mal taillée. Plutôt quelconque, ce type. À part ce regard que j'ai du mal à qualifier ; j'aurais pu le taxer d'être sournois, mais je reconnais très vite que je tombe dans la caricature facile. L'homme est un journaliste, donc il a un regard sournois… Le syllogisme à suivre devrait m'amener à le considérer fourbe et retors. Non, c'est plus que cela. Ses yeux sont ceux de celui qui n'a besoin de rien et veut pourtant tout, comme s'il allait se mettre à genoux pour me supplier de me confier à lui tout en me disant qu'il n'en a cure.

— Mademoiselle Cardone ?

— C'est moi.

— Alain Carretier. Je suis content que vous m'ayez appelé. Vous vous souvenez, on s'est déjà rencontrés. On était…

— Asseyez-vous.

Il prend place en face de moi, sans se détourner. Avant même d'avoir commandé une boisson, un carnet à spirales est apparu comme par enchantement sur la table.

— Je ne veux pas que vous preniez des notes, dis-je.

— Je suis journaliste, donc je prends des notes. Écoutez, je pourrais faire semblant de le ranger, mon carnet, mais ça ne servirait à rien. Je n'écrirai que ce que vous me direz et comme je ne peux pas me boucher les oreilles, ça ne changera rien pour vous. Et puis, c'est vous qui m'avez demandé de rappliquer. Pourquoi vous n'avez pas voulu passer au journal ? Ça aurait été plus confortable qu'on se voie à la rédaction.

— Terrain neutre, c'est mieux.

— C'est neutre, ici ?

— C'est un *no man's land*. Mais les balles peuvent tout de même siffler.

Le serveur nous interrompt en posant devant nous deux tasses d'un café fumant qui fleure bon le grain de qualité torréfié maison. Malgré moi, je ferme les yeux pour humer les parfums volages qui se dégagent du breuvage. J'aime l'odeur corsée du café.

— Bien, on ne va pas y aller par quatre chemins. Pourquoi m'avez-vous contacté, mademoiselle Cardone ?

— Gabriel Cassel est en danger, et c'est votre faute.

— Je vous arrête tout de suite. Avant de m'accuser de quoi que ce soit, va falloir commencer par le commencement. Vous êtes qui, par rapport à monsieur Cassel ?

— Ça ne vous regarde pas.

— Allons… Vous ne m'avez pas fait venir ici juste pour vous en prendre à moi, non ? Vous auriez pu le faire par téléphone, on aurait gagné du temps tous les deux. Vous êtes qui par rapport à Gabriel Cassel ?

— …

— Sa… petite amie ?

— …

— OK, je prends ça pour une confirmation. Dans mon boulot, quand l'autre en face répond par un silence, c'est qu'il dit oui. Bien, pourquoi pensez-vous que monsieur Cassel est en danger à cause de moi ?

— Il a été agressé l'été dernier. Vous avez fait un article là-dessus.

— Exact. C'était pas particulièrement intéressant, mais en été, au niveau des faits divers, y a pas grand-chose à se mettre sous la dent. La mairie nous empêche de relater les trucs qui pourraient effrayer les touristes, mais revenir sur une vieille affaire, ça intrigue les gens. Faut doucement les faire frissonner sans leur foutre la trouille. Parler d'un type considéré comme un monstre qui est en liberté, c'est un peu *too much*, mais mon rédac-chef aime bien. Alors…

— À la suite de votre article, Gabriel a été menacé par le frère de la victime.

— Patrick Vanuren ? Je le connais bien. Un bon client… C'est lui qui veut s'en prendre à monsieur Cassel ? Racontez-moi tout. Comment se sont passées ces menaces ?

— L'affaire est réglée. Mais à cause de vous, tout le monde sait que Gabriel vit toujours à La Rochelle.

— Et vous craignez qu'on s'en prenne à lui, c'est ça ? Et du coup, c'est ma faute.

Je comptais bien instaurer entre nous un climat étouffant, mais Carretier n'est pas le moins du monde mal à l'aise. Il avale une autre gorgée de café, en tenant sa tasse à deux doigts, un sourire au coin des lèvres.

— Que je vous dise, dit-il, j'ai un peu l'habitude qu'on m'attribue tous les torts. Vous saviez qu'en tant que journaliste, je suis responsable du boycott de l'URSS aux Jeux olympiques de l'an dernier, de la mort d'Indira Gandhi, de l'arrivée au pouvoir de Gorbatchev, de cette connerie de Rainbow Warrior, de l'attentat du vol 182, de la hausse du chômage, de l'enlèvement de mes collègues Carton et Fontaine, qui selon certains l'ont bien cherché… C'est pratique, un journaliste, c'est la cause de tous les maux. Mais vous savez, moi, je ne fais que dire la vérité. Monsieur Cassel s'est fait casser la gueule et il a fini à l'hosto, j'ai rien raconté de plus. Au lieu de m'attaquer, vous feriez mieux de vous en prendre à ceux qui lui ont fait ça. C'est tout ce que vous aviez à me dire ?

Je reste muette. Encore une fois, la situation m'échappe. J'essaie de me souvenir de la définition du verbe *maîtriser*, mais décidément, ma mémoire me joue des tours. En un claquement de doigts, toutes mes convictions se sont envolées.

Non, je ne vais pas mener ce scribouillard par le bout du nez. Non, je ne vais pas le manipuler avec astuce pour l'amener à me révéler tout ce que je souhaite apprendre. Non, il ne cédera ni à mon charme (apocryphe) ni à mes menaces alogiques. Je suis paumée. Encore. Toujours. Un instrument du destin – cassé, l'instrument, détraqué, hors d'usage.

— Alors, rien d'autre ?

Face à mon mutisme, il se lève, jette avec mépris une pièce de deux francs sur la table et s'éloigne.

Je déglutis, manque m'étrangler et crie :

— Attendez !

Il revient et balance, l'air sûr de lui :

— Oui ?

— Je voudrais savoir exactement ce qui s'est passé.

— Ce qui s'est passé ?

— L'affaire Margot Vanuren. Je veux savoir.

— Eh bien, vous allez en être pour vos frais. Les flics n'ont pas trouvé le coupable.

— Je sais. Tout le monde pense que c'est Gabriel, mais qu'il n'y a pas de preuve pour l'inculper. C'est ce que vous pensez, vous aussi ?

Carretier m'inspecte avec des yeux scrutateurs qui m'obligent à détourner le regard.

— Pourquoi vous portez des lunettes de soleil dans un bar ? Il n'y a pas de soleil.

— On s'en moque.

— Pas moi. Ces lunettes… c'est une énigme. Et les journalistes, ça aime bien jouer avec les énigmes qui les titillent. Alors, pourquoi ces lunettes ?

— Parce que j'ai mal aux yeux.

— Mon œil…

Il rit de sa trouvaille.

— Voilà ce qu'on fait : vous me dites pourquoi vous avez

ces lunettes sur le nez et je me rassieds. Autrement, je me barre. Et prenez votre temps, parce que je dois vous avouer que j'apprécie assez cette situation. En général, c'est moi qui dois supplier mes interlocuteurs de ne pas décamper quand je les interroge. Cette situation inversée, là… je me régale… Alors ?

— J'ai un œil crevé.

J'ôte mes lunettes. Carretier se penche en avant.

— Ça ne se voit pratiquement pas. Juste… quand on le sait…

Il se réinstalle sur sa chaise et dresse le doigt pour alerter le garçon.

— Un whisky. Deux ? me demande-t-il. Deux !

Je soupire. La pointe de mes pieds tapote convulsivement le carrelage couvert de mégots de cigarettes et de tickets de PMU perdants.

— Bon, qu'attendez-vous de moi ? dit-il.

— Je sais que la police n'a pas trouvé le vrai coupable. J'aimerais avoir accès à tous les articles de l'époque. Et que vous me disiez tout ce que vous savez.

— Vous voulez… relancer l'enquête ?

— Disons que je souhaite juste connaître les tenants et les aboutissants du drame. J'ai essayé de questionner la gendarmerie, mais ils n'ont rien voulu me dire.

— Et ça vous étonne ? Vous leur avez expliqué que vous étiez du côté de Gabriel Cassel ?

— Pas en ces termes, mais je leur ai avoué que je le connaissais, oui. Que vouliez-vous que je fasse ?

— Que vous les baratiniez, bon sang… Vous croyez quoi ? Les flics détestent Cassel parce qu'il leur a filé entre les pattes. Ils s'en cognent qu'il y ait des preuves ou pas. Une fois qu'ils l'ont dans le nez, c'est foutu. Bon, pour résumer, vous voulez que je vous donne accès aux archives, c'est ça ?

— Oui.

— Et qu'est-ce que je gagne dans l'histoire, moi ?

— Oh, ça va, Gorge Profonde… Je ne vous demande pas non plus de risquer votre vie ou de prendre le moindre risque. Ces coupures de presse ne datent que d'il y a deux ans. Si vous refusez de m'aider, je finirai bien par les trouver toute seule. Vous allez juste me faire gagner du temps.

— Et pourquoi le ferais-je ?

— Parce que je vais vous payer ce whisky.

Carretier glousse et se déride.

— C'est un bon début. Mais ça ne suffit pas.

— Voilà ce que je vous propose : vous me dites tout ce que vous savez et vous me permettez de consulter les articles parus dans les journaux. Moi, si je trouve quelque chose, c'est à vous que je le confierai. J'aurai une dette envers vous.

Le journaliste se renfrogne. Il finit son verre en une gorgée, grimace, claque la langue – ce qui produit un bruit fort désagréable –, et marque un silence avant de répondre :

— Bon, c'est pas terrible, vu que c'est moi qui me charge de cette affaire depuis le début et que je serai forcément au courant de tout ce qui se passera, mais j'accepte. Vous savez, je ne sais rien de plus que ce qui sera dans les articles que j'ai pondus.

— Elle vous passionne, cette histoire, non ?

— Oui. Déjà, sur le plan professionnel, c'est le fait divers de la région qui a eu le plus d'impact au niveau national. Pierre Desgraupes venait juste d'être nommé président d'Antenne 2 et je me suis retrouvé correspondant d'une grande chaîne de télé, moi, le fouille-merde des Charentes… On n'a pas eu de chance, y a eu l'assassinat de Massimi une dizaine de jours après celui de Vanuren, et l'affaire du tueur au foulard blanc en octobre 83. Ça a fait de l'ombre au cas Margot…

— On dirait que ça vous emmerde. Vous aimez bien vous vautrer dans le sordide, pas vrai ?

— Oh, ça va, continuons d'être bons amis, vous voulez bien ? C'est mon boulot. Le cas Vanuren, c'est pas l'affaire du siècle, mais c'est ce qui me fait bouffer. Regardez la télé, aujourd'hui, y en a que pour l'affaire Villemin. Même moi, à l'autre bout de la France, je suis obligé de leur foutre du petit Grégory par-ci, du petit Grégory par-là… Vanuren, au moins, c'était chez nous. Pour le journaliste que je suis, c'était de l'or en barre. Même Paul Lefèvre m'appelait pour se renseigner…

Je baisse le menton jusqu'à ce qu'il touche ma poitrine pour apaiser la colère qui monte en moi. M'emporter contre cet abruti ne m'apportera rien. Il y a d'autres manières de passer ses nerfs…

— Gabriel, vous le croyez coupable, vous aussi ?

— Eh bien…

— Soyez franc.

Carretier se gratte le crâne.

— C'est que… quand je suis franc, vous avez une fâcheuse tendance à ne pas apprécier…

— Je vous promets que je ne vous reprocherai rien. Vous avez suivi le meurtre de Margot Vanuren de très près, vous étiez proche des enquêteurs. Après les instances officielles, je pense que vous êtes la personne la plus au fait de l'affaire. C'est quoi, votre intime conviction ?

Carretier hoche la tête.

— J'ai pas d'intime conviction. Dans mon boulot, on apprend à se méfier de ce qui paraît logique. Déjà, la logique, c'est chiant. Ça vous fait des articles ennuyeux à mourir. Et en plus, si vous vous montrez trop affirmatif, ça vous fout dans la merde. Pour Cassel, je sais juste que c'est un costaud, mentalement. Il n'a jamais cédé ni reconnu quoi que ce soit. Jamais vu un type aussi résilient. Mais je crois qu'il a été très con. Il a été vu le soir de la disparition de la victime en sa compagnie, mais ça ne l'accusait en rien. Ça faisait juste de lui un suspect. Mais des suspects, dans une enquête aussi complexe, y en a des tas. Surtout pour un truc aussi macabre. Ce qui l'a vraiment mis dedans, c'est quand sa mère a menti en affirmant qu'il avait passé la nuit dans la maison familiale. S'il avait été moins bête, il aurait dit lui-même aux flics que c'était faux. On l'aurait bougé un peu et ça n'aurait pas aidé à le blanchir, mais ça n'aurait pas eu ces conséquences. Vous comprenez, quand les flics apprennent qu'un suspect a menti sur son alibi, forcément, dans leurs petites têtes, eh bien, le type passe du statut de simple suspect à celui de coupable probable. Comme ils n'ont pu s'en prendre à personne d'autre, ils ont tout misé sur Cassel. Ils ont fini par le relâcher, faute de preuves, mais pour la populace, c'était trop tard, le mal était fait, ils étaient tous convaincus que Cassel avait découpé la môme Vanuren.

— À cause de vous.

— On avait dit : pas de reproches.

— Pardon.

— Et puis, vous dites des conneries. Si les gens réagissent comme ça, c'est parce qu'ils sont drogués aux rumeurs, aux qu'en-dira-t-on. Les vieilles rombières rochelaises médisent depuis la nuit des temps. Les commérages, ça date de l'origine du monde. Et à l'époque, y avait pas de journalistes. Ce sont les humains qui aiment bien les racontars. Moi, je ne fais que leur fournir un support. Faut que ça cancane, un humain, c'est dans sa nature. C'est pour ça que j'aime les chats.

— Vous alimentez les suspicions.

— Si vous voulez. Mais au final, je ne suis responsable de rien. Si vous éliminez les journaux, vous n'empêcherez pas les rumeurs de se répandre.

Carretier hésite. De l'œil, je vois qu'il cherche où se trouve le garçon pour commander un autre whisky. Mais je n'ai pas la moindre envie de traîner encore un quart d'heure en sa compagnie. Seuls ses articles m'intéressent.

— Alors, monsieur Carretier ?

— Alors quoi ?

— Gabriel, vous le croyez coupable ?

Il lâche un bref rire sarcastique, comme s'il reconnaissait ainsi une pseudo-défaite.

— Dites-moi juste ce que vous pensez, en tant que journaliste ayant suivi l'affaire. Selon vous, Gabriel Cassel a-t-il tué Margot Vanuren ?

— Bien sûr que non. La petite Vanuren a été démembrée. C'est… un meurtre horrible. Jamais de ma vie je n'avais vu quelque chose d'aussi affreux. J'en ai fait des cauchemars.

— Vous étiez sur les lieux du crime ?

— Si on veut. J'étais déjà derrière le cordeau de sécurité quand la rédaction a été prévenue. Mais ensuite, après l'autopsie, j'ai vu des photos. C'était… Le type qui a fait ça ne s'est pas révélé être un monstre subitement. Celui qui a enlevé Margot Vanuren le soir du 3 septembre 1983 et qui lui a fait ça… avait forcément une ardoise, un casier, des antécédents. On peut pas faire une boucherie pareille sans avoir déjà déconné avant. Cassel a eu la malchance de croiser cette fille un soir, c'est tout.

Involontairement, mes ongles griffent la table si fort que l'un d'eux se met à saigner.

— Pourquoi vous ne le dites pas dans vos articles ?

— Que Cassel est innocent ?

— Oui.

— Parce que c'est pas mon boulot.

*

Dimanche 22 décembre 1985

— Si on vous demande, vous dites que vous êtes stagiaire et que vous bossez pour moi.

— Pas question.

— Comment ça ?

— J'ai ma fierté.

Alain Carretier campe son buste en arrière, comme pour mieux me toiser. Il ne sait pas vraiment sur quel pied danser et je me réjouis de la situation. Pour une fois que je suis aux manettes…

La salle des archives est collée à la rédaction. Une pièce lugubre, sans fenêtre, tout en longueur. De longs rayonnages en acier tapissent les murs. Pas un centimètre carré qui ne soit pas encombré par un classeur.

— Dans les quotidiens nationaux, ils ont tout sur microfilm. Pour nous, ça se fait à l'ancienne. Ça coûte trop cher, qu'on nous a dit.

Il jette un regard dépité alentour.

— Normalement, le dimanche, y a pas grand monde. C'est pas que ce soit plus calme, au contraire, mais c'est comme ça. Les collègues qui sont de permanence viendront peut-être ici. Vous leur direz que vous êtes… Vous êtes sûre, pour la stagiaire ?

— Oui. Trouvez autre chose.

— Une… prestataire. Vous n'aurez qu'à leur sortir que vous êtes une prestataire. Je serai dans mon bureau, au bout du couloir. Si on vous questionne, cherchez pas, dites que vous êtes prestataire, c'est suffisamment vague pour que ça passe. Si ça se complique, vous venez me trouver et je me débrouillerai. Avant de partir, je serai obligé… de vous fouiller.

— Vous vous foutez de ma gueule ?

— Non. C'est à prendre ou à laisser. Je vous autorise à lire tout ce qu'il y a ici, mais après, je devrai m'assurer que vous n'emportez rien.

— Je peux faire des photocopies ?

— Non, ça coûte trop cher. J'ai un crédit limité et si vous l'utilisez, je serai obligé de me taper des copies carbone pourries pendant un mois. Vous pouvez prendre des notes, mais c'est tout. Je vous donne deux heures.

J'attrape un premier classeur au hasard. Sur la tranche est collée une étiquette portant la mention « Faits divers 1983 ». Je l'ouvre et feuillette les copies qui s'y trouvent.

— Mais il n'y a pas que des articles de Ouest France, remarqué-je.

— Non. En général, on garde certains éléments de la concurrence, pour être sûrs de ne rien avoir oublié. Tout ce que vous cherchez est là, dans ces six gros classeurs. Ce sont les faits divers de 1983 et de 1984.

— Et après ?

— Après, vous n'en aurez pas besoin. Je sors un entrefilet de temps en temps, histoire de combler une colonne. Une sorte de rappel, pour ne pas oublier. Mais je ne fais que reprendre des phrases-clefs des années précédentes, les titres, les accroches, ce genre de choses. Allez-y et surtout, respectez le classement. Je vous fais confiance, mais j'espère que je ne fais pas une énorme connerie…

— Ne vous inquiétez pas, Carretier, je ne mettrai pas vos précieux papiers en désordre. Je veux juste lire.

— Alors, lisez. Et n'oubliez pas : vous serez en dette avec moi.

— Je ne risque pas d'oublier.

Il quitte la salle. Une fois seule, je laisse la magie inquiétante des lieux me pénétrer. Il règne ici une atmosphère sordide. Confinée dans cette place allergique à la lumière, je me sens dans mon élément. Dans les ténèbres, personne ne remarque ce qui manque à mon visage, ce que je n'ai qu'en un seul exemplaire. Personne n'est là pour remarquer la lueur qui brille dans celui qui reste. Ici, je suis normale, car invisible.

*

Ouest France – Lundi 5 septembre 1983

UN CADAVRE RETROUVÉ DANS UNE DÉCHARGE DE LAGORD

Par Alain Carretier

Hier matin, une horrible découverte a été faite à Lagord par un employé municipal.

C'est en début de matinée qu'un membre du personnel assurant la gestion de la déchetterie de Lagord est tombé par hasard sur un corps démembré. Le cadavre a été abandonné dans une benne à ordures. L'employé a immédiatement prévenu sa hiérarchie qui, à son tour, a alerté la gendarmerie.

Le corps semble avoir été identifié en fin de journée à l'institut médico-légal de Poitiers. […] Quelques heures plus tôt, une famille avait signalé aux autorités compétentes la disparition d'une jeune femme correspondant au corps retrouvé. L'identité de la victime n'a pas été communiquée.

D'après les premières constatations, la jeune femme aurait subi des actes de torture. « J'ai rarement vu un crime aussi horrible », a confié l'un des enquêteurs ayant été appelés sur les lieux.

La section de recherche de Rochefort a informé le substitut du procureur de la République à La Rochelle. Une information judiciaire a été ouverte contre X par le juge d'instruction saisi de l'affaire. L'enquête devra déterminer les circonstances des événements tragiques s'étant déroulés cette nuit.

*

Le Soir – Lundi 5 septembre 1983

L'IDENTITÉ DE LA VICTIME DE LAGORD ENFIN DÉVOILÉE

Par Fabrice Bassard

La jeune femme retrouvée morte hier matin dans une décharge de Lagord, dans l'agglomération de La Rochelle, se nomme Margot Vanuren.

C'est un véritable cauchemar qu'a vécu hier la famille de la jeune Rochelaise Margot Vanuren. […] Son cadavre a été découvert en début de matinée dans la benne à ordures d'une déchetterie.

Un peu plus tard, la mère et le frère de la victime signalaient à la gendarmerie la disparition de Margot Vanuren, qui devait les rejoindre pour déjeuner. Sur le moment, les gendarmes ne se sont pas inquiétés. « Ils nous ont expliqué qu'il était fréquent qu'une personne s'évanouisse pendant quelques heures et réapparaisse aussi vite, et que nous n'avions pour l'instant aucune raison de nous tracasser. » nous a raconté Patrick Vanuren, le frère de Margot. […] Quelques heures plus tard, après avoir fait le rapprochement entre la découverte du corps anonyme de Lagord et cette disparition, les gendarmes demandaient à la famille Vanuren de leur fournir une photo de Margot afin de procéder à une identification.

La gendarmerie a refusé de confirmer qu'un sans-abri venait d'être interpellé, mais d'après ce qu'a déclaré à l'Agence France-Presse (AFP) une source proche du dossier, un suspect est « entendu depuis dimanche soir par les enquêteurs ».

*

Ouest France – Mardi 6 septembre 1983

MORT DE MARGOT VANUREN : LA POLICE EXPLORE TOUTES LES PISTES

Par Alain Carretier

Les gendarmes enchaînent les interrogatoires afin de déterminer qui a tué la jeune Rochelaise.

Margot Vanuren, une habitante de La Rochelle de 22 ans, a été retrouvée morte dans une décharge, à Lagord, dimanche matin. Son corps a été démembré. « Celui qui l'a tuée l'a abandonnée dans la nuit de samedi à dimanche, après lui avoir coupé les bras, les jambes et la tête, et les avoir disséminés à plusieurs endroits dans la déchetterie », a révélé l'enquêteur chargé de coordonner les différents services travaillant sur ce meurtre abominable. « C'est l'affaire la plus horrible de ma carrière. » a-t-il ajouté. [...] D'après les constatations du médecin légiste qui a procédé à l'autopsie, la jeune femme aurait été violée après sa mort.

Les gendarmes ont tout d'abord concentré leur attention « sur un sans-abri ayant été aperçu le samedi dans les parages ». On apprenait hier qu'un agent immobilier de la région était entendu à titre de témoin.

Margot Vanuren a été aperçue pour la dernière fois le samedi soir, tard. Elle a bu un café au Dernier Café, un bar animé qu'elle avait l'habitude de fréquenter. C'est a priori en rentrant chez elle qu'elle a été enlevée.

*

Ouest France – Mercredi 7 septembre 1983

L'AGENT IMMOBILIER SUSPECTÉ DU MEURTRE DE MARGOT TOUJOURS ENTENDU

Par Alain Carretier

Gabriel Cassel, un agent immobilier de 26 ans, est toujours interrogé par la gendarmerie.

Dans le cadre de l'affaire Margot Vanuren, cette jeune Rochelaise retrouvée morte le dimanche 4 septembre dans une décharge de Lagord après avoir subi des actes de torture et un viol post-mortem, l'agent immobilier, qui est la dernière personne à l'avoir vue vivante, n'a toujours pas été relâché.

C'est d'abord en tant que témoin que la magistrature a demandé aux enquêteurs de procéder dimanche soir à l'audition de Gabriel Cassel. Celui-ci, sans aucun antécédent judiciaire, a confirmé qu'il avait croisé la victime dans le bar où elle a été aperçue pour la dernière fois. Au moment où nous écrivons ces lignes, Gabriel Cassel est toujours placé en détention à la maison d'arrêt de Rochefort.

*

Le Soir – Mercredi 7 septembre 1983

AFFAIRE MARGOT : GABRIEL CASSEL RELÂCHÉ

Par Fabrice Bassard

L'homme qui était entendu depuis lundi par la gendarmerie a été relâché cet après-midi.

La garde à vue du jeune agent immobilier entendu par la justice dans l'affaire Margot Vanuren, cette jeune femme retrouvée morte dimanche matin dans une décharge, près de La Rochelle, a été levée aujourd'hui, « faute d'indices graves ou concordants justifiant son déferrement ».

Les enquêteurs de la section de recherche de Rochefort ont confirmé que le suspect disposait d'un alibi qui le dédouanait de tous les soupçons pesant sur lui.

*

Ouest France – Jeudi 8 septembre 1983

MEURTRE DE MARGOT : ON EN SAIT PLUS SUR LES SÉVICES SUBIS PAR LA VICTIME

Par Alain Carretier

Alors que les enquêteurs continuent d'explorer toutes les pistes et semblent maintenant s'intéresser de près au petit ami de Margot Vanuren, un jeune homme que l'entourage de la jeune Rochelaise n'a jamais rencontré, on en sait davantage sur les tortures endurées par celle-ci avant de mourir.

C'est le soir du samedi 3 septembre que Margot Vanuren a

disparu. Son corps a été retrouvé le lendemain matin, dans une décharge municipale, sur la commune de Lagord. […]

Le substitut du procureur de la République à La Rochelle a admis hier que Margot Vanuren avait subi d'horribles sévices avant de mourir. […] D'après les experts des services judiciaires s'étant chargés des observations scientifiques, la jeune femme « aurait été frappée à plusieurs reprises par un objet contondant, provoquant plusieurs fractures au niveau de la cage thoracique et du crâne. C'est un coup donné sur la nuque qui aurait entraîné la mort. Elle aurait ensuite été violée et démembrée. »

Les gendarmes ont refusé de communiquer l'identité du petit ami qu'ils recherchent activement.

*

Ouest France – Samedi 10 septembre 1983

PAS D'AVANCÉE NOTABLE DANS L'AFFAIRE MARGOT VANUREN

Par Alain Carretier

Cela fait déjà une semaine que Margot Vanuren a été retrouvée morte dans une décharge. Les enquêteurs piétinent.

Toujours aucune piste sérieuse dans l'affaire du meurtre de Margot. Les gendarmes ont auditionné des centaines de personnes, mais aucune piste ne semble se dégager. Après avoir entendu un sans-abri et un agent immobilier ayant été vu avec la victime le soir de sa disparition, les gendarmes ont interrogé l'entourage de Margot, ses amis, ses voisins.

En vain.

Du fait du caractère horrible de ce drame et de la brutalité déployée par l'assassin, la pression devient de plus en plus forte sur les services de la section de recherche de Rochefort ayant été saisie de l'affaire.

*

Ouest France – Dimanche 11 septembre 1983

MEURTRE DE MARGOT : LES ENQUÊTEURS PRIVILÉGIENT LA PISTE DE PLUSIEURS COUPABLES

Par Alain Carretier

Après avoir orienté leurs recherches vers un coupable unique, les gendarmes qui enquêtent sur l'affaire Margot Vanuren, la Rochelaise de 22 ans découverte morte dimanche dernier près de La Rochelle, sont maintenant convaincus que ce meurtre atroce n'a pu être commis que par plusieurs personnes. […]

*

Ouest France – Samedi 17 septembre 1983

AFFAIRE MARGOT : TOUJOURS PAS DE SUSPECT

Par Alain Carretier

Les enquêteurs ont beau explorer de nombreuses pistes, le coupable court toujours et la population s'inquiète.

La pression monte et les services de la section de recherche de Rochefort n'ont toujours aucun coupable à présenter à la justice. On leur reproche notamment de ne jamais avoir pu identifier le petit ami de Margot au moment des faits, un certain Jimmy qu'elle n'avait encore présenté à personne.

« C'est une honte que ceux qui ont fait ça soient toujours dehors. Ma sœur a été découpée en morceaux et nous n'avons pas l'impression que la justice met tous les moyens en œuvre pour retrouver le coupable. » nous a confié Patrick Vanuren, le frère de Margot.

La Rochelaise retrouvée morte dans une décharge de Lagord le dimanche 4 septembre, le corps affreusement mutilé, est en passe de devenir un symbole de l'apathie des services de la gendarmerie.

*

Ouest France – Mardi 4 septembre 1984

AFFAIRE MARGOT : UN AN DÉJÀ

Par Alain Carretier

Il y a un an jour pour jour, un employé municipal découvrait le corps sans vie de Margot Vanuren, une jeune Rochelaise.

C'est dans la nuit du 3 au 4 septembre 1983 que l'horreur s'est abattue sur la ville de La Rochelle. Margot Vanuren, 22 ans, était retrouvée morte après avoir subi plusieurs actes de torture. Son cadavre a été violé par celui ou ceux qui l'ont abandonnée.

La famille de la victime continue de harceler les services de la gendarmerie chargés de l'enquête. « C'est une impasse totale », clame Patrick Vanuren, le frère de la victime. « On a le sentiment que Margot ne sera pas vengée. »

Au moment des faits, plusieurs suspects ont été interpellés et entendus, mais aucune piste n'a abouti.

*

Ouest France – Vendredi 18 janvier 1985

AFFAIRE MARGOT : REBONDISSEMENT SPECTACULAIRE

Par Alain Carretier

Alors que l'enquête sur le meurtre de Margot Vanuren était au point mort, un suspect vient d'être mis en examen.

Margot Vanuren a été retrouvée morte le dimanche 4 septembre 1983, dans une déchetterie de Lagord, près de La Rochelle. La jeune femme avait été torturée et violée post-mortem. Ce meurtre a touché la communauté rochelaise et mis en exergue les actes de violence qui augmentent dans la cité océane.

Alors que l'enquête s'enlisait, un incroyable rebondissement vient de secouer l'affaire Margot. […] L'alibi de la dernière personne à avoir vu la victime le soir de sa disparition vient d'être réduit à néant.

Gabriel Cassel, un agent immobilier de 26 ans au moment des faits, avait croisé le chemin de Margot le samedi 3 septembre 1983 au soir, dans un bar, Le Dernier Café, bien connu des Rochelais qui aiment se coucher tard. Gabriel Cassel avait reconnu avoir « rencontré la jeune femme et quitté l'établissement en même temps qu'elle ». Il avait ensuite passé la nuit chez sa mère, ce qui avait permis aux gendarmes de le mettre hors de cause.

Isabelle Boulin, la nouvelle juge d'instruction nommée par le parquet en décembre pour relancer l'affaire, a demandé aux gendarmes de réinterroger Ghislaine Cassel. Celle-ci a reconnu avoir menti. Son fils a par la suite confirmé aux enquêteurs qu'après avoir quitté Le Dernier Café, il était rentré chez lui, seul, et non chez sa mère. « Plus aucun témoin ne peut garantir que Gabriel Cassel et Margot Vanuren n'étaient pas ensemble la nuit de la disparition de la jeune femme », a précisé une source proche des services d'investigation.

Gabriel Cassel a été écroué à la maison d'arrêt de Rochefort. Les investigations vont se poursuivre dans les prochaines heures et les gendarmes sont confiants. « Si la dernière personne à avoir vu Margot Vanuren vivante n'a plus d'alibi, l'affaire prend une nouvelle tournure », a précisé l'un des responsables de la cellule d'enquête. « Et le fait que Cassel ait menti le place en tête de la liste des suspects. »

*

Ouest France – Mardi 16 avril 1985

AFFAIRE MARGOT VANUREN : LE PRINCIPAL SUSPECT LIBÉRÉ

Par Jean-Christophe Trénier

Gabriel Cassel […] a été remis en liberté hier. Pour ses avocats, les enquêteurs n'ont jamais obtenu de charges suffisantes pour justifier son incarcération. Maître Waquier, l'avocat principal de Gabriel Cassel, a notamment fait remarquer qu'à part le témoignage d'un riverain qui assure avoir aperçu le suspect en compagnie de la victime, quelques minutes avant que celle-ci ne disparaisse pour être retrouvée morte le lendemain, la police n'avait pas récolté le moindre indice incriminant Gabriel Cassel.

La chambre de l'instruction de la Cour d'appel de Poitiers a jugé que la détention du prévenu depuis bientôt deux mois, après sa mise en examen pour enlèvement, séquestration, viol et meurtre, devait être interrompue.

Patrick Vanuren, le frère de la victime, estime pour sa part que « la remise en liberté de Gabriel Cassel est un scandale. La justice ne devra s'en prendre qu'à elle-même si Cassel commet un nouveau crime. » […]

*

Je suis abasourdie par le vide sidéral qui se dégage de cette enquête. La section de recherche n'a jamais réussi à approcher un suspect potable. Margot a révélé à sa famille et à ses proches qu'elle fréquentait un homme, Jimmy, mais n'a rien dit de plus. Un prénom. Un prénom qui voltige, qui cueille les attentions et s'éloigne en douce, disparaissant dans la main du prestidigitateur, pour mieux resurgir quand la peur s'endort.

Une jeune femme a été enlevée, persécutée, dépecée. Et les hommes qui ont commis ce sacrilège sont libres. Pendant que les proches pleurent toutes les larmes de leur corps, ils se gargarisent peut-être de l'extraordinaire maestria avec laquelle ils ont su se soustraire à l'attention des gendarmes. Et pourquoi *ils* ? Et pourquoi *des hommes* ? C'est peut-être une femme seule qui a charcuté Margot ; les chances que cette théorie soit avérée : presque nulles. Et pourtant, on ne peut rien omettre. Aucune piste ne peut être négligée.

Le dossier est au point mort.

Je tape à la porte du bureau de Carretier et entre. Il est penché sur une antédiluvienne machine à écrire. Ses lunettes ont glissé sur son nez.

— Alors, vous avez fini ?

— Oui.

— C'est bon, l'affaire est bouclée ? Vous avez trouvé qui est Jimmy ? Vous avez le nom du coupable ?

Je ne le suis pas dans cette ironie déplacée.

— Je ne comprends pas.

— Quoi donc, mademoiselle Cardone ?

— Pourquoi vous n'avez pas rédigé un article en précisant qu'il n'y avait rien contre Gabriel, que les faits le disculpaient ? Vous avez à peine écrit qu'il était relâché.

— C'est faux, j'ai précisé très clairement que la justice ne pouvait pas prolonger sa mise en détention. J'ai même cité Waquier, son avocat.

— Et vous avez fini par répéter que le frère de Margot était persuadé que Gabriel était coupable, sans même prendre en considération que son chagrin pouvait fausser son jugement.

— Mais j'ai cité Waquier, merde !

Je claque la porte et traverse le couloir, devant les regards curieux de plusieurs journalistes. Carretier fait irruption derrière moi et me lance :

— J'ai cité Waquier, putain ! Et vous faites quoi, là ? Vous allez où ?

— Interroger Waquier.

*

Lundi 23 décembre 1985

— C'était si urgent que ça ?

— Pas si vous considérez que votre réveillon de demain soir est plus important que la vie de votre client.

Laurent Waquier lève les yeux au ciel, courroucé.

— C'est bon, entrez.

Il s'écarte à contrecœur et un couloir sombre se dévoile, placardé de tableaux lugubres à la Jérôme Bosch. Comme si j'entrais dans un tunnel, je m'avance en baissant la tête. Je fais quelques pas et constate que j'ai le souffle coupé.

— Tout droit, deuxième porte à droite après le guéridon à froufrous.

Je pénètre dans son bureau.

— Je travaille ici quand je n'ai pas le temps d'aller au cabinet, mais c'est vraiment exceptionnel que je reçoive un client chez moi. Vous le direz à monsieur Cassel, n'est-ce pas ?

— Je lui dirai.

J'ai eu beaucoup de mal à convaincre Gabriel de contacter son avocat pour que celui-ci daigne me recevoir. Demain soir, la France entière se réunira autour d'une dinde aux marrons, d'une pintade farcie ou d'un plateau d'huîtres. Ce sera la fête. Les gens dévoreront, boiront, riront, prieront, baiseront comme si tout allait bien sur la planète. Comme si rien de néfaste ne pouvait survenir. Comme si Gabriel Cassel n'était pas injustement au cœur de la tempête.

— Gabriel est un de vos gros clients ?

— Pourquoi me demandez-vous ça ?

— Parce que vous avez l'air de tenir à lui, Maître. Ou plutôt… à son dossier.

— Ne vous méprenez pas, Mademoiselle. Gabriel Cassel n'est pas un dossier lucratif. Enfin… pas plus qu'un autre.

— Alors, c'est pour la gloire, pour la publicité que cela vous apporte.

Waquier ne répond pas. Il me fait signe de m'installer et je prends place sur un gros fauteuil en cuir Louis XV, très m'as-tu-vu, qui se marie parfaitement avec le décor opulent qui nous entoure.

— Je vous écoute, mademoiselle Cardone. Que puis-je faire pour vous ? Je vous demanderai d'être brève, je dois passer à table dans dix minutes, j'ai promis à ma famille de lui consacrer un peu de temps.

— Ça ira vite. J'ai lu tout ce qui a été écrit dans la presse à l'époque des faits. Je voudrais savoir ce qui n'a pas été dit.

— Tout est dans la presse. Tout est *toujours* dans la presse.

— Votre impression à vous, dites…

— C'est aussi dans la presse. Les gendarmes sont incompétents et pour masquer leurs manquements, ils ont choisi de s'en prendre au seul suspect qu'ils avaient sous la main. Les forces de l'ordre aiment deux choses : les blagues paillardes et les affaires rondement menées. Gabriel Cassel a bu un verre avec Margot Vanuren avant que celle-ci disparaisse ? Eh bien, alors, c'est forcément qu'il est coupable, puisqu'on n'a personne d'autre à matraquer… C'est tellement simple…

Pour la première fois depuis que j'ai fait sa connaissance, Waquier a l'air sincèrement ému.

— Elle vous touche, cette histoire, Maître ?

— Bien sûr. Vous pouvez croire qu'on plaide pour l'argent, mais vous vous fourrez le doigt dans l'œil.

Il en veut à ton œil, tu crois ?

Ferme-la.

Il sait que tu n'as qu'un œil. Il vient de le dire. Comment lui sait ça, hein, Zabójca ? Qui lui a dit, eh ?

— Vous connaissez l'affaire Mauvillain ? continue Waquier après l'intermède de la Cloche.

— On en a entendu parler il n'y a pas longtemps.

— Tout à fait. Guy Mauvillain a été acquitté au mois de juin par la cour d'assises de la Gironde. J'ai fait mes gammes avec les avocats qui se sont occupés de ce dossier dans les années 70. J'ai été tellement choqué par ce qui s'est passé que… je ne sais pas pourquoi, mais je fais une sorte de transfert entre Mauvillain et Cassel. C'est de l'injustice à l'état pur.

— Vous pouvez me rappeler… Mauvillain…

— En 1975, une retraitée de 76 ou 77 ans, je ne sais plus, est agressée à deux pas d'ici, à La Rochelle, sur l'avenue Jean Guiton. Vous pouvez passer devant la maison, en sortant, c'est au numéro 51. La victime s'appelait Élise. Élise Meilhan. Juste avant de tomber dans le coma suite aux coups qu'elle a reçus, elle dit ces mots au docteur qui a été appelé pour la sauver : « C'est le mari de Mme Mauvillain, l'infirmière… » C'est tout, rien de plus. Un simple murmure prononcé en expirant, dans un souffle. Élise Meilhan meurt peu de temps après. Guy Mauvillain est arrêté et condamné à dix-huit ans de réclusion après seulement une demi-heure de délibéré. Une demi-heure pour décider de la vie d'un homme ! Il va trinquer sur la base d'une simple phrase balancée par une vieille dame à l'article de la mort. C'est à l'occasion de son procès que l'avocat général aura ce bon mot : « Ce n'est pas moi qui vous accuse, c'est votre victime », ça ne vous dit rien ?

— Je ne crois pas.

— Tant pis. Bref, Mauvillain se retrouve emprisonné. Il faudra que des experts expliquent que la pauvre femme perdait la boule et que le garde des Sceaux, Robert Badinter, se mouille personnellement pour que la justice fasse machine arrière. Le verdict est cassé en 83. Et l'été dernier, Mauvillain a été acquitté. Des années en cellule pour rien… Voici un exemple flagrant de justice aveugle qui refuse de se remettre en question. Voilà ce contre quoi je lutte. Cassel et Mauvillain, c'est le même combat. Il faut un coupable à tout prix, alors on le pioche là où c'est le plus simple. On ne va pas voir plus loin que le bout de son nez parce que la pression populaire et celle de la hiérarchie sont si fortes que les enquêteurs doivent produire du résultat. Tant pis si on doit sacrifier un innocent sur l'autel de la justice…

Un allié me dévisage, guettant ma réaction. Oui, Waquier est mon allié, mais je ne le savais pas. À force de considérer tout ce qui a deux pattes et qui parle comme un ennemi potentiel, j'en viens à me comporter comme une sauvage et à douter de tout et de tous. Je suis tellement sur mes gardes que j'ignore ceux et celles qui pourraient me soutenir. Délire de persécution, mais ce n'est pas la première fois. Sur cette planète, il y a des êtres qui souffrent du syndrome de Clérambault – des érotomanes – et qui sont fermement persuadés qu'on les adule au-delà de tout, leur délire allant jusqu'à les faire se considérer comme l'objet d'un amour sans bornes de la part d'une personne qui les remarque à peine ; je suis leur antithèse.

— Mademoiselle ? Vous allez bien ?

— Oui. C'est juste que… vous avez bien résumé ce que je pense. Je ne croyais pas… Vous êtes donc convaincu que Gabriel est innocent ?

Il esquisse un rictus qui en dit long sur sa manière de concevoir son métier.

— L'innocence, c'est une notion qu'on préfère éviter d'aborder quand on est avocat. Je suis là pour défendre mes clients, quoi qu'ils aient fait. La ferme conviction machin chouette, c'est une formule qu'on lâche dans le prétoire.

Mais… en mon for intérieur, même s'il m'arrive parfois de mettre un mouchoir sur mes scrupules, je ne vous le cache pas, là, dans le cas présent…

— Dites-moi. J'ai besoin de savoir.

— Eh bien, oui, je suis sûr que Gabriel Cassel est aussi une victime dans cette histoire. Si sa mère n'avait pas menti pour lui fournir cet alibi bidon dont il n'avait absolument pas besoin, il n'aurait pas passé autant de temps en prison. Je suis en train de poursuivre l'État pour réclamer des dommages et intérêts, mais je n'obtiendrai pas grand-chose.

— Pourquoi ?

— Parce que le vrai coupable n'a toujours pas été découvert. Si les flics avaient résolu l'énigme, Gabriel serait clairement innocent aux yeux du monde. Mais vous savez quoi ? Le dossier est posé sur le coin d'un bureau de la gendarmerie. On le sort une ou deux fois par an pour chasser la poussière qui s'est posée dessus, et c'est tout. Margot Vanuren, c'est trop tard. Gabriel Cassel aussi. Les gendarmes sont sur d'autres affaires, plus récentes, plus médiatisées. S'il y avait eu des rebondissements, je ne dis pas qu'ils ne feraient pas leur boulot, mais ils n'ont plus aucune piste. À partir du moment où ils ont cessé de chercher qui était Jimmy, le cas Margot Vanuren est devenu un boulet qu'ils se traînent. Vous savez qui est Jimmy ?

— Personne ne sait qui est Jimmy.

— Je voulais dire…

Waquier essuie quelques gouttes de salive qui suintent au coin de ses lèvres avec sa manche.

— Bien sûr que personne ne connaît l'identité de ce mystérieux Jimmy, mais vous savez que Margot avait raconté qu'elle sortait avec un garçon se prénommant comme ça, non ?

— Oui. C'était dans la presse.

— C'est sûrement lui, la clef de l'histoire. Vous imaginez ?

Pourquoi il se cacherait, ce garçon ?

— Peut-être qu'il a peur ?

— Et peut-être qu'il l'a tuée. Ou qu'il a vu quelque chose. Ça reste la zone d'ombre de cette enquête, mais les gendarmes ont interrogé toute la ville, ils n'ont rien trouvé. Ce type brille par son absence. Et le fait que Margot restait évasive à son sujet alimente l'imagination de tout le monde. On est persuadé que Jimmy était un garçon pas très recommandable et que c'est pour cette raison que Margot ne l'a présenté à personne. Si les gendarmes trouvent Jimmy, tout peut s'arranger pour Gabriel. Sans Jimmy, il restera une cible pour le public. Tout simplement parce que ce public a besoin de quelqu'un sur qui cracher sa haine. Trouver une autre cible, c'est sauver Gabriel.

Je m'enfonce sur mon siège. Tout cela confirme ma propre opinion de l'affaire, mais malheureusement, cela ne m'avance guère.

— Trouver une autre cible, bredouillé-je, c'est bien beau, mais comment ? Les gendarmes ont peut-être laissé l'enquête de côté, mais il y a une époque où ils ont tout remué dans tous les sens.

— « Le coupable est celui à qui le crime profite. » C'est de Sénèque et c'est vieux comme le monde. C'est une phrase d'avocat. Je ne sais pas bien ce que vous comptez faire, mademoiselle Cardone. Si vous souhaitez engager un détective privé, vous devrez l'orienter vers la piste Jimmy. Margot sortait avec un garçon qui a disparu quand on l'a trouvée morte. Ça ne fait pas de Jimmy le coupable, mais c'est suffisant pour qu'il soit bien positionné dans la liste des suspects. Je sais que vous êtes là parce que vous craignez qu'un crétin un peu trop zélé décide de faire justice lui-même en s'en prenant à mon client… pardon, à Gabriel Cassel… et là-dessus, je vous soutiens. Mais je ne peux pas vous aider outre mesure. Trouvez Jimmy.

— Jimmy… Je n'y crois pas…

— Pourquoi ?

— Parce que.

— Vous ne pensez pas qu'il puisse avoir tué Margot ?

— Je ne sais pas.

— Alors vous ne pensez pas être capable de le trouver ?

— C'est ça.

Waquier ne se mouillera pas davantage. Je me lève, lui tends la main. Sa poigne est molle et sa paume moite. C'est une limace qui me salue et m'encourage. Je sais son appui authentique, mais il n'est pas spontané pour autant. Ce visage est une façade, un masque soigneusement façonné pour tromper son monde. Si l'hypocrisie devait être personnifiée, elle ressemblerait certainement à cet homme. Maître Laurent Waquier est payé pour ressentir ça, pour penser ça, pour agir ainsi. Il ne créera pas de véritable lien affectif avec l'un de ses clients. J'ai toujours été perturbée par cette facilité qu'ont les avocats à nommer ceux qu'ils sont censés servir des « clients », comme s'ils ne cherchaient pas à dissimuler que l'argent est à la base de leur relation. Que vous soyez le client d'un avocat ou d'un boulanger, cela ne semble pas faire de différence. Par pudeur ou par scrupule, les avocats devraient humaniser celui qu'ils représentent, mais ils vous servent du « mon client » à tort et à travers, et personne ne s'en offusque.

Waquier me fournit quelques informations qui pourraient m'être précieuses, puis je quitte sa maison, le cœur au bord des lèvres. Une migraine m'assomme et la nausée que j'éprouve depuis quelques minutes me soulève l'estomac. Encore ce sentiment d'impuissance qui m'étreint et m'insupporte.

Par curiosité, je remonte la rue vers l'ouest et passe devant le numéro 51, sur l'avenue Jean Guiton. Ici aussi, un homme et une famille ont souffert de l'injustice. J'essaie de communier avec les murs, mais je ne ressens rien.

Je ne ressens jamais rien.

*

Lundi 23 décembre 1985

— Je vous sers quelque chose ?

— Oui, je veux bien.

— J'ai du thé.

Hochement de tête. Je m'attendais à ce que Ratier me propose une bière ou un whisky – voire de l'eau du robinet –, mais encore une fois, je tape à côté.

Tu aimes bien les clichés, pas vrai ?

Non, la Cloche. C'est juste que quand on voit où il vit, ce flic, on s'attend à ce qu'il soit porté sur la bouteille.

Cliché. D'ailleurs, on dit pas « flic » pour parler des gendarmes, non ?

Moi si.

Si tu veux. Tu penses que tous les flics à la retraite sont des alcooliques qui meurent de solitude. Tu te trompes encore. Tu te trompes tout le temps.

Pour l'alcool peut-être. Pas pour la solitude.

Cliché. Tu aimes trop clichés. Tous les flics ne boivent pas une fois qu'ils en ont fini avec les ombres. Et tous les Polonais n'aiment pas vodka.

Tu aimes la vodka.

Eh…

Un vacarme retentit dans la cuisine. J'entends François Ratier laisser échapper un « Merde ! » de dépit.

— Tout va bien ? hasardé-je. Vous avez besoin d'un coup de main ?

— Non, c'est ces saletés de tasses. J'arrive.

Il me rejoint sur la terrasse une minute plus tard, en portant un plateau contenant deux tasses roses et une antique théière en étain qui fume. Nous sommes installés de part et d'autre d'une table ronde en métal brossé. Un bouquet à la palette aromatique riche et variée se dégage des volutes. Une pointe acide qui contraste avec la saveur fruitée du Darjeeling. Il fait froid, mais à aucun moment Ratier ne m'a proposé d'entrer dans son modeste pavillon. J'ai d'abord cru qu'il préférait me tenir éloignée de son antre, car il ne savait pas réellement à qui il avait affaire, mais à présent, je pense qu'il a honte des lieux dans lesquels il vit. Un thé en terrasse au mois de décembre, pourquoi pas…

Il habite dans les quartiers pavillonnaires du nord de La Rochelle, à Lagord, pas loin de la décharge où l'on a découvert le corps de Margot.

— Alors, Mademoiselle, vous m'avez dit que vous vouliez me parler d'une vieille affaire, c'est ça ?

— Pas si vieille. Margot Vanuren.

— Ah. Oui, c'est pas si vieux. Et c'est pas une affaire, c'est *l'affaire*. La plus importante de ma carrière. Laissez-moi deviner…

— Quoi ?

— Ne dites rien… J'étais un excellent gendarme, vous savez. Quand je suis parti à la retraite, ils m'ont regretté.

— Je n'en doute pas.

— Voyons… Je suis prêt à parier que vous êtes la petite amie de Patrick, c'est ça ? Patrick Vanuren, le frère…

— Non. C'est Maître Laurent Waquier qui m'a conseillé de m'adresser à vous. Il sait que vous faisiez partie de la brigade qui est intervenue sur le dossier Vanuren en 1983 et que vous êtes à la retraite. Il a supposé que vous accepteriez de me parler. J'ai trouvé votre adresse dans les Pages Blanches.

— Waquier ? L'avocat ?

— Oui.

Ratier me fixe avec une insistance qui me met mal à l'aise. Il ne doit pas être très vieux, mais je le sens usé par la vie. Il n'y a aucune trace féminine dans les parages. Aucun signe non plus de la présence d'un enfant ou d'un petit-enfant quelconque. Ratier m'a accueillie dans une tanière, son repaire, son refuge. Le reste, comme me l'a fait remarquer la Cloche avec sa diplomatie habituelle, n'est que cliché : j'imagine François Ratier biberonner de la bière à longueur de journée, campé dans son peignoir crade couvrant un marcel graisseux et un caleçon douteux, feuilletant des magazines pornos en s'abrutissant devant la télé. Mais l'homme en face de moi, s'il est seul, est loin de dégager l'aura du paumé miséreux moisissant en attendant la mort. Dans son regard brille toujours l'intelligence du chasseur qu'il a été.

— Vous êtes qui, exactement ?

— Je m'appelle Juliette Cardone. Je suis une amie de Gabriel Cassel. Gabriel Cassel, vous vous souvenez ?

— Bien sûr que je me souviens, je ne suis pas gâteux. Au début, j'ai cru que vous étiez une journaliste qui voulait avoir des détails sur une affaire sur laquelle j'avais collaboré. C'est pour ça que je vous ai invitée à vous asseoir. Mais si j'avais su…

— Je cherche seulement à comprendre ce qui s'est passé.

— Sachez que si je suis à la retraite, je suis toujours en réserve, Mademoiselle. Je n'ai pas le droit de vous communiquer la moindre information.

— Vous étiez prêt à le faire quand vous pensiez que j'étais journaliste, non ?

— Je…

Pour couper court, Ratier porte la tasse à sa bouche. Il évite soigneusement de me dévisager, alors qu'il brûle d'envie de le faire.

— Vous pourriez ôter vos lunettes de soleil, s'il vous plaît ?

Je m'exécute.

— Bien, Mademoiselle…

— Cardone.

— Mademoiselle Cardone, bien. Bien, bien… Écoutez, je ne veux pas paraître désobligeant, mais je vais vous demander de finir votre thé et de partir. C'est pas que je sois vraiment gêné par votre visite, mais… Vous savez, la solitude, ça pèse. Je m'ennuie à mourir depuis que je ne suis plus actif. C'est le feu de l'action qui me manque. Je ne vois plus grand monde, aujourd'hui, alors une jolie jeune femme qui vient boire le thé chez moi, c'est plutôt agréable, mais si c'est pour parler d'une affaire qui n'est pas encore résolue et sur laquelle je ne travaille plus, je ne vois pas pourquoi je…

— Monsieur Ratier, je voudrais juste savoir s'il y a des éléments qui n'ont pas été communiqués à la presse.

Ratier s'étrangle avec une gorgée de thé. Il la recrache par terre, confus.

— Désolé, c'est trop chaud. Vous cherchez quoi, au juste ? Pourquoi vous me posez ces questions ?

— J'essaie de comprendre. Vous avez suspecté Gabriel Cassel, à l'époque, n'est-ce pas ?

— C'est peu de le dire…

— Les gendarmes le croient toujours coupable.

— Et alors ? Franchement, ce type a beau chanter partout qu'il est innocent et que les gendarmes le harcèlent, ce sont des conneries. Il est le dernier à avoir vu la petite Vanuren vivante. Et il a menti sur son alibi. Pourquoi il irait inventer un alibi s'il n'est pas coupable, hein ?

— Mais ce n'est pas lui qui a menti, c'est sa mère. C'est elle qui a inventé ça. Lui, il n'a fait que confirmer un mensonge.

— Ce qui a fait de lui un menteur. Moi, je me demande pourquoi sa mère a cru bon de raconter un énorme bobard. Vous vous êtes posé cette question ?

Je n'ai toujours pas rencontré la mère de Gabriel. Je le sais pourtant très proche d'elle, et je dois même avouer que cette relation fusionnelle me déstabilise. Nous sommes ensemble depuis environ cinq mois et jusqu'à hier, jamais Gabriel ne m'avait proposé de me présenter à celle qui l'a mis au monde ; je la rencontrerai demain.

— Je suppose qu'elle a eu peur pour lui et qu'elle a jugé bon de le tirer des griffes de la gendarmerie, rétorqué-je, pas très sûre de moi. Elle a… paniqué.

— Peut-être. Mais il y a aussi une autre possibilité. Qui connaît mieux Gabriel Cassel que sa propre mère ? Personne. Et si elle le connaît si bien, son rejeton, peut-être que quand elle a su qu'il avait été arrêté, elle s'est dit qu'il avait tué la petite. Elle sait de quoi il est capable. Une mère *sait*. Elle sait que son fils est un monstre.

— Ce sont des inepties.

— Des quoi ?

— Des conneries.

— Si vous voulez. Mais alors, ne venez pas me dire que ce sont les flics qui ont des œillères. Si vous refusez d'envisager toutes les possibilités, alors vous ne valez pas mieux que ceux que vous critiquez.

— Je n'ai critiqué personne.

— Vous êtes du côté de Gabriel Cassel, n'est-ce pas ? Alors pour moi, vous cautionnez tout le venin que son avocat et lui crachent sur les flics et la justice depuis si longtemps.

— S'il est innocent, alors il a raison de s'en prendre à la justice, vous ne croyez pas ? Et jusqu'à preuve du contraire, il est innocent. C'est bien comme ça que ça marche, monsieur Ratier, non ? Tout homme est présumé innocent jusqu'à ce qu'il ait été déclaré coupable, c'est bien ça, la formule ?

— Belle formule de William Blackstone, oui. On nous la serine dès le début, dans le métier. Mais moi, j'étais enquêteur.

Et je ne vais pas vous faire un cours sur le boulot de gendarme dans une section de recherche, mais… laissez tomber…

Un silence s'installe. Ratier n'ose pas me prier de prendre mes cliques et mes claques, mais il bout d'impatience sur son siège. Un autre que lui ne se serait pas gêné pour m'insulter et me dégager *manu militari*, mais cet homme seul a du savoir-vivre et fait des efforts pour demeurer courtois. J'apprécie, bien sûr, mais je dois aussi en profiter.

— Monsieur Ratier, vous n'êtes plus gendarme…

— Je suis dans la réserve de la gendarmerie. En cas de coup dur, je peux reprendre du service et…

— Vous n'êtes plus gendarme. Je voudrais juste savoir ce que vous pensez vraiment.

Ratier hésite. S'il tergiverse, la balance peut pencher du bon côté – de *mon* côté.

— Pendant que vous enquêtiez, il n'y a pas eu d'autres suspects ?

— Oh, si. Des tas. Au tout début, on a pensé que c'était un clochard. Ensuite, on a interrogé Cassel. Il n'avait pas vraiment le profil, mais pendant qu'on le questionnait, il s'est mis à nous prendre de haut. On a trouvé ça bizarre et on l'a… un peu poussé… Ensuite, sa mère a déclaré qu'après avoir vu la môme Vanuren dans le bistrot, il était rentré et avait passé la nuit chez elle. On l'a crue. On est passés à autre chose. Moi, personnellement, j'ai toujours pensé qu'un homme seul n'avait pas pu commettre un tel massacre. Si on chopait quelqu'un, il faudrait chercher son complice ; ou *ses* complices. C'était un carnage. Y avait trop de…

Il se tait et observe une voiture qui passe dans la rue, un peu plus loin, derrière le grillage rafistolé qui délimite son terrain.

— Vous pouvez y aller, monsieur Ratier. J'ai lu des détails sur le meurtre et je ne suis pas du genre à être traumatisée.

— C'était vraiment… dégueulasse. Comment on peut faire ça à un être humain ? La petite Vanuren avait été défigurée. Elle avait… des lacérations faciales profondes. Des ecchymoses un peu partout. Le nez… presque arraché. On lui avait découpé les bras, les jambes et la tête. On a retrouvé sa tête dans un bidon de la décharge. La bête qui l'a laminée a éparpillé des bouts d'elle un peu partout dans la déchetterie… Et… elle a subi… après sa mort… on l'a…

— Je sais. Elle a été violée post-mortem.

— Oui. J'ai failli gerber quand j'ai été appelé sur les lieux.

— Le personnel qui travaillait à la déchetterie ?

— Hors de cause. On les a tous passés au peigne fin. Aucune piste sérieuse.

— Les riverains ?

— Même chose. Tous interrogés. Rien. On a même fait appel à des experts écossais capables d'identifier de minuscules empreintes de pneus. On se disait que les types qui avaient fait ça avaient ramassé la victime juste après sa sortie du bistrot, qu'ils l'avaient emmenée dans la déchetterie, sûrement de force. Là, ils avaient fait en sorte qu'elle ne puisse pas crier. Je vous l'ai pas dit, mais on lui avait… coupé la langue… Il faisait nuit. On a retrouvé tellement de sang imbibé dans la terre qu'on est certains que c'est à la décharge et pas ailleurs qu'elle a été torturée et mise à mort.

J'essaie de prendre de grandes inspirations pour que mon cœur batte moins vite. Dans mon estomac, ça remue. Dans ma tête, les vagues s'écrasent et submergent ces choses inertes que sont la confiance en la nature humaine et la logique raisonnable.

— Des suspects, on en a eu, continue Ratier. Trop. Ce qui compte, dans une enquête, c'est pas d'avoir beaucoup de suspects, c'est d'avoir les bons. Je sais qu'on dit que sur ce coup, les gendarmes avaient besoin d'un coupable à tout prix et qu'ils s'en sont pris à Cassel à la légère, parce qu'ils n'avaient personne d'autre à qui faire porter le chapeau. Mais pour ma part, c'est faux. Cassel s'est mis tout seul dans la merde quand il n'a pas dénoncé le faux alibi que lui a fourni sa mère.

— Je veux bien le reconnaître. Mais ça ne fait pas de lui le coupable.

— Non, peut-être pas. Mais il ne devrait pas être aussi scandalisé d'être passé dans la moulinette. Il l'a bien cherché.

Je sens l'odeur du thé qui infuse et mes esprits reviennent.

— Donc, pas de suspect sérieux.

— Non. À part… Jimmy.

— Le fameux petit copain.

— Oui. Lui, c'est une sacrée anguille. Margot Vanuren a dit à plusieurs personnes de son entourage qu'elle avait un nouveau copain et que celui-ci s'appelait Jimmy. Trois copines l'ont confirmé, et Margot en avait aussi parlé à sa mère et à son frère pour justifier ses absences. Mais elle a refusé d'en dire plus. Elle n'a pas dit ce que faisait ce Jimmy dans la vie. Est-ce qu'il faisait ses études avec elle ? Est-ce qu'il avait un travail ? Quel âge il avait ? Où il vivait ? Était-il blond ou brun ? Lui offrait-il des fleurs ? Depuis combien de temps sortaient-ils ensemble ? Comment s'étaient-ils rencontrés ? Rien. Jimmy, c'est un mystère total.

— Vous pensez que c'est lui, le coupable ?

Ratier sourit. Avec l'œil qui frise, il me fixe, goguenard, et dit :

— Vous essayez de me piéger. Si je vous dis que c'est peut-être Jimmy le coupable, alors je reconnais en même temps que Cassel est innocent.

— Et alors ?

— Eh bien… je vous confirme que Jimmy est un mystère et que tant que mes collègues ne l'auront pas trouvé, il restera un suspect potentiel… car Cassel a été *officiellement* relaxé, faute de preuves.

J'aurais encore des milliers de questions à poser à cet ancien gendarme désargenté, mais ses gestes trahissent son impatience. Il a des fourmis dans les jambes et rêve de rentrer chez lui pour se barricader et ne plus avoir à se justifier auprès de la visiteuse inopportune que je suis.

— Vous avez fini votre thé ?

J'attrape la théière et remplis ma tasse, puis dis :

— Non, pas encore.

Ratier grimace. Il mordille un bout de sa lèvre inférieure en faisant de brefs mouvements de tête vers l'avant.

— Monsieur Ratier, vous reconnaissez que Gabriel n'est pas coupable ?

— Finissez votre thé, Mademoiselle. Il commence à faire froid et je veux rentrer chez moi. Rien ne m'oblige à vous parler.

— Vous l'avez déjà fait. Vous avez commencé par me dire que vous ne vouliez rien me confier, puis vous m'avez tout déballé. Vous savez ce que je pense ? Je crois que vous savez que Gabriel est innocent et que vous aimeriez bien qu'on coince les salauds qui ont fait ça. Vous avez enquêté sur des réseaux ?

— Des réseaux ?

— Prostitution, ce genre de trucs…

— Non, le meurtre de Margot n'a rien à voir avec ça. Il y a des chances pour qu'au moins deux personnes l'aient tuée, la petite, peut-être trois, mais je ne pense pas qu'ils aient été trop nombreux. C'est trop… horrible pour que ce soit partagé. Violer un cadavre, vous savez, ça débéquetterait même certains des mecs les plus durs que j'ai croisés dans ma carrière. Deux personnes, à mon avis. Mais ce n'est que ma théorie, tous mes collègues ne pensent pas pareil, et elle ne colle pas avec l'existence d'un réseau. On a cherché dans toutes les directions, vous savez. Personne n'a bavé. Aucun témoin n'est venu quelques semaines plus tard pour nous fournir le moindre indice. Margot Vanuren a croisé la route d'un dément qui l'a enlevée et emmenée dans une décharge. Il avait peut-être un complice, mais même ça, on ne peut pas en être sûrs. La petite Vanuren, c'est un coup de malchance, une mauvaise rencontre, une farce du destin.

Je me redresse sur ma chaise et plonge mon œil dans les yeux de Ratier. Ses sourcils broussailleux s'arrondissent, comme s'il était étonné par mon impudence.

— Monsieur Ratier, reconnaissez que Gabriel n'est pas coupable.

— C'est l'heure, made…

— Reconnaissez que vous vous êtes planté.

— Je n'ai…

— Reconnaissez que vous l'avez suspecté et que le moment venu, quand vous avez manqué de preuves, vous n'avez pas su faire machine arrière et vous remettre en question.

— …

— Reconnaissez-le.

— Vous voulez que je vous dise que je ne peux pas être absolument certain que Gabriel Cassel est l'un des coupables, c'est ça ? Vous voulez que je vous dise qu'on a subi tellement de pression qu'on en a trop fait avec lui ?

Les joues de Ratier deviennent écarlates. Il postillonne et se tient droit, les avant-bras bien campés sur les accoudoirs de son siège.

— Eh bien, oui, peut-être. Gabriel Cassel s'en est peut-être pris plein la gueule pour rien. Mais vous savez quoi, mademoiselle la justicière ? Je n'en ai rien à tamponner, de ce qu'a subi le pauvre monsieur Cassel. Moi, je n'ai jamais eu qu'un seul objectif : coincer les fumiers qui ont osé tronçonner une pauvre gamine qui n'avait fait de mal à personne. Et tant pis pour les dommages collatéraux. Et je vais vous dire encore quelque chose, avant que vous partiez : on ne fait pas d'omelette sans casser d'œufs. Dehors, il y a un cinglé, ou peut-être deux cinglés, qui se promènent en liberté. Le type qui a fait ça recommencera. Je suis même sûr qu'il a déjà recommencé depuis deux ans, mais que cette fois, il a tellement bien planqué le corps qu'on n'a pas pu faire de rapprochements.

Je voulais qu'il s'allonge, c'est fait ; mais maintenant, j'aimerais qu'il se taise. Pourtant, après avoir alterné les phases de déballage et de mutisme, il est plus volubile que jamais, vomissant son aigreur en me hurlant dessus :

— Et votre Gabriel Cassel a provoqué ce qui lui est arrivé. Il a menti, et on ne ment pas impunément à des enquêteurs qui recherchent un monstre, bordel !

Je descends les marches du perron qui relie sa terrasse au jardinet mal entretenu. En me hâtant, je baragouine un bonsoir et lui tourne le dos. La voiture que j'ai empruntée à Gabriel est garée à une trentaine de mètres, mais je donnerais cher pour qu'elle soit à ma portée. Ratier me suit en vociférant. Je n'entends plus ce qu'il raconte. En trottinant, je remonte le trottoir, l'ex-gendarme toujours sur les talons, atteins la 205, ouvre la portière.

Avant de quitter cet enfer, j'entends Ratier me dire :

— Essayez de savoir pourquoi la mère de Cassel a menti. Essayez de savoir pourquoi elle a tant tenu que ça à l'aider.

De bonnes questions…

*

Lundi 23 décembre 1985

— Allô ? Madame Vanuren ?

— Oui ?

— Bonjour, je m'appelle Juliette Cardone. Je suis une amie de Gabriel Cassel et j'aurais aimé que vous me consacriez…

— Laissez-nous tranquilles, je raccroche.

— Non, non… Je voulais juste…

— Ça fait quoi, d'être amie avec un monstre ? Je raccroche. Foutez-nous la paix.

— Non, madame Vanuren…

— …

— Madame Vanuren ?

*

Mardi 24 décembre 1985

Noël me file la gerbe.

Si certains se laissent emporter par la magie, par les couleurs chaudes qui resplendissent dans l'atmosphère froide, par les symboles et l'espoir, moi, je n'y vois que forfanterie hypocrite de ceux qui ont au détriment de ceux qui n'ont pas. Gabriel n'est point aussi fervent catholique que sa famille, mais il prête une attention très grande à la religion et même si c'est une des rares choses que nous ne partageons pas, je respecte ça.

Mon espoir est boursouflé. Il en est de ces fêtes solennelles comme des échappatoires déchues. À la Noël, on chante les louanges de Dieu ou on se suicide, il n'y a guère d'alternatives.

Je suis asociale. Je ne l'assume pas, mais je *fais avec*. Je suis un être avec une tête, deux bras, deux jambes et une conscience (bancale) et la compagnie des êtres avec une tête, deux bras, deux jambes et une conscience (bancale) me gêne profondément. Seule, je me sens bien. Mais parfois, j'oublie assez les tourments pour tolérer une présence. Astérix, Francis, Gabriel, même la Cloche… Si j'étais vraiment seule, peut-être serais-je encore plus malheureuse.

Il m'a fallu une bonne heure et demie pour me pomponner. J'ai eu plusieurs hommes dans ma vie, mais jamais aucun ne m'a présentée à sa famille. Je sais que pour Gabriel, cette rencontre n'est pas anodine. Cela équivaut à une demande en mariage. Dans sa famille, quand on présente une femme à sa mère, c'est qu'elle est une fiancée.

— Je ne peux pas t'obliger à faire le signe de croix après les bénédicités, Juliette, mais au moins, aie les yeux fermés et baisse la tête. Fais comme si tu priais.

— Mais je ne sais pas prier.

— Alors, pense à quelque chose de triste, ça suffira.

— Je peux penser à n'importe quoi, alors.

Gabriel porte son costume des grands jours. Je l'aide à nouer sa cravate, mais quand la cigarette que je tiens entre mon index et mon majeur s'approche du col de sa chemise amidonnée, il l'attrape et l'écrase dans le cendrier. Je dépose sur sa joue, au coin de ses lèvres, un baiser doux et long.

— Gaby ?

— Oui, *darling* ?

— Je sais que ce soir, ce repas avec ta mère et ta sœur, ça compte pour toi. Je te promets que je serai une gentille Juliette.

— C'est vrai ?

— Oui. Je vais me forcer.

— Et ça consiste en quoi, le concept « gentille Juliette » ?

— Je ne mangerai pas avec les doigts, je ne m'essuierai pas la bouche sur la nappe, je ne parlerai pas tout le temps de Connors et de Paul Morphy, je ne siphonnerai pas les grands crus de la cave de ta maman et je n'invoquerai pas Satan.

— C'est génial, je n'en attendais pas plus.

Gabriel conduit. J'ai un peu de mal à prendre place sur le siège passager. Ma robe est moulante. Je n'ai pas l'habitude de ce genre d'accoutrement, mais ces atours paraissent de circonstance et j'ai accepté de me mettre sur mon trente-et-un ; pour lui. Je ne voulais pas particulièrement m'immiscer dans la vie de la famille de Gabriel – seule dans le cocon, dans cette gangue ouatée, avec lui, c'est mieux –, mais j'ai besoin de découvrir le lieu dans lequel Gabriel a grandi.

Nous arrivons enfin devant la maison en pierres grises.

— Même si mon père est mort il y a longtemps, me confie Gabriel, rien n'a changé ici. Mon père avait hérité cette maison de mes grands-parents, mais c'est comme si c'était interdit de toucher à quoi que ce soit. Tu verras, les tableaux sur les murs, ce sont de vieux trucs qui représentent des scènes de chasse. Ça date de plusieurs générations. Évite de faire des réflexions désagréables, même si c'est très moche, je te l'accorde. Maman est un peu… pointilleuse.

— Et pendant le repas, ça va se décoincer ?

— Non.

— Au moins, c'est clair.

Gabriel ricane.

— C'est juste un mauvais moment à passer. Ma mère, je t'ai déjà tout dit à son sujet. Elle est très *vieille France*, tu vois le genre ? Très à cheval sur les traditions. Par exemple, elle est persuadée qu'entre nous…

— Entre nous ? Finis ta phrase.

— Ben, disons qu'elle croira dur comme fer que nous n'avons pas encore couché ensemble. Pour elle, le sexe avant le mariage…

— Donc, à table, je ne lui dis pas que ma position préférée, c'est la levrette ?

Gabriel tord sa tête. Je suppose qu'il imagine la scène.

— Et ta sœur ? demandé-je pour revenir sur le déroulé de la soirée qui s'annonce.

— Même chose. On a reçu la même éducation, avec Carole, mais je ne sais pas pourquoi, elle a tout pris au pied de la lettre. Que ce soit sur la religion ou sur les autres valeurs familiales, elle est très stricte. Son mari, Philippe, est un peu plus décontracté, mais malheureusement…

— Aïe…

— Oui. Malheureusement, il est con comme un balai. Il est pas vraiment désagréable, mais si t'as des blagues trop pointues, tu oublies. Y a que ma nièce, Isabelle, qui est mignonne comme tout, avec qui on pourra parler sans faire attention tout le temps. Mais bon, elle a quatre ans, ça limite les sujets.

— Et puis t'as oublié que je déteste les enfants.

— On parlera de ça une autre fois.

Gabriel a cessé de rire, sans rebondir sur ce sarcasme qu'il me savait capable de lui fournir. Une boule me vrille le ventre. *Tu crois qu'il veut enfant avec toi, Zabójca ?*

Bien sûr que non.

S'il présente toi à sa famille, c'est qu'il veut faire mariage. Et après mariage, dans les familles normales, on fait bébé.

Je ne suis pas normale, la Cloche.

Je sais, je sais. Mais tu devrais arrêter faire blague sur enfants…

Nous traversons une grande terrasse de dalles d'albâtre et patientons sur le perron. C'est Carole, la sœur de Gabriel, qui ouvre la porte. « Gabriel ! » Elle ne lui saute pas au cou, mais les retrouvailles sont chaleureuses. Gabriel nous présente et je ne pense qu'à une chose : cet œil qui, non dissimulé par les lunettes de soleil, va immanquablement attirer son attention. Mais Carole ne me fixe pas avec un regard étrange. Peut-être Gabriel a-t-il averti sa famille que j'étais borgne ?

Nous entrons dans un vestibule copieusement décoré. Il y a trop d'éléments de décoration et je me sens écrasée. Des froufrous rouges, des miroirs, des guéridons qui servent de support à une multitude de bibelots. Un peu bêtement, je me fais la réflexion que la femme de ménage doit passer des jours entiers à chasser la poussière de tout ça.

Marie-Dominique Vanuren apparaît à l'autre bout du couloir, austère mais digne, le port altier. Elle fait plus vieille que son âge. Un bouquet de rides profondes traverse horizontalement son visage. Ses lèvres sont si fines qu'on pourrait croire que sa bouche n'est qu'une minuscule fente comparable justement à une autre ride. Ses yeux sont bleus, très clairs, perçants. Elle porte une longue robe violette qui ne laisse apparaître aucun centimètre carré de sa peau. Des dentelles dépassent de ses manches, masquant ses poignets. Ses bijoux sont clinquants, mais sobres. J'hésite. Si je lui tends la main, je crains qu'elle la dédaigne. Je m'évite une humiliation et hoche la tête en guise de salut respectueux, me contentant de lâcher un simple : « Madame. »

Marie-Dominique Cassel fait deux pas en avant et dit :

— C'est elle ? Bien. Passons au salon.

Je rencontre Philippe et Isabelle Roche, le beau-frère et la nièce de Gabriel. Je suis tout de suite beaucoup plus à l'aise avec eux. On me fait signe de m'installer sur un canapé en velours rouge, très chic. Comme par enchantement, un verre de Suze apparaît en face de moi.

J'étais convaincue que je serais le centre des débats et que les questions fuseraient. C'est même un moment que je redoutais, mais il ne vient pas. Les Roche et les Cassel m'ignorent. J'en veux même à Gabriel de ne pas m'inclure dans la conversation. Philippe pérore sur les affaires qui vont mal, Marie-Dominique se lamente sur la perte des valeurs en répétant quatre fois : « Où va la France ? », Isabelle pleurniche.

Il est à peine 19 heures et tout est prévu avec Gabriel. Le plan : je me contiens jusqu'à 23 heures 30, pas de grossièretés, zéro ivresse, proprette et polie. Quand madame Cassel expliquera qu'il est l'heure de se rendre à la messe de minuit, je les suivrai sans préciser que je ne suis pas croyante. À l'église, je ferai semblant de chanter et de prier, en m'installant au bout du banc que nous occuperons, là où l'on me remarquera le moins. Après la messe, nous refuserons la traditionnelle flûte de fine et rentrerons directement.

On ne me propose pas de me resservir. Gabriel et Philippe parlent de politique, de Mitterrand, de la visite du général Jaruzelski au début du mois et de la prise d'otage qui a eu lieu quelques jours plus tôt à Nantes, quand un braqueur, Georges Courtois, a séquestré la cour d'assises dans laquelle il était jugé pendant plus de trente heures. Je suis une femme et j'ai très vite compris que dans cette famille, les femmes restent à leur place. Elles écoutent les hommes, hochent de temps en temps la tête pour acquiescer. Elles doivent avoir le dos bien droit, les genoux serrés. Elles boivent du bout des lèvres. Si elles osent intervenir, cela doit se faire sans heurt, sans éclat. Ici, une femme ne parle pas, elle chuchote. Elle ne pense pas, on le fait pour elle.

Je me venge sur cette connasse de pintade.

Suis-je vraiment vexée de n'être qu'un faire-valoir dans cette maison lugubre ? Non, même pas. Je n'aime pas les gens, il n'y a donc aucune raison que j'attende quoi que ce soit d'eux. Je suis ici pour une raison précise. Certes, je tiens à Gabriel et je suis honorée qu'il ait voulu me présenter à sa famille. C'est un geste fort pour lui, je l'ai déjà dit. Mais en vérité, je ne cesse de repenser à ce que m'a dit Ratier, le gendarme à la retraite, quand je quittais son domicile : « Essayez de savoir pourquoi la mère de Cassel a menti. Essayez de savoir pourquoi elle a tant tenu que ça à l'aider. »

Sa théorie m'a perturbée. Il a reconnu que les enquêteurs n'avaient rien contre Gabriel, à part le mensonge sur son alibi proféré par sa mère. Jusque-là, je suis d'accord avec lui. En revanche, je n'avais pas pensé à ce qu'il a suggéré sans détour.

Pourquoi madame Cassel a menti ? Selon moi, c'est un réflexe naturel pour une mère que de chercher à protéger son fils, quitte à mentir. Mais Ratier a sa vision des choses. Pour lui, Marie-Dominique Cassel a inventé un faux alibi, car en tant que mère, elle connaît la nature profonde de son fils et sait qu'il est capable du pire.

Pendant que Gabriel et Philippe, déjà fort alcoolisés, crachent sur Georges Marchais qui représente selon eux la pire des menaces, madame Cassel se lève, ramasse plusieurs plats et dit à sa fille :

— Carole, tu m'aides ?

La sœur de Gabriel est installée à ma gauche. Alors qu'elle fait mine de quitter sa place, je pose ma main sur son coude et lui assène :

— Non, Carole, restez là. Je m'en occupe.

Carole se rassied, peut-être surprise par ma poigne. Avant que Marie-Dominique n'ait pu protester, je saisis les plats à ramener, un pot de moutarde et des bouchons de liège à jeter, et me dirige vers la cuisine, suivant ainsi la maîtresse de maison.

Une fois à l'écart, Marie-Dominique me lance :

— Avant, nous avions *des gens*. Mais maintenant… les temps sont durs.

Ce n'est que la quatrième ou cinquième fois depuis que nous sommes arrivés qu'elle s'adresse à moi. Des gens ? Cette manière de désigner le personnel de maison qu'elle employait autrefois, probablement quand son mari était encore là, est significative. Elle en dit long sur la considération que cette femme vertueuse, à la moralité immaculée, prête à son prochain. Dans une heure, elle ira prier Dieu de venir en aide aux nécessiteux et en profitera pour lui réclamer un petit geste pour son confort personnel.

Madame Cassel me montre l'évier. J'y dépose les plats. Et

le silence pèse. Je décide de le rompre, un peu fatiguée de cette mascarade :

— Je vous suis reconnaissante de nous avoir accueillis ce soir.

— On a toujours passé Noël en famille. Je n'allais pas accepter de vivre ce réveillon sans Gabriel. C'est important, la famille…

— Bien sûr. Vous savez, avec Gabriel, on s'entend très bien.

— Bien. Mais vous savez, pour faire un couple qui dure, il faut bien plus que ça. Enfin… Votre génération voit les choses bizarrement. C'est la faute à 1968, ça…

Je récure une casserole récalcitrante.

— Dites, madame Cassel, au sujet de la famille de Gabriel… enfin, de votre famille…

— Oui ?

Je lui tourne le dos, mais je sens le regard courroucé de la sexagénaire me poignarder entre les omoplates. M'adresser à elle de la sorte est une effronterie. La gueuse que je suis quitte la place qui lui est dévolue et fait montre d'une outrecuidance sans bornes.

— Je me demandais… Par rapport à ce qu'il a vécu, est-ce que dans la famille, ses cousins, oncles et tantes… est-ce que certains ne lui parlent plus ?

— Quoi ?

Intérieurement, je souris. J'aime Gabriel d'un amour sincère et en aucun cas je ne voudrais qu'il s'éloigne de moi si mes relations avec ses proches n'étaient pas au beau fixe, mais la pudibonderie et la réserve de cette famille me hérissent le poil. Aucune vie ne palpite en ces murs. Des formes qui ressemblent à des hommes et à des femmes se meuvent, vont et viennent, mais rien ne brûle en eux, aucun fluide ne coule dans ce qui leur sert de veines. Ils se contentent d'exister, collet monté, sans jamais s'enflammer ni se lamenter. Des coquilles vides qui croquent dans le néant avec un appétit risible. Je jouis de choquer la mère Cassel. Je me repais de cette indignation jusqu'à l'indigestion indiquée par l'indicible moue que je devine sur sa face blême.

— Les accusations dont Gabriel a été victime, surenchéris-je, je me demandais si ça avait eu des incidences sur votre famille.

— Mais… c'est… privé.

— Ah. Comme on parle souvent avec Gabriel de ce qu'il a vécu, je pensais que vous pourriez m'en apprendre un peu plus.

— Vous pensez mal, Mademoiselle.

— Je sais. Penser, j'aime pas ça. Mais on ne fait pas toujours ce qu'on veut, pas vrai ?

Marie-Dominique regimbe. Elle s'escrime sur une conserve qu'elle ne parvient pas à ouvrir. C'est une manière d'occuper ses mains et d'éviter de se les triturer nerveusement, trahissant ainsi sa colère et son émoi.

— Ne le prenez pas mal, Mademoiselle, mais ces choses-là… c'est considéré comme impoli d'en parler.

— Je comprends. Désolée. Je regrette.

— Bon, n'en parlons plus.

Nouveau silence. Seule l'eau qui coule du robinet résonne. Puis, mutine, je dis :

— À propos de regrets, vous en avez, vous ?

— Pardon ?

— Des regrets. Vous en avez ?

— Mais… à quel sujet ? De quoi parlez-vous ?

— Au sujet de l'alibi que vous avez fourni à votre fils le soir du meurtre. Enfin, le faux alibi, pour être exacte. Je suis prête à parier que vous regrettez. Après tout, c'est un peu à cause de vous qu'il s'est retrouvé dans cette situation.

Madame Cassel laisse échapper une assiette qui se brise sur le carrelage brillant et explose en un millier d'éclats. C'est sa contenance qui vient de se fracasser.

— Comment osez-vous ?

Et elle porte une main fripée à ses lèvres, pour cacher cette bouche qui, fatalement, s'ouvre en grand.

— C'est juste une question.

— Mais enfin, Mademoiselle, vous n'avez pas le droit de dire… C'est… Seigneur, je n'en crois pas mes oreilles…

— Qu'est-ce qui vous choque ? Je suis l'amie de votre fils. On peut bien parler de ça, non ? Vous savez, je suis au courant de tout. Gabriel ne m'a rien caché. Je suis même allée interroger plusieurs personnes qui ont joué un rôle dans cette affaire.

— Mais enfin, de quoi vous mêlez-vous ?

— De mon amour. Je me mêle de mon amour, c'est tout.

Je vois bien que Marie-Dominique hésite. Elle ne sait pas à quel point Gabriel et moi sommes liés. Si elle était convaincue que notre histoire n'est qu'une passade, elle m'aurait déjà giflée. Mais je suis la première femme que son fils lui présente, c'est bien la preuve que ce qui nous lie est puissant. Se fâcher avec moi équivaudrait peut-être à le perdre.

— Mademoiselle, je vais être franche avec vous.

— D'accord, ça me va. Vous me permettrez donc d'être franche en retour.

— C'est que… Bon, écoutez, nous ne vous connaissons que depuis deux heures à peine. Ce qui est arrivé à Gabriel… On ne peut pas en parler.

— Si, on peut. On est en train de le faire.

— Non, on ne peut pas en parler, *déjà*. C'est très… intime.

— Bien sûr. Mais vu que j'aime votre fils et que votre fils m'aime, ça me concerne. Mais oui, bien sûr, je le reconnais, c'est intime. Alors ?

— Alors quoi ?

— Pourriez-vous répondre à ma question ?

— Je…

— Est-ce que vous regrettez d'avoir menti aux gendarmes en prétendant que Gabriel avait dormi chez vous la nuit du crime de Margot Vanuren ?

Marie-Dominique est pâle, si pâle, tellement pâle. Elle se trouve à deux doigts de tomber dans les pommes. Elle pose une main tremblante sur le rebord du plan de travail, comme si elle allait tituber.

— Vous voulez vous asseoir, madame Cassel ?

J'attrape une chaise – plutôt une sorte de tabouret de bar – et l'approche de la vieille femme. Elle ne s'installe pas vraiment dessus, elle s'y laisse plutôt tomber. Une fois affalée, elle prend une grande inspiration, hoquette, calme le rythme fou de sa respiration et relève la tête dans ma direction.

— Je ne veux pas avoir ce genre de discussion avec vous.

— Moi si.

— Mais enfin… c'est Noël.

— Justement, faites-moi ce cadeau. Ça ressortira tôt ou tard, de toute manière. Alors, avez-vous des regrets ?

Marie-Dominique Cassel soupire. Je la sens proche de fondre en larmes. Et moi, eh bien moi, je me sens piteuse. La honte qui m'emplit me dégoûte. Je suis vile et fourbe ; je le savais, mais j'en ai encore une fois la preuve. Comment pourrais-je m'estimer en agissant ainsi, en torturant une femme âgée – et pourtant, elle n'est pas si vieille que ça –, alors que j'ai été invitée à partager ce repas ? Je martyrise mon hôtesse en rongeant son âme sans le moindre scrupule. Non, non, je ne peux pas aller plus loin. Je ne peux pas la pousser à bout. Si je la force à se confier à moi, les remords qui m'assailliront me plongeront encore plus loin dans cette fange que je mérite. Je dois me confondre en excuses et rejoindre la tablée, en baissant la tête, en faisant acte de contrition pour mes infamies. J'ouvre la bouche pour demander pardon, mais

Marie-Dominique me précède et dit : « Oui, je regrette. » Puis un gémissement. Puis : « Si je pouvais revenir en arrière. » Et encore un soupir, un soupir lourd, un soupir éternel. Et : « Le mal que je lui ai fait est à la hauteur de mon amour pour lui. » Et moi aussi, j'ai envie de pleurer, car ces mots, j'en sais le sens vrai, je les goûte et ils me dégoûtent et ils me coûtent tant que je me sens fondre et disparaître dans ma honte. Mais j'y suis, eh oui, j'y suis ; je l'ai ; elle est attachée ; et elle ne reculera pas.

— C'est mon fils, vous comprenez ?

— Non… et oui. Je peux comprendre qu'une mère s'inquiète pour son fils et en vienne à mentir pour lui, mais là…

— Je sais. C'est à cause de moi que les gendarmes l'ont suspecté vraiment. Ils se sont dit que si j'avais fabriqué un faux alibi et que si Gabriel ne l'avait pas démenti, c'est forcément qu'il était coupable. J'ai payé très cher cette erreur et je la paierai encore longtemps. Jusqu'à ma mort, je fabriquerai une autre issue, je recomposerai le passé.

— Le passé ne se recompose pas, il se décompose.

— Le passé, il est présent avec moi chaque fois que je ferme les yeux et que je me revois, face aux enquêteurs, en train de leur affirmer avec aplomb que mon fils avait passé la nuit chez nous ce soir-là. J'étais si convaincante. Pourtant, le mensonge, j'ai ça en horreur. C'est un péché terrible. Mais voilà, c'est mon fils…

Je souhaiterais lâcher prise. L'hameçon est planté fermement dans la gueule de ma proie. Elle souffre et moi, cruelle, je laisse le sang couler dans l'air, flotter, couvrir le livide. Il fleure une odeur de désespoir autour de nous, une odeur qui persiste et imprègne. Une odeur ultime qu'on ne chassera jamais. Une odeur de derniers jours.

— Pourquoi ? l'interrogé-je.

— Pourquoi quoi ?

— Pourquoi avoir sorti ces conneries ?

Marie-Dominique n'est plus troublée. Ni par mon opiniâtreté ni par mon vocabulaire.

— Mais c'est évident. J'ai eu peur pour Gabriel, alors j'ai inventé cette histoire.

— Mais pourquoi ? Il n'en avait pas besoin.

— Mais ça, je ne le savais pas.

Tourner autour du pot alors que nous sommes près de la déflagration est suicidaire. Impossible de faire demi-tour. L'incendie nous encercle, le feu nous pousse à tout cracher ; pas trop fort pour que dans le salon, personne ne surprenne nos échanges, mais les braises sont là, dangereuses, prêtes à se coller à nous.

— Madame Cassel, vous avez raison, n'y allons pas par quatre chemins. Si vous avez dit aux flics que Gabriel avait dormi ici, est-ce parce que vous avez pensé à un moment qu'il pouvait être coupable ?

Je n'ai qu'un œil, c'est vrai, mais après cette question, madame Cassel ne vaut pas mieux que moi. Ses paupières s'ouvrent si grand que ses yeux exorbités brillent comme deux billes noires comme le jais. Lentement, millimètre après millimètre, sa bouche s'agrandit, formant un cercle vide qui la défigure. Puis, elle marmonne, en détachant chaque syllabe :

— Vous avez dit quoi ?

— Est-ce parce que vous pensiez qu'il était coupable que vous avez servi aux flics cet alibi bidon ?

C'est comme si je venais de lui tirer une balle de revolver en plein cœur. Marie-Dominique se dégonfle. Elle se tasse sur le tabouret. Ses épaules entrent dans son tronc. Son menton s'affaisse, touchant presque son thorax. Elle se désagrège littéralement. Désemparée, elle bredouille :

— Je croyais que vous l'aimiez.

— Mais oui.

— Vous m'avez bien dit que vous l'aimiez et que lui aussi vous aimait en retour ?

— Oui.

— Alors vous savez.

— Je sais quoi ?

— Vous savez que Gabriel n'a rien fait, qu'il est juste victime des circonstances… et de moi.

— Oui, mais je ne vois pas le rapport.

— Vous connaissez suffisamment Gabriel pour être persuadée qu'il est innocent. Sans avoir besoin de preuves. Sans même avoir besoin qu'il vous fixe les yeux dans les yeux et qu'il vous jure sur ce qu'il a de plus cher, sur son honneur, sur sa vie, qu'il n'a jamais rien fait de mal à cette pauvre jeune fille. Alors comment osez-vous penser que je pourrais le croire coupable ? C'est mon fils ! C'est ma chair ! Je le connais mieux que vous. Je l'ai mis au monde. J'ai entendu son premier mot, suivi ses premiers pas, tremblé pour lui chaque fois qu'il sortait de la maison. Si vous le connaissez et si vous connaissez la vérité, alors comment pourriez-vous penser que moi, sa maman, je le connais moins bien que vous ? D'après ce que vous me dites et d'après ce que m'a révélé Gabriel, nous avons un point commun, Mademoiselle. Aussi curieux que ça puisse paraître, en dépit de nos différences, de nos âges, de nos valeurs, de notre éducation, nous avons un point commun : notre amour pour Gabriel. Et si votre amour est si fort qu'il vous suffit pour détenir la vérité, comment pouvez-vous seulement émettre l'hypothèse qu'il n'en est pas de même pour moi ? Je suis sa maman, Seigneur… Bien sûr que je sais et que j'ai toujours su que jamais Gabriel n'aurait pu commettre la moindre violence.

Elle pleure et je pleure et nos larmes, finalement, se mélangent.

VIII

PASSÉ DÉCOMPOSÉ

TROIS MOIS PLUS TÔT

Samedi 21 septembre 1985

J'entends la rivière chuchoter. L'Auxance est paisible, mais elle trompe son monde. Sous son apparence bonasse, elle se tient prête à rugir, à vriller les tympans de ceux qui somnolent. Elle les endort en les hypnotisant de son flux calme et régulier. Puis frappe sans pitié.

Les falaises de Beauvoir, au sud-est de Poitiers, surgissent de la végétation et éperonnent le ciel. Des nuages pressent les hommes. Il ne pleuvra pas. Je me dis que si je chute, avant de mourir, je rebondirai sur les arbres avant de me fracasser ; c'est réconfortant.

— T'es sûre, Juliette ? hésite Gabriel. Mes genoux sont toujours très fragiles. Et j'y connais rien. J'ai jamais fait d'escalade de ma vie, moi. Je ne suis pas certain que je puisse m'occuper de l'assurance…

— De l'assurage.

— Quoi ?

— On dit *l'assurage*, pas l'assurance. L'assurance, ça intervient si l'assurage est mal fait et qu'il y a un accident.

— Eh bien, moi, dit-il avec humeur, j'ai pas l'assurance de pouvoir me charger de l'assurage, ça te va comme ça ?

— Y en aura pas besoin.

La cotation en 8a fait de cette voie la plus complexe du site. Autour de nous, personne. Seuls quelques oiseaux pépient, luttant avec la rivière pour nous démolir les oreilles.

— Il est où, le reste du matériel ?

— Tout est là, Gaby.

— Mais… t'as pas une sorte de harnais à passer ? Un… comment dit-on… Un baudrier ?

— Non, pas aujourd'hui.

J'enfile mes chaussons, plonge mes mains dans le sac à magnésie, bois une dernière gorgée d'eau.

— Et les cordes ? Explique-moi comment je dois les tenir. Et tu vas les fixer où ?

— Pas besoin de corde.

— Ah. La voie est déjà équipée ? Elles sont où, les cordes ?

— Gaby ?

— Oui ?

— Arrête de poser des questions. Tu me laisses monter. Et après, si ça se passe bien, on pique-niquera, comme prévu.

— Comment ça, comme prévu ? Tu as…

Je glisse le gros orteil de mon pied droit dans la faille la plus basse, agrippe une prise facile, et me hisse.

— Hé, Juliette, mais c'est quoi, ça ?

— C'est de l'escalade libre.

— Comme l'autre con, dans le film ? Patrick Edlintruc ? Mais vraiment, c'est quoi, ça ?

— Ça, c'est grimpe ou crève.

Je monte mes barrières mentales et n'entends plus le jaspinage de Gabriel qui vitupère derrière moi. Cette voie d'une vingtaine de mètres est pour moi. Pour moi *seule*.

— Gaby ?

— Oui ?

— Je peux te demander un truc ?

— Non, je crois pas. Redescends. C'est du suicide, ton truc.

Si tu tombes…

— Et si je te le demande poliment ?

— Vas-y.

— Ferme ta gueule, s'il te plaît.

La première difficulté franche se trouve à trois mètres de hauteur. C'est ici que je suis censée clipper une dégaine pour me déporter sur la gauche. Mes bras sont déjà tétanisés. Mais j'ai déjà croité des passages plus compliqués. Je délaye pour évacuer l'acide lactique qui m'ankylose et recouvrer un semblant d'énergie. En théorie, je devrais ressentir les effets du stress et de la fatigue dix mètres plus haut, et pas si tôt et si bas.

Suit une dalle de deux mètres, mais les réglettes sont marquées, et je la franchis sans accuser le coup. En bas, Gabriel a cessé de s'égosiller. Je profite d'une vire pour me reposer et le regarder. Il mordille ses poings serrés, les coudes sur les hanches, silencieux, les pieds joints.

— Tu fais quoi, Gaby ?

— Je prie.

Je choisis l'itinéraire le plus ardu. Une grimpe à vue. Je ne suis pas habituée aux surfaces de calcaire et je couvre mes doigts de poudre dès que j'en ai l'occasion. Le crux est à trois mètres de moi : un dièdre qui fait suite à un dévers de deux mètres. J'y vais. J'agrippe une prise et tente un pied-main, mais je dévisse. J'échoue. Tout se passe en un centième de seconde : la vision d'une mort atroce, écrabouillée dix mètres plus bas. Seule ma main droite est en contact avec la roche. Trois doigts qui me relient à la vie. Une paille pour conserver le souffle vital. J'ai l'impression que mon bras s'allonge. Ça tire et ça tire et ça tire et ça fait mal. En bas, Gabriel jure comme un charretier. Si c'est toujours à Dieu qu'il s'adresse, j'espère que celui-ci comprends l'argot.

Il me faut produire un effort monumental pour retrouver

l'équilibre. Main gauche sur une prise sommaire. Main droite qui flanche. Mal aux épaules. Mon pied droit qui s'incruste dans une faille minuscule. Ma peau qui se déchire. La partie saillante pique mon gros orteil à travers le chausson. Mon cœur bat la chamade. Un nœud bloque ma gorge. Mon œil est fermé. Mes lèvres remuent, invoquent, appellent. Si je tombe, pire que la mort, demain, ce sera un fauteuil en acier, des tiges métalliques qui tiendront mes membres raides, des tuyaux qui me violeront et feront pénétrer en moi des choses qu'on mange et qu'on boit, et sortir des choses qu'on pisse et qu'on chie, un bip qui retentit et m'empêche de penser, m'empêche de dormir, m'empêche de mourir.

Je fais un jeté sur la droite et attrape un bac de justesse. Je me hisse de toute la force dont je dispose. Une plaquette laissée par un précédent grimpeur me permet de me rétablir. Le mètre suivant m'éloigne du crux. Mon souffle s'apaise. Je peux encore succomber, mais j'aurai moins peur. C'est toujours ça de pris.

Encore un effort. Je franchis les derniers mètres avec des larmes qui me brûlent la joue. J'atteins le sommet.

En bas, Gabriel prie toujours.

Un jour, il faudra bien que je sache pourquoi j'ai envie de crever.

VI

HEY SISTER !

DEUX MOIS PLUS TÔT

Jeudi 1er août 1985

Jamais il ne renonce. Cet entêtement si spécieux a quelque chose de sublime. Il pourrait mourir de fatigue avant d'abandonner. Ceux qui sont acharnés au point d'en perdre la raison reçoivent toute ma déférence. J'admire ses élans opiniâtres dès qu'un goéland s'avise de le narguer. Les volatiles se posent sur le sable, à cinq ou six mètres de lui, comme s'ils le défiaient, l'air de rien, leurs têtes bougeant de manière saccadée, un peu stupidement. Et Francis quitte ses starting-blocks pour se jeter sur eux. Les piafs s'envolent. Le chien insiste sur une vingtaine de mètres – pensant peut-être que s'il s'obstine, des ailes lui pousseront –, puis retourne à son point de départ, penaud mais pas découragé. Puis le manège reprend.

La plage est presque déserte. Seuls quelques vieux solitaires badaudent tranquillement, posant un pas devant l'autre au rythme des vagues qui viennent s'évaporer vers eux sans les toucher. Un peu plus loin, un type en marinière, le bas de ses jambes de pantalon retroussé sur ses mollets, est penché en avant pour ramasser des coquillages.

Je gratte le bas de mon dos, un peu agacée que du sable se soit incrusté dans ma culotte.

J'aime les odeurs de la mer à cette heure. Dans un moment, les nuées de touristes coloniseront l'espace en grattant le moindre centimètre carré. Des serviettes et des parasols écloront un peu partout, transformant la topaze de la terre et l'azur de la mer en une myriade de teintes chatoyantes. Ça jacassera et ça courra et ça cramera. L'aurore est belle, car elle ne concerne pas les gommeurs de nature. Et tant que la pollution de ces corps luisants échoués comme des baleines n'obstrue pas le panorama, je hume les parfums des embruns, l'air iodé et ces touches poivrées qui viennent de loin. D'aucuns ne supportent pas ces fragrances, mais moi, je m'en repais. Je me gargarise avec les bouquets âcres et corsés qui égratignent mon gosier.

Nouvel essai de Francis. Nouvel échec.

J'écrase le mégot de ma cigarette et me lève. Essuie le sable collé à mes fesses et sur mes cuisses, fais quelques pas et monte les marches. Je m'installe sur une table en terrasse du café. Le chien m'observe, guettant de ma part un signe qui lui intimerait l'ordre de me rejoindre. Qu'il reste avec les bêtes et se défoule.

Le garçon met moins d'une minute pour venir prendre ma commande. Il m'apporte un café et dépose l'édition toute fraîche des nouvelles du jour devant moi. Une première gorgée de café efface les caresses rugueuses du sel. Tant pis, tout à l'heure, avant de partir, je respirerai encore les arômes de l'océan.

Le canard parle d'un peintre surréaliste vagabond de 99 ans, André Masson, qui expose ses œuvres à Nîmes. Je lis distraitement son interview. Il parle de Breton, d'Artaud, mais aussi de Zola. Un autre article traite de l'attentat à Téhéran, mardi dernier, qui a fait trois morts et cinq blessés. Vingt kilos d'explosifs dans une cabine téléphonique, devant une banque.

Autrement ? Autrement, Laurent Fabius est aujourd'hui à

Londres pour parler des initiatives de la France en Afrique du Sud avec Margaret Thatcher. Et je m'en fous.

Ce qui m'intéresse se trouve un peu plus loin, dans les pages locales. Le titre : « Huit personnes frôlent la mort dans un incendie. » Je déguste, et l'article, et mon café.

— Il est à vous ce clébard ?

La voix qui vient de retentir comme un coup de tonnerre m'arrache à mes contemplations. Lever de menton et je découvre un vieillard à la panse énorme comme une montagne. Il se trouve devant la terrasse et je le surplombe. Je n'aime pas son ton, mais je lui réponds malgré tout.

— Oui, c'est le mien.

— Feriez mieux de le tenir en laisse. Il vient de bouffer une mouette. Faudrait les faire piquer, ces bêtes-là.

— Les mouettes ?

— Ben… non. Je parlais des clébards. Mais… vous vous foutez de moi ?

J'ai du mal à atténuer l'air sarcastique qui déforme mes traits. Le type à la bedaine me tient tête en grimaçant. Sa chemisette s'ouvre sur un torse que des mottes de poils blancs marquettent sans aucune cohérence. Ses cheveux sont coiffés en arrière et plaqués sur son crâne.

— Alors il chope une mouette et vous vous en foutez ? insiste l'homme.

— Il n'a pas chopé de mouette.

— Ah ouais ? Et ça, c'est quoi alors ?

Il s'écarte d'un mètre et dévoile Francis, à dix mètres de nous, en train de dépiauter le cadavre d'un grisard qu'il est parvenu à surprendre.

— C'est bien lui qui l'a chopée, non ?

— Oui. Mais ça, c'est pas une mouette. C'est un goéland. Et un petit, en plus. Les mouettes, c'est plus petit et ça n'a pas un gros bec jaune avec une tache rouge dessous.

— Mouette, goéland… Rien à foutre. Vous faites rien ? Vous l'engueulez même pas, votre cabot ?

Je me dresse, avale la dernière gorgée de café et descends les marches pour me retrouver à côté du vieux. Je l'ignore et appelle Francis, qui m'obéit et s'approche. Quand il se trouve à ma portée, je fronce les sourcils, ce que personne ne verra puisque mes lunettes de soleil trônent sur mon nez, comme à l'accoutumée.

— Francis ! La prochaine fois, tu t'attaques pas aux bébés. Tu vises plus gros, d'accord mon chien ?

Le vieux, me voyant flatter la croupe de l'animal en le caressant furieusement sur les flancs, lâche un « Pfff » de dépit et s'éloigne en m'insultant.

Tout va bien. Aujourd'hui, il fait beau dans mon monde.

*

Mardi 6 août 1985

Je suis brusquement extirpée du giron ouaté dans lequel je me lovais pour faire baisser la pression. C'est comme un mantra psalmodié à l'infini pour que l'adrénaline cesse de bouillonner. Parfois, je sens le poison sinuer dans mes veines, remonter dans mes artères, distiller le venin dans mon cœur. Je dois entrer en transe pour ne pas paniquer. Et quand ça s'accumule, je me retranche là-bas, dans ce landerneau qui n'existe pas. Seule la Cloche peut encore m'atteindre, puisqu'elle n'est qu'un fantôme qui me hante. Mais la Cloche ne veut pas que je perde, et elle ne me déconcentre pas.

Pierrot me demande pour la seconde fois si je veux quelque chose. Son ton emmiellé me ramène sur terre, parmi ceux qui hument.

— Pardon, Pierrot. J'étais…

— … ailleurs.

— Oui. Désolée.

— Et alors ? Je te sers quelque chose ?

Je suis déshydratée. Nous jouons depuis… je consulte ma montre… plus de six heures, assis l'un en face de l'autre. Il s'appelle Miridjian et il est arménien. Nous n'avons pas mangé et je n'ai bu qu'un café lors de notre première partie.

— Alors, Juliette ?

— Un verre d'eau, s'il te plaît. Mais… je te le paierai. C'est pas que je veux pas prendre une consommation payante, c'est juste que…

— Ça va, Juliette. Laisse tomber, y a pas de problème. Concentre-toi sur ta partie.

Je tente maladroitement de réguler ma respiration. Une cigarette m'apaise en partie. Miridjian me dévisage avec attention, guettant le moindre signe de faiblesse sur mes traits appréhensifs. Nous sommes exténués et celui qui gagnera ne sera pas le meilleur, mais le plus résistant. À ce jeu, il paraît bien plus doué que moi, mais plus le temps passe, plus mes chances de ne pas échouer grandissent.

Depuis que je joue au *Foc*, j'ai rarement perdu aux échecs. Il m'est arrivé de gâcher volontairement une partie avec peu d'argent dans le pot pour que ma réputation ne gonfle pas trop vite. Si tous les joueurs de la région me croient invulnérable, je n'aurai plus que les m'as-tu-vu fanfarons pour me défier. Or, comme je mise peu – jamais plus de cinq cents francs –, il en va de mon intérêt de demeurer accessible, prenable. Je dois être perçue comme une joueuse un peu veinarde, à la portée de tous – mon soi-disant magnétisme et mon œil manquant ajoutant une touche baroque à mon aura. Quand Miridjian s'est assis en face de moi ce matin, alors que je ne m'y attendais pas, je n'ai pas vu le danger. Je l'ai pris pour un adversaire lambda, désireux de se coltiner la fameuse joueuse d'échecs dont tout le monde parle à La Rochelle, chez les initiés. Il a posé deux billets de deux cents francs sur la table et j'ai suivi, tombant dans le piège avec une naïveté confondante.

La première partie s'est lancée sur une ouverture classique. Avec les blancs, Miridjian a soigneusement positionné ses pièces, sans agressivité, sans se révéler. Je n'ai rien anticipé. Maintenant, j'ai cerné le jeu de dupe auquel il s'est adonné. Tout sonnait faux, mais j'étais trop confiante. Cela me servira de leçon. Même ces regards distraits qu'il balançait à la dérobée, autour de nous, n'étaient là que pour m'endormir, me faire croire qu'il n'était pas attentif. Mon manque de vigilance m'a fait prendre un risque dès le dix-septième coup. Un de mes cavaliers s'est trouvé en difficulté et patiemment, sans commettre la moindre erreur, Miridjian m'a amenée au centre de sa toile. Quand j'ai compris que j'avais affaire à un véritable maître et pas à un pratiquant du dimanche, il était trop tard. J'ai abandonné au vingt-troisième coup, sans déficit de pièces, mais avec un désavantage positionnel si évident qu'insister eût été indigne.

Mais tout le monde commet erreurs, eh ? Pas vrai Zabójca ? Toi, moi… et lui aussi. Je pensais qu'il en resterait là, mais Miridjian a proposé une revanche. J'y suis allée, pas par fierté, mais parce que l'argent importait peu et qu'une autre défaite m'eût plongée dans ces abîmes que je crains et cherche à la fois. *Tu mens. C'est par orgueil que tu as accepté revanche. C'est dans nature à toi. Tu aimes perdre parce que tu es masochiste et que tu aimes souffrir, mais tu es trop audacieuse pour te défiler. Ne te mens pas à toi-même. Et ne me mens pas. Je suis dans tête à toi, ma petite Zabójca, alors je sais tout…* Quatre cents francs posés sur la table. Comme je venais d'effectuer ma première partie de la journée, je n'avais plus qu'un seul billet dans la poche. Pierrot a dû m'avancer la somme.

Nous avons joué avec une méfiance accrue, l'un et l'autre.

Ma prudence stratégique contre sa réserve naturelle. Le genre de partie qui finit invariablement en nulle. Une erreur de sa part, sur un simple déplacement de pion, a mis en miettes sa défense Philidor. Un coup de chance énorme. J'ai remporté cette seconde partie alors que je ne le méritais pas.

Miridjian a conservé son sang-froid. Des bévues comme celle-là, il n'en avait peut-être jamais réalisé de sa vie. À sa place, j'aurais hurlé de rage, me serais maudite en me traitant de tous les noms.

Il a remporté la première en me surprenant. Moi la seconde par un coup du sort. Nous ne pouvions que nous engager dans la belle. Un combat à mort, où les nerfs tiendraient ou lâcheraient.

Autour de nous, pour cet épilogue, une douzaine de personnes. Pierrot a dû rappeler à l'ordre un connard qui ne pouvait s'empêcher de commenter les coups que nous jouions, mais à présent, le public est absorbé, diligent. Miridjian a eu l'avantage de lancer la partie avec les blancs. Une ouverture viennoise classique à laquelle j'ai répondu par la défense appropriée. Vint un moment où j'eus le choix. À une attaque de son fou en f5, j'aurais pu répondre à un retour de mon cavalier en c6 ; mon roi en aurait été protégé et nous nous serions fort logiquement dirigés vers une partie nulle. L'honneur sauf des deux côtés ; aucune humiliation, aucune salve pour célébrer la conquête de l'un ou de l'autre. C'est là que tout a basculé. Tout joueur sensé n'aurait pas poussé le diable jusqu'à relancer l'enjeu, sachant qu'en ne répondant pas par le coup défensif adéquat, je me mettrais en difficulté. Une nulle serait une issue convenable. Nous nous séparerions avec une victoire chacun, le même nombre de billets dans la poche, nos réputations intactes. Et la perspective de remettre ça un jour prochain, mieux préparés, pour un choc qui marquerait les esprits.

Mon cavalier n'a pas reculé. En choisissant l'affrontement, je me suis exposée. Au lieu d'en sourire, Miridjian a grimacé. J'ai saisi qu'il était épuisé d'être resté assis près de six heures sans bouger, à part deux courtes pauses pour se rendre aux toilettes, et que la possibilité de prendre l'avantage s'effaçait devant le risque de manquer de concentration à cause de la fatigue. J'ai repris confiance en moi.

Il s'agit souvent d'un rien pour que la baraka change de bord. Un simple regard las peut modifier le monde.

Miridjian avance son pion en b5. Il a joué trop vite et cela révèle encore une fois qu'il perd pied.

Un couple de septuagénaires entre dans le café, s'approche de l'attroupement et se poste à côté de moi, pensant peut-être que le spectacle en vaudra la peine. Mais les échecs sont un jeu de patience. Comme il me faut environ cinq minutes pour jouer le coup suivant, le temps d'examiner mentalement le champ des possibles qui s'offre à moi, le couple renonce et va s'installer à l'autre bout de la salle.

Je l'ai.

Miridjian est englué dans mes rets.

Les variantes ne sont plus si nombreuses – alors que nous avons joué, lui vingt-six coups et moi un de moins –, mais à présent, tout est limpide. Il ne me faudra plus que quatre coups pour m'emparer de sa tour et provoquer sa chute. Miridjian va perdre, c'est un fait et c'est inexorable. Ma dame se positionne en g4. Il reste immobile pendant une poignée de secondes, puis souffle bruyamment, reconnaissant qu'aucune manœuvre ne le sauvera.

— Juliette ?

Je me tourne vers Pierrot qui vient de me rejoindre, se glissant entre deux vieux à casquettes de marin.

— Plus tard, Pierrot.

— C'est le téléphone. C'est pour toi.

— Pour moi ?

Je suis surprise. Personne ne me connaît à part Gabriel. Et justement :

— C'est Gabriel.

— Je le rappellerai.

— Mais… désolé Juliette, mais ça a l'air urgent. Il y a eu… un incident…

Je me lève et file vers le comptoir. Le combiné du téléphone est posé sur le zinc. J'écoute ce qu'on a à me dire, raccroche et reviens m'asseoir. Mon œil planté dans ceux de Miridjian, la bouche pincée, je décide de le provoquer un peu :

— Vous avez perdu, Miridjian.

— Pas encore.

Il sourit. A-t-il saisi que je devais partir sur-le-champ ? Il se mordille l'intérieur de la bouche.

— Vous avez perdu. Vous devez ramener votre tour en e2 pour protéger votre roi. Je vous la bouffe et après, c'est foutu.

— Oui, probable…

Mais il ne joue pas. Je lorgne l'horloge posée sur la table, entre nous. S'il le veut, il peut faire durer le supplice encore vingt minutes. Il a compris que j'étais pressée, en équilibre sur le fil au-dessus de la falaise. Et il en profite.

Dépitée, je couche mon roi, dis adieu à mes quatre cents francs, et décampe en courant.

*

Mardi 6 août 1985

Les odeurs antiseptiques m'assaillent. Une migraine me torture et picore mon front, le transperçant d'avant en arrière, sans répit. Impossible d'écarquiller mon œil sans sentir l'évanouissement proche. Je suis dans un hôpital, je pourrais très bien mendier une aspirine quelque part. S'ils ont d'immenses machines valant des millions de francs, ils peuvent bien me fournir un putain de cachet.

Mais j'ai abandonné lors d'une partie capitale pour être ici en temps et en heure, alors gâcher encore deux ou trois minutes pour avaler de quoi soulager ma céphalée est inconcevable.

Heureusement, je suis seule dans l'ascenseur qui me mène à l'étage où se trouve Gabriel. J'appréhendais la conversation de rigueur avec une mamie souriante et bienveillante qui papoterait avec moi, par politesse, louchant sur mes lunettes de soleil en demandant : « Vous avez mal aux yeux ? » Non, Madame, j'ai mal à l'âme et aucun médecin ne me soignera.

L'alerte sonore qui marque l'arrivée à l'étage me chaparde une grimace. Je me rue dans le couloir, frappe trois coups à la porte de Gabriel, attends. En général, il me crie d'entrer de son lit. Là, rien. Puis on ouvre la porte.

Je me retrouve face à un type d'une quarantaine d'années. Surpris, il fait un bond et entre de nouveau dans la chambre. Puis, lorsqu'il se reprend, il tire sur les pans de sa chemise qui sortent de son pantalon et m'adresse un salut courtois de la tête. Comme je me méfie de ceux qui ont des belles manières à l'extérieur et sont aussi serpents que moi à l'intérieur, je lui rends son bonjour, les lèvres serrées. Un hommage sur la réserve.

— Bonjour Mademoiselle. Vous êtes une amie de monsieur Cassel ?

— Je… oui…

— Alain Carretier, vous auriez une…

— Juliette, ne lui parle pas !

Derrière l'homme, je cherche Gabriel qui vient de me hurler cet ordre. Carretier hausse les épaules, se met de côté pour passer entre la porte et moi. Il s'en va comme si de rien n'était. J'entre, ferme et m'approche de Gabriel. Après l'avoir embrassé sur le front, je m'installe sur un coin du matelas de son lit. Je n'ai toujours pas parlé, mais comme l'homme que j'aime ne daigne pas me fournir la moindre explication, je craque et cède la première :

— C'était qui ce type ?

— Un journaliste.

— Un journaliste ? Écoute, Gaby, au *Foc*, Pierrot m'a dit qu'il fallait que je vienne en urgence. Qu'est-ce qui se passe ? Et pourquoi un journaliste te rend visite ?

Gabriel laisse retomber sa tête en arrière. Le coussin est trop molletonné et il s'y enfonce avec un geste d'agacement qui le trahit.

— C'est la merde, Juliette. Ce type, là, Carretier, il a appelé l'hôpital pour poser des questions à mon sujet. C'est pour ça que je t'ai contactée au *Foc*. J'ai demandé à une infirmière de te prier de me rejoindre, mais j'ai pas dit que c'était urgent. C'est elle qui s'est emballée ou Pierrot qui a mal compris. T'étais pas occupée, au moins ?

Je repense à Miridjian et à cette défaite qui va ronger plusieurs muscles de mon organe du courage, quelque part dans ce corps enragé.

— Non, ça va. Pourquoi tu m'as appelée ?

— L'infirmière m'a prévenu qu'il se renseignait sur moi. Alors je me suis dit que tu ferais barrage s'il venait. Mais malheureusement…

— Je suis arrivée trop tard.

— Oui. C'est pas grave, mais j'aurais préféré que ce charognard n'entre pas dans ma chambre. Bon sang, il a frappé. J'ai cru que c'était toi, alors je lui ai dit d'entrer. Il en a bien profité…

— Qu'est-ce qu'il voulait ?

— Il a dû apprendre je sais pas comment que j'étais là, dans cet état. Tu sais, je reste un sujet latent pour les journalistes. Pendant que j'étais incarcéré, ils se sont régalés. Je ne sais pas si c'est parce qu'il n'y avait pas grand-chose dans l'actualité, mais j'en ai pris plein la gueule. Un coup j'étais un monstre diabolique, un coup un pervers responsable de nombreuses morts inexpliquées. Moi, je ne pouvais rien faire. Quand on m'a libéré, pas un n'a fait amende honorable, pas un ne s'est excusé. Ils mangeaient dans la gamelle des flics. Et Carretier était le pire. C'est lui qui s'occupe des faits divers. Il a même parlé à la télé. C'est surtout à cause de lui que je me suis retrouvé à la une des journaux, que j'ai fait les gros titres. Il montait tout ça en épingle. J'en ai bavé, mais je n'ai jamais perdu mon calme. J'ai tout enduré avec flegme parce que je savais que si je me rebellais, je passerais pour un coupable. Dans le milieu de la presse, ceux qui s'agitent et qui crient trop fort qu'ils sont innocents sont toujours suspects. Une fois, alors que j'étais à la maison d'arrêt, il s'est débrouillé pour pénétrer dans l'enceinte et m'a aperçu dans un couloir, alors que j'avais les menottes aux poignets. Et là, comme si de rien n'était, il s'est mis à me poser des questions. Bref, Carretier sait qu'on m'a cassé la gueule et il voulait m'interviewer. J'ai dû lui répéter cinq fois de se barrer.

Gabriel soupire. Je suis si mal à l'aise de le voir vulnérable, lui d'ordinaire si coriace, que je l'enlace en serrant les dents pour ne pas trahir mon émotion.

— Te prends pas la tête, Gaby, il est parti.

— C'est pas ça. C'est… je sais pas comment expliquer… Le sentiment d'impuissance. Il était là, debout, à me parler alors que je lui criais de quitter ma chambre. Et il faisait comme s'il ne m'entendait pas. Il répétait ses questions, et moi, je ne pouvais rien faire, bloqué sur ce putain de lit. Oui, c'est exactement ça : le sentiment d'impuissance totale. Mais c'est bon, il en faudra plus pour que j'abandonne…

Gabriel essaie de se reprendre. Je remplis un verre d'eau et le lui tends. Il est hagard, les yeux oscillant dans le vide, riboulant comme un fou, et ne réagit pas.

— Gaby, t'es là ?

— Oui, je suis las.

*

Ouest France – Mercredi 7 août 1985

UN HOMME SUSPECTÉ DE MEURTRE PASSÉ À TABAC

Par Alain Carretier

Gabriel Cassel, l'homme qui fut le principal suspect dans l'affaire du meurtre de Margot Vanuren, a été agressé en pleine rue.

Alors qu'il s'apprêtait à rentrer chez lui, le dimanche 21 juillet en fin de soirée, Gabriel Cassel a été sauvagement pris à partie par quatre individus cagoulés qui n'ont pas encore été identifiés par les gendarmes chargés de faire la lumière sur cette agression.

Gabriel Cassel est connu du public pour avoir été au cœur de l'enquête sur la mort de Margot Vanuren. En septembre 1983, le corps sans vie de cette Rochelaise d'adoption a été retrouvé dans une décharge, atrocement mutilé.

Très vite, les soupçons s'étaient portés sur un jeune homme, Gabriel Cassel, qui se trouvait en compagnie de Margot juste avant sa disparition. L'alibi fourni par la mère du suspect avait été démonté, mais faute de preuves, l'individu fut relâché, provoquant ainsi la colère de la famille de la victime.

Gabriel Cassel souffre de sérieuses blessures aux membres inférieurs. Les gendarmes suspectent l'entourage de Margot Vanuren d'être à l'origine de ces voies de fait.

*

Jeudi 8 août 1985

— Vous vous calmez ou je demande à la sécurité de vous faire sortir.

L'homme, lui, est calme. Moi pas. Une des infirmières se tient à proximité de nous, pensant probablement que je serais capable de frapper le médecin. Je ne nie pas que je suis à la limite de l'hystérie, mais je ne peux recouvrer mon sang-froid.

— S'il lui était arrivé quelque chose, insisté-je, vous auriez été responsable.

— Il ne lui est rien arrivé et pour votre information, vous êtes dans un hôpital, pas dans une prison ou dans un commissariat. Et si monsieur Cassel n'a rien, justement, c'est aussi et surtout parce que nous respectons les protocoles de…

— Si monsieur Cassel n'a rien, c'est parce qu'une infirmière était dans sa chambre au moment où le type est entré. C'est un coup de chance.

— Je crois que vous réagissez avec trop d'émotion.

— Je crois que vous réagissez avec trop de connerie.

Je le plante là avant qu'il ne me rétorque que je dépasse les bornes. Je suis scandalisée, mais il n'a pas tort. Gabriel n'a essuyé aucun coup. Si je suis ulcérée, c'est avant tout parce que j'ai peur. Dans cette situation, avec l'homme que je chéris dans cette coquille, à la merci des prédateurs, le contrôle m'échappe. *Tu danses sur le fil. Et tu sais déjà que tu es déséquilibrée de nature, eh ? Danse encore. Danse, ma petite Zabójca à moi. Danse et chute.*

Je regagne la chambre de Gabriel en essayant infructueusement de me calmer. Mais on ne dompte pas mes nerfs ; ni moi ni personne. C'est une illusion, mais même avec un œil, j'y vois trop clair.

— Juliette, ça va ? T'as vu la sécurité ?

— Oui. Ils vont faire gaffe. Je vais appeler les flics, il faut qu'ils soient au courant qu'on te…

— Non, pas les flics.

— Si, Gaby. C'est grave. Il est venu ici, dans ta chambre. Dans cet hôpital. Il… il t'a menacé. On ne peut pas laisser passer ça. Il faut le dire aux flics. Qu'au moins, ils foutent un planton devant ta porte. Un type qui surveille et…

— Un garde-chiourme qui va entrouvrir ma porte, glisser sa tête et me dire, l'air de rien : « T'inquiète pas, je suis là pour veiller sur toi, tueur de gamines. » Tueur de gamines, c'est comme ça qu'ils parlent de moi, les flics.

— T'en fais trop, Gaby. Tu sais pas…

— Mais merde ! Écoute-moi, Juliette. Je t'en prie, ne fais pas comme si tu étais au courant de tout. Ils me connaissent. Tous les flics savent qui je suis. Ils n'ont jamais chopé le type qui a tué Margot, alors ils oublient tout. Ils oublient les faits et ils ne pensent qu'à moi. Je les obsède. Ils se foutent de la vérité. Je suis leur coupable désigné, parce que si ça n'est pas moi, alors c'est une preuve de leur incompétence. Si tu les préviens, Juliette, un connard viendra me chercher ici. Je ne veux pas de ça. Ne me trahis pas. Je n'ai pas peur d'eux. Je n'ai peur de personne, mais ne me trahis pas.

Je contracte la mâchoire. Ses mots me blessent. Je ne pense qu'à lui et à sa survie, et il paraît s'en foutre comme de l'an quarante.

— Gaby, tu es sûr que c'est lui qui est entré dans ta chambre ?

— Oui.

— C'est bien le frère de Margot ?

— Oui. Je le connais très bien. Je l'ai vu plusieurs fois. Et il ne s'est pas gêné pour se répandre dans la presse, sans aucun scrupule, au moment de ma libération. On peut même dire qu'il a carrément fait campagne pour qu'on me refoute en cabane. Patrick Vanuren. C'est lui qui est venu tout à l'heure. Il est entré comme ça, sans même frapper. Il s'est avancé vers mon lit. Je… Bordel, je n'ai même pas réagi. J'étais trop estomaqué pour faire quoi que ce soit. Ce salopard s'est approché et m'a dit : « Alors, Cassel, y a finalement une justice dans ce monde ? » Puis il a souri et calmement, il a ajouté : « Mais ils ont pas fini le boulot, les mecs qui t'ont envoyé là. Il va falloir que je le fasse moi-même »…

— Et ?

— Et il s'est tourné. Il a vu que je n'étais pas seul. L'infirmière était derrière, près de la fenêtre. Elle furetait dans son chariot. Elle lui a demandé qui il était, et il s'est barré.

Je cogite, mais pour moi, il n'y a pas d'autre alternative que de prévenir la police.

— Au moins, dis-je, il y a un témoin. Si tu dis aux flics que Patrick Vanuren t'a menacé de mort, elle pourra le confirmer.

— Ça ne changera rien. Les flics se diront même que Vanuren va faire le boulot à leur place. Juliette, on n'appelle pas les flics, c'est tout.

— Mais…

— Fin de cette discussion. C'est ma décision, Juliette. Le prends pas mal, mais c'est pas parce que je suis bloqué dans ce pieu que je n'ai plus mon libre arbitre.

Le ton que j'emploie quand je lui rétorque qu'il faut bien agir, tenter quelque chose, révèle ma détresse. Mais il n'en démord pas. Je m'assieds et profite de son silence pour méditer sur les options qui se présentent. Aucune ne me satisfait. Le frère de Margot Vanuren, persuadé que Gabriel est son tueur, a appris par la presse que celui-ci était toujours à La Rochelle, qu'il s'était fait tabasser et hospitaliser. Il lui a rendu visite pour conclure l'histoire. Et il reviendra.

Je me lève tout de go et me dirige vers la porte sans accorder le moindre regard à celui qui serait prêt à souffrir mille tourments plutôt que de faire appel à la police pour le protéger. Je n'ai pas encore refermé qu'il me lance :

— Juliette ? m'appelle-t-il d'une voix hésitante.

Je me tourne vers lui.

— Je te l'ai pas dit, Juliette, mais au fait... je t'aime.

C'était bien le moment...

*

Vendredi 9 août 1985

Il ne devra pas savoir. Opérer dans l'ombre, comme pour ceux qui ont déjà essayé de s'en prendre à Gabriel. Rester invisible. Seule. Gabriel ne doit pas deviner que je m'apprête à chasser.

Patrick Vanuren. Vingt-six ans. Employé à la chaîne dans une entreprise qui fabrique de la volaille sous vide. Le roi de la cuisse de poulet sous cellophane. J'ai trouvé de vieilles coupures de presse, souvent écrites par Alain Carretier, le journaliste qui a révélé la bastonnade dont a été victime Gabriel, le propulsant de nouveau, à son corps défendant, en pleine lumière. Lui qui ne souhaitait qu'une seule chose, se faire oublier, s'est mis à briller sous le feu des projecteurs. Impossible de se dérober à l'attention générale. Et Vanuren, peut-être convaincu que celui qui était accusé d'avoir assassiné sa sœur était loin, pourquoi pas à l'autre bout du monde, a appris que sa vie se déroulait comme si de rien n'était. Peu importe qu'il n'y ait aucune preuve et qu'aucun indice ne puisse l'incriminer. Il est trop aveuglé par sa peine pour garder la tête froide. Le besoin de trouver un coupable, je peux le comprendre. Sauf que le martyr sacrifié sur l'autel de la vendetta à tout prix se nomme Gabriel Cassel ; et que Gabriel Cassel est l'homme qui m'aime, puisqu'il me l'a dit.

Les coupures de presse décrivent un Patrick Vanuren accablé par le chagrin. Sa sœur, dépecée en d'innombrables petits bouts par un fou en liberté, est un spectre qui doit le pourchasser. *Tu es un peu comme lui, Zabójca. Toi aussi, tu as fantôme qui te hante. Tu m'as, moi. Tu es peut-être l'alter ego de Vanuren.*

Je n'ai rien à voir avec lui.

Bien sûr que si. Tu es son pendant féminin.

Je ne suis pas aveugle.

Mais tu es borgne. Avoue que le chemin que tu as emprunté ressemble curieusement au sien, non ?

Le jugement n'a pas droit de cité dans mes pensées. Patrick a perdu une sœur qu'il chérissait, il a le droit. Le droit de faillir. Le droit de dévier de la trajectoire de victime de dommage collatéral qu'on a tracée pour lui. Devenir fou est permis quand on souffre autant. Néanmoins, il demeure une menace pour Gabriel, et il me faut m'assurer que cette menace peut être conjurée. Qu'importe la compassion que j'éprouve à son endroit, ma détermination se doit d'être ferme et résolue. Là-bas, dans une chambre d'hôpital morose et terne, un homme attend que le couperet tombe. Ma mission est simple : enrayer la machine. Et surtout, surtout, rester discrète. Gabriel n'apprendra pas que je tente d'approcher son tourmenteur. S'il découvrait qui je suis, ce serait un cataclysme.

Il fait trop chaud dehors et trop mal dedans. J'ai choisi de ne plus réfléchir pour ne pas sombrer. Mes réserves d'idéalisme étaient soigneusement planquées dans le coffre-fort d'une banque qui vient d'être dévalisée et vous savez quoi ? C'est une bonne nouvelle ; plus besoin de payer des agios rubis sur l'ongle.

Patrick Vanuren, vingt-six ans, employé à la chaîne dans une entreprise qui fabrique de la volaille sous vide, tu es ma cible. Et j'espère de tout cœur que la vengeance qui t'aveugle s'estompera au profit d'une lumière qui m'épargnera d'en venir aux solutions radicales. Puisque je ne sais pas rendre la vue, je peux aussi t'arracher les yeux.

Quand j'étais gamine, j'ai eu la chance de rencontrer Raymond Chandler. Pas en vrai, bien sûr, mais par l'intermédiaire des romans qu'il a écrits. Si j'analyse les choses froidement, ce n'est pas Raymond Chandler qui débarqua si bruyamment dans ma vie, mais plutôt le héros de ses romans, Philip Marlowe. *The big sleep*, *The high window*, *The little sister…* L'univers des détectives privés, les ténèbres, l'authentique déchéance d'âmes égarées qui trouvent la voie et saisissent qu'elle est sans issue. La désillusion. Le fatalisme et l'échine qui se courbe et se tord à n'en plus finir. Tout ça, je l'ai ingurgité jusqu'à plus soif, et pendant que Philip Marlowe et son auteur s'anesthésiaient au whisky, j'imaginais le monde tel qu'il était décrit dans les histoires : violent, désespéré, vain.

Les filatures du détective privé m'inspiraient, comme ses rebuffades, son refus de céder à la facilité, de demeurer intègre malgré ses penchants. Céder au vice tout en conchiant le monde, voilà une doctrine qui me touchait bien plus que celles prodiguées par la religion, l'éducation ou la philosophie.

Je suis un détective privé de pacotille, le temps d'une enquête.

L'île de Ré resplendit. Nous sommes en plein cœur de la saison touristique et les visiteurs souriants abondent. Simon Barnier m'a confié que sa petite entreprise n'avait jamais été aussi florissante.

— Tu vois, Juliette, avant, quand je travaillais seul, les gens faisaient la queue pour louer des vélos. Du coup, ils perdaient patience et allaient ailleurs, chez la concurrence. Maintenant que t'es là le week-end pour m'aider, tout va pour le mieux.

— Tout est grâce à moi.

Simon sourit. Il s'est habitué à mon humour pince-sans-rire et sait que la vanité ne fait pas partie de mes défauts, bien au contraire. J'aurais plutôt tendance à me dévaloriser au moindre écueil.

— Tu dors sur l'île, ce soir, ou tu traverses pour aller voir Gabriel ?

— Je rentre. Je reviendrai demain matin.

Inutile de lui préciser que les visites sont interdites le soir, à l'hôpital, et que je n'ai pas l'intention de me rendre au chevet de Gabriel. Mon patron est un homme bien, mais il ne comprendrait pas que je doive surveiller Patrick Vanuren.

Quand le flot des touristes se tarit et que nous enregistrons le retour des derniers vélos, Simon me propose de partir plus tôt que prévu. Je bondis sur l'occasion, file vers l'embarcadère et une heure plus tard, je suis sur le continent. J'ai trouvé l'adresse de Patrick Vanuren dans les Pages Blanches. Après avoir englouti un sandwich à la va-vite, je grimpe dans la 205 de Gabriel et me rends avenue Louis Guillet.

La Rochelle est une cité océane embellie par des siècles passés à y consacrer une architecture démesurée. Ses fortifications matent tout sceptique qui s'y rend, y compris le vent brisé par les tours qui ceignent le chenal. La ville est belle, le sait mais le cache, avec une modestie de bon aloi qui contraste avec la majesté et l'opulence qu'elle balance aux yeux de tous. Et pourtant, à La Rochelle, il y a aussi Mireuil et ses immeubles plantés sans grâce pour y entasser ceux qu'on voudrait aussi dissimuler.

Dans toute ville existe un quartier défavorisé. Un quartier

moche qui pue, souvent là où les flics préfèrent tourner la tête et regarder ailleurs. Les immigrés de première génération venus reconstruire la France après les temps troubles, quand on n'a plus eu besoin d'eux, ont été parqués là. Il a fallu construire des bâtiments pour les loger. Puisque La Rochelle était la ville des tours, eh bien des tours ont été érigées plus loin.

C'est dans le quartier de Mireuil que vit Patrick Vanuren, dans l'un de ces blocs immondes. Je me gare à l'entrée de la rue, à cent mètres environ de son immeuble. Chez Gabriel, j'ai trouvé de vieilles coupures de presse qui contenaient des photos de Patrick, mais elles datent de deux ans, sont en noir et blanc, et je ne suis pas certaine de pouvoir le reconnaître au premier coup d'œil.

Dans la cité, ça grouille. Des jeunes désenchantés traînent parce qu'ils n'ont rien d'autre à foutre. La rue, ça me connaît. Je n'ai pas peur d'eux. Je connais les ficelles qu'il faut tirer pour qu'on vous foute la paix.

Il fait nuit et la lune fait la grasse soirée. Dans les ténèbres, je me sens autorisée à retirer mes lunettes de soleil. Mon œil en verre, fixe, n'attirera pas l'attention. Je descends de mon véhicule et me faufile dans les ruelles. Un groupe de gamins d'une quinzaine d'années m'apostrophe. Plutôt que de les ignorer comme l'intimerait la sagesse populaire, je change de direction et vais les trouver. Ils sont quatre, assis sur un muret. La marijuana qu'ils fument sent bon. Un parfum tenace, que la brise ne dissipe pas. L'odeur caractéristique de l'herbe est douce. Du velours. Je crois que l'un d'eux m'a simplement dit :

— Hé, jolie, la gonzesse !

Je m'arrête à un mètre d'eux. Plus personne ne pipe mot pendant une dizaine de secondes. Puis, pour ne pas perdre la face, le plus grand me lance :

— T'as pas peur, toi ?

— Non.

— Ouah ! J'suis fan. Toutes les gonzesses de la cité, elles ont la trouille quand on les appelle. Et toi, t'es seule et tu viens nous voir au lieu de te barrer en courant. T'es grave… mais j'aime bien. Tu te sens seule et tu cherches un mec, c'est ça ?

— Oui.

Moue d'incompréhension du gosse, qui s'attendait à tout sauf à ce que je confirme. Il joue les gros bras, mais la façade qu'il croit arborer s'effrite. Juste un gamin qui roule les mécaniques. Du genre qui se mettrait à trembler si je l'emmenais dans un coin tranquille et me désapais. Un apprenti dur, mais à quinze ans, s'il était un salaud, cela se verrait déjà. Il aurait les réflexes, les intonations, la lueur. Il s'en tirera probablement.

— Attends, t'es en train de me dire que tu cherches un mec ?

— Oui. Mais pas comme tu l'entends. Patrick Vanuren, tu connais ?

— Et pourquoi je te répondrais ? T'es flic ?

— J'ai une tête de flic ?

Le gamin sourit.

— T'es bizarre, toi. Ici, on s'appelle par nos prénoms. Vanuren, je connais pas. Enfin, je crois pas. Mais des Patrick, y en a des tas. Des Patrick et des Mohamed, y a que ça. Moi, c'est Mohamed, pas Patrick, tu vois ?

J'abandonne le groupe et poursuis dans la rue. Au pied des immeubles, les bandes se croisent. Les jeunes sortent des bâtiments, s'assoient sur le trottoir, fument du hasch et boivent des bières. Ils jettent les canettes en tas au pied des containers. Un type avec une casquette rouge se fait prendre à partie par ses amis parce que la radio qu'il porte sur son épaule crache du disco.

J'attends. Plusieurs personnes viennent me trouver, me

demandant ce que je fous là, si je suis de la cité. La plupart du temps, le masque impassible que j'affiche suffit à les décourager, mais une fois sur trois ou quatre, on persiste. J'explique alors que j'ai rendez-vous avec quelqu'un. On me reluque, mais globalement, on me laisse tranquille.

Enfin, au bout d'une demi-heure, je crois repérer Patrick Vanuren. Une Simca dans un état délabré vient de se garer et un homme qui ressemble à celui des photos consultées sur les journaux en sort. Je m'approche. C'est bien Patrick Vanuren. Il a le crâne pratiquement rasé. Ses muscles saillants se dessinent sous le jogging bleu haché de rayures blanches qu'il porte. On sent chez lui la nervosité, l'audace, l'aplomb. Un petit caïd des banlieues. Un prince de la cité dortoir.

Je souhaitais juste l'approcher. Seulement jauger mon adversaire. Sentir l'électricité. Il est là, à dix mètres. Une armoire à glace qui lève de la fonte, parle fort, joue des poings. Un type qu'on respecte dans cette cité moisie qui entretient la pourriture en expliquant bien à ceux et celles qui la peuplent qu'elle fera tout pour ne pas qu'ils la quittent.

Patrick passe sous un lampadaire qui fait luire son crâne. Il salue une bonne vingtaine de jeunes et entre dans son immeuble.

Je n'ai fait que l'entr'apercevoir, mais j'en sais déjà beaucoup à son sujet. Patrick est fort, énergique, vigoureux, surexcité.

Et je n'ai absolument pas peur de lui.

*

Lundi 12 août 1985

Un peu plus tôt, j'ai contacté par téléphone l'usine qui embauche Patrick Vanuren pour connaître les horaires de travail de ceux qui s'activent à la chaîne. J'ai prétexté rechercher un boulot et l'on m'a donné les renseignements sans rechigner. L'entreprise reçoit des morceaux de volaille et les conditionne sous vide. Des cadavres de bestioles bourrées d'hormones, au goût de carton, pour rassasier la populace. Patrick passe donc ses journées à jouer avec des escalopes en les emballant dans de la cellophane. Le rêve, l'épanouissement suprême… Cependant, il a un job et c'est mieux que rien ; les crétins qu'il côtoie à Mireuil doivent être nombreux à se tourner les pouces.

Je ne sais pas grand-chose de lui, mais entre ce que j'ai récolté de Gabriel et ce que j'ai lu dans les journaux qui retranscrivaient l'affaire, la famille Vanuren me paraît stricte, avec des valeurs à l'ancienne, fruits des temps où la vertu et la dignité avaient encore du sens. Le père et la mère travaillent dans la finance, lui comme conseiller patrimonial, et elle comme secrétaire de direction. Catholiques, à cheval sur les principes. Rigueur, tradition et droiture. Chacun sa place. Ne pas être trop heureux, car c'est indécent ; ne pas être trop malheureux, car c'est inconvenant. Qu'a-t-il bien pu arriver à Patrick pour qu'il finisse à vingt-six ans dans un quartier pourri, avec ce look de délinquant et ces manières de brute ?

La mort d'une sœur, par exemple…

Dans les articles d'Alain Carretier, c'est toujours Patrick qui s'exprime pour représenter la famille. Il y est fait mention des parents, mais les citations émanent du frère de la victime. De là à en déduire que Patrick a été traumatisé par la mort de Margot, il n'y a qu'un pas que je franchis allègrement.

Bientôt 17 heures et la débauche. À travers le pare-brise de la voiture, je guette. Il sort enfin, accompagné de plusieurs collègues avec lesquels il paraît badiner. Son allure de voyou s'efface quand il se meut au milieu de la foule. Pour empaqueter des poulets et des dindes dans du plastique, inutile d'être tiré à quatre épingles ou d'afficher un style particulier.

Patrick traverse la route et me découvre, au volant de la 205, garée devant son véhicule – celui que j'ai identifié vendredi soir, dans Mireuil –, lui bloquant le passage. Il me fait un vague signe de la main pour me signifier que je le gêne. Je ne démarre pas. Il s'installe sur le siège de sa voiture et attend. Je descends et le rejoins. Il baisse la vitre.

— Désolé, Monsieur, dis-je. Je sais que je vous empêche de partir, mais je suis en panne.

— En panne ?

— Oui. Vous pouvez m'aider ?

— On va regarder ça.

Il sort et m'accompagne au chevet de la voiture.

— Qu'est-ce qui se passe, exactement ?

— Je m'étais arrêtée là pour attraper mon paquet de cigarettes dans mon sac. Vous voyez, pour pas prendre le risque d'avoir un accident. J'ai calé et j'arrive pas à redémarrer.

— Je peux essayer ?

— Bien sûr. Allez-y.

Je m'efface et le laisse pénétrer dans la 205. Son odeur flotte et touche mes narines ; il sent l'eau de Cologne bon marché et la sueur, mais une sueur discrète, piquante, pas la transpiration rance qui a séché. Il donne un premier quart de tour à la clef, vérifie les voyants, et met le contact. Le moteur vrombit.

— Et voilà ! s'exclame-t-il, tout fier.

— Mais… qu'est-ce que vous avez fait ? Vous êtes magicien ?

— Même pas. J'ai rien fait. Vous avez peut-être votre carbu encrassé. Rien de grave.

— Je me sens un peu bête.

— Faut pas. C'est bien, les bagnoles françaises, mais c'est capricieux, les Peugeot.

— Merci beaucoup.

Il quitte mon véhicule et fait deux pas en direction du sien.

— Dites, monsieur…

— Patrick. Appelez-moi Patrick.

— Dites, Patrick, vous allez sur La Rochelle ?

— Oui.

— Je… je ne voudrais pas abuser, mais ça vous dérangerait qu'on se suive ? J'ai peur de retomber en panne.

— Je crois que vous ne risquez rien. Mais pas de problème, c'est avec plaisir.

Je le prenais pour un dégénéré dopé à l'alcool, au haschich et au baratin des rues, mais Patrick Vanuren s'exprime correctement, évite les écueils caricaturaux des petites frappes que j'ai vues dans la cité dans laquelle il vit. Nonobstant son look de julot facho-jogging-tatouage-crâne rasé, il passerait pour monsieur Tout-le-Monde. Un individu lambda qui se coule dans la société jusqu'à devenir transparent, invisible parmi les invisibles, parce que c'est bien connu : les gris se confondent.

— Passez devant.

Je démarre et me dirige vers le nord, la Simca de Patrick me suivant de près. Nous traversons Aytré et approchons de La Rochelle. À hauteur d'un parking, je me décale sur la droite, ralentis, baisse ma vitre et lui fait un coucou de la main. Il freine.

— Merci de m'avoir raccompagnée, Patrick. Dis, je peux t'offrir un verre pour te remercier ?

— OK, mais c'est moi qui t'invite.

Le tutoiement mutuel confirme que je l'ai ferré. Patrick doit croire qu'il ne passera pas la nuit seul.

— Y a un bar là-bas, ajoute-t-il. J'y vais pour le tiercé.

— Je te suis.

Nous roulons encore un kilomètre et nous garons l'un derrière l'autre. Nous nous installons en terrasse d'une gargote fréquentée par les autochtones qui nichent dans le quartier.

— Au fait, tu sais que mon prénom, c'est Patrick, mais moi, je sais même pas comment tu t'appelles.

— France.

— Ravi, France.

Patrick se lève et revient avec deux bières. Ne pas me laisser libre de choisir ma consommation, c'est un réflexe de macho à deux balles, mais cela colle avec le personnage. Je me saisis du demi et en bois un tiers en une gorgée.

Maintenant, il me faut le chauffer un peu, l'allicier un brin pour qu'il ait envie de me revoir, mais en évitant qu'il soit déçu et frustré quand je lui annoncerai que je n'ai pas l'intention de coucher avec lui et qu'il passera la nuit à tripoter son polochon.

— J'ai pas beaucoup de temps, Patrick. Je suis attendue chez mes parents. Mais je voulais te remercier.

— Ah. Dommage, je me disais qu'on aurait pu dîner ensemble.

Je feins un immense sourire. Dans le genre séductrice, je suis loin de l'image de la femme fatale que je souhaiterais donner. Le charme des borgnes n'est pas réputé, malheureusement… Mais je dois être capable de faire tourner la tête d'un caïd de banlieue habitué aux pétasses de bas étage. Moi, dans la peau d'une bourgeoise sexy… pas évident de prime abord. Je revois le visage sémillant de Gena Rowlands dans les films de John Cassavetes, ses yeux imbibés de sève, qui inspirent la passion lorsque les larmes coulent. La plus belle femme du monde selon moi. Intrigante, fragile, résiliente, torturée ; torturée, ça, je sais le faire. Mais il n'est pas dit que Vanuren ne soit pas plus sensible à une autre forme d'envoûtement.

— Patrick, pour ce dîner, je serais vraiment heureuse qu'on organise ça, est-ce que demain, tu…

— Ouah ! t'as quoi, aux yeux ?

Cette interruption me ramène brusquement dans le royaume où je suis reine. Jusqu'à présent, il s'était montré courtois, bienséant ; galant, presque. Des manières de jeune homme de bonne famille. Son ton, quand il repère quelque chose de spécial sur mes traits troublés, démolit tout ce travail.

— T'as un truc à l'œil, France. Comme… s'il bougeait pas. J'te jure, c'est bizarre. On dirait que ton œil droit…

— Gauche.

— Quoi ?

— C'est l'œil qui est à la droite pour toi, mais pour moi, c'est le gauche.

— Ah ouais. Ben ton œil gauche, on dirait qu'il est bloqué. T'as un souci ?

La honte est un état dont je ne m'acquitte guère. Si j'étais indifférente au regard des autres sur mon propre regard, je ne camouflerais pas l'avanie sous cette paire de lunettes de soleil qui tient sur mon nez comme si elle y était engluée. Des blessures s'assument et d'autres restent béantes, quoi que l'on fasse. Je ne saigne plus, mais il n'y a pas de cicatrice pour autant.

Un peu plus tôt, j'ai retiré mes lunettes en me convainquant que si je ne les enlevais pas, Patrick trouverait ça louche. Bien m'en a pris…

Je pique un fard, puis la colère dégage la honte du chemin en lui collant deux ou trois coups de courroux dans la gueule.

— Tu veux savoir si j'ai un souci, Patrick ?

— Ben, c'est qu'on dirait que…

— Puisque tu es un garçon intelligent, tu as dû noter que j'avais une cicatrice qui partait d'au-dessus de mon sourcil et continuait sous l'œil, non ?

— Ben ouais.

— Et l'œil qui est au milieu de cette cicatrice ne roule pas dans son orbite, on est d'accord ?

— Ouais, ouais.

— Alors, Patrick, réfléchis bien. Fais appel aux trésors d'imagination dont la nature t'a doté. Prouve-moi ta supériorité. Raisonne. Gamberge. Creuse-toi les méninges. Fais appel à ton expérience et à ton sens inné de la déduction et réponds tout seul à ta question : à ton avis, génie, est-ce que j'ai un souci à l'œil ?

Patrick ne sait plus sur quel pied danser. Il esquisse un semblant de sourire, hésite, tergiverse et bredouille :

— Euh... ouais ?

— Bien ! Je savais que tu étais perspicace. J'aime les gens intelligents, Patrick. J'aime les lumières. Ta clairvoyance brille tellement que j'en suis aveuglée. Si tu avais été scientifique, tu aurais peut-être pu trouver un vaccin contre la connerie et tu aurais sauvé le monde. Donc, oui, j'ai un petit souci à l'œil. Je me le suis crevé et ce que tu viens de remarquer, là, avec ce tact admirable, c'est une prothèse oculaire. Un œil de verre. C'est moche, pas vrai ?

Tous mes projets vont à vau-l'eau. Je devais apprivoiser Patrick, m'immiscer dans sa vie pour le tenir en laisse et découvrir ses manigances. S'il avait eu l'intention de s'en prendre à Gabriel, j'aurais été aux premières loges pour déjouer ses plans. Le charmer, m'incruster dans son entourage, endormir ses soupçons. Devenir : un, sa confidente, deux, le grain de sable qui fait s'enrayer les rouages de la machine en marche pour tout pulvériser, le beau comme le hideux. J'ai tous les défauts du monde. Je suis laide, asociale, colérique, timorée ; et irréfléchie. Je crois que c'est tout. Non, aussi négligente, pleutre, hypocrite, marginale, inconsciente, égoïste, misanthrope. Mais je ne suis pas idiote, et jouer la cruche étourdie qui n'a pas relevé la moquerie involontaire dont elle était l'objet est au-dessus de mes forces. Impossible de lui rétorquer que oui, mon œil est curieux, de caqueter bêtement en jouant avec une mèche de mes cheveux et de passer à autre chose. Je vais me lever, le gifler, foutre le camp d'ici et cogiter sur une autre façon de contrôler Vanuren.

Et c'est à ce moment qu'il me désarçonne.

Il dit :

— Non.

Je ne sais même plus de quoi il parle ni s'il répond à l'une de mes questions. Mes joues se sont empourprées, ma respiration s'est accélérée. La maîtrise de cet entretien et des jours prochains devait me revenir et m'a finalement échappé. Je fronce les sourcils.

— Non, je trouve pas ça moche, poursuit-il. T'es mignonne et tu le sais (mignonne, moi ?). Au contraire, ça te donne un côté… mystérieux. Comme si t'étais concentrée, tu vois. Les gens, ils clignent des yeux tout le temps. J'ai toujours détesté ça. C'est douloureux, ton truc ?

— Non.

J'ai répliqué à sa sortie par réflexe, mais je suis déroutée par son naturel. Il ne prend aucun raccourci et parle franchement, sans ambages, sans détour. Je ne suis pas habituée à la sincérité. Dans mon monde, la spontanéité est suspecte ; c'est une chienne lubrique indocile qui trahit et provoque les tragédies qui vous envoient six pieds sous terre. Ainsi donc, Monsieur ne serait pas le connard écervelé dont il a l'air ? Complètement déstabilisée, mes gestes deviennent nerveux. Je n'ai plus la mainmise sur les événements, qui prennent une tournure inattendue.

— Je peux voir, France ?

— Voir quoi ?

— Ton œil.

— Tu veux voir… mon œil ? Vraiment ?

— Oui. Sauf si ça te dérange.

J'ai rencontré cet homme il y a moins d'une heure et il souhaite s'approcher de moi pour détailler mon œil factice, quoi de plus normal ?

Tu perds pied, Zabójca. Fais attention.

Je vais reprendre le contrôle.

Bien sûr que non.

Je vais reprendre le contrôle, la Cloche, comme toujours.

Parce que tu crois que tu as jamais contrôlé quoi que ce soit, eh ?

Patrick patiente en buvant de bruyantes gorgées de bière, comme s'il se délectait d'un grand cru millésimé d'un vin ambrosiaque et renommé, et non de cette bibine premier prix pas assez fraîche. Comme je ne pipe mot, il se penche en avant, posant ses abdominaux sur la table, et colle son visage à dix centimètres du mien. Je le laisse faire.

— Ouah, c'est vachement bien fait. Trop *bath*, ton œil. Comment tu t'es fait ça ?

— J'ai pas envie d'en parler.

— C'est de naissance ?

— C'est… personnel.

— Un accident ?

— Je t'ai dit que j'avais pas envie d'en parler, Patrick.

— OK. Je peux voir ?

— Tu viens de le faire.

— Non, je veux dire : est-ce que tu peux le retirer ? Est-ce que je peux le toucher ?

Retirer mon œil de verre ? Le toucher ? Est-il totalement abruti ? Pense-t-il réellement que je pourrais opérer cette manœuvre délicate qui consiste à faire pénétrer mes doigts dans l'orbite pour enlever la demi-sphère qui la comble ? C'est si intime, si embarrassant, si sordide. Je me cache depuis le jour où j'ai subi cet outrage, escamotant ma gêne derrière une paire de Ray-Ban. C'est la honte de ma vie. Autour de nous, le poste radio planqué derrière le comptoir diffuse le tube de l'été et la voix de Sandra serine les refrains mélodieux et niais de *Maria Magdalena.* Jamais je ne l'autoriserai à me tripoter ainsi.

— Alors, je peux le toucher ?

— Bien sûr.

Fais pas ça, Zabójca, tu t'en mordras les doigts. Je courbe la nuque en avant, soulève ma paupière du pouce, glisse le bout de mon index sur la partie inférieure de la prothèse et presse le globe qui se déloge des chairs dans lesquelles il est imbriqué. Ce sont les paupières qui font le gros du boulot pour maintenir ce bout de pudeur.

Plus rien n'a de sens et la gêne s'envole. Il est un inconnu plus si inconnu, mais je ne le reverrai plus une fois que je l'aurai mis hors d'état de nuire. Me révéler ainsi, faire fi de ma réserve coutumière, est une catharsis, une conjuration du mauvais sort. Vas-y, ma fille, extériorise, montre, révèle, déchaîne.

Patrick triture le bout de verre avec un intérêt manifeste. Il n'est pas écœuré comme j'aurais pu m'y attendre.

— Alors ? demandé-je.

— C'est génial. Quand tu bouges pas ton autre œil, on pourrait pas deviner que t'as un œil crevé.

— En fait, il est plus que crevé. On a dû m'enlever le globe oculaire, mais je préfère dire qu'il est crevé.

— Pourquoi ?

— Parce que.

— Je comprends, rajoute-t-il après deux ou trois secondes de réflexion, comme s'il pouvait deviner le sens profond de mes motivations. Comment ça t'est arrivé ?

— Je crois t'avoir dit que ça te regardait pas.

— Oui. Mais c'était un accident ?

J'évite de soupirer, mais le cœur y est. Vanuren est une énigme. Il a un côté agaçant, sûr de lui, fanfaron, qui m'insupporte. Mais il va droit au but et j'apprécie ça. J'ai trop souvent eu affaire aux circonvolutions sournoises des hommes pour ne pas goûter cette franchise abrupte.

— Je dois y aller, Patrick.

— Bon.

— Mais si tu veux, on peut se voir demain. Tu es libre pour dîner ?

— Dîner ? Ben oui.

Je pense qu'il va enchaîner, mais il sourit et finit sa bière.

— Bon, dis-je, comment on fait ?

— Je passe te chercher, si tu veux. Donne-moi ton adresse.

Pas question qu'il sache où je vis. Il croit que je m'appelle France et que je suis une bourgeoise pas trop coincée.

— Non. Je risque de finir tard. On se donne rendez-vous directement au restaurant. 20 heures à *La Marée*, ça te va ? Je m'occupe de la réservation.

— *La Marée* ? Ouah, chicos ! Au fait, tu bosses dans quoi ?

— Le traitement des nuisibles.

Je me lève, l'embrasse furtivement sur la joue – ce qui provoque chez lui un sursaut amusé – et m'esquive. Demain, j'aurais intérêt à orienter la conversation là où je le souhaite avec plus d'habileté.

*

Mardi 13 août 1985

Pour me donner du courage, je m'arrête un quart d'heure au *Foc*, dans le quartier du Gabut, à deux pas du restaurant dans lequel j'ai rendez-vous avec Patrick Vanuren. La face rubiconde de Pierrot s'illumine quand il m'aperçoit, et j'en suis émue.

— Juliette, ça va ? Un peu tard pour une partie d'échecs, non ?

— Je vais pas jouer ce soir. Juste un kir, s'il te plaît.

Pierrot s'exécute et je me retrouve seule, en terrasse, au milieu des touristes. L'été, les étudiants brillent par leur absence, remplacés par des familles d'Allemands, de Belges et de Néerlandais. Trop de monde sur le Vieux-Port et dans les ruelles piétonnes du centre-ville.

J'allume une cigarette et m'efforce de ne penser à rien. Depuis hier, je suis perturbée par le dîner prévu avec Patrick. Cette décision de l'approcher sous une fausse identité, je l'ai prise subitement, sans qu'elle soit le fruit d'une véritable réflexion. J'ai vu l'homme que j'aime être attaqué, et pour le défendre, je n'ai rien trouvé de mieux que de m'infiltrer dans la vie de celui qui le menace. C'est puéril et inepte, mais c'est trop tard. J'y suis. Et je ne reculerai pas.

À travers deux immeubles, à l'ouest, j'aperçois le bassin et le coucher de soleil qui l'écrase de toute sa vénusté. Les rayons cuivrés frappent l'onde, réverbérant leurs lassos éblouissants sur les pontons qui coiffent les allées pavées de la promenade. La féérie des lumières qui gambillent à cette heure indue engage à la *dolce vita*, tout comme les langueurs océanes qui bercent et dorlotent. Je me sens bien ici, pas du tout morte, presque *normale*.

Je procrastine parce que j'ai peur. 20 heures ont sonné depuis cinq minutes sur l'horloge de mon angoisse, et je suis déjà en retard. Je salue Pierrot et me dirige vers *La Marée*. Vanuren m'attend devant l'entrée, une cigarette à la bouche, dans un nuage de fumée bleuâtre. Il s'est mis sur son trente-et-un, mais sa tenue sonne faux, comme s'il avait sorti de son placard son plus beau costume, mais que celui-ci était trop court et puait la naphtaline. On devine à ses gestes malhabiles qu'il ne se sent pas à l'aise. Il porte un pantalon blanc à pattes d'éléphant – mais le pli est impeccable –, et une chemise rose saumon au col pelle à tarte. Sa cravate est nouée trop près du col et l'étrangle. La veste qui le couvre est trop large aux épaules et jure avec le reste de ses vêtements. Un bout de fil rebelle rebique sur une couture, près de sa poitrine.

— Eh bien, quelle classe, dis-je sur un ton sarcastique.

— Ben, *La Marée*, c'est vachement chic. Je suis pas vraiment habitué.

Bizarrement, sa gaucherie me touche. Dans ces frusques trop fringantes et distinguées pour lui, il a l'air d'un adolescent qui se rend à son premier bal. Et puis, je dois l'avouer, s'il a fait tous ces efforts pour m'impressionner et se départir de l'image de voyou qu'il dégage normalement, je ne peux que m'en sentir flattée.

Je le devance et annonce au serveur qui nous accueille le nom d'emprunt sous lequel j'ai réservé. Nous nous installons face à face et commandons derechef une bouteille de champagne. Patrick tique un peu quand il consulte le menu – probablement trop de zéros avant le « F ». Volontairement pétulante, j'annonce :

— Dis, Patrick, ce soir, c'est moi qui invite.

— Quoi ? Pas question, je…

— Ce soir, c'est moi, et la prochaine fois, ce sera toi, d'accord ?

Nous choisissons tous les deux des plateaux de fruits de mer. Patrick se tient trop droit sur sa chaise, comme s'il voulait imiter le personnel guindé qui parcourt les couloirs de l'établissement à pas de velours, un bras replié dans le dos, le buste droit et le menton relevé. Quand j'étais petite fille, j'étais parmi les clients qui ont inauguré le premier McDonald's en France, à Créteil, en 1972. J'avais onze ans et mes parents avaient insisté pour découvrir en avant-première le temple de la bouffe américaine qui s'exportait enfin dans la patrie de la gastronomie. J'avais détesté ça. Voilà le genre de bouis-bouis que Vanuren doit chérir. Et je ne peux le blâmer pour ça.

Quand je repense aux années qui ont précédé et à ce que j'ai accepté d'engloutir pour survivre, ce serait un comble que je fasse la fine bouche et méprise Patrick pour sa simplicité apparente.

La bouteille de champagne est achevée alors que les araignées, les crevettes et les langoustines promises ne sont pas encore apparues entre nous. D'une voix trop forte, Patrick commande une bouteille de blanc.

— Quel blanc ? lui demande le sommelier.

— Du bon, répond-il.

L'alcool fait son office et je me sens guillerette, d'humeur allègre et folâtre. Mes remparts s'abaissent. Je n'ai même plus envie de remettre mes lunettes de soleil, posées à côté de ma fourchette.

— Alors, France, parle-moi de toi.

— Pas grand-chose à raconter.

— T'aimes… le sport ?

— Connors, c'est tout.

— Connors ?

— Le tennisman.

— Ah. Tu m'as dit que tu bossais pour les nuisibles ?

— Non, rétorqué-je. Pas *pour* les nuisibles. Je travaille pour une boîte qui intervient dans les entreprises pour éradiquer les souris, les rats, les guêpes…

— Ah. Tu tues des bestioles ?

— Je m'occupe de la comptabilité. Et toi ? dis-je très vite pour orienter la discussion sur un autre sujet et m'éviter ainsi de m'engluer dans mes mensonges.

— Moi, je bosse là où on s'est rencontrés. À l'usine. Mais attention, s'empresse-t-il de préciser, ça gagne bien.

— J'ai l'impression de t'avoir déjà vu.

— Euh… Normalement, c'est moi qui dis ça aux nanas à

qui je veux conter fleurette. (Clin d'œil) Tu m'as peut-être vu dans le journal.

— T'es connu ?

Il s'interrompt. Peu à peu, je parviens à le mener là où je le souhaite, à le faire parler de lui. Mais il me faut rester prudente. Malgré ses airs balourds, Vanuren est tout sauf stupide.

— Non, pas vraiment. Mais ma photo est souvent passée dans le canard. C'est… une histoire un peu triste. Je crois pas que…

— Raconte-moi, Patrick. Ça m'intéresse.

Il boit cul sec son verre de Pouilly-fuissé, puis pose ses mains à plat de chaque côté de son assiette. Son regard se détourne du mien et il fixe le vide.

— C'est vraiment triste. Ma sœur… est morte. Elle a été tuée. Si t'es d'ici, t'en as peut-être entendu parler. Margot Vanuren, ça te dit quelque chose ?

— Non, je ne crois pas.

— Elle est morte il y a deux ans. À l'époque, ça faisait les gros titres et comme mes parents voulaient pas trop se montrer, c'est ma trogne que les journaleux diffusaient. C'est sûrement là que tu m'as vu.

— Peut-être. Je me souviens pas. Bon sang, Patrick, t'as perdu ta sœur ? Je suis désolée…

— Merci.

— T'as dit qu'on l'avait tuée ?

— Ouais. Un truc affreux, j'ose même pas t'en parler.

— On a retrouvé celui qui a fait ça ?

La respiration de Patrick s'est accélérée. Il trépigne sur sa chaise et gratte nerveusement la nappe du pouce. Ses yeux tournent autour de lui. Il se mordille les lèvres. Son front s'est paré d'une teinte écarlate qui pourrait faire croire qu'il est victime d'une allergie.

— Officiellement, on ne sait pas qui a fait ça. Mais en vérité, on est presque sûrs que c'est un type qui est toujours en liberté.

— Tu plaisantes ?

— Non. Cet enfoiré a…

Patrick s'arrête et un sanglot s'échappe de sa bouche tordue par la douleur. Je n'avais pas vu venir sa réaction. Il se courbe en deux et j'ai l'impression qu'il se recroqueville en chien de fusil, comme s'il voulait disparaître.

— Patrick, ça va ?

— Je… Désolé, c'est que…

— Calme-toi, je comprends. Calme-toi.

— Je… Excuse-moi, mais je me sens pas bien. Je… je vais t'attendre dehors.

Il se lève brusquement et l'un de ses genoux heurte la table, renversant la bouteille de vin qu'un serveur zélé se dépêche de rattraper. L'air contrit, j'assiste à la sortie d'un Patrick Vanuren complètement paniqué, bousculant deux clients sur son passage. Une furie quitte le restaurant comme s'il étouffait à l'intérieur et qu'il avait besoin d'air frais. Je m'attendais à tout sauf à cet éclat. Et bien malgré moi, sa tristesse me touche à un point que je n'aurais pas imaginé. Je paie l'addition en piaffant d'impatience et sors à mon tour.

Patrick est assis sur une rambarde de sécurité, penché en avant, les coudes sur les genoux. Il fume en portant l'extrémité de sa cigarette à sa bouche toutes les cinq secondes. Quand je m'approche, il relève la tête et me dit, penaud :

— Excuse-moi. Tu dois me prendre pour une tapette, mais…

— Non, je comprends.

— Ma sœur, tu vois, chaque fois que j'y repense… Bordel, c'est tellement… Tu peux me laisser seul ?

— Bien sûr.

Et je m'assieds à côté de lui. Il se tourne vers moi, étonné, et dit simplement :

— Merci.

*

Mercredi 14 août 1985

— T'as déjà joué ?

— Pas souvent. Une ou deux fois, c'est tout.

Patrick attrape mon coude et me guide à l'arrière des pistes. Les boules sont entassées dans de grosses caisses en bois. Il fouille et m'en tends une.

— Voilà, celle-là, elle est plutôt légère. Pour une débutante, ça devrait convenir.

Il joue en premier. Presque un *strike*, une seule quille a tenu bon.

— C'est à moi ?

— Non, j'ai droit à une deuxième boule.

— Ah. Et pourquoi ça ?

Il m'observe, médusé par la colère qui a vibré dans cette réponse, et saisit que je plaisante. Sa deuxième boule manque la quille restante de quelques millimètres et il laisse échapper un juron.

— À toi, maintenant.

J'envoie exprès ma boule dans la rigole.

— Montre-moi, Patrick.

Pour la suivante, il me rejoint, se place derrière moi, me colle de près, pose sa main droite sur mes reins et me guide. Trois quilles tombent et je sautille de joie. Je suis parfaite dans la peau de la bécasse en extase. Je ne me savais pas bonne comédienne, c'est une découverte. Pourtant, de ma vie, je n'ai jamais été moi-même.

Après deux parties, nous retournons au bar et nous mettons à enchaîner les demis. Il m'offre une énième cigarette. Autour de nous, personne. Le barman tient la caisse et doit régulièrement s'absenter, et les autres clients sont près des pistes.

— Dis Patrick, elle avait quel âge, ta sœur, quand elle est morte ?

— …

— Désolée. Je devrais pas te parler de ça. Je déteste être curieuse, mais depuis que tu m'as expliqué ce qui s'était passé, je suis mal à l'aise. C'est si atroce et je t'admire tellement de tenir bon après avoir vécu un drame pareil. Du coup, c'est plus fort que moi, j'ai envie de savoir, mais je voulais pas être indiscrète. Pardon.

— Non, laisse. C'est normal. Margot avait 22 ans quand ce fils de pute l'a tuée.

— Donc on est nées la même année, elle et moi. 1961.

— Oui. Crever à 22 ans, tu te rends compte ? Elle avait toute la vie…

— Comment ça s'est passé ?

— Crois-moi, France, tu veux pas savoir.

Patrick est redevenu Patrick. Le costume étriqué qu'il portait hier soir a dû réintégrer sa housse et son placard. Il est vêtu d'un jean et d'un tee-shirt noir à l'effigie de SOS Fantômes, le film qui a cartonné au cinéma l'hiver dernier ; incongru. Se moquent-ils de lui dans la cité de Mireuil ? J'ai toujours autant de difficultés à le cerner. Il a cet aspect gros dur gros biceps qui refroidit de prime abord, mais se comporte parfois comme un type banal. Ce qui devient de plus en plus visible, en revanche, ce sont ses blessures. Même s'il n'a pas le regard fuyant des victimes qui aimeraient se volatiliser, il lui arrive d'être absent, perdu dans le vague.

— Ma sœur, c'est une putain de tragédie. Et le pire, quand

ça t'arrive, c'est de pas pouvoir te venger.

— Tu m'as dit que celui qui avait fait ça était toujours en liberté, comment c'est possible ?

— Je t'ai dit ça, moi ?

— Oui. Hier soir.

— Ah. Je me rappelle plus très bien. Ouais, l'enfoiré, on aurait dû le pendre ou le piquer ou j'sais pas quoi. Mais oui, il est toujours libre. Je croyais qu'il avait filé loin, mais même pas. Il est toujours à La Rochelle. Je l'ai appris par hasard. Il se pavane tranquillement en pleine ville, comme si de rien n'était. Gabriel Cassel, qu'il s'appelle. Si c'est dans les journaux que tu as vu ma photo, t'as peut-être lu son nom.

— Non. Ça me dit rien. Pourquoi on ne l'a pas mis en prison ?

— Je veux pas qu'il aille en prison, je veux qu'il crève. Si cet abruti de Mitterrand avait pas aboli la peine de mort, putain…

— Tu sais, si Gabriel Cassel n'est même pas en prison, peine de mort ou pas, ce serait la même chose aujourd'hui. Pourquoi les flics ne l'ont pas arrêté s'ils sont sûrs que c'est lui le coupable ?

— Je sais pas. Ils ont la trouille. Le type a été vu avec ma sœur juste avant sa disparition.

Patrick me raconte sa version. L'entendre une nouvelle fois, mais du point de vue du frère de la victime, ne fait que me renforcer dans mes convictions. Oui, Gabriel a été suspecté, mais absolument rien ne l'accuse. Aucune preuve. Aucun indice. Il a simplement eu la malchance d'être là au mauvais moment et de se retrouver au cœur de la tourmente à cause d'un mensonge. Margot est la victime d'un fou. Gabriel est la victime d'une ville en furie qui doit donner du grain à moudre à la vindicte populaire coûte que coûte. Tous les rouages de la machinerie se mettent en place, et je vois clair dans les plans de la fatalité. La mort de la jeune femme est si terrible, si odieuse, que la plèbe ne peut se résoudre à ce que personne ne paie pour ça. On doit alimenter le feu en lui donnant du combustible. Il faut que les mâchoires claquent et que le sang coule des babines. Le peuple a la fièvre et réclame vengeance. Chez les Aztèques, pour calmer la colère des dieux, on sacrifiait des êtres vivants. Rien n'a changé, au fond.

*

Mercredi 21 août 1985

À part pendant le week-end où je dois tenir mon rôle dans la boutique de location de vélos de Simon Barnier, je passe toutes mes soirées en compagnie de Patrick. Ses avances sont de plus en plus pressantes. Viendra le moment où, face à mon refus de lui donner ce qu'il cherche, il me repoussera. L'après-midi, je visite Gabriel à l'hôpital. Son moral est bon et il se rétablit lentement.

Nous sommes ivres. Comme chaque soir.

Je sais maintenant qui est Patrick Vanuren : un homme de 28 ans, fort physiquement, brisé psychologiquement. Un paumé qui a subi une douleur atroce quand sa sœur s'en est allée. Brouillé avec ses parents – même s'ils se voient toujours –, il tente de nager pour ne pas couler, mais aucune berge ne pointe à l'horizon, et il se fatigue. La noyade est inévitable. Il s'est dégoté un studio minable dans le quartier bon marché de La Rochelle et travaille, mais toute sa vie repose sur des fondations bancales. Quand ça s'écroulera, tout sera emporté.

Parfois, il s'évade. Son regard se noie, lui aussi, et il divague. Il peut rester prostré de longues minutes en fixant le néant, perdu dans des songes saturniens, toujours en deuil. Cet homme est hanté par un spectre. Si quelqu'un sur Terre peut le comprendre, c'est bien moi.

Maintenant que je fais partie de son entourage proche, même si cela ne durera pas, je devrais pouvoir intervenir. Mais je ne sais pas comment m'y prendre. Ma mission est pourtant simple : faire en sorte que Vanuren ne soit plus une menace pour Gabriel. Bien, bien… Et alors, la méthode ? Les actions à entreprendre ?

Patrick est dangereux, j'en suis convaincue. Il marche sur un fil, mais n'a pas le moindre sens de l'équilibre. Quand la soupape explosera, il éliminera l'homme que j'aime.

Depuis que nous nous fréquentons, j'ai essayé à plusieurs reprises, avec plus ou moins d'adresse, de l'orienter vers l'innocence manifeste de Cassel, mais Patrick n'en démord pas. Il est certain que Gabriel a massacré Margot Vanuren. Emporté par la haine, il en perd toute lucidité. J'ai insisté, mais je pense maintenant que personne ne peut le raisonner, le placer devant les faits. S'il était capable de prendre de la hauteur et d'envisager les choses avec objectivité, il se confronterait à la réalité. Patrick est une tornade prête à dévaster les champs d'une vie qui ne sert plus à rien.

Des écorchés vifs, j'en ai connu plusieurs. Je fais partie du clan, d'ailleurs. Patrick n'est ni plus ni moins qu'un être cherchant jour après jour une raison de ne pas perdre tout contrôle. Ses élans de violence tenus en laisse, je les vois sourdre dans ses gestes nerveux, germer dans ses yeux injectés de sang, palpiter sur ses tempes.

— France, tu viens chez moi boire un dernier verre ?

— Oh, non, ça fait…

— Ou chez toi, alors. Je sais même pas où t'habites.

Même topo que lors des dernières soirées. Patrick veut me mettre dans son lit et moi, je ne suis pas là pour ça. Mais il ne va plus supporter mes atermoiements et classera le dossier France pour se tourner vers un pays moins collet monté si je ne fais rien pour le contenter.

Je me force à ricaner pour donner le change :

— Un dernier verre, OK, mais je veux un cocktail.

— Un quoi ?

— Un cocktail. Je veux un Amaretto Sour. T'as de quoi faire ça, chez toi ?

— Euh… j'ai que de la bière.

— Alors on trouve un bar et je te fais goûter ça.

En gloussant, je le prends par la main et le tire vers moi. Il oublie pour un temps ses projets et me suit, en chantant – faux – un refrain de Mickaël Jackson. Pour me faire rire, il modifie les paroles de *Thriller* en y rajoutant « Amaretto Sour », mais ça tombe à plat. Je donne le change en continuant de m'esclaffer bruyamment ; je n'ai pas besoin de trop en rajouter, l'alcool que j'ai ingurgité m'aide.

Patrick s'arrête subitement. Je suis tellement prise au dépourvu par cette halte intempestive que son bras gauche me retient. « Patrick ? » Il reste droit et fixe la façade d'un immeuble. Ses yeux sont grand ouverts. Son teint est livide. Dans la rue, des odeurs d'urine flottent – les clébards et les ivrognes se soulagent comme ils le peuvent. Il est tard et la ville ronfle. Patrick laisse ses yeux descendre plus bas pour se planter sur un bar fermé.

— C'est fermé, Patrick. On va trouver un autre endroit.

— On est rue Gargoulleau. Putain, on est rue Gargoulleau. France, ce bistrot, il a changé de nom. Avant, il y a deux ans, il s'appelait *Le Dernier Café*. Margot habitait juste au-dessus, dans cet immeuble.

Il avale sa salive et s'étrangle.

— Merde, on est devant chez Margot…

Sans que je l'aie vu venir, Patrick se met à pleurer. J'attribue cette réaction épidermique autant à l'alcool ingurgité qu'au chagrin dont il ne s'est jamais affranchi. Il tombe à genoux, au milieu de la rue, sur la route. Son dos s'arrondit, et je redoute qu'il se couche. Je l'enlace et le force à se relever. Sa carcasse est agitée par des hoquets convulsifs qu'il ne peut maîtriser. J'ai tellement de compassion pour lui, eu égard à ce qu'il éprouve, que je me moque des regards des éventuels passants qui pourraient nous surprendre. Nous sommes trop bruyants et si ça continue, des voisins réveillés – il est plus d'une heure du matin – ouvriront leurs volets pour nous sermonner. Mais la seule chose qui compte en cet instant, ce n'est pas le regard des autres et cette exhibition soudaine, mais la peine que je voudrais effacer dans les yeux de ce jouet du destin, de cette victime qui pleure sa sœur défunte. J'ai haï Vanuren en tant qu'épée de Damoclès coiffant la tête de Gabriel, mais j'ai de l'empathie pour lui. Il est grand, fort, solide, et pourtant si vulnérable.

Nous nous traînons misérablement dans cette artère déserte. Il se met à pleuvoir. J'ai aussi l'impression que les lampadaires sont plus discrets dans ce coin de la ville. Un parfum d'égout et de misère s'insinue dans les pierres, dans chaque objet que nous croisons. Ça empeste la mélancolie et la déveine. Patrick ne dit plus rien. Il claudique et je dois le soutenir pour qu'il ne retombe pas.

C'est un peu plus loin que trois types surgissent d'un renfoncement. Ils se tenaient le dos collé à la porte d'une boutique de fringues, sur le perron, dans les ténèbres, attendant leur proie. On les voit à peine et ils nous encerclent avant que l'un de nous n'ait pu réagir.

Silence.

Puis :

— Juste du fric et tout ira bien.

La voix est calme, voilée. À peine un murmure. L'ordre est péremptoire. Cela rend le danger encore plus perceptible.

J'hésite. Ce genre de situation, en général, je m'y complais. Depuis longtemps, je sais qu'il y a chez moi une part autodestructrice qui ne demande qu'à grandir. Je ne suis pas suicidaire au sens propre, mais chaque fois que je peux provoquer un grand chamboulement dans mon existence, chaque fois qu'une situation critique se présente, je m'y jette aveuglément, sans mesure, avec toute ma folie et toute ma rage.

Affronter vainement ces trois types dont je ne sais rien est une option. Au fond de moi, je crois même que j'en rêve, mais je ne suis pas seule. Patrick est au fond du trou, lessivé par sa crise de larmes. Nous n'avons aucune chance de leur tenir tête. Ce qui m'inquiète n'est pas ce que je risque dans l'histoire, mais ce qu'il pourrait advenir de Patrick.

— Je suis de Mireuil, les gars. Laissez tomber, on va pas…

— Ta gueule. On a dit qu'on avait besoin d'un peu de fric, c'est tout. D'où t'es, on s'en branle. Tu raques ou tu morfles, comme tu veux.

— Vous avez pas compris, je suis de…

J'appuie sur le bras de Patrick, qui commence à reprendre du poil de la bête. Il s'interrompt et me dévisage, décontenancé.

— Laisse.

Sans me hâter, en montrant que mes gestes ne sont pas provocants, je fouille dans mon sac et en tire mon porte-monnaie. Je l'ouvre et sors deux billets de cent francs.

— Ça ira ? dis-je en les tendant vers le plus grand.

— C'est bon pour nous. Bonne soirée.

Et ils se barrent sans ajouter un mot, comme si nous venions de mener une transaction banale, au vu et au su de tout le monde.

Une fois que nous sommes seuls, Patrick m'observe et me lance :

— Merde, France, on n'aurait pas dû se laisser faire. J'en aurais fait qu'une bouchée, de ces trois connards. Pourquoi tu m'as arrêté ?

— Parce que c'est l'heure de rentrer. Je voulais pas qu'on soit en retard. On y va.

Sans nous concerter, au lieu de retourner vers la 205 garée sur le quai Maubec, nous filons bras dessus, bras dessous, vers l'ouest. Rentrer à pied jusqu'à Mireuil, à cette heure tardive, est saugrenu, mais tout est logique. Marcher pour oublier, pour ne pas laisser vagabonder les pensées obscures. La nuit qui mène la danse, avec son hourvari et ses relents de demain.

Une demi-heure plus tard, nous parvenons au pied du bâtiment dans lequel vit Patrick. Il n'y a pas d'ascenseur et nous grimpons les marches quatre à quatre jusqu'au troisième étage. Les clefs cliquetant dans le pêne de la serrure résonnent.

J'entre dans un studio presque vide. Les rares meubles sont basiques, sortant de magasins fourre-tout ou récupérés à gauche, à droite. Patrick allume une lampe qui diffuse une lumière tamisée. Il s'approche de moi, m'enlace, m'embrasse sur la bouche. Ses lèvres sont rugueuses et son haleine sent l'alcool et la Gauloise. Nous nous laissons tomber sur un fauteuil. Il me déshabille trop vite. J'ai chaud et une fine pellicule de sueur couvre ma peau. Il se redresse pour trouver plus de confort et se dévêt. Une fois nu, il se tient debout, face à moi, sans aucune pudeur. Je suis incapable de parler. Le flot d'émotions qui m'empêche de réfléchir ne peut être tari que par un acte désespéré, un abandon total. Je lâche prise et l'attire vers moi. Il me pénètre brutalement, sans la moindre caresse préalable. Comme s'il était condamné et que c'était la dernière fois. Comme si *nous* étions condamnés. Un amour sauvage et désenchanté. Il m'aime en cannibale. J'ai mal, mais s'il s'en aperçoit il ne modifie en rien le rythme sec de ses hanches qui viennent cogner les miennes. Je gémis et ferme les yeux avant de jouir.

*

Jeudi 22 août 1985

— Allô ?

— C'est toi ? T'aurais dû me réveiller, ce matin.

— Je ne voulais pas.

— Pourquoi t'es partie ?

— J'avais… des trucs à faire.

— Bon. C'était bien, cette nuit, non ?

— C'était… Ça a existé. Écoute, c'est pas simple…

— De quoi tu parles ?

— Cette nuit, Patrick, ça n'aurait pas dû… Le plan, c'était pas ça. Je crois pas que c'est ce que je voulais.

— Arrête, France. Si t'es en train de me plaquer, fais-le franchement, mais me raconte pas que la nuit qu'on a passée ensemble, c'est pas ce que tu voulais. Ça fait dix jours qu'on se tourne autour…

— Mais c'était pas censé… J'étais pas là pour ça.

— Et t'étais là pour quoi, alors ?

— …

Et si tu lui disais pourquoi tu es là, Zabójca, eh ? Si tu lui expliquais que tu chasses, que toi être prédateur et que lui être ta proie ? Si tu lui disais que le hasard n'existe pas ?

— Et si tu la fermais ?

— Pourquoi tu me parles comme ça ?

— C'est pas à toi que je parle, Patrick.

— T'es pas seule ?

— Si on veut.

— Bon. J'aime pas les nanas qui compliquent tout. Tu veux qu'on se voie, ce soir ?

— Ce soir, non. J'ai rendez-vous.

— Rendez-vous ? Avec qui ?

— Avec ma mémoire.

Pas avec ta mémoire, non, avec moi.

— Je m'en souviendrai. Et demain ?

Demain aussi, tu seras avec moi.

— Demain et jusqu'à dimanche, je bosse, tu le sais.

— On chasse les nuisibles, le week-end ?

— On chasse les nuisibles tout le temps.

— Alors, ça nous ramène à dimanche soir. Tu veux qu'on se voie dimanche soir ?

— Je ne sais pas.

— Je t'ai fait peur, c'est ça ?

— Peur ?

— Oui, peur. T'as pas envie de te coltiner un mec tordu qui se met à chialer en pleine rue quand il passe près de là où vivait sa sœur avant de mourir, c'est ça ?

— Mais non, j'ai parfois envie de m'enterrer vivante, mais je n'ai jamais vraiment peur. C'est juste que…

— Je te comprends. Parfois, moi aussi, je me fais peur. Je sais pas trop où je vais. Je sais que ma sœur, je l'oublierai pas. Elle est tout le temps là, dans ma tronche. Je peux me taper la tête contre les murs, elle ne s'en va jamais. Et dire qu'on pouvait même pas se supporter quand elle était vivante. Maintenant qu'elle est morte, je l'aime comme je l'ai jamais aimée.

— Patrick…

— Je t'appelle dimanche soir si ça te convient. Tu me diras si tu veux qu'on se voie.

— J'— ne. Je suis dans une cabine.

— Alors tu m'appelles, OK ? T'as quatre jours pour réfléchir. Si tu veux pas que ça aille plus loin, pas de problème, mais je te demande juste de me l'avouer, histoire que je croie pas n'importe quoi, tu vois ? Même pas besoin de me le dire en face. Tu m'appelles dimanche et soit tu me donnes rendez-vous, soit tu m'envoies chier.

— Mais je…

— Merde, France ! C'est tout ce que je te demande, ça devrait être possible, non ?

— …

— C'est d'accord ? Tu m'appelles dimanche soir ?

Dis-lui que tu contacteras lui dimanche soir et tue-le.

— France, d'accord ?

Répète, Zabójca :

— *D'accord.*

— D'accord.

*

Dimanche 25 août 1985

Dans son environnement, Patrick joue au caïd. Autant il s'est révélé affable et même galant lorsque nous nous retrouvions à La Rochelle, dans les restaurants et les bars que nous avons fréquentés ensemble ces derniers jours ; autant chez lui, dans sa cité, il se montre sous son vrai jour. Mais je ne suis pas convaincue que ce soit le *vrai* Vanuren qui se tient face à moi, affalé sur son canapé pourri, les mains dans les poches, mâchant du chewing-gum, avec cette posture de loubard machiste. C'est la deuxième fois que j'entre chez lui après la nuit que nous avons passée à dévaster les draps. Il vit dans un cagibi, dépouillé de meubles, au confort rudimentaire. Pourtant, chaque coin de la pièce est propre. Pas une poussière sur le sol. Pas de magazines pornos sur le buffet ou de vieux slips sales qui traînent sous un guéridon. Même le cendrier dans lequel je jette les cendres de la cigarette que je fume est impeccable. Encore un paradoxe chez ce personnage qui ne cesse de me surprendre.

— Alors, Patrick, tu comptes m'offrir quelque chose à boire ?

— Ça dépend. Si t'es venue pour passer du temps avec moi, c'est champagne. Si t'es là pour me plaquer, tu vas avoir soif.

— Je n'aime pas le champagne.

Je me dirige vers l'évier. Je saisis un verre en train de sécher sur l'égouttoir et le remplis d'eau du robinet. Le verre est impeccable, l'eau est tiède.

— Et je n'aime pas avoir soif.

Vanuren tente de donner le change. Quand je suis arrivée, cinq minutes plus tôt, après l'avoir appelé à la fin de ma journée de travail sur l'île de Ré pour lui annoncer ma visite, il m'a ouvert la porte et s'en est retourné dans son antre, m'abandonnant sur le palier, penaude. Il joue les durs pour ne pas être humilié, mais certains détails trahissent son désarroi. Machinalement, il lance des regards pleins d'espoir dans ma direction, alors que s'il s'en foutait vraiment, il m'ignorerait. Au lieu d'être impassible, son visage est torturé par des tics nerveux qui dénoncent son malaise : il se mordille la lèvre inférieure, se gratte le coin de la bouche et remet très vite la main dans sa poche, et son pied droit tapote le carrelage minable du studio pour battre le tempo.

— Alors, France, t'as décidé ?

— Oui.

— Est-ce… qu'on est… ensemble ?

— Non. Et on ne l'a jamais été.

— Pourtant, on a baisé, l'autre nuit. Quatre fois.

Je m'accroupis juste devant lui, pour que nos yeux soient à la même hauteur. Je pourrais poser mes mains sur ses genoux pour apaiser la tension qui monte, mais je redoute sa réaction. Un homme de sa trempe peut devenir violent quand on le vexe.

— Écoute, dis-je sur un ton conciliant, c'est inutile de jouer les fiers-à-bras avec moi.

— Les quoi ?

— On a couché ensemble, c'est vrai. Et alors ? T'en as déduit qu'on allait se marier ? Toi, le caïd de la cité, avec son jogging et ses joints, et moi, la paumée borgne qui court après ses cauchemars ? On n'est pas du même monde, Patrick, et en disant ça, je ne te laisse pas entendre que mon monde est meilleur que le tien. Il n'y a pas de jugement de valeur. On a un point commun : on est tous les deux des minables et on charrie des fantômes qui nous empêchent de souffler. Mais ça s'arrête là. Peut-être que tu t'es dit que je présentais mieux que les pétasses que tu t'envoies d'habitude, mais tu te plantes. Je ne vaux pas mieux qu'elles. Simplement, on n'est pas faits pour être ensemble.

— Baratin, tout ça.

Patrick se lève, s'empare de mon verre, me contourne, le vide dans l'évier et ouvre son frigo. Il prend une bouteille de soda qu'il décapsule d'une main, en la tenant sous son coude, me sert et lance la consigne dans la poubelle.

— Bois pas la flotte, France, elle est dégueu. Tiens, à part de la bière et du lait, j'ai que ça.

Au passage, il se saisit d'une chaise qu'il place devant le canapé pour que je puisse enfin m'asseoir. Puis il retourne à sa place, comme si de rien n'était.

— Bon, c'est con, France, je… t'aimais bien.

— Je sais. Moi aussi, je t'aime bien.

— Alors pourquoi tu veux pas qu'on essaie de sortir ensemble ? Ça pourrait marcher. Tu sais, je suis pas celui que tu crois. Tu entends ça : je suis pas celui que tu crois. Normalement, je devrais pas vivre dans ce trou, avec toute cette racaille. Mes parents étaient normaux, pas des cas sociaux. Quand… pardon, c'est difficile.

Il prend une grande inspiration, déglutit et poursuit :

— Quand ma sœur a été tuée, tout a explosé dans ma famille. On était tellement énervés qu'on s'engueulait pour un rien. Comme si on avait besoin de passer nos nerfs sur quelque chose. Je me suis embrouillé avec eux et je suis parti. J'ai tout foiré. Tu sais que même si j'ai jamais été très doué pour les études, j'ai un diplôme et j'aurais pu bosser dans un truc normal. Mais quand Margot est morte, je suis parti en vrille. J'ai fait des conneries. Et j'ai atterri ici. Je ne veux de l'aide de personne, mais je me dis que je vaux mieux que ça.

— J'en suis sûre.

— Mais c'est pas possible. Y a ma sœur qui me hante. Tu peux pas comprendre ce que c'est d'avoir un fantôme autour de toi. Je te jure, c'est comme si elle était là, tu vois, en train de parler dans ma tête, de m'accuser, de me conseiller. Tu peux pas imaginer ce que c'est.

Mais si, tu peux imaginer ce que ça fait, eh ?

Fous-moi la paix, la Cloche. Pas maintenant.

Tu veux que je te foute la paix. Vanuren veut que sa sœur lui foute la paix. On veut tous avoir la paix, mais ça ne marche pas comme ça. On est là.

Patrick dodeline et le mouvement de sa tête devient plus vif.

— France, donne-moi une chance. On continue de sortir ensemble, on va au resto, on passe un peu de temps tous les deux. On essaie. Tu verras, je peux abandonner les joggings et m'habiller comme pour notre premier repas. T'auras pas honte. Et si on t'emmerde, je te défendrai.

— Je n'ai pas besoin qu'on me défende. Je peux le faire toute seule.

— Oui, je sais.

Je me penche en avant, pose mes mains sur ses poignets et l'oblige à sortir les siennes de ses poches.

— Patrick, tu ne sais pas qui je suis ni pourquoi je suis là.

Tu dis que tu n'es pas celui que je crois, mais c'est à moi d'affirmer ça. Tu m'as intriguée. Je ne t'ai pas approché pour finir dans ton lit, mais pour autre chose…

— De quoi tu parles ?

— De rien, laisse. Je n'étais pas ici pour ça, mais tu m'as surprise. Écoute, maintenant, je vais y aller.

Je me lève et fais deux pas. Involontairement, je hume les lieux et ça ne sent rien. Ça ne sent vraiment *rien*. Aucune odeur. Une pièce aseptisée, neutre, comme si elle n'existait pas. Je me dirige vers la porte d'entrée. Sans me retourner, je lance :

— Patrick, ta sœur est morte. Elle ne reviendra pas et tu ne sauras peut-être jamais qui l'a tuée. Mais ça va continuer de te ronger et de te rendre fou. Tu ne t'en sortiras pas.

Je claque la porte et descends les marches sans me presser.

*

Dimanche 25 août 1985

En rejoignant la 205, je sens la charge furieuse de la haine boucher mes artères, compresser mon cerveau, brésiller ma clémence. J'ai échoué sur toute la ligne. Gabriel n'est pas à l'abri et Patrick Vanuren reste une menace. Si je ne pouvais lui faire entendre raison et le convaincre que Gabriel n'avait rien à voir avec la mort de sa sœur, je devais l'éliminer, c'était le plan.

Un jeune en sweat à capuche me demande l'heure gentiment. Je lui dis : « Ta gueule. » La Cloche m'implore de me calmer, je lui dis : « Ta gueule ». Sur la droite, une femme d'une soixantaine d'années, qui rentre du supermarché à pied en tirant son cabas, me jette un regard inquiet. C'est souvent ainsi que les gens réagissent quand je parle à haute voix à la Cloche. Elle ne semble pas vouloir commenter mon attitude, mais je lui dis : « Ta gueule. »

Tu quittes sentier, Zabójca. En Pologne, on a cette expression : Czuc do kogos miete.

Qu'est-ce que ça signifie ?

Ça veut dire : ressentir de la menthe pour quelqu'un.

De la menthe ?

Oui, de la menthe : de l'amour.

Ma main s'immobilise sur la poignée de la Peugeot. Je suis paralysée. Il manque un ingrédient à la recette. Le plat que je mitonne est au four, mais je suis mauvaise cuisinière et tout va brûler. Je fais demi-tour et retourne vers l'immeuble de Patrick. Je croise de nouveau le môme à capuche qui me fait un doigt d'honneur. Je l'entends susurrer : « salope de bourge », mais je ne m'arrête pas.

Je grimpe les marches et atteins l'étage voulu. Je ne frappe pas. Je pénètre dans l'appartement de Patrick Vanuren, fermement décidée à lui tirer les vers du nez.

Dans les moments forts, quand l'inexorable se marie avec le renoncement, le fruit de leur union engourdit les volontés. Il en est de ces moments forts comme des sentiments profonds tels que l'amour et la haine. On reste les bras ballants, figé, dérouté, et on attend au lieu de réagir. Ça dure parfois des secondes, parfois une vie.

J'ai pu faire un mètre dans le studio avant de me statufier, le menton en l'air. Sous le plafond, une poutre en chêne traverse la pièce, un poinçon reliant les deux arbalétriers épais qui sont les seuls éléments donnant du cachet à l'habitation. Une corde est passée autour de l'entrait. À son extrémité, Patrick se balance.

Je jurerais que je ne suis pas demeurée statique plus d'une poignée de secondes, mais les certitudes se sont envolées avec les projets que je croyais fomenter avec ruse. Je me rue vers le pendu et encercle ses cuisses de mes bras menus pour le soutenir et alléger la pression sur son cou.

Et maintenant ? Tu attends que corde s'use et se dénoue toute seule ?

Aide-moi, la Cloche.

Rece Opadaja… Tu as rendu moi découragé…

J'entends Patrick balbutier des paroles inintelligibles. S'il est vivant, tout est encore possible. Sur ma droite, je remarque une chaise de cuisine renversée. Probablement celle sur laquelle il s'est tenu avant de se jeter dans le vide, la projetant plus loin. Je l'abandonne et quand je sens le poids de son corps – que je ne faisais que supporter mollement – être attiré vers le bas – bâtard de Newton –, un filet de sueur coule le long de mon dos. J'attrape la chaise, la place sous lui et tente tant bien que mal de poser les semelles de ses baskets dessus. « Patrick, tu m'entends ? Tiens-toi sur la chaise. » Il gigote et parvient à se stabiliser un peu. Je file dans la cuisine, manque glisser et me rétamer par terre, ouvre un tiroir et y pioche le plus gros couteau que je trouve. Je reviens vers Patrick, me colle à lui pour monter à mon tour sur la chaise. Je le pousse malgré moi et le sens partir en arrière. De la main gauche, je le saisis par son blouson de sport griffé et le maintiens. Avec la droite, je cherche la corde à tâtons. Puis je scie.

Il me faut au moins cinq minutes pour parvenir à mes fins, non que la corde soit épaisse – à vrai dire, elle n'est guère plus grande que celle que j'utilise comme laisse pour promener Francis –, mais je suis déséquilibrée, et comme Patrick a noué maladroitement ses poignets dans une ficelle à rôti, certes lâche, mais néanmoins gênante, il ne peut me venir en aide.

Enfin, quand la corde cède, nous tombons tous les deux de la chaise dans un fracas de tous les diables. Patrick ôte les liens qui l'entravent et retire la corde de son cou. Il respire bruyamment, comme s'il venait de courir un marathon. Pour la première fois depuis que je suis entrée, je peux voir son visage. Bouffi, congestionné, il tire la langue comme un animal en train de périr, comme s'il cherchait son dernier souffle. Ses yeux sont exorbités et injectés de sang. Il râle encore.

— Patrick, ça va ?

Râle.

— Je ne comprends rien.

Râle.

Cette fois, je l'entends. Je me dresse et fouille dans le coin cuisine. Un verre, un peu d'eau. Je l'aide à se redresser, le soutiens en plaçant ma main dans son dos, puis lui fais avaler une gorgée. Il crache. Nous recommençons. Une gorgée. Une autre.

— Tu veux que j'appelle une ambulance ?

— Non.

Voix éraillée.

Il essaie de se mettre debout. Je l'accompagne et le laisse choir sur le canapé. Je m'assieds à ses côtés.

— France, je…

— Triste con.

— Je…

— C'est tout ce que t'as trouvé ? Une fille que tu connais à peine te plaque et tu te suicides ? Pour si peu ?

— C'est pas… faut… C'est pas seulement ça… Je… Encore de l'eau, s'il te plaît.

Il boit et tente de réguler ses expirations rauques.

— C'est pas seulement pour ça, France. C'est… que ça ne sert à rien. C'est ma sœur qui m'a dit de me pendre.

— Ta sœur ?

— Oui, enfin… elle est morte et c'est comme si je l'entendais. Je t'en ai déjà parlé, non ? C'est trop difficile… Le type qui lui a fait ça est en liberté. Il est à l'hosto, mais il est libre. J'arrive pas à encaisser ça… C'est… de l'injustice.

— Arrête, t'es pas Rosa Parks, non plus. Tu ne sais même

pas si c'est Cassel le coupable.

— Qui d'autre ?

— Patrick, je me suis renseignée sur ton histoire, sur le meurtre de ta sœur. Tu affirmes que Gabriel Cassel est le tueur parce que t'as besoin d'un coupable. Au début, ils ont cru que c'était un vagabond, non ?

— Oui, mais c'était pas lui, ils l'ont…

— Eh bien, là, c'est la même chose. Les flics ont suspecté Gabriel Cassel, mais ils l'ont relâché. Il a vu Margot le soir de sa disparition, mais le clochard aussi l'a vue. Si tu acceptes que le vagabond qui a croisé la route de ta sœur, le soir où on lui a fait ça, n'est pas responsable de sa mort pour autant, alors tu dois tenir le même raisonnement pour Cassel. Il n'y a aucune preuve contre lui. Il n'est même plus soupçonné.

— Mais qui a fait le coup, alors ? La théorie des poulets ? Jimmy ? Conneries… Jimmy, c'était le petit copain de Margot, mais personne ne l'a jamais rencontré. Ni mes parents, ni moi, ni les amies de Margot. À croire que ce type-là est un fantôme, lui aussi…

J'ai du mal à m'exprimer. Des odeurs de mort nous submergent. Mes vieilles blessures au dos se sont réveillées. Une migraine sadique me perce le crâne. J'ai envie de vomir.

— Patrick, la vérité, c'est qu'on ne sait pas qui a tué ta sœur.

— Si. C'est Cassel qui a tué ma sœur. C'est lui qui…

— Je connais Gabriel Cassel.

Vanuren s'est tu. Il me fixe avec incompréhension, les sourcils froncés. Puis, le poison l'envahit, s'infiltrant dans ses veines, battant à ses tempes. Le venin s'insinue jusque dans son cœur, l'endort, le réveille. La rage monte. Sa poitrine se met à gonfler et dégonfler vite, plus vite, toujours plus vite. Ses poings se crispent.

— Qu'est-ce que c'est que ces conneries ?

— Je connais Gabriel Cassel.

— Tu… C'est…

— Je le connais et je sais qu'il est innocent. Je suis ici pour le sauver, parce que tu l'as menacé à l'hôpital dans lequel des connards qui eux aussi le croyaient coupable ont cru bon de l'envoyer.

— Mais on s'est rencontrés quand je sortais du boulot. C'est le hasard. Tu…

Il bondit. Je le croyais au bord de l'évanouissement, il se révèle exalté. La colère lui procure un regain d'énergie stupéfiant. En un rien de temps, il se retrouve *sur* moi. Je suis complètement accablée par son poids, renversée, incapable de me rebeller. Ses mains emprisonnent ma gorge et il serre. Quelques minutes plus tôt, il tanguait au bout d'une corde ; je comprends maintenant ce qu'éprouve un pendu.

Un filtre voile mon regard. Mes joues se gonflent. Avant que les lumières ne s'éteignent, je bredouille :

— Je t'ai sauvé la vie.

Et Patrick tempère son étreinte. J'avale de l'air en suffoquant. Des larmes dévalent mon visage cramoisi. Mes lunettes de soleil sont tombées. Honteuse, je comprends que mon œil de verre a glissé hors de son orbite. Je le cherche et le débusque niché entre mes cuisses. Je suis comme un poisson hors de l'eau. J'ai déjà eu mal – la *vraie* douleur, celle qui vous donne envie d'en finir pour ne plus avoir à la supporter –, mais rarement autant.

— Barre-toi, France.

Je ne bouge pas. Je me concentre et calme ma respiration. Il est écrit que nous ne mourrons pas étouffés aujourd'hui, ni lui ni moi.

— Barre-toi, France, répète-t-il.

— Non.

— Casse-toi. Je veux plus te voir.

— T'as une dette envers moi, Patrick.

— Je ne te dois rien.

— Je viens de te sauver la vie.

— Et moi, j'allais t'étrangler et je t'ai laissé vivre. Je ne te dois rien.

— Alors, tue-moi et acquitte-toi de ta dette autrement. Tu étais en train de te suicider, Patrick, et ça arrangeait bien mes affaires. Je suis ici pour être certaine que tu ne tenteras pas de t'en prendre à Gabriel Cassel. J'aurais pu te laisser ballotter au bout de ta corde et ç'aurait été réglé, tu n'aurais plus été une menace. Mais je t'ai sauvé. Et tu as une dette.

Patrick me dévisage, contrit, perdu.

— Gabriel Cassel n'a pas tué Margot, je t'en donne ma parole d'honneur.

— Comment tu le sais ?

— Je le sais, c'est tout. Fais-moi confiance.

— Te faire confiance, à toi ? T'es sérieuse, France ? Tu es la garce la plus manipulatrice que j'ai jamais vue et tu voudrais que je te fasse confiance ?

— Oui.

— Mais pourquoi ? Pourquoi je te croirais ?

— Parce que je sais lire l'âme des gens. Par exemple, je sais que tu vaux mieux que ce que tu montres. Je sais que tu mérites mieux que cette petite existence foireuse dans laquelle tu te complais. Je sais beaucoup de choses, Patrick. Et je sais que Gabriel Cassel est innocent. Tu as une dette envers moi. Jure-moi que tu ne feras rien à Gabriel Cassel.

— C'est ton mec, c'est ça ?

— Jure-le-moi.

Patrick est sur le point d'exploser. La trahison, la honte, la défaite, l'humiliation, la culpabilité, l'indignation, la vexation, le pessimisme ; et ces putains de Parques qui ont battu tous les démiurges pour s'emparer du pouvoir suprême et transformer ainsi en guirlandes nos espoirs déchus.

— Patrick, jure-moi que tu laisseras Gabriel Cassel en

paix.

— Barre-toi d'ici, France.

— Jure-le-moi.

— Barre-toi avant que je…

— Jure !

Patrick me lance ces yeux sardoniques, remplis de vitriol, qui chaque fois me glacent d'effroi.

— Et qu'est-ce qui te dit que je tiendrai parole ?

— Je le sais. Je t'ai dit que je sais beaucoup de choses. Jure-moi que Gabriel Cassel ne risque rien de ta part.

Patrick Vanuren halète et dit :

— Je le jure.

Puis il pleure et tombe à genoux.

Moi, je m'en vais.

Oh, oui, je m'en vais en abandonnant encore une partie de moi aux vents vicieux.

V

BALLADE POUR L'HIER

UN MOIS ET DEMI PLUS TÔT

Lundi 8 juillet 1985

Gabriel a le bord des yeux qui scintille. Il halète et a du mal à s'exprimer. Son regard embué se fixe sur moi. Il écrase sa cigarette dans le cendrier, en s'entêtant sur le mégot, puis m'annonce :

— Voilà, tu sais tout. Je suis un paria, mais je n'abandonnerai jamais et personne ne me mettra à terre, ou si quelqu'un y parvient, je me redresserai. Je me redresserai toujours.

Il se lève, essuie les gouttes d'eau déposées sur la table par sa bouteille de bière et déclare :

— Maintenant, on va faire comme prévu. Je file. Et si tu veux que je reste, tu…

Il n'achève pas sa phrase. D'un pas ferme, même si ses mains tremblent, il prend la direction de la sortie.

— Gabriel, attends.

Avant qu'il n'atteigne la porte d'entrée, j'attrape la manche de sa chemise et le guide vers le lit. Ses yeux me contemplent avec embarras. Ses lèvres tremblent et bégayent.

— Juliette, t'es sûre ?

— Oui.

— Mais… ce que je viens de te raconter…

Je sais tout, à présent. Je le connais depuis seulement une quinzaine de jours, mais cet homme est touchant et pour la première fois depuis des lustres, je sais exactement où je suis et ce que je veux. L'histoire qu'il vient de me confier à l'instant change tout. Son honnêteté est sans réserve. Il ne m'a rien dissimulé, m'informant des soupçons de la section de recherche, du mensonge de sa mère pour lui fournir un alibi, de sa réaction stupide pendant l'interrogatoire de janvier à la gendarmerie.

Une femme a été tuée et Gabriel a été suspecté. Pour la rumeur assassine, il est le bouc émissaire idéal. L'espèce humaine est ainsi faite : on sacrifie toujours quelqu'un pour ne pas avoir à se contenter de l'inconnu. La populace ne peut accepter que le monstre ne soit pas identifié. Il lui faut un palliatif, un substitut. Un gibier de potence à mener à l'échafaud. Le sang calme et étouffe les qu'en-dira-t-on quand il coule abondamment.

Je me laisse vaciller sur le lit. Les hommes qui nous ont agressés un peu plus tôt, juste en bas de chez moi, nous ont cognés sec. Gabriel souffre de la mâchoire et des côtes. J'ai mal à l'oreille et sur le côté du crâne. Pourtant, nos douleurs s'éteignent sous nos caresses. Je défais le premier bouton de mon chemisier. Le second connaît le même sort. Les autres les imitent. Aucun d'eux ne renâcle. Mon corsage se dévoile et Gabriel caresse ma peau chaude et dorée par les journées passées en plein air à Sablanceaux, devant la boutique de location de cycles. Nous nous déhanchons en anhélant et en moins de trois minutes, nous sommes nus. Il n'est pas encore midi et le soleil est à son zénith, éclairant de sa superbe nos corps enfiévrés. Nous sommes galvanisés par la rixe que nous venons d'essuyer. Ces trois hommes qui ont reconnu Gabriel dans la rue et lui sont tombés dessus en pensant corriger un tueur sont une porte ouverte vers la vérité. Maintenant que j'ai fait mon choix, grâce à eux, le sentier est balisé, éclairé de lanternes qui m'aiguillent vers un *fatum* pernicieux.

Nos haleines sentent la bière et le tabac, et nous les mélangeons. Exaltée, je le laisse se coucher sur moi et soupire quand il me pénètre enfin. Comme j'ai peur que mon œil oscille et que l'autre, le faux, immobile, perturbe mon amant, je ferme les paupières. Puis l'insouciance. Puis la frénésie. Puis la vie. Des flashs traversent mon cerveau, stimulé par la vague de désir qui me submerge. Je crie quand l'orgasme m'étrangle. Gabriel suit.

La poitrine couverte de sueur, à bout de souffle, mon dos s'enfonce dans le matelas. Tous mes muscles sont détendus. Ma peau est encore brûlante. J'essuie mes cuisses humides et tourne le visage vers Gabriel. Béat, il fixe le plafond, un petit sourire au coin de la bouche.

— Ça va ?

— Ça va.

Et ça nous suffit.

Je me lève en titubant. Ma pudeur maladive me rattrape et j'empoigne un drap froissé par nos ébats pour couvrir ma nudité. Direction la douche. Je laisse la porte ouverte, peut-être consciemment, et alors que l'eau chaude me lave, emportant avec elle les vestiges érotiques de notre union, j'aperçois Gabriel qui me regarde du pas de la porte.

Sans rien dire, il ouvre la cabine et se glisse dans la douche exiguë.

— Elle est petite, ta douche.

— T'as qu'à te serrer contre moi.

Son corps colle mon corps et nous nous abandonnons à la folie.

*

Mercredi 17 juillet 1985

Gabriel marche derrière moi. J'entends des ahans ostentatoires signaler son manque d'enthousiasme, mais il n'est pas de ceux qui vitupèrent sans faire de concessions. Il me suivra, j'en suis certaine.

— Juliette, sérieusement, qu'est-ce qu'on fout là ?

— On va rendre hommage aux ampoules grillées.

— Je sais, tu me l'as expliqué. Mais ce que je voudrais savoir, c'est… pourquoi ?

— Parce que c'est important de le faire.

Il fait silence dans ce royaume. Nous sommes loin de la bronca qui pollue le Vieux-Port ou l'Île de Ré, déjà profanés par les meutes de touristes qui ont envahi la cité rochelaise le week-end dernier.

— Écoute.

— Écouter quoi ? réplique Gabriel. Y a pas un chat et y a pas un bruit. Les macchabs, ça cause pas.

— Justement. Ça fait du bien, non ? Prends-en plein les oreilles, c'est gratuit.

Gabriel traîne du pied.

— Si tu veux, tu peux m'attendre dehors. Je peux me débrouiller seule. T'es pas obligé de m'accompagner.

— Tu sais bien que si, riposte-t-il.

— Pourquoi ?

— Parce que… *toi*.

La réponse me convient. *Il* me convient. Gabriel se déride enfin. Nous passons à côté d'une stèle immense. Un prénom, un nom et des dates sont gravés en lettres d'or sur la pierre verticale, avec un je ne sais quoi de clinquant et de présomptueux, comme si les morts pouvaient se sentir plus importants dans des tombes tape-à-l'œil.

— J'ai tout de même de la peine à comprendre cette lubie,

lance Gabriel.

— C'est pas une lubie.

— Si, c'en est une. Dans le cas contraire, tu m'aurais expliqué pourquoi c'est si important pour toi de venir rôder dans un cimetière. Tu te fous de moi parce que je tiens à aller à la messe le dimanche, mais dans le genre glauque, t'es pire que moi…

Je ne me presse pas. Les allées sont larges. Pas une mauvaise herbe ne dépasse de la base d'une pierre tombale. Tout est impeccable. Les défunts que je viens honorer sont probablement plus respectés ici qu'ils ne l'étaient de leur vivant.

— Ça doit être là-bas.

Je désigne un espace situé à l'extrémité du cimetière de Saint-Éloi. Une large bande brune est entourée de pelouse. Au milieu, les sépultures en béton sont couvertes d'une plaque tombale au rabais. Sur le côté, un panneau indique sobrement : « Terrain commun ».

— Voilà. Le carré des indigents. C'est là que sont inhumées les ampoules grillées.

— Ah.

— On se tait et on pense, d'accord ?

Gabriel opine du chef. Suit un moment de recueillement. L'ambiance qui domine dans le cimetière n'est pas lugubre ; plutôt triste.

— Les gens qui crèvent dans la rue sont ici.

— Je sais, répond Gabriel. L'église finance une partie des fonds nécessaires à l'entretien des fosses communes.

Je lis les identités renseignées sur les tombes, à mes pieds. Ici : *Clément Lambeau, 42 ans, 24/02/1983*. Là : *Marie-Chantal Picquet, 47 ans, 13/12/1979*. Et encore : *un homme, environ cinquante ans, 27/01/1984*. Je médite sur le sort, les voies, les choix, les couloirs qu'on emprunte et dont on ne sort pas, les boulets aux pieds et la lumière qui attire, trompe et se meurt avant qu'on ait pu se brûler en l'attrapant. Aucune odeur n'en domine une autre, comme si cet espace était en dehors du temps et de tous les sens humains. Une dimension funeste dans laquelle s'entortillent des âmes égarées qui geignent en assaillant les vivants.

Enfin, je regarde Gabriel dans les yeux. Il semble étonné que je le dévisage de cette façon, ouvre la bouche pour parler mais, interdit, la referme aussi vite.

— Gaby, viens.

Je m'engage dans une contre-allée. Et je scrute, décortiquant chaque écriteau, chaque tombe.

— On cherche quoi ? questionne Gabriel.

— Elle.

Enfin, je m'arrête devant le caveau que je voulais trouver. Gabriel me rejoint et tremble de stupéfaction quand il découvre le nom affiché : Margot Vanuren. Sous l'écriteau, un cadre ovale dévoile son visage. Les dates : 26/05/1961 – 3/09/1983. J'entends la respiration de Gabriel qui s'est accélérée.

— Ici, Gaby, c'est comme dans les cryptes de tes églises. Il y a une mémoire, quelque chose qui persiste, qui existe encore. Un esprit qui flamboie et crépite. Tu n'étais jamais venu la voir ?

— Non, balbutie-t-il. Je… j'y ai jamais pensé.

— C'est bien qu'on soit là.

— Mais pourquoi ?

— Pour penser à elle.

— Juliette, je pense à cette pauvre fille tout le temps.

— Je sais. Mais là, c'est différent. On est *avec* elle.

Quand nous quittons le cimetière de Saint-Éloi, je note que Gabriel pleure. Des larmes, qu'il cherche à dissimuler en les essuyant dès qu'elles naissent, dégringolent de ses joues rosies par l'émotion. Il est fier et orgueilleux, mais ne se cache pas. Je lui prends la main et l'attire contre moi.

— Ça va, Gaby ?

— Oui… Non… Je me rends compte… que je suis un sale con, un égoïste.

— Un égoïste ?

— Oui. Tu sais, depuis que ce truc m'est tombé dessus, ma vie est un enfer. On m'insulte dans la rue. Parfois on cherche à en venir aux mains avec moi – t'es bien placée pour le savoir. Mais je viens enfin de comprendre que tout ça, c'est rien, en vérité. Je ne fais que me plaindre depuis le début de l'année alors qu'elle, la fille, elle est morte…

Nous montons dans la 205 de Gabriel et il prend le volant en tremblotant.

Pendant que nous rentrons, la gorge nouée, des bleus à l'âme, un fantôme nous escorte.

*

Dimanche 21 juillet 1985

Simon Barnier, mon patron, me donne la fiche de réception. Je vérifie les informations, la paraphe et la range dans le classeur.

— On a bien bossé, aujourd'hui, me dit-il de sa voix chantante. Tu verras que s'ils le construisent, ce pont, faudra qu'on agrandisse…

Je l'aide à aligner les vélos dans lc hangar. Nous cadenassons une longue chaîne qui passe dans les roues arrière de tous les vélos, puis fermons à clef. Je m'apprête à fermer les poignées du hangar avec une autre chaîne. De l'autre côté de la route, les concurrents – les frères Poucand –, savourent leur pastis, avachis sur des chaises pliantes qu'ils ont installées devant leur magasin. Dans cette posture, ils ressemblent au public du Tour de France, quand certains *aficionados* à la limite de l'hystérie restent plantés des heures sur le bord, le long du circuit.

— Alors petite, me crie le plus grand des deux, t'es bien, avec le père Barnier ? Parce que si tu veux gagner un peu d'argent, tu peux venir travailler chez nous…

Je lève mon poing et tends mon majeur bien droit.

— Oh ! Comment qu'elle se permet d'être grossière avec nous, cette petite pute… Un doigt d'honneur… Oh, Barnier, tu devrais la tenir un peu, ta chienne de garde…

Il quitte sa chaise et traverse le sentier du littoral, seule voie qui les sépare des cycles Barnier.

Simon, en bon diplomate, voyant que les choses pourraient dégénérer, essaie d'apaiser les humeurs des uns et des autres :

— Du calme, les gars, vous énervez pas.

— Ta gueule, Barnier. On va pas se laisser insulter par une gonzesse.

Il se tourne vers son frère, toujours affalé sur son séant.

— Pas vrai, Roger, qu'on n'a pas l'habitude de se faire traîner dans la boue par les garces ? Hein, Roger ?

Le dénommé Roger termine son verre cul sec ; ce doit être sa manière à lui de confirmer.

Poucand numéro deux fait encore quelques pas dans ma direction.

— Alors petite, on fait moins la maline… Tu crois que tu…

Je balance la chaîne que je tiens toujours en l'air et la fais tourner autour de ma tête, en moulinet. L'autre recule, apeuré.

— Oh ! on se calme !

Il se replie et traverse la route en sens inverse, sans vérifier qu'une automobile ne risque pas de le percuter. *Tu es dans ton élément. Il faut électricité dans l'air pour que tu te sentes vivre.*

Ils sont venus me chercher, la Cloche.

Non, tu les as aimantés. Tu le sais bien, Zabójca.

Quand notre concurrent a regagné ses pénates, Simon me touche l'épaule. Sa face rubiconde est éclairée d'un immense sourire.

— Je crois que tu lui as foutu une trouille bleue. Je t'ai prise comme vendeuse, mais en vérité, c'est comme garde du corps que j'aurais dû t'embaucher.

Nous nous saluons et je grimpe sur le vélo qu'il me prête pour aller de l'embarcadère jusqu'à la boutique. J'attrape le bac juste avant son départ. Le bateau met environ trois quarts d'heure pour effectuer la traversée.

Impatiente de me lover dans les bras de Gabriel, je ris bêtement, attirant les regards curieux des passagers.

— Vous, me dit une dame d'un certain âge, pour être aussi gaie, on a dû vous demander en mariage, non ?

La voyageuse est bienveillante. Elle tient son mari, un papi qui porte un marcel et un béret, par la main.

— Non, on n'en est pas là.

— En tout cas, vous êtes amoureuse et vous allez le retrouver, je me trompe ?

Je rougis ; encore.

— Ah, j'en étais sûre. Pas la peine de me répondre, Mademoiselle, vos joues l'ont fait pour vous. Tous mes vœux de bonheur !

Comme toujours, quand le bus n'est plus qu'à quelques mètres de la côte, je tente de localiser la silhouette de Gabriel, mais il n'est pas encore là. Nous débarquons et je le cherche, mais ne le trouve pas. Un peu de retard, rien de bien grave. Son activité professionnelle bouleverse fréquemment ses horaires, et ce n'est pas la première fois qu'il a du retard. Au bout d'une dizaine de minutes, alors que le quai est désert, j'entre dans une cabine téléphonique, glisse une pièce d'un franc dans la fente prévue à cet effet et compose le numéro de l'agence. Pas de réponse.

Je patiente encore une demi-heure, puis rentre à pied. Quelques bus circulent encore en ville, mais je préfère marcher. Je pourrais dévier vers le nord et frapper à la porte de Gabriel, mais je choisis de rentrer chez moi, dans le quartier de la Ville-en-Bois. Et dans ma petite tête perturbée, ça cogite. J'imagine qu'il m'a oubliée, qu'un rendez-vous de dernière minute est venu perturber son agenda. En toute objectivité, je ne peux pas lui en vouloir. Et d'une, mon studio n'est pas équipé du téléphone, et de deux, le bus est arrivé avec vingt minutes de retard sur l'horaire prévu.

Si Gabriel veut me voir, il faudra qu'il traverse la ville et cogne à ma porte.

Naturellement, incapable de faire abstraction de la déception qui me saisit le cœur et le presse comme un citron, j'ai du mal à trouver le sommeil. Au petit matin, n'ayant toujours aucune nouvelle de lui, j'enfile un peignoir et rejoins la cabine téléphonique. J'appelle à l'agence et tombe sur son collègue qui m'apprend que Gabriel n'est pas arrivé, qu'il est en retard et que ça ne lui ressemble pas. Il ne m'en faut pas plus pour sentir la panique m'envahir.

Je demeure prostrée dans la cabine, le combiné à la main, hagarde. Je dois agir, mais ne sais comment procéder. J'aimerais appeler sa mère, mais je n'ai pas ses coordonnées et nous ne nous sommes encore jamais parlé. Mon index se dirige vers le cadran, pénètre dans le trou de la touche 4, et sans que je sache vraiment comment j'en suis arrivée à la conclusion que ce numéro était le seul que je pouvais composer, je contacte l'hôpital. J'explique à la standardiste que mon compagnon a disparu et que je crains qu'il ait eu un accident. La jeune femme – jeune d'après sa voix – paraît surmenée et cherche à me calmer en me demandant de rappeler plus tard, mais quand je me mets à pleurnicher, elle consent à consulter les registres d'arrivée.

Et me confirme qu'un Gabriel Cassel a été admis la veille, en début de soirée.

*

Lundi 22 juillet 1985

Deux heures…

Deux heures que je fais le pied de grue dans cette salle d'attente dont les couleurs me donnent envie de perdre mon deuxième œil pour ne plus avoir à les supporter. Le verdâtre pastel couvrant grossièrement les murs des couloirs de l'hôpital est si laid que je suspecte ceux qui ont choisi cette teinte d'être aveugles. Ou sadiques.

Une femme d'une quarantaine d'années passe devant moi. Sa blouse est blanche, au contraire de celle des aides-soignantes, et j'en déduis qu'elle est infirmière. Je me lève et la rattrape.

— S'il vous plaît, je ne peux toujours pas voir Gabriel Cassel ?

— Bientôt.

— On m'a déjà dit ça il y a une heure et demie.

— Ça ne tardera plus. Allez vous rasseoir.

Je regagne le renfoncement où quatre fauteuils molletonnés se font face et, pour le principe, par esprit de contradiction, reste debout. Revanche puérile, mais on se soulage avec ce qu'on a…

Ce n'est qu'une demi-heure plus tard qu'enfin, une jeune fille m'indique que je suis autorisée à voir Gabriel. « Mais pas longtemps. Juste une dizaine de minutes. Il a besoin de repos. »

Chambre 212. Je frappe. Pas de réponse. J'entrouvre la porte et glisse ma tête dans l'entrebâillement. Il est dans son lit, immobile, le buste légèrement rehaussé. Timidement, je chuchote :

— Gaby ?

— Entre, Juliette, répond-il d'une voix chuintante.

Des draps rose saumon montent jusqu'à son cou, mais son crâne est enveloppé d'une bande. L'un de ses yeux est noir. Des ecchymoses déforment sa pommette gauche, la gonflant monstrueusement. Je ne pensais pas qu'un cerne pût être aussi enflé.

— Mon Dieu…

— C'est moi qui crois en Dieu, Juliette, pas toi. C'est si moche que ça ?

Je m'assieds sur le bord du lit médicalisé, en prenant soin de ne pas écraser les nombreux tuyaux qui s'entremêlent et se faufilent un peu partout.

— Non, c'est… ça va, quoi…

— Ah. À ce point-là. Merde…

— Gaby, qu'est-ce qui t'est arrivé ?

— Désolé, ma belle. Je devais venir te chercher, hier soir. C'était bien hier soir, non ? On est quel jour ?

— Lundi. T'as été hospitalisé hier.

— Je t'ai fait faux bond. Navré…

— Si c'était ça le problème… Comment tu t'es retrouvé dans cet état ? Qui t'a fait ça ?

— Je ne sais pas. Hier, une visite a été annulée, donc je m'apprêtais à partir pour La Pallice. Je voulais me promener sur la pointe de Queillé avant de te retrouver, peut-être acheter une bourriche d'huîtres, même si on est en fin de saison. Je suis parti directement de l'agence. Après tout, on était dimanche. En théorie, je devais même pas bosser. J'ai fermé la porte et je suis allé vers le parking. Là, alors que j'allais ouvrir ma voiture, quatre gars me sont tombés dessus. Je me suis retrouvé dans un traquenard.

— Les gars de l'autre jour ?

— Non, je crois pas. Déjà, ils étaient quatre et pas trois. Et même s'ils avaient des cagoules, je sais pas… C'est qu'une impression, mais il me semble pas que c'était les mêmes. Tu te souviens, les types qui nous sont tombés dessus en bas de chez moi, y a deux semaines, parmi eux, y avait un maigrelet et un métis. Les quatre d'hier, c'étaient tous des armoires à glace, et ils étaient blancs.

Gabriel reprend son souffle. Au moins deux dents brisées noircissent le rictus qu'il me sert. Et il n'a toujours pas bougé ses bras et ses jambes.

— Après, poursuit-il, c'est le trou noir. Je crois que je leur ai demandé ce qu'ils voulaient, mais… c'est vague. Je me souviens plus bien. Ils m'ont frappé et j'ai morflé. Je suis tombé dans les pommes assez vite. Putain de guet-apens…

— Donc, t'as presque rien vu ?

— Pas grand-chose. Ils étaient vêtus d'habits de chasseurs. Des pieds jusqu'à la tête.

— Leur âge ?

— Impossible de le savoir. Mais quand je te dis qu'ils avaient des fringues de chasseurs, c'est que c'était vraiment ça. Avec toute la panoplie : des bottes de campagne, des pantalons treillis, des vestes de camouflages, des écharpes, des cagoules et même des gants. Tu vois les couleurs des chasseurs : du vert, du kaki, du brun… y'en avait même un qu'avait une casquette au-dessus de son bonnet, avec un cerf qui charge brodé sur le devant. Voilà, en gros, c'est tout.

— Ça fait pas beaucoup…

— J'ai dit : « en gros ». Y a un truc qui m'est revenu tout à l'heure. Hier, quand je me suis réveillé, y a un flic qu'était là et qui m'a posé des questions. C'est les médecins qui ont alerté la gendarmerie quand ils m'ont admis et qu'ils ont vu que mes blessures étaient dues à des coups. Je ne me souvenais pas de ce détail, hier, quand on m'a interrogé, mais quand je me suis fait bastonner, je suis presque sûr d'avoir entendu l'un des gars donner du « Roger » à un autre.

J'essaie de faire abstraction de l'émotion qui me tord le ventre pour analyser froidement les faits.

— C'est peut-être un leurre, hasardé-je.

— Un leurre ?

— Une manœuvre. Une fausse piste. L'un des gars dit ce prénom pour t'induire en erreur, te faire croire que l'un de ses amis s'appelle « Roger », alors que pas du tout.

— Peut-être, admet Gabriel. Mais franchement, je crois pas. Je n'ai été conscient que quelques secondes, mais j'ai eu le sentiment que ces mecs n'étaient que de gros bœufs, pas des futés du genre à faire dans la délicatesse ou à échafauder des plans. C'est des brutes. À mon avis, ils comptaient plus sur leurs biceps que sur leur cervelle.

— Ils t'ont rien dit d'autre ?

— Rien. Mais tu sais, faut pas chercher midi à quatorze heures. Ce sont juste des types convaincus que je suis coupable du meurtre de Margot qui ont voulu se faire justice eux-mêmes. J'aurais pu finir au fond du port…

— Et le flic, hier, il a des pistes ?

— J'en sais rien. J'ai essayé de minimiser les choses. Il doit revenir aujourd'hui ou demain, et je ferai la même chose. Je ne porterai pas plainte. Je ne lui dirai pas un mot sur le fameux Roger.

— Pourquoi ?

Gabriel soupire. Ce faisant, il s'enfonce dans sa couche, comme s'il disparaissait.

— Juliette, je veux rien avoir à faire avec la police. Je ne sais pas si tu comprendras, mais j'ai tellement dégusté avec les flics, ils m'en ont tellement fait voir, que je voudrais juste qu'on m'oublie.

Je me lève, trop bouleversée pour demeurer stoïque. Mes jambes ont besoin de bouger.

— Tu veux un verre d'eau ?

— Pas le droit.

J'ai du mal à respirer. L'ambiance qui règne dans une chambre comme celle-ci est déjà anxiogène, mais le contexte et l'état de Gabriel ne font que renforcer le sentiment de malaise qui m'étreint.

— Pour tes blessures, les médecins ont dit quoi ?

— J'ai encore des examens et des radios à faire aujourd'hui. J'ai des fractures au bras gauche, au radius, je crois, et à deux doigts de la main gauche. J'ai aussi la mâchoire qu'a trinqué et une commotion cérébrale. J'ai reçu pas mal de coups qui font juste mal, mais sans rien de cassé. Mais surtout, j'ai les deux rotules en bouillie.

— Ils t'ont fait quoi, aux genoux ?

— Je me rappelle pas. Je crois que j'étais déjà évanoui. Quand ils m'ont tabassé, au début, ils avaient des barres de fer. Je suppose qu'ils s'en sont servi pour m'empêcher de remarcher un jour.

Je deviens blême. Ma température corporelle descend de plusieurs degrés.

— Mais rassure-toi, s'empresse-t-il de préciser en constatant que je défaille, les toubibs m'ont assuré que je n'aurai pas trop de séquelles. Alors je vais peut-être pas galoper avant un bon moment, et va falloir que je m'habitue à marcher avec une canne comme un petit vieux, mais en tout cas, je finirai pas mes jours dans un fauteuil roulant. Et au moins, j'ai mes deux yeux, moi !

Il essaie de rire, mais s'étouffe. Je dois l'aider à se redresser pour que sa toux se calme.

— Donc, pour résumer, t'es tombé dans une embuscade. Quatre fachos te passent à tabac, peut-être des chasseurs. Y'en a un qu'a une casquette avec un cerf dessus et un autre qui s'appelle Roger.

— Rien n'est sûr. Pourquoi ça t'intéresse ?

— Parce que.

— Bonne réponse.

— Je sais. Donne-moi tes clefs de voiture, s'il te plaît.

— Tu sais conduire, Juliette ?

— Oui.

— Je ne savais pas que tu avais ton permis.

— Je t'ai pas dit que j'avais mon permis, je t'ai dit que je savais conduire. Donne-moi tes clefs, t'en as plus besoin pour quelque temps.

J'embrasse Gabriel sur le front, sur l'une des rares zones de son visage non bleuies par les hématomes. Sa gueule cassée me donne envie de le dorloter. J'effleure sa joue en jurant mes grands dieux que la foudre frappera.

Moi aussi, j'aime chasser.

*

Dimanche 28 juillet 1985

— Bonjour, c'est vous, Roger ?

L'homme se tourne vers moi, une moue intriguée sur son visage. À côté de lui, un vieillard cacochyme se marre et renverse un peu de son jaune en trinquant. Je ne comprends rien à ce qu'il lui dit, mais je suppose que je peux me passer de cette réflexion que je devine misogyne.

— Oui, c'est moi.

— Je m'appelle France, réponds-je. C'est vous qui gérez le club de chasse ?

— C'est ça. Comment vous êtes arrivée jusqu'à moi ?

— C'est la mairie qui m'a donné vos coordonnées. Vous avez deux minutes ?

Pour faire bonne figure devant ses compagnons hilares, il bombe le torse, passe deux doigts rageurs dans les poils de sa moustache pour la discipliner et me fait signe de le suivre. Le barman me fait un geste du menton pour prendre ma commande.

— Un muscadet.

Je suis Roger et nous nous installons à l'écart, face à face, sur une table en bois qui a dû essuyer mille tourments.

— Qu'est-ce que je peux pour vous, ma p'tite dame ?

— La chasse. Ça m'intéresse.

— Vous voulez… chasser ?

— Oui.

Son air incrédule trahit sa confusion.

— C'est que… vous êtes…

— Trop jeune ?

— Euh… non…

— Trop… femme ?

— Ben…

Mon soupir est équivoque. Le milieu de la chasse ne doit pas briller par son ouverture d'esprit, mais j'étais convaincue que les difficultés surviendraient plus tard.

— Vous savez quoi, Roger ?

— Quoi ?

— C'est vrai que je suis une femme. J'aurais peut-être dû me déguiser en homme…

Je cligne de mon œil valide et souris. Roger jette un coup d'œil furtif en direction de ses camarades qui doivent le lorgner en pariant sur ses chances. Eux partent au front avec leurs fusils, moi avec le peu de séduction dont je dispose. Je suis borgne et me suis toujours trouvée banale, mais ce type a vingt ans de plus que moi, sent la vinasse et le cigarillo, n'a pas dû voir un peigne depuis la mort de Pompidou et ne doit changer de sous-vêtements qu'une fois l'an – et encore, les années bissextiles. Si je ne parviens pas à l'aguicher, s'il ne guigne pas mon corsage en bavant un peu, je peux aller faire les yeux doux aux flétans morts exposés sur les étals du poissonnier, au marché.

— Y a pas une seule femme dans votre groupe ?

— Ben si. Mais elles viennent pas chasser.

— Elles font quoi, alors ?

— Elles préparent la bouffe le dimanche midi, après la chasse. Dites, à la mairie, ils vous ont vraiment donné mon nom ? Parce que normalement, c'est plutôt Jean-Charles qui s'occupe des inscriptions, des licences, *et cætera*.

— Je peux vous offrir un verre ?

Pour ne pas entrer dans cette discussion, mieux vaut détourner la conversation. Je lève la main et prie le serveur de nous amener la même chose. Je ne peux expliquer à Roger que j'ai baratiné l'employée de la mairie qui a pris mon appel et à qui j'ai raconté que je cherchais un ami se nommant Roger. J'ai pu récupérer deux contacts. Ce Roger et un autre.

Mon Roger, que j'essaie maladroitement de manipuler, ne me paraît pas être le bon. Ceux qui ont agressé Gabriel étaient plus jeunes que lui, et surtout, d'après ce qu'il m'a raconté, plus vaillants. Mon vis-à-vis est un triste sire, rabougri, le regard noyé de mélancolie. Un type marié à sa solitude. Même pas un méchant. Peut-être a-t-il été marié un jour ou dans ses rêves ? Peut-être a-t-il eu une chance d'étinceler et ne l'a-t-il pas saisie ? Il porte un gilet sans manches bien trop grand pour lui, qui lui tombe sur les épaules comme une cape. Ses cheveux sont gras et trop longs au-dessus des oreilles. Je connais bien les gens de la rue, ceux qui dorment sous les étoiles, et ne serais pas étonnée que cela lui soit arrivé.

Une fois que nous sommes servis, nous trinquons, et je le lance sur le sujet qui me tient à cœur. J'en sais déjà assez pour être convaincue que Roger, qui ne s'illustre pas par sa perspicacité, n'est pas l'un des hommes que je cherche. Cela dit, je peux toujours lui extorquer quelques renseignements précieux avant de me mettre en quête du second Roger. Et puis je dois agir vite, Simon m'attend sur l'île de Ré. J'ai pu obtenir quelques heures de liberté au milieu de ma journée de travail en prétextant une course urgente, mais je dois retourner à mon poste dès que possible.

— Dites, Roger, vous connaissez bien les autres clubs de chasse à La Rochelle ?

— Ah oui. On fait même de gros gueuletons ensemble, avec tous les clubs du département. Y a beaucoup de chasseurs dans la Charente-Maritime.

— Y en a qui acceptent les femmes ?

— Oui. Mais nous aussi, on les accepte. Si vous voulez, je peux demander à Jean-Charles l'autorisation que vous nous accompagniez, un dimanche. Comme ça, vous pourrez vous faire une idée.

— Ce serait possible dimanche prochain ?

Il rit. Sur son visage apparaît cet air pontifiant, propre à ceux qui se croient détenteurs de *la* vérité.

— Ça se voit que vous vous y connaissez pas. La chasse est fermée. Faudra attendre la rentrée, à l'automne prochain.

Je glousse avec malice, et d'une pour endosser ce costume de dinde ingénue dont il m'a affublée, et de deux parce que j'espère encore obtenir une piste pour découvrir comment accéder à ma proie, celle sur laquelle la mairie ne m'a donné aucune indication.

— Mais Roger, alors pendant ce temps, vous ne chassez pas ?

— Pas beaucoup, non. La chasse, c'est surtout en octobre et

en novembre, dans le coin. Autrement, c'est de la braconne et nous, on n'aime pas ça. Mais suivant la saison, on peut se faire quelques sorties au gibier d'eau. Enfin, ils nous font bien chier avec leurs autorisations, pas vrai ?

— Oh oui.

Il termine son verre.

— La même chose, Roger ?

— Bah… C'est dimanche.

Je suis prête à parier que pour son foie, c'est tous les jours dimanche. Inutile de tourner autour du pot. Roger est suffisamment ivre et naïf pour l'emmener au cœur de ma toile sans qu'il ne se doute de rien.

— Dites, Roger, vous chassez depuis longtemps ?

— Depuis toujours, France. Dites, France, c'est comme France Gall ?

— Oui. Et vous m'avez dit que vous connaissiez beaucoup de monde ?

— Pour ça, oui.

— Je crois que j'ai connu quelqu'un qui s'appelle aussi Roger et qui est chasseur. Tout à l'heure, je m'attendais presque à le voir. Ça vous dit quelque chose ?

Nouveau sourire alcoolisé qui vient éclairer la face couperosée de mon intarissable et volubile compagnon :

— Oh que oui ! Mais c'est un teigneux, lui…

— C'est ça. Il est bien à La Rochelle, l'autre Roger ?

— Oui, oui. Il est avec l'amicale Saintongeaise. On les fréquente pas trop parce que les gars de son club, ils sont un peu… chauds. Vous voyez ce que je veux dire ?

Je vois très bien, effectivement.

— Ça se bagarre pas mal, chez eux. Nous, avec les copains, à côté d'eux, on est plutôt des calmes… Vous le connaissez bien, le Roger ?

— Pas très, non. Mais je l'ai croisé à un repas chez mes

parents, je crois. Il vient dans ce bar ?

— Non. Avec l'amicale, ils ont un local à Villeneuve-les-Salines. Ils se retrouvent plutôt là-bas, de ce que j'en sais. Ils s'en servent aussi de salle pour un truc politique j'sais pas trop quoi… On en prend un autre, France ?

Je le laisse en prendre un autre tout seul, le salue, me lève et débarrasse le plancher. Le mâle à qui je souhaite couper la tête se trouve à Villeneuve-les-Salines.

*

Mercredi 31 juillet 1985

Une voiture passe. Elle est blanche. Non.

Le local utilisé par les chasseurs de l'amicale Saintongeaise a été simple à découvrir. Son adresse se trouve dans les Pages Jaunes, bien en vue. Le local en question n'est finalement qu'une misérable cahute désaffectée située dans une impasse perpendiculaire à l'avenue Jean-Paul Sartre, qui mène à La Rochelle par le sud. Je me demande ce que penserait le chantre de l'existentialisme de cette zone industrielle où tout meurt dès six heures du soir, quand les employés blafards rentrent chez eux.

Au milieu des garages, imprimeries et fabriques de peintures trône un baraquement blanc, en tôle, qui semble désert. Pas compliqué d'imaginer l'activité qui agitait ces lieux en des temps plus cléments : des rayonnages en métal sont visibles à travers la vitrine dégueulasse, typiques des boîtes de stockage par lesquelles transitent les produits manufacturés qui finissent dans les rayons des supermarchés. Quand l'entreprise a mis la clef sous la porte, des panneaux de papier ont été tapissés sur le verre, mais au fil du temps, ils se sont décollés.

Mitoyenne de ce dépôt vide, une baraque faite de bois et de vieilles briques couleur rouille s'étend vers l'ouest. Environ vingt mètres sur dix. Il est logique que l'association qui en jouit organise des soirées animées, le local a tout de ces salles des fêtes que les mairies placent à la sortie des villes, pour que le bruit ne dérange pas les habitants.

Une voiture passe. Elle est verte. Non.

Je gare la 205 sur la gauche, à l'entrée d'un sentier qui contourne un vendeur d'articles de pêche en gros. De là où je suis, j'ai vue sur l'accès du local, mais j'espère passer inaperçue. Des odeurs de gaz d'échappement se dégagent du quartier alors que peu de véhicules circulent.

Je suis déjà venue lundi et mardi soir. Sans succès. J'ai chaque fois changé de place pour entamer ma planque, comme le font les flics. J'ouvre la fenêtre de la 205 pour évacuer la fumée de cigarette. Comme la veille et l'avant-veille, un paquet de clopes sera anéanti dans la soirée. Quand je lève le mégot pour le porter à ma bouche, je surveille les abords pour m'assurer que personne ne verra le bout incandescent de ma Gauloise. Je n'angoisse pas vraiment, mais la solitude de ces nuits me plonge dans un pessimisme éreintant. Ce qui se passera quand les chasseurs arriveront sera forcément tragique. Pour eux et/ou pour moi. Dans le ciel, en cette soirée étoilée, flotte un nuage qui colporte le sinistre et le fatal. On le sent dans l'air. L'odeur de l'horreur est féroce. Elle tournicote auprès de ses marionnettes et quand elle se rue sur elles, elles l'accueillent en fermant les yeux, en frémissant et en pleurant.

Une voiture passe. Elle est blanche. Non.

Je repense à avant et me dis qu'il me faudrait boire beaucoup d'alcool pour vider mon cerveau de tout ce qui le hante. Il n'y aura jamais assez de bouteilles pour que je puisse songer à un demain diapré.

Pendant que je fais le pied de grue dans cette ruelle, Gabriel se morfond sur son lit d'hôpital. Si son corps va mieux, ses blessures à l'âme saignent encore. Et l'hémorragie ne s'atténuera qu'avec le temps. Si je suis là – et cette question, je me la pose souvent depuis trois jours –, ce n'est même pas pour qu'il ait le sentiment d'avoir été vengé. Il ne saura pas ce que je m'apprête à faire. C'est mieux ainsi. Je préfère qu'il croie que je suis quelqu'un de bien. S'il me connaissait vraiment, alors il me craindrait. Il fuirait. Le noir doit être dissimulé…

Et d'ailleurs, est-ce que je sais ce que je fais là ? Quand ces mecs débarqueront, comment vais-je réagir ? Derrière moi, sur le siège, une batte de base-ball. En théorie, je suis censée m'approcher de mes cibles, armée de ce bout de bois, et les menacer. Mais ils seront trois, quatre, cinq, dix, cent… Aucune importance, ils seront plus nombreux que moi. Je n'ai aucune chance. Et pourtant, jamais l'idée de rebrousser chemin ne m'est venue à l'esprit. Je suis ici pour frapper, et les conséquences importent peu. Mes perspectives de l'emporter importent peu. La suite importe peu.

Juste une réflexion : ce qui doit être fait doit être fait. Et une autre : je m'en fous.

Une voiture passe. Elle est noire. Oui.

Au lieu de filer vers le centre de Villeneuve-les-Salines, elle tourne à gauche et s'engage dans le défilé. Elle ralentit et prend le virage qui mène au hangar blanc, le dépasse et se gare devant le local des chasseurs. Une autre auto apparaît alors qu'aucun passager n'est encore descendu de la première. Ils sont maintenant tous sur le parking. Ils sont cinq. Un troisième véhicule. Ils sont six. Et un autre. Ils sont huit.

Huit. Mais je n'ai aucune idée de qui sont les quatre coupables. Deux questions me taraudent. La première : comment m'assurer que parmi eux se trouvent les salauds qui ont flanqué une raclée à Gabriel ? Et la seconde : si j'ai la preuve que ce sont eux, puis-je donner l'assaut ? C'est si vain et si dérisoire, mais puisque je n'ai rien d'autre de prévu ce soir et qu'aucun programme de télé abêtissant ne m'incite à rester chez moi, autant viser cette géhenne. Autant chercher, fureter un peu partout, à la recherche d'une manière de leur faire payer. Autant fermer l'espoir et caracoler dans les ténèbres. Puis, quand je saurai, alors tout s'affaissera ; l'espoir, la dignité, eux ; moi.

Il me reste un œil à perdre.

Ne sois pas hypocrite, tu sais pourquoi tu es là. Tu refuses de le reconnaître, mais tu connais toi, pas vrai ? Tu sais très bien pourquoi tu es là.

Non, la Cloche, et tu ne le sais pas non plus.

Tu es là pour satisfaire toi. Pour exorciser. Pour combler.

Combler quoi ?

Pour combler besoin. Ce qu'il y a dans tes veines et dans ta tête et qui déborde. Ça bout, eh ?

Tu imagines…

Wypchac sie sianem !

Ça veut dire que tu m'aimes ?

Non, c'est expression qui veut dire : « Fourre-toi avec du foin. » Va te faire foutre, Zabójca.

Je ferme ma conscience à la petite voix sarcastique de la Cloche et me concentre sur mes proies. De là où je me trouve, je ne peux les dévisager. Trop loin ils sont et trop sombre il fait. Ils traînassent quelques instants sur le parvis, rigolant grassement en fumant des cigarettes. L'un d'eux, le plus grand, est au centre du cercle et monopolise la conversation. Il doit leur raconter la blague du jour, car ceux qui l'entourent se gaussent en se pliant en deux. Chouette, ils ont de l'humour. Ils sont capables d'égorger une biche, d'attaquer un homme innocent et de lui broyer les rotules, mais ils ont de l'humour. Ils dorment avec leur carabine et hantent les troquets chaque jour que Dieu fait, mais ils ont de l'humour.

En file indienne, les huit chasseurs entrent dans le local. La plupart d'entre eux portent les fameux vêtements de camouflage typiques, auréolés d'ocelles automnaux céladon foncé, bruns et beiges, mais pas tous. L'un d'eux notamment, plus âgé et plus petit, est habillé d'un complet de tweed qui jure avec la mise fruste de ses compagnons.

Une fois qu'ils sont à l'intérieur du baraquement, je laisse passer cinq ou six minutes pour m'assurer qu'une autre voiture ne va pas surgir. J'ouvre ensuite ma portière, descends et la referme sans la claquer. Coup d'œil à gauche, à droite ; personne. J'avance à pas de sioux, en tâchant de ne pas être dans la mire des fenêtres qui s'alignent sur les façades longues de la maison. Une fois parvenue à la porte principale, je plaque mon dos au mur.

J'essaie d'entendre ce qu'ils disent, mais si je perçois leurs cris goguenards et une vague musique diffusée par un électrophone de mauvaise qualité – un titre de Serge Lama, il me semble –, impossible de les comprendre.

Il me faut contourner le bâtiment et le longer sur trois ou quatre mètres, presque accroupie, pour approcher l'une des fenêtres. Aucun son ne me parvient, pas même celui des chansons perçues il y a quelques instants.

Je retourne vers l'accès principal et l'ouvre lentement, millimètre après millimètre, redoutant le moment où les gonds grinceront. Hey ! Miss Fatalité semble me laisser tranquille. Peut-être s'est-elle dégoté un nouveau souffre-douleur sur lequel se défouler ? Mes nerfs sont tendus comme des cordes à piano, mais même si un nœud me serre la gorge et m'empêche de déglutir, mes mains ne tremblent pas.

Je suis maintenant dans le hall qui fait office de vestiaire. Huit pardessus ou vestes sont entassés sur les portemanteaux, formant un épouvantail charnu et effrayant qui me surprend.

Aucune porte ne sépare l'entrée du reste de la pièce, mais un mur en décrochement m'isole. Et j'écoute :

— … alors, moi, je lui dis que son sanglier, s'il veut jouer les pédés, il peut bien se démerder avec.

— T'as bien fait, Fafa. Ils cassent les *couilles des potagers*, ces connards de sangliers. Faudrait pas que y ait de date de chasse, c'est que du nuisible, en vrai. Mais c'est bien un bougnoule, non, ton voisin ?

— Même pas. Tu crois que je serais allé lui déglinguer son sanglier si c'était un bougnoule ? Non, c'est juste un voisin à qui j'ai rendu service en flinguant la bête qui lui ruinait son jardin. Et v'là comment qu'il me remercie : en appelant les flics…

D'emblée, même si par nature, je ne suis pas farouchement hostile à la chasse, je me dis que tous les prétextes sont bons pour se justifier, y compris la protection des couilles des potagers, blotties dans leur tégument. Ces gens-là vivent dans un monde où il n'y a aucune retenue. Entre eux, dans ce microcosme qui pue la vanité et la haine, ils peuvent s'en donner à cœur joie, sans aucune limite. Aucune contestation, aucun esprit critique. Ils enchaînent les litres de rouge, crachent leurs idées racistes et misogynes à un auditoire acquis à leur cause. J'attends les tirades que ces phallocrates piqués au picrate vont *ipso facto* vomir au sujet de *ces gonzesses qu'oublient où qu'elle est leur place*.

S'ils me pincent et si l'un d'eux me reconnaît, qu'il fasse partie des trois qui nous sont tombés dessus le 8 juillet ou des quatre qui ont envoyé Gabriel se payer une cure de remise en forme à l'hôpital, je sais ce qui m'attend. Je me retrouverai nue, mes frusques arrachées sans ménagement, couchée sur l'une des tables de cette salle qui empeste la sueur et la vinasse, à recevoir un à un les hommages virils des huit chasseurs.

— Alors t'as fait quoi, mon Fafa ?

— J'ai dit à mon voisin que c'était un enculé, que j'avais zigouillé le cochon pour lui rendre service et que s'il disait aux flics que c'était moi, la prochaine fois, c'est lui qu'on retrouverait couché dans son jardin avec du plomb dans la carcasse. J'peux te dire qu'il est devenu tout blanc et que quand les poulets se sont pointés, il a pas moufté, l'enculé.

— Ouais, l'enculé.

— L'enculé.

— Quel enculé…

Ils me paraissent avoir dressé un portrait sans ambiguïté du voisin de celui qui se nomme Fafa : c'est un enculé.

Je me penche sur le côté pour étudier la scène. C'est dangereux, car il se peut que l'un des chasseurs soit assis juste en face de moi, et que je me place en plein dans son champ de vision, mais je dois le faire. Cette envie irrépressible de tutoyer le péril qu'ils représentent, je ne peux la maîtriser. C'est plus fort que moi.

Ils sont tous les huit installés autour d'une longue table rectangulaire. D'innombrables bouteilles de vin et de bière pullulent au centre. Plusieurs boivent directement au goulot. La salle est si grande que le noyau qu'ils forment paraît minuscule. J'essaie d'affiner ma vision en fronçant les sourcils, mais avec un seul œil, cela reste délicat, et mes capacités en la matière n'équivalent pas celles d'une personne qui en a deux.

— Oh, Roger, tu m'passes une clope.

Le prénom lâché me percute. Je repère un homme d'environ 35 ans, mais la vérité, c'est que je ne le découvre pas. Le fameux Roger porte un bandana rouge et je le reconnais. Il fait partie des trois hommes que nous nous sommes coltinés le 8 juillet.

Toutes les pièces du puzzle s'assemblent. Ainsi donc, Gabriel a été passé à tabac par quatre hommes, dont l'un d'eux, Roger, faisait déjà partie du trio que nous avions repoussé quinze jours plus tôt. À la droite de Roger, un colosse s'amuse à faire s'entrechoquer deux canettes de bière vides. Un cerf qui charge est brodé sur le devant de la casquette qu'il porte. Voici le deuxième larron du quatuor que je traque.

Je n'ai aucune piste pour découvrir qui sont les deux derniers assaillants, mais je suis prête à parier qu'ils sont là, autour de cette tablée jonchée d'immondices et de cadavres de bouteilles.

Et maintenant ?

Hier encore, alors que je surveillais les abords, j'imaginais ce que je ferais subir à ces types si je les débusquais. Mon petit cinéma mental se déroulait pendant que j'avais les yeux fermés. Dans mes rêves, j'étais si forte qu'à mains nues, je parvenais à tous les faire plier, les réduisant à la portion congrue qu'ils devraient représenter en ce bas monde. La réalité, bien plus cruelle, vient de me gifler sadiquement. Il y a quelque chose de cynique à les tenir à portée de main et à me sentir impuissante.

Je quitte les lieux avant de me faire surprendre. Une fois à l'extérieur, je tergiverse. Je voulais les identifier et c'est fait – tout du moins pour deux d'entre eux. Et je ne suis guère plus avancée.

Je me dirige vers la 205, mais relève la présence d'un garage sur ma droite. Je m'en approche à pas de loup et colle mon front sur la porte vitrée. Fermée, bien évidemment, et personne alentour. Ce qui m'intrigue, c'est que de là où je me trouvais il y a un instant, quand je rejoignais la voiture de Gabriel, j'ai aperçu à l'arrière un nombre incalculable de bidons abandonnés. Je longe le mur nord du bâtiment. Si la devanture est propre et plutôt bien tenue pour appâter le chaland, l'envers du décor est répugnant. Derrière, dans la cour qui donne sur le volet roulant permettant de faire pénétrer des véhicules dans l'atelier, c'est une véritable décharge. Des sacs-poubelle sont éventrés, dégobillant leurs déchets rebutants sur des mauvaises herbes à qui personne ne vient jamais chercher querelle, des pneus usés jusqu'à la corde s'empilent çà et là, formant un muret anthracite bancal, des pièces détachées traînent un peu partout, des couches de mousse jaunâtre pour rembourrer les sièges. Et les fameux bidons parachèvent le décor. Je m'approche de l'un des jerricans, ouvre le bouchon en espérant sentir ce que je cherche. De l'essence. Deuxième bidon et là encore, au fond, quelques centilitres de carburant. Je verse les restes du second dans le premier et en fais autant avec les autres. En une dizaine de minutes, j'obtiens une réserve d'un bon litre.

Je repars ensuite vers le dépôt dans lequel s'enivrent mes huit chasseurs en chantant des airs paillards. En moins d'un quart d'heure, ils sont passés de la causette gouailleuse aux braillements, comme s'ils avaient déjà englouti des litres et des litres de mauvais pinard et de bière bon marché.

Je ressors. En me baissant, je fais le tour du local. Cinq fenêtres, dont deux semblent dotées d'un système d'ouverture. Dans la cour du garage, je récupère la mousse dénichée plus tôt et l'entasse devant chacune des fenêtres. Puis j'en place également à l'intérieur du site, dans le hall. À un moment, le bruit que je fais en coinçant de la mousse sous une table me fige, mais les hommes chantent si fort et si faux que ma bévue passe inaperçue.

Je n'ai aucune difficulté à récupérer trois bouteilles vides. Je les remplis d'essence et place des lambeaux de tissu imbibés dans le goulot. Je n'ai plus assez de carburant pour ce que je veux faire et il me faut repartir une troisième fois derrière le garage. Je siphonne le fond des bidons délaissés plus tôt.

J'ai à ma disposition trois canettes contenant une vingtaine de centilitres d'essence et un bidon de près d'un litre. Je verse le liquide contenu dans le bidon sur les tas de mousse amoncelés sous les fenêtres et dans le vestiaire.

Dans le hall, je gratte une allumette, allume la mèche de mon premier cocktail Molotov. Le tissu prend instantanément et une frousse terrible me saisit. Crever brûlée, ça doit faire mal. Une souffrance atroce, de ce que j'en sais.

Je me penche sur le côté et lance la bombe incendiaire en direction de la table. Elle explose en plein milieu du groupe. *A priori*, aucun d'eux n'a compris ce qui venait de se passer, trop accaparés à louer les mérites de la prostituée dont ils criaient le nom en chœur. Deuxième cocktail jeté devant eux. Cette fois-ci, j'ai l'impression que l'un d'eux m'a vue. J'entends un : « Là-bas ! On nous jette un truc ! » Troisième bouteille que je fais glisser devant moi pour leur bloquer le passage.

J'utilise une nouvelle allumette et enflamme le tas de mousse à mes pieds. En courant, je sors du local. Je glisse sur le perron et m'écrase sur la dalle de ciment en retenant un cri de douleur. En titubant, je me relève et fais le tour de la construction. Je mets le feu aux cinq agrégats de mousse, sous les fenêtres, afin qu'ils ne puissent pas s'enfuir par ces issues.

Quand je recule, je contemple les dégâts. D'immenses flammes tournicotent derrière les fenêtres, cherchant à s'infiltrer à l'extérieur, attirées par l'oxygène. Tout va très vite. Tout va trop vite. Encore une fois, je suis dépassée par les événements.

Pourtant, je me sens furieusement vivante.

Les flammes vont monter et alerter les riverains. Les secours ne tarderont pas.

Je grimpe dans la 205, masse les parties de mon corps brûlées par l'incendie – poignets, doigts, front –, et me sauve sans même assister à l'apothéose du brasier qui emporte avec lui les miettes de mon innocence.

IV

BALADE POUR L'AUJOURD'HUI

UN MOIS PLUS TÔT

Samedi 22 juin 1985

Pour la troisième fois, l'homme qui me fait face m'ordonne de retirer mes lunettes noires. Je ne lui réponds pas, mais ma moue dédaigneuse en dit long sur mes intentions. Il se tourne et s'adresse au patron du bar :

— Hé, Pierrot, elle a le droit de porter ses lunettes de soleil ?

— Tu joues pas au poker, garçon. Pas besoin de voir ses yeux. Regarde l'échiquier, ça vaudra mieux.

Je déplace mon fou en g6. Sa défense Caro-Kann, soigneusement confectionnée pendant l'ouverture, concoctée coup après coup, vole en éclats. Les fils de la toile sont tissés et l'araignée que je suis guette. Une mygale à l'affût. Il est piégé, mais ne semble pas le concevoir. Un bon joueur abandonnerait et n'insisterait pas. Il recule son roi en d8. Encore un coup, puis je place ma dame en b8 et mets fin à son calvaire. Son roi tombe. Il souffle bruyamment, retenant le sarcasme qui se hasarde aux confins de sa bouche crispée, ouvre son portefeuille en cuir, se saisit d'un billet de cent francs qu'il lance négligemment sur la table ; et part.

— Ça en fait huit aujourd'hui, Juliette, me dit Pierrot en posant un kir cassis à côté des pièces noires que j'ai prises à mon adversaire. T'es en forme.

— C'était plutôt une bonne journée. Tu fermes ?

— Non. Tu peux rester encore si tu veux. Mais t'as plus personne à affronter.

Il est dix-neuf heures et à cette heure-ci, les Rochelais prennent l'apéritif sur le port pour profiter du soleil qui trépasse lentement sur la ligne d'horizon, se confondant avec une onde azur qui tire sur le turquoise. Ils reviendront dans le quartier du Gabut un peu plus tard, quand le crépuscule aura grignoté les fragments de luminosité qui subsisteront jusqu'à plus soif, mais le *Foc* sera fermé. Un bar pour *aficionados* de jeux ; belote, rami, dames, yams, échecs… Cela fait des semaines que je l'écume chaque jour et que je gagne de l'argent. Mais ma réputation peine à franchir les frontières de la ville. J'ai encore mes cavaliers et mes tours qui me démangent.

— Pierrot, tu veux en faire une ?

— J'ai du boulot, Juliette. Désolé…

Au comptoir, un homme brun, en costume de flanelle, élégant, sirote une Suze. Je l'interpelle en lui désignant l'échiquier :

— Ça vous dit ?

— De jouer avec vous ?

— Oui.

— Vous plaisantez ? J'ai suivi de loin votre dernière partie. L'autre couillon n'a rien pigé à ce qui lui arrivait. Je suis une bête au Rubik's cube, mais c'est tout.

— Vous ne savez pas jouer ?

— J'ai joué aux échecs quand j'étais ado. Mais là… j'ai aucune chance.

Il sourit. À cheval sur son tabouret, il paraît gauche et mal à l'aise.

— Allez, venez, insisté-je. On joue pas d'argent. On fait ça juste pour le plaisir.

Il quitte sa place, prend sa Suze et s'installe en face de moi.

— Eh bien, pourquoi pas, après tout ? Je m'appelle Gabriel.

— Juliette.

— Enchanté.

Je positionne les pièces et lui attribue d'office les blancs. Puis, constatant qu'il hésite, je me permets de le conseiller :

— L'important, aux échecs, c'est de réussir son ouverture. Vos premiers coups vont déterminer la partie. Ceux qui jouent trop vite dès le début perdent. Ceux qui disposent leurs pièces, qui contrôlent l'échiquier, gagnent. Jouer aux échecs, c'est anticiper et tendre un piège. On peut le faire avec agressivité, mais il faut rester patient, sans se hâter.

Parfois, je corrige un de ses déplacements. Je profite d'un instant de réflexion pour le dévisager. Il est mince – sec, dirait-on –, le visage anguleux, le teint plutôt mat. Au-dessus de son sourcil droit, il a une cicatrice en forme de & qu'il effleure régulièrement. Ses cheveux ne sont pas bruns, comme je l'avais cru de prime abord, à cause des reflets de la lumière vespérale, mais noirs comme le jais. Sa barbe de trois jours est soigneusement taillée. Tout en lui est dynamisme, fougue. Il sourit beaucoup et je trouve ça rassérénant. La plupart des parties que je dispute sont stressantes, et pousser les pièces en étant moins vigilante est une récréation.

— Juliette, votre verre est vide.

— Le vôtre aussi.

— Impardonnable. On doit remédier à ça. Je peux vous offrir quelque chose ?

— Comme vous.

— Aïe…

— Quoi ?

— J'allais dire que je prenais la même chose que vous. Comment on fait ?

Je prends un air très strict.

— Voilà le plan : vous commandez celle-ci. La prochaine tournée, c'est moi qui décide.

On boit. On joue.

— J'aime les jeux de hasard, dit-il.

— Il n'y a pas de hasard. Il n'y a pas de hasard aux échecs, et il n'y en a nulle part ailleurs. Même notre rencontre n'est pas un hasard. Tout est écrit. Faites gaffe à votre cavalier.

La nuit va bientôt mettre son adversaire solaire échec et mat. Les dernières lueurs rebondissent sur les flots qui clapotent sur les remparts, derrière le quai George Simenon – c'est *ma* lumière de Paulding. Nous en sommes à notre quatrième tournée, mais la tête ne me tourne pas. C'est la première fois depuis mon retour en ville que je passe du temps avec quelqu'un. La Cloche me chuchote : *Tu crois toi redevenue sociable, Zabójca, eh ? Allons, ne te fais pas d'illusions, tu n'es pas femme normale...* Nous discutons sans gêne. De nouvelles impressions m'envahissent. Je me sens apaisée, et c'est une bénédiction.

Pierrot nous lance :

— Les enfants, je veux pas vous chasser, mais y a les soiffards qui vont pas tarder à se pointer. Faudrait que je range la terrasse.

Nous finissons notre partie et nos verres, saluons le patron du *Foc* et flânons dans le Gabut. Quelques bandes d'étudiants en avance, noceurs précoces, entrent dans les pubs en riant. J'ai toujours la joie usée, mais le baume qui adoucit ma soirée colore mon décor de teintes chatoyantes auxquelles je ne suis plus habituée.

— Juliette, on prend un autre verre quelque part ?

Je me force à sourire. Même s'il est agréable, poli et galant, je suis sur mes gardes. Mais il me faut faire abstraction des doutes qui me hantent et me comporter naturellement.

— Avec plaisir. La première est pour vous.

Nous nous installons dans un établissement sur le quai Duperré. Une table ronde, étroite, et deux chaises de biais pour que nous puissions tous les deux profiter de la vue sur le Vieux-Port. Des barques de pêcheurs s'élèvent avec la marée haute autour des pontons. Les couleurs pastel des coques forment un tableau bariolé que n'aurait pas renié Vernet. Le bruit des drisses qui flottent le long des mâts monte crescendo avec le vent qui s'infiltre entre les tours. Nous louchons sur le bassin et ondulons avec les bateaux.

— Vous n'enlevez pas vos lunettes de soleil ? dit Gabriel. Il va bientôt faire nuit.

J'avale ma salive. L'embarras me tourmente dès que je ne suis plus seule, mais il faut bien que je rompe les entraves qui me bloquent. Je me lance :

— Si, mais…

— Mais ?

— J'ai… un problème à l'œil. Je ne vous en voudrai pas si vous fuyez en prenant vos jambes à votre cou, d'accord ?

Il ne dit rien. Je retire mes lunettes et le fixe. Je m'étonne moi-même de ce toupet. Je le toise avec une telle impudence que c'en devient gênant.

— Alors ?

— Alors quoi, Juliette ?

— Ça va ? Je ne vous fais pas peur ?

— Non, répond-il très sérieusement. Vous avez une cicatrice qui part de dessus votre œil gauche et qui se prolonge dessous. Ça se voit, mais c'est pas gênant. Ça vous donne un côté… baroudeuse. Comment vous vous êtes fait ça ?

— J'ai l'habitude de me mettre le doigt dans l'œil quand j'ai un choix à faire. Et je suis fan de *Scarface*. Mais y a pas que la balafre. Mon œil est… crevé. C'est un œil de verre, ça.

— On le dirait pas.

— Merci la nuit. Bon. Du coup…

— Du coup, faut que je commande. C'est mon tour. La même chose ?

Nous papotons et Gabriel ne fait aucune référence à mon handicap. Il a le tact de ne pas fixer ma prothèse quand je ne regarde pas dans sa direction. Je songe aux dernières années et la mélancolie me gagne. Gabriel me tire de mes pensées :

— Mon père était marin. Quand j'étais petit, je venais souvent m'asseoir sur le wharf où il débarquait les marchandises des bateaux. Chaque fois que je suis ici, je me souviens de ces moments. Je restais des heures à guetter les feux de Saint-Elme.

— Les feux de Saint-Elme ?

— Oui. Vous ne connaissez pas ?

— Non.

— J'ai vu ça une fois, alors que, tout gosse, mon père m'avait emmené en mer. Les feux de Saint-Elme, ce sont des lueurs qui apparaissent en haut des mâts, par temps orageux. Je croyais que c'était un truc mystique, vous voyez, une sorte de génie qui se manifeste. Plus tard, on m'a appris que c'était juste de la physique. C'est dû à l'électricité qu'il y a dans l'air. C'est une conséquence de l'effet de couronne. C'est un champ électrique qui se décharge quand il y a un conducteur dans les…

— Je préfère l'explication mystique.

Gabriel s'interrompt. Il marque une pause, semble réfléchir et dit :

— Oui, moi aussi. On n'a qu'à dire qu'il s'agit de farfadets qui allument un feu pour orienter les marins égarés.

— C'est mieux.

Puis il me sourit.

*

Lundi 24 juin 1985

Pour être honnête, je n'ai pas hésité. Par principe, j'aurais pu rechigner un peu, jouer la candide, la vertueuse, la fille bien. Mais je ne suis ni candide ni vertueuse – et encore moins une fille bien.

J'ai apprécié son doigté et sa courtoisie. Le soir de notre rencontre, au moment où nous nous sommes séparés, je lui ai dit que le téléphone n'était pas installé dans le minuscule studio que je loue dans le quartier de la Ville-en-Bois, de l'autre côté du bassin, à un pont du Gabut et du *Foc*. Pour me contacter, une seule solution : venir me trouver chez moi. Il aurait pu sonner et m'obliger à lui ouvrir, me mettant devant le fait accompli, mais il n'a pas procédé ainsi. Ce matin, j'ai trouvé un mot dans ma boîte aux lettres. Une invitation : « Je serais ravi que vous acceptiez de dîner avec moi ce soir. » Signé : Gabriel. Avec ses coordonnées téléphoniques inscrites sous son prénom. Je me suis rendue dans la cabine de la rue de la Désirée, à deux pas du cagibi dans lequel je vis, et l'ai appelé. Rendez-vous fixé à 20 heures à *La Marinade*, sise rue de la Chaîne. J'ai refusé qu'il vienne me chercher.

Je suis arrivée avant lui, mais plutôt que de me présenter la première au serveur à nœud papillon qui accueille les clients en se tenant bien droit, avec un balai dans le fondement, le coude appuyé augustement sur un pupitre, sur le perron de la terrasse, je patiente dans la rue pavée dans laquelle les touristes se pressent. Tous les établissements seront complets, aucune table de libre, mais ils ne le savent pas. Dans quelques semaines, la foule des juilletistes renforcera la masse fourmillante des Allemands au teint rougeaud, des Japonais à l'appareil photo en bandoulière et des Néerlandais en shorts à fleurs qui débarquent en avant-saison.

Je suis assise sur un muret en pierres couleur sable, près d'une ancre en fonte immense, exposée pour la populace, à une dizaine de mètres de la console où est présenté le menu du jour. Gabriel apparaît enfin, coincé entre une famille nombreuse dont les gosses produisent autant de boucan qu'une fanfare et un couple de dames âgées qui se tiennent par la main.

— Bonsoir, Juliette. Vous attendez depuis longtemps ?

Je ne réponds pas. Nous sommes gauches et ne nous sommes pas encore embrassés. L'initiative vient de moi : je me mets sur la pointe des pieds, approche mon visage du sien et dépose un baiser sur sa joue. Les effluves qui s'échappent de sa peau sont poivrés et j'apprécie. Il m'invite ensuite à le suivre. *La Marinade* est un restaurant spécialisé dans les fruits de mer – comme les trois quarts de ceux qui sont implantés dans la cité océane – et ne reçoit que sur réservation.

Un jeune homme engoncé dans une tenue d'apparat nous guide vers une table pour deux personnes, un peu à l'écart du passage. La flamme d'une lanterne dorée casée entre nos deux assiettes en porcelaine diffuse une clarté irisée. Nous nous installons et commandons un verre de vin blanc ; un Châteauneuf-du-Pape élégant, à la robe jaune pâle, dont les notes florales explosent dans mon palais.

— Juliette ?

— Oui ?

— Vous pouvez retirer vos lunettes de soleil, je pense.

Je frémis, confuse de mon étourderie.

— Vous êtes complexée, dit-il d'une voix douce, mais je vous assure qu'il n'y a pas de raison de cacher ainsi votre visage.

— Ce n'est pas quelque chose que je maîtrise, cette gêne. C'est… comme ça. Vous savez, je n'ai pas brisé tous les miroirs chez moi. Je sais à quoi je ressemble.

— Non, je ne crois pas.

Il a dit ça avec une telle conviction que je me sens flattée. Nous compulsons les menus confiés par le personnel. Les prix sont élevés et pendant un court instant, je me dis que je vais me contenter d'une salade verte. Mais Gabriel intervient :

— Je vais suivre mon instinct et prendre le homard. Faut toujours suivre son instinct, c'est ma devise. Vous aimez le homard ?

— À dire vrai, je crois que je n'en ai mangé qu'une seule fois dans ma vie.

— Je vais partir sur ça. Et vous ?

— Euh…

— La même chose ?

Je hoche la tête, amusée. En jetant un regard autour de moi pour m'imprégner du décor, je prends conscience que *La Marinade* est bien trop chic pour la modeste va-nu-pieds que je suis. Avec ma face couturée, je suis un paradoxe, une antilogie, une maldonne dans la scène. Une musique slave résonne des haut-parleurs coincés dans les angles supérieurs de la pièce, recouverts de plantes grasses qui tombent en lianes. Des outils de navigation reposent sur des étagères fixées au lambris naturel qui tapisse les murs anciens, mais au lieu des traditionnels accessoires qu'on retrouve partout à La Rochelle – avirons, bouées, filets –, il n'y a ici que des instruments luxueux et complexes : sextants, boussoles, baromètres, hygromètres, barographes. Le cuivre, l'étain et le bronze ajoutent une touche authentique à l'ambiance paisible qui plane sur les convives. Des halos orangés tamisent la lumière diffusée par des ampoules sphériques placées en guirlandes sous le soffite. Je me laisse bercer par les mélodies orientales et me détends.

— Alors, Juliette, vous pouvez m'en dire un peu plus sur

vous ?

— Vous savez tout.

— Ah. Voyons voir ce que je sais de vous… Je sais que vous jouez aux échecs comme un grand maître, que vous aimez la compétition, que vous n'avez pas froid aux yeux.

— À l'œil. Que je n'ai pas froid à l'œil.

— Et du coup… je viens d'apprendre à l'instant que vous avez beaucoup d'humour. Je sais aussi que vous êtes complexée par votre blessure à l'œil et que vous vous croyez laide, alors que vous êtes très belle.

Je ne devrais pas. Dans une telle situation, une seule chose à faire : se retrancher ; faire abstraction du monde et se tapir dans les méandres de ses pensées. Ne plus écouter, ne plus voir, ne plus parler. Et bien sûr, je n'y parviens pas. Donc je rougis.

— Ne soyez pas mal à l'aise. Je vous dis ce qu'il en est, c'est tout.

— Je ne vous crois pas.

— Samedi soir, quand nous nous sommes rencontrés, vous m'avez montré votre œil. Et vous m'avez dit que si ça me posait problème, je pouvais m'en aller et que vous ne le prendriez pas mal. Vous vous souvenez ?

— Bien sûr.

— Je ne pouvais pas m'en aller. Ç'aurait été… grossier. Mais rien ne m'obligeait à reprendre contact avec vous, n'est-ce pas ? Si je vous ai invitée, c'est que je l'ai voulu. Et en connaissance de cause. Bon, Juliette, on ne va pas parler que de ça, même si ça ne me dérange pas, mais voilà : je vous trouve très belle et si vous, vous n'en êtes pas consciente, eh bien vous vous mettez le doigt dans… vous vous trompez.

Je ris de sa maladresse. Il a un côté empoté qui détonne avec ses intentions et qui me touche.

— Désolé, je mets les pieds dans le plat… Je suis vraiment…

Plus il s'empêtre dans ses excuses, plus je le trouve sincère et troublant.

— Parlons d'autre chose, Gabriel. Vous êtes originaire d'ici ?

— Oui, absolument. Né à La Rochelle il y a vingt-huit ans. Je suis parti faire mes études à Bordeaux et je travaille dans une agence immobilière.

— Votre agence ?

— Non. J'en avais une, mais j'ai dû la fermer il y a un an et demi. Je bosse avec un ami qui m'a embauché. Ça me plaît. C'est mon truc. Autrement, j'ai une sœur. Mon père est décédé, mais je suis très proche de ma mère. Et vous, alors, à part les échecs, il y a des choses qui vous intéressent dans la vie ?

— Le tennis et l'escalade. Ce sont mes deux passions avec les échecs.

— L'escalade, j'ai toujours rêvé de m'y essayer. Je suis plutôt littéraire, moi. Vous aimez lire ?

— Surtout les menus de restaurants.

Nous devisons naturellement. Dans le sablier, les grains coulent au rythme que nous leur imprimons. Nous contrôlons le temps, le modelant pour en faire ce que nous voulons. Accélérant les moments où une réponse tarde. Ralentissant les instants de contentement que nous souhaitons étirer au maximum. Inutile de nous leurrer : nous goûtons notre compagnie mutuelle. C'est ainsi.

— J'ai un aveu à vous faire, Gabriel.

— Oui ?

— J'ai un…

Une grimace naît sur son visage bronzé.

— Quoi ? m'étonné-je. Pourquoi vous faites cette tête-là, Gabriel ?

— Je vais finir votre phrase : vous avez… un compagnon.

Je m'en doutais, mais je me disais que si vous aviez accepté mon invitation, c'était parce que… enfin, je croyais que j'avais une chance…

— J'ai un… chien.

Le rictus qui illustre son soulagement plisse ses yeux. De petites rides, très fines, naissent à la commissure de ses lèvres.

— Un chien ? Génial. J'adore les chiens. Ça, c'était de l'aveu !

— Il s'appelle Francis.

— Ah. C'est… original. Pas autant que Médor, mais bon…

Les sujets s'enchaînent et nous apprenons à nous connaître. Puis sonne l'heure des desserts. Le serveur dépose sur la nappe blanche une tarte Tatin au caramel salé et une soupe de fraises gariguettes qui m'aguiche les narines avant même que j'aie pu la goûter.

— Juliette, va falloir le manger, votre dessert. Ça fait cinq minutes que vous le sentez.

— J'ai un truc avec l'odorat.

— Un truc ?

— Oui. Je sais pas comment l'expliquer. C'est mon sens dominant. Les odeurs ont toujours été importantes.

— Je m'en souviendrai quand je choisirai mon prochain after-shave. Et alors, ces fraises, elles vous disent quoi ?

— Qu'elles sont parfumées. Il y a du thym et de la menthe dans la marinade. Et elles embaument tellement que je n'ose pas les manger.

Un café vient conclure ce repas succulent. Je n'ai pas l'habitude de dîner en grande pompe. Gabriel fait signe au garçon de lui porter l'addition. Il la règle discrètement et nous quittons le restaurant sous les salamalecs du patron.

Juin est doux. Les langueurs océanes nous serinent une mélodie lénifiante. Le poids qui comprimait ma poitrine faiblit. Pourtant, l'angoisse demeure en moi, ratatinée dans un coin de mon passé. Je ne suis plus accoutumée au train-train de la société, à la routine des jours sans effroi. J'ai appris à ne dormir que d'un œil, et comme je n'en ai qu'un, d'œil, cela signifie que je suis toujours sur mes gardes.

— Les échecs, ça te vient d'où, Juliette ?

Je note le passage au tutoiement. Cette démonstration de familiarité entre deux personnes de notre âge est logique et attendue, mais elle démontre qu'une étape vient d'être franchie. Je prends une minute de réflexion et dis :

— Je ne sais pas. Quand j'étais petite, à l'école, je m'étais retrouvée dans un club d'échecs, comme pratiquement tous les gosses de la classe. Tu vois de quoi je veux parler ?

— Le genre de club où on t'initie à la philatélie ou au théâtre pendant quelques séances, et dont tu ressors en ayant oublié tout ce qu'on t'a appris ?

— C'est ça. Sauf que pour moi, ça a marché. Je ne sais pas pourquoi, mais dès que je me suis retrouvée devant un échiquier, j'y ai vu quelque chose de magique. On m'a appris le déplacement des pièces et ça a fait tilt. C'est comme si les cavaliers et les fous bougeaient tout seuls. J'ai lu des tas de bouquins, mais ça reste surtout instinctif.

— Tu as cherché à jouer au haut-niveau ?

— Non, c'est pas mon truc. Trop guindé. Trop strict. En revanche, quand je suis revenue à La Rochelle, y a deux mois, j'ai eu besoin de gagner de l'argent pour payer mon loyer. Je venais de temps en temps au *Foç* pour boire un verre. Les vieux jouaient aux échecs sur la terrasse. J'ai défié un mec. Je l'ai battu. Puis j'ai enchaîné les parties.

— Tu veux dire que c'est ça, ton boulot ?

— Si on veut. Mais non, c'est pas un *vrai* travail. C'est pas déclaré et ça ne durera qu'un temps. Disons que ça me permet de patienter. Il faudrait que je trouve quelque chose de… légal, concret. Pas forcément pour l'argent, mais pour… exister avec les autres.

— Les autres ?

— Oui. Mes *comptant pour rien*.

Gabriel acquiesce. Il a les mains dans les poches, atone, et nous flânons côte à côte sur le quai Valin, paressant nonchalamment en direction du port où la ville vit plus fort.

— Il faudra que tu m'apprennes à mieux jouer aux échecs. Tu disais que tu étais revenue à La Rochelle il y a deux mois ? T'étais où avant ?

— À Paris.

— Tu bossais là-bas ?

Je botte en touche et désigne un groupe de musiciens qui s'est installé à la sauvage sur le quai du Carénage. Ils sont trois, ont une vingtaine d'années, les cheveux gras et les yeux qui brillent.

— Allons les voir.

Les refrains de *Crazy Little Thing Called Love* sont portés par le vent qui s'infiltre entre la Tour de la Chaîne et la Tour Saint-Nicolas. Ils chantent faux, mais ils le font avec une telle sincérité que je suis sous le charme.

— Tu aimes Elvis Presley ? me demande Gabriel.

— T'es plutôt littéraire, c'est ça ? Freud et les livres, si j'ai bien compris ?

— Oui, pourquoi ?

— Parce que c'est pas Elvis Presley qui chante ça, c'est Queen.

— Queen ? Connais pas.

Nous restons un bon quart d'heure au centre d'un public d'une trentaine de badauds. Puis j'annonce à Gabriel que je souhaite rentrer.

— Un dernier verre ? propose-t-il.

— Non merci.

Il est déçu. Avant de m'éloigner, pour la première fois, je

pose mes lèvres sur ses lèvres.

*

Mercredi 26 juin 1985

Gabriel marche sur des œufs. Je loue sa retenue et les précautions qu'il prend lorsqu'il me questionne. Chaque fois qu'il m'interroge et que je reste vague dans mes réponses, il n'insiste pas. Il a saisi que je ne tenais pas à trop en révéler sur moi et respecte ma pudeur.

— Donc, tu m'arrêtes si je suis indiscret, mais pour récapituler, tu n'as plus aucun lien avec ta mère. Ton père est mort – on a ça en commun, d'ailleurs –, tu n'as pas repris contact avec les amis que tu avais à La Rochelle avant de partir à Paris. Pour résumer, t'es…

— Seule ?

— C'est ça. Très seule.

— Non. J'ai Francis.

— Comment aurais-je pu oublier le caniche ?

Francis, hideux bâtard à l'oreille coupée et aux poils frisés qui semblent accrocher tous les branchages qui passent à sa portée, aboie de plus belle, comme s'il appréciait d'être étiqueté caniche. Fait insolite dans le parc des Pères qui se trouve face à l'océan, au sud du quartier des Minimes : une tripotée de lapins le traverse au crépuscule, comme s'ils parcouraient une immense forêt. Dès qu'il en aperçoit un, Francis se rue sur lui comme si sa vie en dépendait. Aucune chance que le cabot se régale d'un civet ce soir, ses proies étant bien trop rapides pour lui.

— Autrement, dis-m'en plus sur toi, Juliette.

— J'aime pas parler de moi.

— Je sais. Mais dis-moi juste des trucs sans importance. Par exemple, c'est quoi les plus grands moments de ta vie ?

Je décide de jouer le jeu. J'ai tellement peu l'habitude de me répandre sur mes goûts et d'ouvrir la porte de mon jardin privé qu'il me faut méditer plusieurs minutes avant de dire :

— Mes plus grands moments ? Connors-Borg à Flushing Meadows en 78 et Connors-McEnroe à Wimbledon en 82.

— Ah oui, d'accord... T'es tout de même très...

— Très quoi ?

— Très... bien.

— Je suis très... Connors.

— Oui. Pas de combat d'échecs dans tes grands moments ? De Karpov-Machin au tournoi de Truc ?

— Si : Rotlewi-Rubinstein.

— Ah, je me disais... C'était bien ?

— C'était en 1907, j'y étais pas.

Je me couche sur l'herbe grasse et laisse l'alcool me ballotter. Je ne suis que très légèrement ivre, mais cela me suffit pour être rassurée. Gabriel s'étend contre moi. Il pose sa main sur mon épaule nue et la caresse. Soudain, très sérieux, il murmure :

— Juliette, il faudra que je te raconte quelque chose sur moi.

— Vas-y.

— Pas maintenant. Mais bientôt. Il faudra que je t'avoue un truc.

Je me redresse sur mes coudes.

— Tu m'inquiètes, Gabriel.

— Non, non...

— C'est quoi ? T'es marié ?

— Non, pas du tout. C'est... Plus tard, tu veux ?

Le charme est rompu. J'espérais qu'il se livre enfin. Je suis une taiseuse – et j'ai des choses à cacher –, mais il est aussi une énigme. Un mystère plane autour de lui. Des non-dits. Un malaise. Un poids qu'il charrie derrière lui, en laissant des traces.

*

Lundi 1er juillet 1985

L'homme en face de moi a tout de l'hippopotame : une panse proéminente, des joues molles et rougeaudes ; et même une salopette grise, des oreilles en chou-fleur et une incisive qui dépasse de sa mâchoire inférieure, débordant sur sa lèvre. Pourtant, toutes ces bizarreries confèrent à Simon une bonhomie qui le rend sympathique. Ce qui est singulier, c'est que l'on n'imaginerait pas ce colosse perché sur un vélo ; comme un végétarien qui tiendrait une boucherie.

— Alors vous me dites que vous viendrez de La Rochelle ?

— Oui. Je prendrai le bac à La Pallice et je finirai à pied.

— J'aurai surtout besoin de vous le week-end, moi. Quand y a les touristes. Là, début juillet, ça va encore, mais dans deux ou trois semaines, vous verrez le monde…

— C'est parfait pour moi.

— Bon. Vous savez faire du vélo, au moins ?

J'opine d'un léger mouvement du menton. Simon a une manière très paternaliste de s'adresser à moi. Cette prévenance m'émeut et me rassure à la fois.

— Bon. Et vous avez pas peur de retrousser les manches ? C'est qu'y en a du boulot, ici, en été. Faut pas croire, y a plusieurs millions de personnes qui prennent le bac chaque année. Et si on le construit un jour, ce fameux pont, je vous dis pas comment que ça sera plein de juin à septembre, sur l'île de Ré. Z'avez pas peur d'aller au charbon ?

— Non.

— Bon. Et les gens, faudra être agréable avec eux. S'ils viennent en famille passer une belle journée ensoleillée, profiter de la cinquième semaine de congés payés, c'est pas pour qu'on leur fasse la gueule. Vous êtes une gentille fille ?

— Non.

— Hein ?

Je hausse les épaules et ajoute :

— Mais je suis polie.

— Ah. J'aime bien votre humour pince-sans-rire.

Je n'ai pas cherché à être drôle. Je me suis contentée de répondre à sa question.

— Alors, on dit que vous prenez le premier bac le vendredi matin. Y en a un à 6 heures, en plein été. Vous pourrez dormir dans la chambre du fond de la maison, celle que je vous ai montrée tout à l'heure, mais ça, c'est comme vous voulez. Si vous préférez rentrer, y des bacs jusqu'à minuit. Mais au mois d'août, faut parfois attendre plus de cinq heures pour embarquer. Si vous vous pointez à La Pallice le vendredi à 6 heures, vous serez à Sablanceaux une heure plus tard. Et si vous repartez le dimanche soir, tard, y aura pas de souci. Donc vous aurez les clefs de la chambre et vous vous débrouillerez. Vous m'aiderez à servir les clients, à faire la réception, le retour des vélos. Les gens qui louent les vélos aiment que ça aille vite. Quand je suis seul, ça traîne trop et y a des familles qui vont direct chez le concurrent en face.

Le soleil est exalté par le cadre. Il frappe tous les éléments qui constituent ce paysage idyllique. J'essaie d'imaginer la cohue que Simon m'a décrite, ces hordes de vacanciers pressés qui se ruent sur les chemins de l'Île de Ré pour pédaler toute la journée sous le zénith.

De l'autre côté de la route, les cycles des Frères Poucand défient la petite boutique de location de vélo de Simon Barnier.

— Eux, précise l'hippopotame quand il s'aperçoit que je fixe ses concurrents, faut s'en méfier comme de la gale. De vrais salauds. Des fils de garces. La nuit, ils viennent en douce crever les roues de mes vélos. C'est pour ça que si vous décidez de dormir en haut de l'atelier, dans la chambrette, faudra voir à y fermer à clef, des fois que ces pourris viendraient vous faire des misères. Bon, pour le salaire, on fait comme on a dit. Trois jours de boulot par semaine, plus les repas du midi et ceux du soir si vous voulez, quand vous resterez sur l'Île le vendredi et le samedi soir. Je roule pas sur l'or, mais je paie en temps et en heure. Cent quatre-vingts francs par jour de travail, on est d'accord ?

— Très bien.

— Bon. Vous direz à Gabriel qu'il a bien fait de vous envoyer.

— Vous l'avez connu comment, Gabriel ?

— C'est lui qui m'a vendu ma maison, là-bas.

Il tend le bras et m'indique la chaumière, à une cinquantaine de mètres de l'entreprise de location.

— J'ai eu des soucis avec le notaire, et Gabriel est venu me voir plusieurs fois. Un bon gars, Gabriel. On est restés en contact. Il savait qu'un petit coup de main me ferait pas de mal, alors quand il m'a dit que vous cherchiez un job pour l'été, pour la sécu, tout ça, je lui ai dit que je voulais bien vous faire passer un entretien.

Il a insisté sur le mot *entretien*, comme si nous venions de converser au sujet d'une embauche dans un grand groupe international.

— Et vous, mademoiselle Cardone, comment qu'vous l'avez connu, Gabriel ?

— Je l'ai humilié aux échecs.

Il s'esclaffe.

— Bon. Vous commencez vendredi ?

Je quitte Simon Barnier, grimpe sur le vélo qu'il me prête jusqu'au lendemain, et me mets à pédaler vers Rivedoux-Plage où Gabriel est censé m'attendre à la terrasse d'un café. Je le trouve avachi sur une chaise, la nuque pliée, les jambes écartées, les mains pendant de chaque côté des accoudoirs. Il porte une paire de lunettes de soleil, mais je devine qu'il a les yeux fermés pour jouir du soleil. Je le bouscule en saisissant brusquement ses épaules et en criant :

— Les mains en l'air !

Il sursaute et manque tomber.

— Tu m'as fichu la trouille de ma vie… Alors, c'est bon ?

— C'est bon. Monsieur Barnier m'embauche. Trois jours par semaine, du vendredi matin au dimanche soir.

— Je savais qu'il ne résisterait pas à ton charme.

— Moi aussi.

— Tiens, on retrouve confiance en soi ?

— C'est surtout que je n'ai pas eu à retirer mes lunettes.

Je commande une bière et l'avale en quatre gorgées. Nous partons tous les deux en vélo, en file indienne. Gabriel a réservé un hôtel coquet à Saint-Martin-de-Ré. Il nous faut moins de trois quarts d'heure pour surgir sur le port. Une poignée de pêcheurs locaux profitent de la marée haute pour hisser sur le ponton des caisses remplies de sardines fraîches.

— Allons chercher les clefs des chambres tout de suite, dit-il. Comme ça, ce sera fait.

— *Des* chambres ?

Il fait comme s'il n'avait rien entendu. Je sais qu'il attend impatiemment que nous couchions ensemble, mais je redoute ce moment. J'ai besoin d'être sûre. Depuis que j'ai fait sa connaissance, j'ai une conviction, celle que cet homme est un homme bon, mais un très léger doute subsiste.

— Ensuite, si tu veux, on ira se promener sur le bord de mer et on dînera dans un resto de poissons sur le port. Ils servent des bars en papillote dont tu me diras des nouvelles.

Nous pénétrons dans le hall d'un établissement ravissant, une vieille maison en pierres, à colombages, en encorbellement, et Gabriel s'acquitte du prix des deux chambres. Celle que j'occupe est petite, mais très confortable. Elle donne sur l'écluse qui ferme le bassin à flots. Je n'ai qu'un modeste sac à dos que je dépose sur le lit.

Après la balade promise sur les remparts érigés par Vauban, nous faisons étape à la citadelle, puis nous installons à la terrasse d'un restaurant gastronomique. Je commande le fameux bar en papillote et m'en régale. Le fumet qui se dégage du contenu de mon assiette sculpte une volute suave qui me grise, me transporte et me fait voyager à des lieues, en pleine mer. Des notes d'aneth, une touche très fine d'anis, l'odeur acidulée du citron et la poigne iodée d'une croûte de sel qui a permis de rôtir la chair sans en dénaturer la saveur originelle. Je suis comblée. Un Montrachet, transcendé par un chardonnay d'exception, accompagne ces mets hors pair et nous enivre gentiment, déliant nos langues, délassant nos muscles, troublant nos visions.

Nous nous promenons sur les quais et rions trop fort, bras dessus, bras dessous. Gabriel m'embrasse et joue avec une mèche de cheveux qui s'étire au-dessus de mon oreille, comme un ressort. Sa bouche chaude se pose sur mon cou. Il touche ma peau et je touche la sienne.

Puis je vais me coucher, seule.

*

Dimanche 7 juillet 1985

J'aperçois la silhouette mince de Gabriel qui s'agite sur le continent. Au milieu de la demi-douzaine de personnes qui attendent l'arrivée du bac, il fait de grands moulinets avec ses bras. Le bateau effectue sa manœuvre. Je traverse la passerelle en soutenant une mamie aux jambes chancelantes. Gabriel me tend la main et accompagne le saut qui me permet de poser pied sur le débarcadère. Nos bouches se trouvent naturellement. La sienne a un goût sucré qui s'estompe quand le tabac de Virginie qu'il fume prend le dessus.

— Alors, Juliette, c'était comment ?

— C'était… bizarre.

— Tout s'est bien passé ?

— Mieux que je ne le pensais. J'avais peur de me comporter comme une sauvage. Ça fait longtemps que je n'ai plus vraiment parlé à autant d'inconnus en si peu de temps. Mais les gens étaient sympas. Tu vas pas me croire, mais figure-toi que je n'ai insulté personne.

— Non ? Tu veux dire… vraiment personne ?

— Personne.

— Pas même un petit vieux qui pédalait à l'envers ou une gamine qui trouvait que la selle était trop haute et à qui tu aurais conseillé de se la mettre dans le…

— Eh non. Simon était content. J'y retourne vendredi prochain.

Il est tard. J'ai tenu à rester à la boutique jusqu'à la fermeture, pour prouver à Barnier qu'il pouvait compter sur moi. J'ai un emploi, bon Dieu, et ça, c'est une sacrée avancée dans ma resocialisation… Rien ne correspond aux plans que j'avais tirés sur la comète en revenant à La Rochelle, mais je ne vais pas cracher dans la soupe. Que les événements viennent me percuter, je suis capable d'encaisser les chocs. Faut-il agir ? subir ? partir ? mourir ? et d'autres verbes en -ir ? Ou dois-je accueillir l'avenir sans fuir ?

Là-haut, un marionnettiste qui torture ses poupées comme on arrache les ailes d'une mouche. Et moi qui fais la roue, qui m'exhibe dans cette lamentable comédie humaine sans mot dire, impuissante, résignée. Je n'avais pas fait marche arrière pour succomber à cet homme qui m'ébranle dans mes convictions. Mon navire prend l'eau et je chavire sans pouvoir parer à ce que je sens poindre à l'horizon.

Tu t'en veux de lui céder, Zabójca. Tu crois que tu as cœur de pierre, que tu es forte et impassible, mais tu flanches et toi pas aimer ça.

Ta gueule, la Cloche.

J'aime quand tu perds pied. Miec muchy w nosie. Tu penses aux amandes bleues. Tu te noies. Tu ne te supportes pas. Tu es borgne et il est aveugle.

Il y voit très bien.

Non, puisqu'il trouve toi belle.

Je grimpe dans la 205 GTI de Gabriel. Nous filons chez lui pour dîner. Quand il a su que le bac allait me ramener à cette heure, il n'a pas hésité. Il est venu faire le pied de grue à La Pallice en sachant que les horaires d'arrivée de la navette qui relie le continent à l'île ne sont là qu'à titre indicatif. Pourtant, il travaille demain, et tôt, mais cela ne le gêne pas.

— Je suis désolé, me dit-il.

— Pourquoi ?

— Pour le coup de fil de ce matin. J'étais avec ma mère, et en sortant, je ne sais pas pourquoi, je me suis cru obligé de t'appeler à la boutique, chez Simon. Pourtant, je savais que j'allais te déranger.

— C'est pas grave. Ça m'a fait plaisir de t'entendre.

— J'ai mis une plombe à trouver le numéro. Je ne l'avais pas chez moi. J'ai trouvé un bottin dans une cabine, mais les pages étaient déchirées. J'ai dû supplier ma mère pour qu'on passe chez elle afin de consulter son Minitel. Je t'ai appelée et… je me suis senti mieux.

Je fais ce que je fais toujours dans ce cas : je rougis. Je

déteste quand mes joues s'empourprent malgré moi. J'ai la sensation de ne plus rien contrôler, et ça me fout en rogne. Mes préceptes sont assez simples, en définitive. Règle numéro un : je me fous de tout et de tous ; règle numéro deux : ne jamais faire confiance à personne. Fondre pour un homme ne fait pas partie de mes plans. Et je me demande pourquoi je me sens incapable de m'enfuir.

Le dîner est excellent, mais comme j'ai l'impression que le temps que je passe avec lui se résume principalement à ces repas pris en tête-à-tête, chez lui ou, le plus souvent, dans des restaurants que ni lui ni moi n'avons les moyens de nous offrir, en tout cas aussi fréquemment, je fais tout mon possible pour que les plats se succèdent vite.

— Juliette, demain, j'ai une visite à 10 heures du mat, mais après, je suis libre comme l'air. Tu comptais foutre une rouste à deux ou trois pigeons au *Foc* ou tu es dispo ?

— Faudrait que je joue une partie ou deux, j'ai besoin de me faire un peu d'argent, mais je peux y aller l'après-midi.

— On peut se retrouver après ma visite, faire un truc puis déjeuner ensemble si tu veux.

Je souris en pensant à une expérience que j'aimerais bien mener.

— Oui, ça me tente. Dis, tu serais partant pour une petite initiation ?

— Initiation ? Aux échecs ?

— Non, là, désolée de te décevoir, mais c'est peine perdue. On ne fera jamais de toi un grand maître, Gabriel. Non, je pensais plutôt à de l'escalade.

Il se tâte. Je constate qu'il est perplexe en observant ses yeux qui roulent et balaient le décor.

— Une initiation à l'escalade… C'est vrai que tu m'as dit que t'étais douée.

— Je l'étais. Je ne le suis plus. Plus assez souple. J'ai fait une mauvaise chute, un jour, dans une salle *indoor*. J'ai le dos en bouillie et tu pourrais jouer aux osselets avec certaines de mes vertèbres. Mais j'ai quelques restes…

— OK, je suis partant, mais où tu veux faire ça ? Y a pas de montagnes, dans le coin.

— Tu te plantes, le corrigé-je. On n'est pas dans les Alpes ou dans les Pyrénées, bien sûr, mais y a des coins réputés. Au sud d'Angoulême, y a un ruisseau qui s'appelle les Eaux Claires. On y trouve aussi une falaise parfaite pour s'essayer à la grimpe. C'est à peine à deux heures de route. Si tu veux, on y va. Je prépare le pique-nique et dès que tu as fini ta visite, tu passes me prendre. Je me suis renseignée, c'est dans un village qui s'appelle Puymoyen. Un lundi matin, il devrait pas y avoir trop de monde. Je passerai dans un magasin de sport louer le matériel. C'est bon pour toi ?

— Et les parties d'échecs que tu voulais faire l'après-midi ?

— Je les ferai avec toi. Prends cinquante balles, que je provoque ta ruine.

*

Lundi 8 juillet 1985

Non, je ne suis pas impatiente.

Non, je ne suis pas dépendante.

Non, je ne suis pas Pénélope occupée à tisser sur son métier le grand voile qu'elle défait chaque nuit, guettant le retour d'Ulysse.

Et pourtant, je suis assise sur un tabouret, au milieu de la pièce – la seule du logement que j'occupe dans la Ville-en-Bois, quand je ne suis pas hébergée chez Simon, à Sablanceaux. Mon œil est rivé sur l'horloge. Et l'aiguille prend son temps, avance d'un millimètre et temporise, procrastine, oubliant que sa mission est de parvenir à faire le tour du cadran en un laps de temps défini universellement. Je crève d'envie de briser l'opercule de verre qui protège l'appareil et de donner un peu d'élan à ces satanées aiguilles. Il a dit : visite à 10 heures du matin ; j'en ai conclu : passage chez moi, pour m'emmener en Charente, vers 11 heures.

Il est 10 heures 56 minutes. Et une vingtaine de secondes.

Une trentaine de secondes, maintenant.

Une quarantaine.

Et si la trotteuse fait le job, la grande aiguille, elle, semble paralysée.

Un quatrième café ne me changera pas les idées. Je ne peux qu'attendre, ronger mon frein.

Francis jappe, probablement excité par la hâte qui me fait bouger dans tous les sens. Trépigner n'est pas dans mes gènes, j'exècre les nerveux qui ne peuvent rester en place ; pourtant, je suis incapable de me tenir immobile. Quand on frappe enfin à ma porte, je me précipite, me maudissant intérieurement de n'avoir aucune volonté et de laisser ce cœur qui cogne trop fort dans ma poitrine me dicter une attitude que je renie. J'ouvre. Il est là, splendide, souriant. Nous nous embrassons et à chaque fois, le baiser dure plus longtemps. Nos corps sont attirés l'un vers l'autre comme des aimants, et il ne faudrait qu'un petit coup de pouce du destin pour que je le laisse entrer dans mon appartement, puis entrer en moi. Du pied, il éloigne Francis qui cherche à s'immiscer entre nous.

— C'est mon tour, le caniche.

Il prend mon visage entre ses mains et me sourit.

— La visite ? dis-je.

— Plutôt pas mal, les clients avaient vraiment l'air intéressés. Je pense qu'ils vont acheter. J'ai appris à me méfier des premières impressions qui suivent une visite, mais les taux d'intérêt continuent de baisser et le marché est à la hausse. On est encore à plus de dix pour cent, mais un ami courtier me parlait des crédits… mais je t'emmerde, là, non ?

— Oui.

Je m'efface pour libérer le passage et ajoute :

— Entre.

Son baratin financier me passe par-dessus la tête, et je ne m'en cache pas. Cela dit, il a le bon sens de ne jamais insister et surtout, de ne pas s'offenser de cette franchise cavalière dont je fais preuve à mon corps défendant. Nous buvons un café, et je lui montre le matériel que j'ai loué : chaussons, baudrier, longe, cordes à double, descendeur, dégaine. Il s'amuse un instant en plongeant ses mains dans les sacs à magnésie, comme l'aurait fait un gosse turbulent, mais bat sa coulpe lorsqu'il croise mon regard impérieux.

Nous rangeons tout ça dans deux grands sacs.

— Va falloir être appliqué, monsieur Cassel. L'escalade, si on fait le con, c'est un coup à se rompre les os. Je suis bien placée pour le savoir.

— Oui, chef ! s'amuse-t-il en relevant cette autorité toute nouvelle qui contraste avec l'apathie et la nonchalance dont je fais preuve d'ordinaire. Je ne suis pas vraiment du genre pédante, surtout depuis que j'ai appris à vivre sous la grisaille. Ceux qui ordonnent ont toujours une certaine estime de soi, ce qui n'est pas mon cas. Mais en matière d'escalade comme d'échecs ou de tennis, je suis une teigne intraitable.

Nous descendons les marches de l'escalier. Sa 205 est garée devant le bâtiment. Il ouvre le coffre et je charge nos bagages. Gabriel est à côté de moi. Dans le compartiment, il fourrage dans les vêtements de rechange roulés en boule pour faire de la place.

Et nous entendons une voix venue de derrière nous dire :

— Quel enfoiré, ce type-là. Franchement, il devrait avoir honte d'être encore dans le coin.

Puis, avant que j'aie pu me retourner, un autre balance :

— Je sais pas ce qui me retient…

Je pivote. À cinq mètres de nous, sur le trottoir, trois hommes et deux femmes nous dévisagent. Ils ne se sont pas arrêtés, mais il ne fait aucun doute que Gabriel est l'objet de leurs réflexions.

— C'est à nous que vous parlez ? demandé-je.

— Laisse, me dit Gabriel.

Ils stoppent. Ils ont tous les cinq 35 ans environ. Deux des trois hommes sont plutôt costauds, mais le troisième, chétif, se tient en retrait, jetant des regards éplorés dans toutes les directions. Il donnerait cher pour ne pas se trouver dans les parages et ne demande qu'à se carapater. Le plus grand, un métis aux oreilles percées, esquisse un sourire qui signifie qu'il est prêt à jouer des phalanges.

— C'est pas à toi que je parle, c'est à l'autre fils de pute.

Et ce faisant, il montre Gabriel du doigt, ce dernier replongeant sa tête dans le coffre en me chuchotant :

— Laisse-les, Juliette, t'en mêle pas.

Sauf que… ce n'est pas seulement un problème de caractère. Je suis comme ça, je n'y peux rien et ne regrette pas une seconde de ne pas accepter l'inacceptable. Personne ne me fait peur parce que le pire m'indiffère. Je fais deux pas en direction du quintet, en lançant simplement :

— Je suis pas d'humeur.

Quand le troisième homme se trouve à ma portée, un type relativement quelconque, mais qui porte un bandana rouge autour du cou, alors que les deux femmes ont braqué leurs yeux sur moi, estomaquées, je balance ma jambe en avant. Mon tibia vient le percuter dans les testicules, et il se tord en deux en poussant un cri aigu. Son acolyte nous rejoint. Manque de chance, au lieu de venir en aide au blessé, il se concentre sur moi. Avant d'avoir eu le temps de comprendre ce qui m'arrive, je reçois un coup sur le côté de la tête, vers mon oreille droite. Mes lunettes de soleil quittent mon nez et volent à trois mètres. Je m'écrase sur le sol, groggy. Celui qui m'a séchée – le métis – m'attrape par le col de mon tee-shirt. Je devrais réagir, me débattre, mais je suis hébétée, complètement pétrifiée par le choc. Malgré le fait que je sois au bord de l'évanouissement, je sens le parfum du chèvrefeuille qui s'échappe de la clôture d'une maison, juste en face de nous. Et je me fais la réflexion que j'aime cette odeur au-delà de toutes.

Je m'ébroue comme Francis quand il est mouillé. Debout, prête à recevoir la gifle qui me menace. En rage, Gabriel s'interpose entre le métis et moi. Il lui rentre dedans comme un joueur de rugby. Je m'affale et m'en veux de ne pas avoir la force de me jeter dans la bagarre.

Un des salauds se tient les parties, les deux autres s'en donnent à cœur joie en cognant Gabriel, recroquevillé sur le trottoir, qui ne lâche rien. Les femmes restent à l'écart. L'une d'elles se ronge les ongles. Ses yeux sont grand ouverts et on a l'impression qu'elle va se mettre à hurler. Je me secoue pour recouvrer mes esprits et me lance enfin dans la mêlée. J'ai repéré ma cible : il s'agit de la mauviette qui se cache derrière son pote et qui a attendu que Gabriel soit à terre pour participer à la rixe. Si je parviens à le mettre hors d'état de nuire, l'autre sera seul et il devra laisser tomber. Dans un grand baroud d'honneur où je m'abandonne à mes instincts les plus primitifs, je lui assène une gifle sur la nuque. Il crie et se met à courir de l'autre côté de la route. Le métis qui m'a frappée me toise, hésite, puis renonce. Il aide son ami au bandana à ramasser ses couilles et part en maugréant. Je ne comprends pas ce qu'ils disent. Les femmes sont affolées et au bord des larmes.

Quand je m'agenouille auprès de Gabriel, j'ai peur.

Pendant qu'il était au sol, en chien de fusil, ses agresseurs ont donné libre cours à leurs pulsions et lui ont asséné de violents coups de pied. Je suis tout de suite rassurée. Au lieu de se plaindre ou même de gémir, il pose ses mains sur mon visage et le touche comme s'il s'agissait d'une étoffe douce et de grande valeur. Il ne se préoccupe absolument pas de lui.

— Juliette, ça va ? Tu n'as rien ?

— Non, juste un coup à la tête. Rien de bien grave. J'en ai vu d'autres. Et toi ?

— Non. J'ai mal aux côtes et à la cuisse, mais ça a pas l'air d'être trop grave. Laisse-moi vérifier que tu n'as rien.

Je l'aide à se relever.

— C'est de vrais connards, ces mecs. Pourquoi ils nous ont agressés ?

— C'est pas *nous* qu'ils voulaient agresser, rétorque-t-il. C'est moi.

— Toi ? Mais pourquoi ?

Il ne me répond pas tout de suite. Une grimace déforme ses traits quand il essaie de s'étirer. Puis, remettant à plus tard notre séance d'escalade, nous montons chez moi. Gabriel est penché en avant, comme s'il avait mal au ventre.

— Les salauds, ils m'ont pas loupé.

Je l'installe sur une chaise de la cuisine. Francis nous tourne autour pour quémander une caresse, mais nous avons d'autres chats à fouetter pour le moment. Je dégote un linge propre dans le tiroir de la commode, le passe sous l'eau froide et le pose avec délicatesse sur son front.

— Occupe-toi de toi d'abord, Juliette. Moi, ça va.

— Moi aussi, ça va. Ils cognent comme des fillettes, ces gars-là.

Il fronce les sourcils.

— Mais où t'as appris à te bagarrer comme ça, toi ?

Son air sérieux me fait culpabiliser. Je me dis que je viens de révéler ma vraie nature et qu'il va me haïr. Puis, il ajoute en ricanant :

— Sa tête, quand tu lui as explosé les couilles…

La pression s'évapore. J'allume une Gauloise, tire quelques bouffées et la tends à Gabriel. Dans le compartiment du haut du frigo, je trouve quelques glaçons que je place dans un bol. J'en attrape un et masse ma tempe avec.

— Juliette, faut que je te parle.

Je m'assieds en face de lui.

— Tu te souviens, je t'avais dit qu'un jour, il faudrait que je te raconte quelque chose à mon sujet ? Eh bien, je crois que c'est le moment. Je remettais tout le temps ça à plus tard, mais là…

— C'est lié à ces types ?

— Oui.

— Tu les connais ?

— Non. C'est la première fois que je les rencontre. Mais eux ont dû voir ma tronche dans le journal. C'est pour ça qu'ils nous sont tombés dessus.

Je ne prononce pas le moindre mot. Un coup d'œil vers la pendule accrochée au-dessus du canapé troué : c'est l'heure de la confession.

— Je voulais t'en parler depuis longtemps, Juliette, mais je n'osais pas. Je savais que ce moment viendrait, mais… c'est pas évident…

— Tu as fait quelque chose de mal ?

— Non, justement. Mais ils ont été nombreux à le croire.

— Je t'écoute.

Gabriel prend une grande inspiration, la bloque pendant cinq ou six secondes et expire bruyamment. Il bafouille les premiers mots qui suivent, mais se reprend et me fixe dans les yeux – dans l'œil.

— Je dois te… J'ai… Bon, voilà ce qu'on va faire : je vais tout te dire et tu décideras. Tu te rappelles notre première soirée ? Tu m'as montré ta cicatrice au visage et tu m'as dit que si ça ne me plaisait pas, je pouvais me lever et ficher le camp, et que tu ne m'en voudrais pas. Ça va être la même chose. Je vais te raconter qui je suis, ce que j'ai subi. Après, tu feras ton choix. Je prendrai la direction de cette porte, là, et si tu le souhaites, tu me retiendras. Si tu ne dis rien, je disparaîtrai et tu n'entendras plus jamais parler de moi. Ça te va ?

Je devrais être terrifiée. Je ne le suis pas. Aucune réponse de ma part, mais je suis tout ouïe.

— Bien, fait-il dans un souffle. Ce que je vais te raconter, c'est… atroce. Mais ça ne sert à rien de prendre des détours. Donc, j'y vais franco. T'es pas en sucre, Juliette, ça je le sais. Tu es même l'une des personnes les plus résistantes que j'aie connues.

— Après toi.

— Si l'on veut. Je ne sais pas d'où ça te vient, mais… alors… tout ça, ça a débuté le samedi 3 septembre 1983, il y a presque deux ans. À l'époque, j'avais ma propre agence immobilière, même si j'étais très jeune. J'avais racheté le fonds de commerce d'un copain avec le fric donné par ma mère et je m'étais lancé, comme ça, sur un coup de tête. Le samedi, c'était la plus grosse journée de la semaine. J'avais organisé plusieurs visites de baraques dans le coin et j'étais resté tard à l'agence. Au lieu de rentrer chez moi, quand j'ai eu tout fini, je suis allé boire quelques verres dans un bar que je fréquentais à l'époque. *Le Dernier Café*, que ça s'appelait. C'était un endroit plutôt sympa, côtoyé par des jeunes. Le patron a fermé peu de temps après l'histoire que je te dévoile. Ce soir-là, le 3 septembre, j'étais au comptoir. J'ai discuté avec une jeune fille d'environ vingt ans. Je buvais une bière. J'ai voulu lui en offrir une. Elle a refusé. Je me souviens très bien d'elle. Elle a commandé un café et m'a expliqué qu'elle était incapable de dormir si elle n'avait pas sa dose de caféine. C'était tellement paradoxal que ça m'a marqué. Bref, j'ai bu quelques bières, trois exactement, et je suis rentré chez moi. Le lendemain, en début de soirée, les gendarmes sont venus me trouver à mon domicile. Ils m'ont expliqué qu'ils enquêtaient sur la mort d'une jeune fille.

— La nana avec qui tu avais discuté dans *Le Dernier Café* ?

— Oui. Elle s'appelait Margot Vanuren. T'as peut-être eu des échos de cette affaire. Elle a été retrouvée le dimanche matin, le 4 septembre, dans une décharge, à Lagord.

— La décharge n'était pas fermée, le dimanche matin ?

— Fermée au public, si. Mais un employé passait le dimanche matin pour préparer l'enlèvement des bennes, qui a lieu le soir. Les gendarmes ont identifié la victime plus tard dans la journée. Margot Vanuren devait déjeuner avec ses parents et son frère. Comme elle ne venait pas et qu'elle ne répondait pas au téléphone, ils étaient inquiets et avaient averti les flics. Les enquêteurs ont très vite remonté la piste. Ils ont fouillé l'appartement de la jeune femme, questionné ses voisins, ses amis. Ils ont appris qu'elle allait souvent dans le bar en bas de chez elle, *Le Dernier Café*. Le patron et deux clients ont confirmé qu'ils l'avaient croisée la veille au soir. Ils ont révélé qu'ils m'avaient vu parler avec elle et que nous avions quitté le bistrot en même temps.

— Et c'était vrai ?

— Oui. J'étais connu dans le quartier. C'est pas que j'y allais souvent, dans ce café, mais au moins une fois par semaine, je m'y arrêtais pour m'enfiler une bière ou deux, souvent le samedi soir après le boulot. Donc, les gendarmes sont chez moi et me demandent si je connais cette jeune femme. Ils me montrent une photo. Je l'ai reconnue tout de suite. Elle était vraiment jolie. Je leur ai dit qu'effectivement, la veille au soir, j'avais papoté avec elle. Mais juste quelques minutes. Ils m'ont fait savoir que des clients affirmaient qu'on était partis ensemble. Ça, c'est faux. On est sortis au même moment du bar, mais c'était par hasard. Je me souviens l'avoir saluée, puis on est allés chacun de notre côté.

Gabriel s'interrompt. Sa voix déraille.

— T'aurais pas un truc à boire, s'il te plaît ?

J'ouvre deux bières, jette les capsules dans le cendrier publicitaire et pose une bouteille devant lui. Sur sa joue, une ecchymose bleu foncé s'étale et gonfle le coin de son œil. Son arcade sourcilière aussi est tuméfiée. La première gorgée lui arrache une grimace.

— Les cons, ils m'ont pété la mâchoire…

— Tu continues ?

— Oui, bien sûr. Je t'ai dit que tu saurais tout. Donc, les flics m'expliquent que je suis le dernier à l'avoir vue vivante – à part le tueur, naturellement. Ils me demandent de passer le lendemain à la gendarmerie. Sur le coup, je ne me suis même pas dit que j'étais suspect, mais bon… Le lundi matin, j'apprends aux infos que les flics ont arrêté un clochard et qu'ils pensent que c'est lui qui a fait le coup. On en parle partout, ça passe même sur les chaînes nationales, au bulletin du matin. Je vais à la gendarmerie, je leur explique que je n'ai fait qu'échanger deux ou trois phrases avec Margot Vanuren, rien de plus. J'en apprends un peu plus sur le meurtre. C'est… horrible. Je te décrirai pas ça, mais la pauvre fille a été… torturée. C'est vraiment le truc le plus épouvantable dont j'ai entendu parler de ma vie. Le problème, c'est que le clochard est relâché un peu plus tard. Moi, je serai réinterrogé à la demande du substitut du procureur de la République à La Rochelle. On me dira que l'enquête est relancée. Ils cherchent partout, les gendarmes, mais ça n'aboutit pas vraiment. Ils interrogent la famille, les étudiants de la même promo que Margot, les clients du bar *Le Dernier Café*, le voisinage, et surtout, ils cherchent un certain Jimmy.

— C'est qui, ça ?

— Le copain de Margot. Elle en a parlé à sa famille et à ses amies, mais personne ne l'a jamais vu. Elle était très secrète à son sujet. On ne sait pas qui c'est ni où il habite. Les gendarmes le recherchent, explorent un paquet de pistes, mais ne le trouvent pas. Il n'y a qu'un seul homme prénommé Jimmy à La Rochelle et il a quatre-vingts balais. Ils ne vont jamais s'occuper de lui. De ce que j'en sais, un p'tit vieux inoffensif, c'est tout. Margot Vanuren avec un vieux, ça n'a pas de sens. Bref, je me retrouve de nouveau dans la ligne de mire. Les gendarmes n'ont que moi à se mettre sous la dent, alors ils exploitent ma piste à fond, même s'ils m'avoueront clairement qu'ils ne croient pas que j'aie quelque chose à voir avec tout ça. Mais ils font leur job, normal… Et c'est là que j'ai merdé.

Gabriel s'interrompt. Il rumine quelque chose dans sa barbe, comme si je n'étais pas là. Je pose ma bière sur le plateau en formica en faisant claquer le cul de la bouteille.

— Gabriel ?

— Pardon, je rêvassais.

— Pourquoi tu dis que t'as merdé ?

— Parce que j'en ai eu marre d'être mis en cause. Tu comprends, moi, j'étais blanc comme neige. Je n'avais rien à me reprocher. Et les flics me harcelaient, me bombardaient de questions. Je répétais dix fois les mêmes réponses, jusqu'à m'embrouiller tout seul. Ils me parlaient comme à un chien, juste parce qu'ils n'avaient rien d'autre à se mettre sous la dent. J'ai perdu mon calme et je les ai envoyés chier. Bon, avec le recul, j'ai agi comme un con. Les prendre de haut, c'était exactement ce qu'il ne fallait pas faire. Mais j'étais crevé. Je pense qu'ils étaient à deux doigts de me rayer de leur liste pour de bon, mais le fait d'avoir perdu mon sang-froid… je sais pas… ça a dû les motiver, et ils m'en ont fait voir de toutes les couleurs. Ils m'ont gardé, alors que je croyais qu'ils allaient me laisser partir. Finalement, ils ne m'ont autorisé à rentrer chez moi que le lendemain. Je ne savais pas encore si l'enquête progressait, s'ils avaient d'autres suspects, s'ils avaient retrouvé la piste du fameux Jimmy… Et c'est là que j'ai appris que j'avais été libéré à cause… pardon, je voulais dire : grâce… que j'avais été libéré grâce à ma mère.

— Ta mère ?

Je n'ai pas encore rencontré sa mère, mais je sais qu'il en est très proche et que depuis le décès de son mari, celle-ci traîne sa mélancolie avec un courage exemplaire – dixit Gabriel.

— Oui, dit-il, ma mère. Je l'avais contactée et elle savait que les flics me cherchaient des noises. Alors elle est allée leur raconter que le samedi soir, après *Le Dernier Café*, j'avais passé la nuit chez elle, dans la maison dans laquelle je vivais quand j'étais petit, avant de me trouver un appart', et que par conséquent, j'étais avec elle quand le meurtre a été commis, dans la nuit du samedi au dimanche ou le dimanche très tôt. Le problème, c'est que c'étaient des conneries. Après les trois bières englouties dans *Le Dernier Café*, je suis allé chez moi, tout simplement. C'est d'ailleurs un truc que je n'avais pas caché.

— Les enquêteurs l'ont crue ? Pourquoi tu aurais caché ton alibi si tu en avais un ?

— Elle leur a fait croire que je ne voulais pas la mêler à tout ça, que j'avais honte d'être entendu dans cette affaire et que j'espérais que ça ne se saurait pas. Ma mère a menti pour m'aider, mais c'était une énorme bourde…

Je recule sur ma chaise, consternée par l'absurdité de ce mensonge inutile.

— Et laisse-moi deviner, dis-je d'une voix émue, tu n'as pas dit aux gendarmes que ta mère les avait baratinés ?

— Non. J'ai eu peur de lui causer du tort. Et franchement, j'avais pas envie de me retrouver encore insulté par ces types. C'est vrai que j'avais réagi comme un débile, quand ils m'interrogeaient, et que je n'aurais pas dû me rebeller, mais j'en pouvais plus. J'étais droit dans mes bottes, alors j'ai laissé filer. L'enquête a continué. Le meurtrier n'a jamais été identifié. On n'a jamais su qui était Jimmy.

Je souffle. Ce n'est pas fini, je le sais et je le sens.

— Le problème, c'est que bien plus tard, au début de cette année, en janvier, seize mois après les faits, une nouvelle juge d'instruction a été nommée. Elle a trouvé bizarre qu'un jeune de 26 ans qui occupe son propre studio passe la nuit chez sa mère un samedi soir. Et c'est vrai que c'était incohérent : le samedi soir, je traînais dans des bars avec des amis, mais je n'allais pas mater un feuilleton ou une émission des Carpentier avec ma mère… J'avais mon affaire, j'étais indépendant. Qu'est-ce que je serais allé foutre chez ma mère ? Une nouvelle commission rogatoire a été émise. La section de recherche a envoyé des gendarmes mettre la pression sur ma mère. Elle a avoué qu'elle avait menti et que ce soir-là, elle ne savait pas où j'étais. Moi, j'avais juste confirmé son mensonge, mais c'était trop tard, le mal était fait. De simple témoin, je devenais suspect. On ne ment pas impunément. Mentir aux flics, c'est s'enfoncer, c'est se placer sur la liste noire. On m'a inculpé et je me suis retrouvé à la maison d'arrêt de Rochefort, en attente de mon jugement.

— Et que s'est-il passé ?

— Les médias s'en sont mêlés. C'était encore dans les mémoires, cette histoire. Je sais pas si tu étais déjà à Paris à l'époque, mais même là-bas ils en ont parlé. Un crime à glacer le sang, un cauchemar. Sauf que moi, à part ce mensonge crétin qui orientait l'attention sur moi, y avait pas de raison que je sois dans l'œil du cyclone. J'étais déjà traumatisé par tout ça, j'avais perdu mon agence immobilière, je dormais plus. Mon avocat a hurlé partout que le dossier était vide. On m'a libéré le 16 avril, peu de temps avant de te rencontrer. Mais le mal était fait. Pour beaucoup de gens, je suis coupable. Ils ont vu ma tronche dans les journaux, et la paranoïa a fait le reste. Tant que la section de recherche ne trouvera pas le vrai coupable, tant qu'on n'aura pas identifié Jimmy, les gens auront des soupçons.

Gabriel a le bord des yeux qui scintille. Il halète et a du mal à s'exprimer. Son regard embué se fixe sur moi. Il écrase sa cigarette dans le cendrier, en s'entêtant sur le mégot, puis m'annonce :

— Voilà, tu sais tout. Je suis un paria, mais je n'abandonnerai jamais et personne ne me mettra à terre, ou si quelqu'un y parvient, je me redresserai. Je me redresserai toujours.

Il se lève, essuie les gouttes d'eau déposées sur la table par sa bouteille de bière et déclare :

— Maintenant, on va faire comme prévu. Je file. Et si tu veux que je reste, tu…

Il n'achève pas sa phrase. D'un pas ferme, même si ses mains tremblent, il prend la direction de la sortie.

— Gabriel, attends.

III

VOYAGE DANS LES ABYSSES

TROIS MOIS PLUS TÔT

Mardi 16 avril 1985

Les trains ne voyagent pas dans le temps. On ne gomme pas un hier laborieux avec des kilomètres. *Tu n'oublieras pas Paris, Zabójca. Tu n'oublieras pas qui tu es devenue là-bas, dans la rue. Tu as transformé toi en chose. Eh, tu es une mante.*

Je pose ma tête contre la vitre. Les secousses me font mal au front. À côté de moi, une dame d'un certain âge me lance de fugaces regards en coin. Elle a des reflets bleus dans la chevelure et porte un foulard en soie autour du cou. Moi, je suis sale dedans et sale dehors. La sphère qui remplace mon œil m'irrite. Francis s'agite et j'ai toutes les peines du monde à le maîtriser.

Mesdames, messieurs, dans quelques minutes nous arriverons à La Rochelle, notre destination…

Il est temps que meure France et que Juliette revienne à la vie.

II

LA CLOCHE DE L'OMBRE

DIX MOIS PLUS TÔT

Lundi 9 juillet 1984

En compagnie de Jim Morrison nu qui chante une berceuse et mange un marshmallow en forme de couteau, en Patagonie, sous terre, dans une grande hacienda inondée qui brûle, je suis en train de dévorer à pleines oreilles un lamantin violet et obèse quand un tremblement de ciel me réveille. Je suis extirpée trop rapidement des bras de Morphée. Tout de suite, la migraine me transperce. Promis, je ne boirai plus jamais de cet immonde picrate qui ruine le métabolisme – tout du moins pendant les prochaines heures. Plusieurs secondes me sont nécessaires pour émerger, et je saisis que les secousses sont dues à la poigne d'Astérix qui me remue dans tous les sens.

— Réveille-toi, gamine. C'est l'heure d'aller saluer les ampoules grillées.

Je m'adosse aux blocs de ciment qui soutiennent l'un des piliers, sous le pont Morland. Mathilde est debout, face au bassin de l'Arsenal. Elle parle aux nuages en branlant du chef. Une brise timorée soulève le bas de sa robe, dévoilant le haut de ses mollets rainés de varices ; elle porte de grosses chaussettes de laine, avec des motifs en forme de… en forme de je ne sais pas quoi… qu'elle ne quitte jamais, pour le plus grand déplaisir de mon odorat que j'aimerais bien anesthésier en ces occasions.

Astérix et Mathilde, mes deux clochards de compagnons. Ceux qui me servent de rampes depuis que je vis dans les rues de la capitale, ceux qui m'ont sauvée et guidée. Des béquilles qui ne m'empêchent pas de claudiquer.

Pour nous, le cimetière de Thiais est un temple. Chaque vagabond qui s'y rend vivant respecte le silence, ceux qui y pénètrent les pieds devant le respectent aussi. Même l'ivresse s'efface ici. Beaucoup de sans-abri finissent par retrouver une situation normale, mais quand on reste dans la rue plus d'une année, on tombe souvent dans un cercle vicieux. Les difficultés pour s'en dépêtrer sont plus grandes au fur et à mesure que les saisons passent. Et un jour, par un laid matin, les services sociaux viennent ramasser votre dépouille gelée, sur un bout de trottoir ou sur un quai, et vous emportent au cimetière de Thiais pour vous jeter pour l'éternité dans le carré des indigents.

La première fois qu'Astérix m'a invitée à aller saluer les ampoules grillées, un jour d'octobre 1983, à peine plus d'un mois après ma chute dans le cercle des cloches, j'ai compris que c'était un honneur – et un devoir – d'être conviée à cette cérémonie.

— Tu vas voir, France, m'avait-il dit, saluer les ampoules grillées, c'est un moment qui compte pour les sans-toit.

— Saluer les ampoules grillées ? C'est quoi, ça ?

— Saluer les ampoules grillées, c'est rendre hommage aux cloches qui sont mortes et qui n'éclairent plus. Quand un gars de la rue passe l'arme à gauche, il est enterré au cimetière de Thiais. On est en dette, gamine. Tu verras que si tu calanches, t'seras bien contente qu'on t'oublie pas. Un devoir, que c'est, d'aller leur faire une petite courbette, aux lumières mortes.

Je m'étire. J'ai encore sommeil et mes yeux chassieux ont du mal à s'entrouvrir. Astérix me tend un gobelet en plastique. Je me mets sur la pointe des pieds pour regarder ce qu'il contient : du vin.

— Non merci.

J'ai besoin de caféine. Je demande à Mathilde si elle préfère une boisson chaude, mais elle ne paraît pas m'entendre, affairée qu'elle est à s'entretenir avec les spectres qui se repaissent de ses neurones inondés. C'est sur le boulevard qu'un commerçant qui nous connaît et nous tolère m'offre un café. Je lis le journal, assise en terrasse. Le type à côté de moi a dû remarquer la pauvreté de mes atours et mon aspect débraillé. Il a une soixantaine d'années et son crâne chauve brille. Les ratés sont toujours convaincus qu'ils peuvent mettre une clocharde dans leur lit sans difficulté, comme si nous étions à leur portée. Il mate la une du canard et me dit :

— McEnroe est un Dieu.

Je reviens sur la première page qui annonce la victoire de l'Américain qui a étrillé Connors, son compatriote, en finale de Wimbledon.

— *Connors* est un Dieu, corrigé-je.

— Connors est fini.

— Non. Connors est éternel.

— Ma foi… T'habites dans le coin, mon chou ?

Je ne lui réponds pas. Il a raison : Connors vient de disputer la dernière finale de sa carrière dans un tournoi du Grand Chelem, mais je ne le sais pas encore. Et je crois fermement que les ampoules grillées peuvent encore s'embraser. C'est une erreur.

Après avoir rejoint Astérix et Mathilde, nous confions la garde de notre campement sous le pont à un ami et nous mettons en route pour le Val-de-Marne. Environ trois heures de marche et une dizaine de kilomètres à parcourir. C'est notre sortie du mois, et jamais nous n'y dérogeons. Pendant le trajet, nous ne parlons pas – sauf Mathilde qui se sent obligée de s'adresser aux pigeons comme s'ils étaient des animaux domestiques. Elle communique vraiment avec eux, allant même jusqu'à les interroger sur la bonne direction lorsqu'elle hésite sur l'itinéraire.

Francis ne s'éloigne pas. Il marche à mes pieds, au rythme que j'imprime à notre escapade. Astérix manque se faire renverser par un chauffard pressé sur la place d'Italie, mais c'est la seule mésaventure que nous avons à subir. Nous faisons une pause au Kremlin-Bicêtre – deux-trois gorgées de vin et deux-trois bouchées de pain – et repartons dès que Mathilde s'est suffisamment massé la plante des pieds.

Une fois parvenus à Thiais, devant le cimetière, nous nous assurons qu'aucun gardien malavisé ne nous fera déguerpir. La célébration visant à témoigner notre respect aux ampoules grillées est un concept astérixien, mais d'autres cloches aiment hanter les lieux, et ceux qui les surveillent ne goûtent que modérément leur présence.

Quand nous estimons que la voie est libre, nous nous introduisons dans le champ du repos. Nous faisons un détour pour passer devant le carré militaire des soldats serbes morts dans les Balkans pendant la Première Guerre mondiale, puis rapatriés en France, et nous retrouvons au milieu des tranchées gratuites.

Pendant qu'Astérix communie, les yeux fermés, l'air très concentré, le nez pointé vers les cieux, ses lèvres bougeant sans que sa bouche émette le moindre son, je m'approche de Mathilde. Celle qui est devenue mon amie n'a plus toute sa raison, mais je l'apprécie. Même complètement saoule, elle reste douce et prévenante. Elle est une gentille dingue, une des rares dont l'humeur n'est pas empoisonnée par la boisson. Depuis que j'ai appris qu'un certain Bartosz se vantait dans tout Paris d'avoir découpé une jeune fille à La Rochelle en septembre, et que la police l'avait relâché faute de preuves, je suis tout agitée, à la limite de l'hystérie. J'ai bien cherché à découvrir où se terrait ce vagabond mystérieux, mais je n'ai rien trouvé. Jusqu'à la veille, quand Mathilde m'a confié qu'un de ses amis avait croisé Bartosz il y a peu. Je n'ai pas pu l'interroger plus avant, trop ivre pour suivre le fil de la conversation sans se perdre dans le dédale de ses digressions. Mathilde va mieux, ce matin, et sa gueule de bois s'atténue d'heure en heure, encouragée par l'impulsion de ces dix kilomètres de marche.

— Dis Mathilde, je peux te parler ?

— Mon oreille est là.

Mathilde lève la houppe de cheveux huileux qui tombe le long de son visage, sur le côté droit, puis ajoute :

— Elle t'écoute, mon oreille. Et moi aussi.

— C'est au sujet de Bartosz.

— Le diable.

— Oui, c'est ça. Hier, tu m'as dit que tu connais quelqu'un qui l'a vu il n'y a pas longtemps.

— Ma bouche a dit ça ?

— Euh… oui. Hier soir.

— Et après, qu'est-ce qu'elle t'a dit ?

— Après, ta bouche a ronflé.

Mathilde sourit, puis adopte un air songeur. Son regard perçant sait me toucher et contraste avec les nippes qui la vêtent. Devant nous, Astérix lisse sa moustache en psalmodiant de longues litanies que nous n'appréhendons pas de là où nous sommes. Son oraison aux ampoules grillées a quelque chose de mystique qui me bouleverse.

— Bartosz, faut le fuir, prononce solennellement Mathilde.

— Je sais. Tu me l'as dit. Il raconte à tout le monde que c'est lui qui a tué la fille de La Rochelle, en septembre. Et toi, tu le crois.

— Il a pu le faire. C'est marqué.

— C'est marqué ? Où ?

— Dans ses yeux. Si tu les regardes bien, tu lis des choses. Bartosz est fou.

J'observe un silence pour lui faire entendre que j'abonde dans son sens.

— Mais, Mathilde, hier, tu m'as dit que tu savais où était Bartosz. Il est revenu à Paris, c'est ça ?

— Oui.

— Et où je peux le trouver ?

Mathilde, soudain, se laisse choir. Comme si elle venait de s'écrouler, elle s'écrase au sol. Tout d'abord, je crois qu'elle vient de chuter, mais quand je me tourne vers elle, elle est assise, paisible, au milieu de l'allée, les mains sur les genoux. Je jette un œil vers Astérix qui ne s'est pas aperçu que nous sommes derrière lui, à scruter sa transe. Puis, je pose mes fesses à côté de Mathilde, entourée des tombes de ceux qui n'illuminent plus.

— Dis, France, pourquoi il t'intéresse, le Bartosz ?

— Parce que… c'est peut-être lui que je cherche.

— Pourquoi ?

— Comme ça. Je chasse quelqu'un. Et c'est peut-être lui.

Mathilde hoche du chef, comme si mes mots avaient un sens. Elle semble accablée par ce que je viens de lui révéler. Et pourtant, même pour moi, ça n'a ni queue ni tête.

— Si tu le trouves, continue-t-elle, tu devras être prudente, ma p'tite chérie. C'est un démon. Faut pas tomber avec lui dans le gouffre, tu comprends ?

— Je comprends.

— C'est pas possible d'avoir de la pitié avec les monstres. C'est parce que si tu veux le caresser pour l'apprivoiser, il va te dévorer. Tu feras gaffe ?

— Oui, Mathilde.

— Promis ?

— Promis. Il est où, ce Bartosz ?

— On l'a vu près de la gare du Nord. Chaque fois qu'il est à Paname, c'est vers là-bas qu'il bat le pavé.

— Je me demande pourquoi les clochards passent autant de temps près des gares alors qu'aucun train ne les embarque jamais. On ferait mieux de traîner près des cimetières.

Mathilde rit comme un cheval hennit. Elle fume tellement et depuis si longtemps que sa gorge est obstruée comme un conduit de cheminée jamais ramoné.

— Eh ben, le Bartosz, justement, il en prend beaucoup, des trains. Y a pas mal de cloches qui font comme lui. L'hiver à Paris, quand il fait froid, parce que y a pas beaucoup de centres d'accueil en province. Et quand le temps est doux, il rôde un peu partout.

— C'est le propre d'un vagabond.

— C'est aussi le propre d'un tueur. Il est sur la route, tout le temps. Il monte dans un train, se fait enguirlander par le contrôleur parce qu'il n'a pas de billet, descend n'importe où et… fait ce qu'il a à faire.

Astérix revient vers nous, les yeux humides.

— T'as pleuré ? lui demande Mathilde.

— Ta gueule. J'ai pas pleuré. Je pleure jamais. C'est… le printemps. C'est une allergie.

— Non, t'as pleuré.

— Non, c'est une allergie. Une allergie à la connerie. Et quand je t'entends, ça me donne envie de chialer.

Notre trio évacue le cimetière. Je suis mal à l'aise, car il me faut connaître tout ce que sait Mathilde. Je la relance à voix basse pour qu'Astérix ne vienne pas mettre son grain de sel dans ses confessions.

— Mathilde, Bartosz, tu crois vraiment que c'est lui qui a tué la fille de La Rochelle ? Et pourquoi toutes les cloches semblent être au courant de cette histoire ?

— Comment qu'tu veux que je sache, moi ? J'y étais pas. Moi, je peux juste te dire qu'il en est capable. Des crimes, y en a tous les jours, et nous autres, on s'en cogne. Mais là, c'était un truc vraiment dégueu. Et Bartosz a été arrêté. Il avait passé le mois d'août là-bas pour se faire un peu de fric. Il bossait sur l'Île de Ré dans les marais salants, au black, et il faisait la manche à La Rochelle. Les flics l'ont pincé et ça a fait les titres des journaux. Et tu sais, quand y a un clodo qui fait les gros titres, ça se sait partout, et très vite. La nouvelle est remontée jusqu'à Paname parce qu'on s'est dit que si c'était Bartosz qu'avait fait ce truc horrible à cette gamine, la BAPSA allait nous casser les couilles, les Bleus allaient nous ramasser pour nous embarquer à Nanterre et nous empêcher de traîner dans les rues. Y aurait moins de subventions pour les foyers, moins de trucs à becqueter. Une connerie d'un gars d'la rue peut foutre tout le monde dans la merde.

— Mais ils l'ont relâché, non ? Les flics qui enquêtaient, ils ont interrogé Bartosz et ils l'ont relâché ?

— Oui. Et alors ? Les cognes relâchent pas les gens parce qu'ils sont innocents. Ils les relâchent parce qu'ils ont pas pu prouver qu'ils sont coupables.

Nous parvenons enfin au portail du cimetière de Thiais. J'ai le ventre qui gargouille et des crampes me tordent les intestins dans tous les sens ; je ne sais pas si c'est dû à la faim ou à la fin.

— Et Bartosz est revenu à Paris ?

— Oui. Et il est reparti juste après, en novembre dernier. Et il est revenu encore tout récemment. Il est là, quelque part, près de nous. Il est tapi dans les ombres. Si tu vois du noir, cours sous la lumière, France. Bartosz, c'est une brute. Un violent. Un dingue qui sort sa lame pour des peccadilles. Et le soir, quand on partage avec lui le feu, la bouffe et le jaja, il raconte qu'on doit le respecter et le redouter. Il dit qu'il est le diable et qu'il a fait ces choses à cette fille de La Rochelle. Il dit que même les flics ont pas osé le foutre en cabane.

Nous quittons l'enceinte.

Francis, qui nous attend depuis près d'une heure, bondit en jappant. Astérix le morigène :

— Chouf la bestiole qui gueule comme si on revenait d'entre les morts.

— Ben, on sort d'un cimetière, lui fais-je remarquer.

— Et l'est encore là, ton cabot…

— C'est pas un cabot, c'est Francis.

Astérix allume une vieille Gitane à peine entamée qu'il a dû ramasser quelque part, sous la table d'un bistrot. Il aspire une grande bouffée, tousse, racle une glaire dans le fond de sa gorge qu'il crache en visant Francis.

— Mais j'aime bien les chiens, moi, dit-il. J'en ai même eu un.

— Toi ? Toi, t'as eu un chien ?

— Ouais. Et un beau, un sacré. J'l'avais appelé Trouduc. Un bon chien. Y m'tenait chaud et m'faisait de la compagnie.

— Qu'est-ce qui lui est arrivé ?

— L'hiver 77, c'était un vache d'hiver difficile. On a dû bouffer Trouduc.

*

Mardi 10 juillet 1984

Un billet de vingt francs, voilà toute la fortune dont je dispose. Quand je le tends, le type m'observe avec de grands yeux exorbités.

— Tu te fous de ma gueule ?

— C'est tout ce que j'ai.

— Attends, les mecs avec qui je joue crachent des Pascal et toi, tu veux jouer vingt balles ? Tu veux que je perde mon temps pour rien ?

— Pas pour rien. Pour vingt balles.

Loussig s'impatiente. Je connais sa réputation. Chaque matin, du lundi au dimanche, il est toujours installé à cette table précisément, dans la même brasserie, et ce depuis plusieurs années. *L'Arménien, le meilleur joueur d'échecs de la capitale*, voici le sobriquet dont on l'a affublé. Ses challengers viennent le défier et repartent neuf fois sur dix les poches vides.

— La mise minimum, c'est deux cents balles. Je m'emmerde pas pour des clopinettes. Passe ton tour.

Autour de nous, ses collègues déjà torchés au muscadet y vont de leurs ricanements. J'en entends même un lancer :

— Joues-y son cul, Loussig.

L'abruti qui s'est permis cette audacieuse sortie si spirituelle tient son ballon d'une main tremblante. Il porte un béret basque et sa chemise à carreaux boutonnée jusqu'au col laisse dépasser un goitre répugnant. Je l'assassine du regard et il baisse le menton.

— À moins que t'aies peur de perdre contre une gonzesse ?

L'orgueil. La clef, c'est l'orgueil. Pour obtenir quoi que ce soit d'un homme, il suffit de titiller sa vanité de mâle alpha, de remettre en question sa virilité. Loussig gonfle le torse. Il se contient, mais me tance vertement en tapant des deux mains sur la table.

— Mais bordel, t'es qui, toi ? Qu'est-ce que tu fous ici et d'où tu sors ?

— J'ai besoin d'un renseignement et d'après ce qu'on m'a dit, c'est toi qui peux me le donner. Alors voilà ce que je te propose : on joue. Si tu gagnes, je te file mes vingt balles. Si tu perds, tu réponds à ma question. Tu marches ou t'as peur de te faire humilier par une cloche ?

— T'es à la rue ?

— Oui.

— J'aime bien les gars d'la rue. En général, ce sont des bons joueurs d'échecs. Y en a pas mal qui viennent me défier, ici.

— Je suis pas un gars. Mais je sais que tu les aimes bien. C'est pour ça que je suis là. Et je sais aussi que tu m'as dit des conneries. Tu joues pas pour deux cents balles minimum, c'est pas vrai. Quand t'as un vrai challenge en face de toi, tu y vas. Alors, tu suis ou tu te couches ?

Maintenant, je l'amuse.

— On y va, princesse. Installe-toi.

Il s'empare d'un pion blanc et d'un pion noir, les dissimule dans chacune de ses mains et me laisse choisir. Blanc. Je me jette dans la fosse, ignorant les lazzis qui jaillissent autour de moi pour me concentrer.

Au deuxième coup, j'avance mon pion en f4. Loussig fait crisser les pieds de sa chaise en se reculant. Il esquisse un sourire et me fixe :

— Un gambit du roi ? Tu joues au hasard ou tu sais ce que tu fais ?

— Morphy et Anderssen savaient-ils ce qu'ils faisaient ou jouaient-ils avec les dieux ?

— Tu me plais, toi. T'es conne, tu pues et tu vas perdre vingt balles, mais tu me plais.

Il accepte le gambit, puis m'empêche de roquer. Nous nous lançons dans une variante du gambit Steinitz que je connais et maîtrise, même si l'issue ne peut en être garantie. Au bout d'une heure et quart, alors que plus aucun quolibet ne fuse depuis le milieu de la partie, Loussig s'arrête de respirer. Il prend quatre bonnes minutes pour examiner l'échiquier, puis renverse son roi, admettant ainsi sa défaite. Je suis aux aguets, prête à détaler sans demander mon reste. Une dizaine de machos m'entourent et épient la réaction du maître déchu. Loussig se lève.

— Qu'est-ce que tu bois ?

— Un ballon de rouge.

— OK.

Il fait signe au patron et déclare au public :

— La partie est finie. Laissez-nous tranquilles, la gonzesse et moi, on a à parler.

Tout le monde s'éloigne. Un cercle se dessine autour de nous en un instant et plus une seule oreille indiscrète ne traîne à trois mètres.

— T'as gagné. Et dans les règles. Je suis en dette. Qu'est-ce que tu veux savoir ?

— Je suis à la recherche d'un homme.

— Y en a plein. Une bonne douche et des habits propres te feraient du bien, mais t'es pas vilaine à regarder. Si tu cherches un homme, je vais t'en trouver un.

— Celui que je cherche n'est pas n'importe qui. J'ai passé la soirée d'hier à poser des questions et on m'a dit que tu le connaissais.

— Je suis pas une balance. Pourquoi tu le cherches, ce mec ?

— Parce que j'ai des questions à lui poser.

— Tu poses peut-être trop de questions. C'est qui ?

— Bartosz.

L'Arménien ferme les yeux, dépité. Il soupire et grimace.

— Lui, c'est pas pareil. Les Polaks sont des tordus, mais Bartosz, lui, c'est le plus gros fils de pute de la planète. Pourquoi tu le cherches ?

— Ça me regarde.

— Mais si je te parle de lui, ça me regarde aussi.

— Tu sais où il est ?

— Chaque fois qu'il revient sur Paris, il passe me voir. Pourtant, je peux pas le blairer, mais il vient toujours me réclamer quelques biftons. Et moi… je les lui donne.

— Pourquoi ?

— Je sais pas. Tu l'as dit, j'ai un grand cœur quand il s'agit de venir en aide aux nécessiteux, s'esclaffe Loussig. En vérité, j'ai connu Bartosz y a longtemps, avant qu'il ait le cerveau bouffé par la bibine. Il jouait pas trop mal.

— Il ne joue plus ?

— Avec les litres de vodka qu'il s'enfile, c'est foutu. Fraye pas avec ce genre de mec, c'est trop dangereux. Dis-moi ce que tu lui veux.

— C'est personnel. Mais je peux te jurer que jamais je ne parlerai de toi. Si j'arrive jusqu'à lui, il ne saura pas que c'est grâce à toi. Et puis… t'as perdu la partie, Loussig. T'as une dette. Ce renseignement, tu me le dois. Les Arméniens honorent toujours leurs dettes, non ?

Loussig me dévisage. Il semble peser le pour et le contre. Je mise tout sur lui, mais je suis incapable de définir s'il va me venir en aide ou me virer du bistrot.

— Comment tu t'appelles ?

— France.

— OK, France. Bartosz est rentré à Paris il y a quelques jours, mais il est déjà reparti.

— Où ?

— J'en sais foutre rien. Il a la bougeotte, ce Polak. Mais t'as raison, j'ai une dette. Il va se pointer. Il revient toujours. Quand il repassera, je te préviendrai. C'est la seule chose que je peux te promettre. Mais après, fini, je veux plus jamais entendre parler de toi. De toute façon, si tu le trouves, il se pourrait bien que justement, Bartosz fasse le nécessaire pour que j'entende plus jamais parler de toi. Où tu crèches ?

Je finis mon verre de vin rouge et le repose brusquement sur la table en bois.

— Sous le pont Morland, entre le IVe et le XIIe.

— Je sais où c'est. C'est donc toi, la protégée d'Astérix. T'y seras encore, sous le pont ? Même s'il ne revient que dans plusieurs mois ?

— J'y serai. J'y suis.

— Et tu y fais quoi ?

— J'attends.

*

Mardi 15 janvier 1985

Les cadavres gèlent avant qu'on les trouve.

L'intense vague de froid qui s'abat sur la capitale depuis deux semaines est la pire depuis l'hiver 1956. Le mercure atteint -20 °C et je m'attends à voir apparaître des ours et des pingouins sur la Seine. Astérix a peur. Astérix perçoit des choses auxquelles peu d'entre nous ont accès. Astérix sent le mal qui ronge les rues de Paris. Astérix sait. Les foyers et les centres d'accueil sont pleins à craquer, et ceux qui n'ont pas d'abri risquent leur peau décharnée chaque nuit. Même les passants les moins philanthropes nous prodiguent là une couverture, là un bol de café fumant. On est plus charitable avec nous quand la pellicule blanche qui couvre nos vêtements dissimule notre crasse.

— Y a des ampoules qui vont griller. Y vont devoir creuser de nouvelles tranchées au carré des indigents.

Je confirme les dires d'Astérix en acquiesçant. J'ai les os givrés et je claque des dents.

Paris a changé. Le manteau de neige l'a embellie, mais sous son décor bonhomme se conservent les macchabées, figés sans panache dans des grimaces de souffrance. Le pinard ignoble que nous ingurgitons sans cesse masque la réalité et nous affaiblit. Point de cloches sans dive bouteille pour endormir leur raison, mais en ce mois de janvier, il est notre pire ennemi.

Sur le boulevard Auguste Blanqui, les accidents de la route se sont succédé. Même en conduisant avec prudence, les promeneurs qui se hasardent dans le grand froid glissent sur le verglas et finissent par emboutir qui un arrêt de bus, qui un autre véhicule. Nous surveillons les passants qui peinent à marcher sur les trottoirs, guettant leur chute pour les secourir et leur extorquer quelques pièces.

Hier matin, Astérix nous a réveillées, Mathilde et moi, pour nous avertir qu'il venait de tomber sur le cadavre d'un clochard qu'il connaissait depuis environ dix ans. Le type n'avait qu'une trentaine d'années. On peut donc crever à trente balais, seul, sous le blanc. Et si cette neige ne cessait de tomber, elle finirait aussi par tuer ceux du dedans.

Nous grelottons, emmitouflés dans plusieurs épaisseurs de couvertures. Astérix a permis au chien de se joindre à nous, blotti entre nos corps serrés qui tentent, en vain, de se tenir chaud. Parfois, Mathilde tombe dans une torpeur inquiétante. Nous la réveillons en la bougeant un peu, sans la brusquer, juste pour nous assurer qu'elle respire encore.

— On se sent pas partir quand le froid te déquille, précise Astérix. Il te chope aux guiboles ou aux bras, puis il remonte. Au début, tu douilles, t'en baves des ronds de chapeau. Puis tu te mets à roupiller sans t'en rendre compte. Casser sa pipe à cause du froid, c'est rien d'autre qu'une sieste qui finit pas.

Si je devais m'engourdir jusqu'à aller faire un petit tour *ad patres*, ce ne serait pas un drame. Mais j'attends toujours et partir maintenant serait un gâchis. Ce n'est pas la rue qui m'a prise, c'est moi qui me suis imposée à elle, et je n'en ai pas encore fini.

— Y a fille qui s'appelle France, ici ?

La voix est venue de nulle part. Des intonations orientales qui charrient de la rocaille. Elle nous arrache, Astérix et moi, à ces langueurs hivernales qui nous bercent depuis quinze jours. Astérix, vigilant malgré le litre de gros rouge qu'il s'est envoyé ces dernières heures, fouille sous sa couverture. Je sais que sa main vient de se poser sur le manche de son couteau. Je me lève et contourne le bloc de béton, une couette rapiécée sur les épaules. J'aperçois un homme sur le boulevard, penché par-dessus la balustrade du pont. Encore jeune, la peau hâlée, les cheveux noir de jais.

— C'est qui ? lui lancé-je en me tenant à l'écart.

— C'est toi, France ?

Il a un accent à couper au couteau.

— C'est moi.

— C'est Loussig qui m'envoie. Il fait dire toi que l'homme que tu cherches est rentré à Paris. Et il dit aussi qu'il a honoré sa dette et que lui veut plus entendre parler de toi.

— Il est où, l'homme ?

— Loussig pas dit ça. Il dit juste que l'homme est là.

— C'est tout ?

— Non. Il dit aussi qu'il faut couilles pour jouer gambit du roi, et qu'il souhaite toi bonne chance.

*

Mercredi 16 janvier 1985

Il n'y a que trois kilomètres entre le pont Morland, notre refuge, et la rue Saint-Honoré, dans le Ier arrondissement. C'est là que se trouve le quartier polonais de Paris. Jusqu'à la fin du XIXe siècle, le faubourg de la Petite-Pologne abritait une diaspora constituée des besogneux, des hommes de peine et des chiffonniers qui immigrèrent lorsque leur pays natal avait été morcelé par la Russie, la Prusse et l'Autriche, après 1830. Ceux de la communauté continuent de peupler la zone allant de la gare Saint-Lazare jusqu'aux Tuileries.

Aborder une cloche reste délicat, même quand on est soi-même une cloche. Aucune garantie. Entre les sans-abri ivres morts dès potron-minet et ceux qui sont trop aigris pour ne pas s'en prendre à la Terre entière, je ne peux être sûre de rien ni de personne.

Sur l'avenue de l'Opéra, pas loin du métropolitain, je distingue enfin la silhouette efflanquée de celui qu'on m'a indiqué. Léon. Le phare du Ier arrondissement. L'équivalent d'Astérix. Chaque secteur de Paname a son clochard symbolique, sa vigie, son repère, sa balise. Un type qui est là depuis toujours. Celui qui connaît tout. Celui qui les connaît tous. La mémoire de ce territoire, c'est Léon. On me l'a certifié à plusieurs reprises quand je furetais dans le coin pour découvrir où était Bartosz. Même Astérix a été inflexible à ce sujet. « Si tu cherches un type qui traîne ses guêtres chez les Polaks, faut que t'ailles demander à Léon. Lui, il saura. Y a personne qui fout un panard là-bas sans qu'on le tienne au courant. Léon, c'est le patron. »

Astérix – qui garde Francis au camp – a bien tenté de me questionner sur les raisons qui me poussent à retrouver la trace de ce fameux Bartosz, mais quand je l'ai envoyé sur les roses, il a renoncé et n'a plus insisté. Ici, on respecte les secrets des origines. Toutes les cloches ont une histoire. Quand j'avais essayé de balancer un mensonge pour expliquer comment je m'étais retrouvée à la rue, Astérix m'avait dit : « J'veux rien savoir, gamine. Ça t'évitera de mentir. » Quand on dort dehors, on enterre son passé. Il y a parmi nous des criminels, des laissés-pour-compte, des déshérités, des toxicomanes, des victimes et des bourreaux, des arnaqués et des arnaqueurs, des bien nés et des réprouvés. Mais quand nous sommes assis contre un réverbère, un bonnet troué sur le crâne, de la crasse sur les joues, la main tendue et le ventre vide, nous nous ressemblons tous.

Je m'approche de Léon qui vient d'obtenir une pièce de cinq francs d'une mamie qui avance avec le dos voûté en tirant un cabas à roulettes.

— C'est vous, Léon ?

Hochement de tête suspicieux. Il porte des mitaines et une épaisse redingote noire dont le col est serré sur son cou fripé avec un bout de ficelle.

— Je viens de la part d'Astérix.

— Astérix ? Comment qu'il va ?

— Plutôt pas mal. Il a froid, comme nous tous.

— Sale temps pour les gueux. Qu'est-ce qu'y m'veut, Astérix ?

— Lui, rien. C'est moi qui voudrais vous parler. Je cherche Bartosz. On m'a dit qu'il venait de rentrer sur Paris.

L'éclat de méfiance qui brillait dans son œil luit plus férocement. On ne parle pas du diable impunément, ou Jack Talons-à-Ressort apparaîtra.

— Bartosz. Vaut mieux l'éviter, celui-là. Il t'a volée ?

— Non.

— Il t'a violée ?

— Non.

— Pire que ça ?

— Je veux juste lui parler.

Léon laisse échapper un rire sarcastique.

— Après tout, ça me regarde pas, pas vrai ?

— Exactement.

— Mais rien ne m'oblige à te dire où il est.

— Non, rien. Mais rien ne vous en empêche.

Il réfléchit. Ce faisant, il pose l'index et le pouce de sa main droite sur son menton et joue avec les poils de sa barbe qui en pendent et le font ressembler à un bouc.

— Non, t'as raison, rien m'en empêche. C'est juste que… je voudrais pas avoir d'embrouille avec Bartosz. Si tu veux que ton palpitant continue de toquer, Bartosz, vaut mieux pas s'en approcher.

— Il ne saura pas que vous m'avez parlé. Et puis, si j'ai bien compris, il ne se cache pas. Même si vous ne me dites rien, je le trouverai. Alors, autant me faire gagner du temps et faire plaisir à votre vieux pote Astérix, non ?

Léon jette un coup d'œil autour de lui, comme si la bête que je traque pouvait surgir d'un recoin.

— Bartosz, il crèche avec deux potes à lui dans un squat de la rue Cherubini, pas loin du square Louvois.

— Où exactement ?

— J'ai pas le numéro. Face au square, t'as une épicerie arabe, rue Rameau. Elle est tenue par un vieil Algérien, Ahmed. Bartosz et ses potes achètent leur bibine là-bas, normalement. T'as qu'à fliquer l'entrée. Tu l'as déjà vu, Bartosz ? Tu le reconnaîtras ?

— Non.

— Ben quand tu vois un détraqué avec un regard de tueur qui entre, ce sera lui.

Les rues Rameau et Cherubini ne sont qu'à cinq cents mètres. Je remercie Léon d'un hochement de tête. Il ne me rend pas mon salut et brandit sa casquette vers un couple de bourgeois qui glisse sur le verglas couvrant le trottoir. Affaire classée, il ne m'a même pas demandé comment je m'appelais.

Je remonte la rue Sainte-Anne, mais le sol est tellement glissant qu'il me faut pratiquement une demi-heure pour atteindre l'entrée du commerce situé rue Rameau, celui d'Ahmed. Je viens de faire une séance de patins sur glace et c'est un miracle que je sois arrivée à destination sans subir la moindre chute. Je pénètre dans l'épicerie avec vigilance. Un vieil homme me salue. Il est derrière son comptoir, les mains posées à plat sur une sorte de vitrine recouverte d'affichettes. Je fais le tour d'un podium dont les étagères supportent des paquets de biscuits, des confiseries, des tablettes de chocolat. Comme je n'ai pas l'air de chercher quelque chose de précis, celui qui doit être Ahmed me demande :

— Je peux faire quelque chose pour vous ?

— Non merci. Je cherche juste quelque chose à manger.

Son regard descend et s'attarde sur mon corps. J'ai l'habitude qu'on me reluque sans vergogne. Quand on vit dans la rue, on sait geler sa fierté. Les mijaurées se métamorphosent en quelques jours et finissent par pardonner les œillades concupiscentes. Mais très vite, je comprends que l'homme n'est pas en train de saliver en imaginant ses mains profiter de cette chair (pas très) fraîche. Il juge simplement ma mise et en déduit que je suis une clocharde.

— Fait froid, dehors, pas vrai, Mademoiselle ?

— Très.

— J'allais me servir une tasse de thé à la menthe. Je t'en offre une ?

Je reste méfiante, mais j'acquiesce.

— Au fait, je m'appelle Ahmed. Je reviens dans une minute.

Il disparaît dans son arrière-boutique, et je me fais la réflexion que c'est extrêmement rare qu'un commerçant laisse un vagabond seul dans son magasin. Je suis touchée par cette confiance un peu naïve. Ahmed revient avec deux tasses fumantes. Il m'en donne une et quand je trempe les lèvres dans le breuvage, je fais une petite moue en me brûlant.

— Ah, oui, j'aurais dû te prévenir. Chez nous, le thé, on le fait très chaud. Désolé.

— Non, c'est très bien. Merci. On a besoin de se réchauffer, avec ce temps.

Les parfums de menthe montent comme une fumerolle pour m'allicier. Je suis envoûtée par le charme de ces touches poivrées prégnantes. Depuis que je dors sous les étoiles et que je sens les remugles de la rue, mon odorat hiberne. Moi qui ai toujours été sensible aux fragrances les plus délicates, je sais maintenant faire abstraction de ce que je ne peux éviter : les odeurs de pieds, de sueur, d'urine, d'excréments.

— Ça vous dit, un sandwich ?

— Je peux pas vous le payer.

— Oh, je comptais pas te le vendre. J'ai toujours des invendus, en fin de journée. Autant que ça soit pas perdu, non ?

Je le remercie en silence, consciente que je viens de me trahir en admettant que j'étais entrée dans l'épicerie sans argent, et donc sans intention d'acheter quoi que ce soit. J'attrape la demi-baguette et croque dedans. Cornichons, crudités, salade, fromage. Un régal.

— Merci, monsieur Ahmed.

— Ahmed tout court, Mademoiselle.

— France.

— Pardon ?

— France, c'est mon prénom.

Nous papotons gentiment. Tant qu'il n'y a pas de client, je ne suis pas un problème. Mais la boutique est minuscule et je ne peux pas m'éterniser ici. J'essaie d'en savoir plus sur d'éventuels clients polonais, mais il y en a tant dans le quartier qu'Ahmed ne peut me fournir aucun renseignement valable.

Au bout d'un quart d'heure, je le remercie, lui serre la main et sors. Je me planque de l'autre côté de la rue et attends. Il fait de plus en plus froid et je ne peux rester assise sur le trottoir, le dos contre l'immeuble d'en face. Obligée de gigoter sur place pour me réchauffer, je me demande combien de temps je tiendrai. J'ai l'impression que mes cils et mes cheveux durcissent.

Ce n'est qu'au milieu de l'après-midi, après de nombreuses heures monotones, que je vois enfin un client qui pourrait être Bartosz entrer dans la boutique. Je patiente dix minutes, assiste à sa sortie théâtrale – il glisse sur une plaque de verglas et se rattrape *in extremis* au rétroviseur d'une 205 garée devant chez Ahmed –, et décide de le suivre. En me tenant à trente mètres de lui, vu les conditions, je n'ai aucune chance de le perdre. Et même si le type me surprend derrière lui, il n'a pas de raison de se méfier, à moins que Loussig ou Léon lui ait fait savoir qu'une femme posait des questions à son sujet.

Je ne me suis pas trompée. L'homme remonte la rue Cherubini, éteint sa cigarette en frottant le mégot contre la porte d'entrée et pénètre dans un immeuble haussmannien dont la façade mériterait d'être rafraîchie. J'attends une minute sous le porche et entre à mon tour. Le verrou de sécurité semble être cassé. La porte s'ouvre. Une fois dans le couloir, je comprends que le bâtiment est en rénovation. On peut en déduire que les entreprises chargées du chantier ne travaillent plus à cause des conditions climatiques. Pour une fois que la météo donne un coup de pouce aux sans-abri…

Bartosz et ses amis se sont dégoté une planque parfaite. Sans électricité et eau courante, bien sûr, mais les appartements sont déserts et personne n'alertera les autorités de leur présence tant que les travaux en cours ne reprendront pas.

J'entends du bruit. Je me faufile dans un autre couloir et détecte l'origine des conversations. Dans un studio du rez-de-chaussée, trois hommes sont assis autour d'une cafetière posée sur une bonbonne de gaz. La porte est grand ouverte et en me penchant légèrement, je peux les entr'apercevoir. Il n'y a pas de lumière dans le hall d'entrée et la pénombre me camoufle.

L'homme que j'ai suivi crache sur le carrelage et crie à celui installé en face de lui :

— Trop chère, vodka, Bartosz.

Ainsi, le client d'Ahmed n'était pas celui que je chasse, mais un de ses camarades. Bartosz me tourne le dos. Je meurs d'envie de me décaler vers la gauche pour mieux le voir, mais je réfrène ma curiosité. Trois viandes saoules. Trois brutes sans foi ni loi. S'ils soupçonnent ma présence, je passerai un sale quart d'heure – quart d'heure qui pourrait bien être le dernier de mon existence.

— Le vin, c'est pour les femmes et les nains, pas pour les hommes.

— Et vodka, ça coûte cher. Ahmed vend du bon vin. On n'a pas assez pour acheter vodka, Bartosz.

— Alors on doit trouver du fric.

Bartosz se lève. Il m'apparaît sous la lumière falote des rayons de soleil qui passent à travers la fenêtre sale. Le Polonais n'est pas grand, mais il est large comme une barrique. Le torse gonflé à l'hélium. Je devine des muscles bruts sous l'étoffe de la chemise à carreaux qu'il porte. Un costaud, un vrai costaud. Ses cheveux sont courts et frisés. Ils se dressent sur sa tête en bouclettes qui prolongent sa silhouette en hauteur. Des bretelles rouges avec des étoiles violettes tiennent son pantalon, paraissant étirées à l'extrême. Il y a quelque chose de cru, de fruste, de primitif dans ce sauvage mal équarri. Tout dans son être révèle la violence : les intonations de sa voix aux accents gutturaux, ses yeux perçants injectés de sang, ses gestes secs et nerveux.

À présent, je suis morte de trouille.

Je tourne les talons et quitte l'immeuble en me hâtant, comme si j'avais le diable aux trousses.

Maintenant que je sais où il se terre, je constate que je n'ai pas les moyens de mes ambitions. Pour débusquer Bartosz le démon, il me faut m'aventurer en enfer.

*

Dimanche 20 janvier 1985

Astérix a ce don.

Je ne crois pas aux voyants. Je ne crois pas aux extralucides. Je ne crois pas aux mages. Je ne crois pas à tous ces charlatans qui pratiquent les arts divinatoires comme on joue à la belote dans les bistrots. Je ne crois pas à ces aigrefins qui se repaissent du désespoir des rues. Mais Astérix sait voir l'avenir. La gnosie amère de l'engeance. Un sixième sens. « Tu vas te retrouver dans la merde, France. » Voilà sa prédiction, à mon Nostradamus de pacotille.

Fidèle à lui-même, il ne m'interroge pas quand il sent que je ne veux pas lui répondre. Pas la peine d'insister. Décence et dignité ; bien plus que nombre de personnes proprettes et protégées par un toit.

J'ai localisé Bartosz mercredi. Le reste de la semaine, j'ai exploré Paris pour trouver l'endroit. Depuis que je suis arrivée sur le bitume de Paname, en cette soirée du 8 septembre de l'année dernière, je me suis peu écartée des arrondissements qui cernent le pont Morland. Une procession par mois au cimetière de Thiais pour vénérer les ampoules grillées, une poignée de rafles qui m'ont larguée à Nanterre, quand les Bleus faisaient du zèle. Et c'est à peu près tout.

Pour que mon projet voie le jour, je dois découvrir le lieu désert où je pourrais interroger Bartosz et lui faire avouer son crime. C'est à cette tâche que je me suis employée, au grand dam d'Astérix et de Mathilde qui assistent à mes désertions sans me blâmer vertement, même si les regards réprobateurs qu'ils me lancent quand je quitte notre bivouac ne trompent personne. Ce n'est qu'hier que j'ai enfin déniché l'emplacement idoine.

L'été dernier, au mois d'août, pendant que les Parisiens se faisaient bronzer la couenne sur le bord de l'Atlantique ou sur la Côte d'Azur, avec Astérix, nous avions profité du calme et des congés d'une grande partie du personnel de Rungis pour vadrouiller dans les zones industrielles qui bordent l'enceinte de Thiais. À proximité de Fresnes – à Chevilly-Larue plus exactement –, à l'ouest de notre site de recueillement, se trouve l'immense marché d'intérêt national de Rungis. Le plus grand marché de produits agricoles au monde. Des centaines d'hectares, des dizaines de pavillons, des milliers de travailleurs et de camions qui parcourent la zone en long, en large et en travers. Et des entrepôts déserts, des hangars abandonnés, s'éternisant dans le *vacuum* jusqu'à ce qu'un hardi chef d'entreprise daigne s'intéresser à leur cas.

Des gardeuses sillonnent le marché nuit et jour pour surveiller les parages, empêcher les vols et expulser les squatteurs. Je n'aurai aucune chance de m'installer durablement à Rungis, mais je pourrai aisément profiter de la météo compliquée pour passer quelques heures en compagnie de Bartosz dans un dépôt vide. Il fait si froid que certains transporteurs ont suspendu leur activité. Mon plan : l'attirer là-bas – comment ? je n'en sais encore rien –, le maîtriser – comment ? je n'en sais encore rien – le faire parler – comment ? je n'en sais encore rien.

Je me suis rappelé ce pèlerinage, en août dernier. Astérix, en repartant du carré des indigents de Thiais, m'avait proposé de nous aventurer sur le MIN. Nous avions pu traverser un bon tiers du marché avant que le service de sécurité – pourtant réduit au minimum – nous presse sans barguigner de ficher le camp. J'avais repéré un entrepôt vide, juste après l'autoroute. Hier, je m'y suis rendue et me suis aperçue qu'il n'y a pas âme qui vive dans les alentours. C'est là-bas que je pourrai avoir ce face-à-face avec Bartosz. Quant à savoir comment le faire tomber dans ce guet-apens et comment le neutraliser, c'est une autre paire de manches…

Je déambule dans les rues environnantes du squat que ma cible polonaise partage avec ses camarades de beuverie. S'il est trop ivre, il risque de m'embarquer dans son repaire pour organiser une fiesta avec ses acolytes ; s'il ne l'est pas assez, il sera méfiant. Mon avantage, c'est que Bartosz semble tellement sûr de lui qu'il ne soupçonnera pas la gamine maigrelette que je suis de mauvaises intentions.

Enfin, au bout de deux heures, alors que le froid me transit, je le vois, sur le trottoir d'en face. Il ne vient pas à ma rencontre, et quand je veux traverser la route, je dois ralentir mon allure pour ne pas glisser sur la neige. J'ai maintenant son dos en vue. Accélération.

— C'est vous, Bartosz ?

Il m'entend et se tourne. Cauchemaresque sourire qui lui ravage la face quand il voit qui l'interpelle.

— Pour jolie comme toi, eh, je peux être qui tu veux.

Puis il paraît remarquer que si je connais son identité, je ne suis peut-être pas là par hasard.

— Qu'est-ce que toi me vouloir ? Et t'es qui ?

Il s'exprime en détachant les syllabes, avec un accent de l'Est très prononcé.

— On m'a parlé de vous. On m'a dit que vous pourriez être intéressé par un coup que je voudrais vous proposer.

— Un coup ? Je suis effectivement sacré coup. Qui t'a parlé de moi ?

— Pas important. Vous avez deux minutes ?

— Qui t'a parlé de moi ?

Ses yeux brillent comme ceux d'un fauve dans les ténèbres. Ses lèvres suintent de la salive qui coule de sa bouche de carnassier. Mon cœur se met à battre trop fort. Une pellicule de sueur naît sur mon front.

— C'est quelqu'un qui vous connaît qui m'a dit de m'adresser à vous. Je voudrais savoir si…

— Tu me prends pour un con et tu ne réponds pas à ma question. Qui t'a parlé de moi ?

— Personne ! Je veux…

Même si son buste est large comme celui d'un buffle, il est vif et sa vélocité me stupéfait. Sa main se déporte sur la droite, se pose sur mon cou, et ses doigts serrent ma gorge. Prisonnière de ces tenailles, je n'en mène pas large. Une simple pression et je suffoque déjà. Bartosz regarde autour de lui. Constatant que la ruelle dans laquelle nous nous trouvons donne sur une artère passante et que si quelqu'un apparaît, il n'aura pas le temps de réagir, il me repousse subitement. Mon dos cogne contre une surface dure. La porte d'un immeuble. De la main gauche, il s'empare du fermoir qui ne résiste pas. Je bascule dans un hall. Il me lâche et je m'écrase. La porte se referme. Le noir gonfle, grandit, enveloppe, dévore, efface, annihile tout courage. Je deviens minuscule, écrasée par la peur et le goût du fiasco. L'expression « être à la merci de quelqu'un » prend tout son sens. J'apprends le concept de terreur absolue ; et celui d'impuissance totale ; et celui de la naïveté ; et celui de la débâcle.

— Maintenant, tu parles ou tu crèves. Qui t'a parlé de moi ?

— Je…

— Parle ou tu crèves. Je ne sais pas si je niquerai toi avant ou après. Qui t'a parlé de moi ?

Je reçois un coup de pied dans la cuisse et la douleur m'arrache un cri. Je supplie. Il s'en fout.

— Dernière chance : qui t'a parlé de moi ?

— Loussig !

Je ne voulais pas trahir l'Arménien, mais même si la honte

me submerge, je suis lucide. Il m'aurait tuée. Sans la moindre hésitation. Juste parce que je l'ai abordé dans une rue en le hélant par son nom. Et s'il est capable de ça, il est peut-être bien à l'origine du meurtre de La Rochelle. J'ai déjà un début de réponse à la question que je veux lui arracher.

— Loussig ? s'étonne-t-il.

— Oui.

— Explique. Et tu as intérêt à être convaincante.

Je veux me lever, mais à peine suis-je à genoux qu'avec son pied, il me projette derrière. Je m'affale et comprends le message : *reste où tu es, femelle*. J'inspire fortement pour calmer l'adrénaline qui coule dans mes veines et fait bourdonner mes tempes.

— J'ai un coup. J'ai un truc qui peut nous faire gagner un peu de pognon. Seulement, j'ai besoin d'un type pour me filer un coup de main. J'ai demandé à Loussig s'il connaissait un mec costaud et fiable. Il m'a donné ton nom.

— Comment toi savoir où j'étais, eh ? Loussig ne sait pas où je suis.

— Bah… T'es Polonais. Alors j'ai traîné ici, c'est tout.

— C'est quoi, ton coup ?

— Attends… Si on bosse ensemble, on doit faire ça comme il faut.

— Je répète : c'est quoi, ton coup ?

J'obtempère. Inutile de l'énerver davantage. J'essaie d'affermir ma voix et dis :

— C'est à Rungis. Dans un entrepôt. Y a des montres de valeur qui sont planquées.

— Des clous ! À Rungis, c'est de la bouffe.

— Non ! T'as entendu parler des contrefaçons des montres Bleisch qu'on trouve à Barbés depuis l'année dernière, non ?

— Si c'est contrefaçons, c'est pas montres de valeur.

— Une Bleisch neuve, ça vaut douze mille balles. Une

contrefaçon, mille cinq cents. Je sais de source sûre qu'il y a trois cartons de cinquante montres planqués dans un hangar désaffecté à Rungis.

— Comment tu sais ça ?

Je temporise. Il vient de mordre à l'hameçon. L'affaire des contrefaçons Bleisch a fait l'objet de plusieurs articles de journaux dans *Le Parisien Libéré*. J'espère que cela donne du crédit à mon mensonge.

— C'est un ami qui bosse au MIN qui m'a filé la combine. Les montres sont importées de Suisse et transitent par Rungis. Elles sont stockées dans un vieil entrepôt. Un autre gars les récupère la nuit, en faisant sa tournée, et les livre à Paris. Le truc, c'est qu'avec le froid, le chauffeur habituel s'est foutu en l'air sur une route verglacée. Donc les trois cartons n'ont pas pu être emportés à temps. Ils sont encore là-bas. On y va tous les deux et on fait…

— *Fifty-fifty*.

— Non. Mon contact doit avoir sa part. Un tiers chacun. J'ai besoin d'un gros bras au cas où un garde arrive. Mais c'est tellement gelé partout que y a pas un chat à Rungis.

Bartosz fait un pas en avant, se baisse, m'agrippe par le coude et me relève à la hussarde. Impossible de résister. Il m'attire à l'extérieur du bâtiment et je le suis.

— Où on va ?

— Ta gueule. On va vérifier un ou deux trucs.

Je reconnais le chemin. Nous parvenons dans la rue Cherubini, là où il squatte avec ses compères. En moins d'une minute, je me retrouve dans l'appartement que j'ai espionné, les fesses sur une caisse en bois, la mine contrite. Les deux abrutis qui lui servent de comparses apparaissent comme par enchantement.

— C'est qui cette femme, Bartosz ?

— Je ne sais pas encore. Soit c'est femme qui a le nez creux et qui vient de dégoter le meilleur complice qu'elle pouvait rêver d'avoir, soit c'est pute qui va crever en hurlant. On le saura bientôt. Filip, tu vas trouver l'Arménien.

— Loussig ?

— Oui. Tu trouves lui et tu demandes lui de ma part si c'est lui qui m'a envoyé cette pute. Comment tu t'appelles, la pute ?

— France.

— Très bien. Tu lui dis que je veux savoir si l'histoire de France la pute est vraie. Vas-y, file.

Je ne pipe pas un mot pendant plus d'une heure. Une envie d'uriner me torsade le ventre, mais je n'ose demander la permission de m'éclipser pour ça. Bartosz et son pote me fixent avec des lueurs lubriques dans le regard, et je pense à ce qu'il m'a dit un peu plus tôt : me violera-t-il avant ou après m'avoir tuée ?

Enfin, le dénommé Filip revient. Il se place au milieu de la pièce et me considère en souriant.

— Alors ? le questionne Bartosz. Qu'est-ce qu'il a dit, Loussig, eh ? C'est lui qu'a donné mon nom à la pute ?

Filip tape deux fois dans ses mains et répond :

— Oui. Il a dit qu'il t'avait conseillé parce que t'es le meilleur. C'est ce qu'il a dit.

Je ne peux m'empêcher de fermer les yeux en bénissant silencieusement Loussig de ne pas avoir vendu ma peau. Il prend des risques en me protégeant. Je ne sais pas pourquoi il agit ainsi, mais j'ai la sensation de pouvoir compter sur un ange gardien.

— OK, la pute. À partir de maintenant, tu n'es plus une pute, petite France. Tu es ma partenaire. On va à ton entrepôt. Les mecs, préparez-vous.

— Non, juste nous deux.

— Pas question. Mes potes viennent avec moi.

— Non. C'est toi que je suis venue chercher. Pas eux. Deux bras en plus suffisent. C'est à prendre ou à laisser.

— Parce que tu crois que tu as le choix, petite France ? Tu penses vraiment que…

— Et puis, l'interromps-je, si on est trop, on se fera remarquer. Faut faire ça en loucedé et ça se passera bien. Écoute, Bartosz, j'ai demandé à qui je devais m'adresser si je voulais *un* complice, *un seul*. On m'a juré que t'étais le meilleur. Si j'avais voulu avoir affaire au chef et à ses sous-fifres, je serais allée voir ailleurs. Si tu penses que c'est trop dangereux et que t'as peur de t'y coller, je comprends…

Bartosz se met à rire grassement. Il ramasse un gros sac militaire qu'il jette sur une de ses épaules.

— Allez, on y va. Franchement, tu as de la gueule, *kobieta*. On va là-bas, on met le grappin sur tocantes, on se barre de Rungis, on partage butin et tu dégages, eh ?

— C'est vendu. Allons-y.

Je me doute que si le moindre magot existait, je n'en verrais jamais la couleur. Bartosz me détrousserait et m'abandonnerait dans la première décharge venue. Mais tout ça n'a aucune importance. Ses amis polonais ont vu mon visage et connaissent mon prénom, mais tout ça n'a aucune importance. Je me dirige dans la gueule du loup avec un monstre qui dévore les loups, mais tout ça n'a aucune importance. Je veux juste me retrouver seule avec Bartosz. Nous deux, face-à-face. Et je veux qu'il me confesse sa lancinante mélodie des morts.

*

Dimanche 20 janvier 1985

La fourgonnette nous double sans marquer de pause. Nous n'avons pas le temps de nous réfugier derrière un abri quand nous entendons son moteur gronder. Nous continuons tout droit, sans nous écarter du chemin. Et passons inaperçus. L'entrepôt est à une centaine de mètres. Mon sang se glace dans mes veines. La peur s'insinue dans chaque cellule de mon organisme et m'achève.

Dans le bus qui nous a amenés, Bartosz et moi, jusqu'à Chevilly-Larue, j'ai compris qu'aucun retour en arrière n'est possible. Les autres voyageurs nous regardaient du coin de l'œil, avec intérêt et inquiétude. Le Polonais me tenait par le coude et ne m'a pas lâchée de tout le trajet. Il inspire une terreur antique à tous, mais ça ne me rassure pas.

— C'est là.

— Là ? s'étonne-t-il.

— Oui. C'est cet entrepôt.

— Ils stockent marchandises de valeur dans ça ? Ça, c'est ruine.

Effectivement, le hangar désaffecté est dans un état lamentable. Il ne doit plus être utilisé depuis au moins dix ans. Je m'apprête à me lancer dans de grandes explications pour justifier l'intérêt de disposer d'un désert pour planquer de la camelote, mais Bartosz prend les devants et reprend sa marche vers la lourde porte en tôle qui en barre l'accès. Une fois que nous sommes devant le seuil, je balaie les environs du regard. Personne. Ni individus ni camions. Une chaîne entoure les poignées des deux portes, mais le cadenas censé la maintenir pendouille.

— C'est là ? demande mon complice. J'entre ?

— Oui. Vas-y.

Il est important qu'il passe le premier. Bartosz retire la chaîne, pousse le pan métallique et entre. Je le suis. À l'intérieur, il ne fait pas si sombre que ça. Des vitraux brisés laissent pénétrer la lumière timorée de ce mois de janvier. Il pose son sac à ses pieds.

— C'est où ?

— Tu vois les caisses empilées au fond ? Normalement, les trois cartons de montres sont là-bas, dans le tas.

Il avance sans se soucier de moi. Il n'y a qu'une seule sortie : l'ouverture par laquelle nous venons d'entrer. Je referme et examine l'intérieur : un fourbi total, d'énormes cartons éventrés et rongés par l'humidité, des caisses en bois, des montagnes de poussière, des tonnes de cagettes vides. L'unique issue dans mon dos, et moi, érigée en rempart.

Bartosz parcourt les dix mètres qui le séparent des caisses. Il plonge ses deux énormes bras dedans et entame une fouille désinhibée. Pendant ce temps, je recule, soulève une vieille couverture sale chiffonnée sur le sol. Et découvre l'arme que j'ai cachée la veille. J'hésite, prends une grande inspiration, me souviens du fantôme qui danse et geint, attrape la crosse, me retourne.

— Bartosz.

Ma voix est éraillée, mais ferme. Il tourne la tête et voit.

— À quoi tu joues, petite France ? dit-il d'une voix persifleuse. Tu braques moi avec un flingue ?

— Lève les bras.

Il ricane, se dégage des caisses et fait deux pas dans ma direction. Je pose ma deuxième main sur le revolver et vise. Il s'arrête.

— Plus un geste, Bartosz. Et tu ne t'approches pas ou je te jure que je te tire dessus.

— Toi, tu vas tirer sur moi, petite France ? Tu n'as pas ce qu'il faut. Tu n'as pas le regard de la bête. Tu n'es pas une *Zabójca*.

— Une *Zabójca* ?

— Une tueuse.

J'arque mes jambes comme je l'ai vu dans les films avec Belmondo ou Delon et place mon ennemi dans ma ligne de mire. Bartosz s'immobilise.

— Qu'est-ce que tu veux ? Où sont les montres ?

— Y a pas de montres. Il n'y a qu'un monstre. Des montres, y en a jamais eu. Je voulais juste qu'on puisse discuter, toi et moi, sans témoin.

— Tu joues avec le feu, petite France. Tu ferais mieux de jeter flingue et de te barrer très vite. Tu as déjà tiré avec arme à feu ?

— J'ai des questions à te poser. Si tes réponses me conviennent, je te laisse partir.

Le Polonais scrute l'entrepôt à la recherche d'une solution. Même s'il se trouve à trois mètres de moi, je le vois mordiller sa lèvre supérieure. Il fulmine et ne supporte pas l'impuissance qui le paralyse. À la merci d'une femme débonnaire et inexpérimentée, néophyte en matière de violence. Si cette situation se sait, sa honte sera immense.

— Écoute-moi bien, la pute, je vais te donner une dernière chance de…

— Je ne suis plus ta petite France ?

— Non, tu es redevenue pute. Arrête de braquer moi ou tu vas le regretter.

— Si t'avances d'un pas, t'es mort. Tu réponds à mes questions, OK ? T'as pas le choix.

Je crois entendre ses dents grincer. J'ai beaucoup de mal à avaler ma salive, comme si la frousse me bouchait la gorge. Mes mains tremblent et Bartosz a dû le remarquer. Je me lance d'une voix que je veux assurée :

— L'an dernier, t'as passé l'été à La Rochelle. Le samedi 3 septembre au soir, une jeune fille a été enlevée et assassinée sauvagement. Des gens t'ont vu faire la manche à proximité du bar où on a vu la victime pour la dernière fois. Tu vois de quoi je parle ?

— Je vois.

— Les flics t'ont trouvé. Ils t'ont embarqué et t'ont gardé plusieurs jours. Ils ont fini par te relâcher, faute de preuves, et se sont lancés sur d'autres pistes. T'as été leur premier suspect.

— Et ?

— Et tu es rentré à Paris. Et une fois ici, tu t'es mis à raconter partout que c'était bien toi l'assassin et que les flics t'avaient laissé partir parce qu'ils n'avaient pas d'éléments suffisants pour te foutre en prison.

— Et ?

— Et… je veux savoir si c'est bien toi qui as tué cette fille.

— Pourquoi ? Tu la connais, cette pute ?

Il fait encore deux pas en avant. Je fais appel à toute ma concentration pour que mes jambes cessent de flageoler. Si je chancelle, il fera de moi une marionnette. Et les hommes comme lui aiment démantibuler les marionnettes.

— Alors, tu la connais ?

— Non.

— Tu veux savoir si c'est moi qui ai découpé cette pute, c'est ça ?

— C'est ça.

— Eh bien oui, c'est moi. Personne ne me défie. Personne n'ose s'opposer à moi. Je suis beaucoup trop fort pour qu'on refuse à moi quoi que ce soit. Laisse tomber flingue, la pute, ou je te ferai ce que j'ai fait à la fille. C'est ta sœur, n'est-ce pas ?

Encore un pas. Je lève le canon de l'arme.

— Tu veux que je te raconte ce que je lui ai fait, eh ? Elle sortait du bar. J'ai attrapé elle. Elle m'a suivi. Elle a craqué pour moi, cette fille. Elle voulait vrai mec, une vraie queue de Polak. Elle les a eus.

Encore un pas.

— Après, je me suis régalé. Je lui…

Il s'interrompt et ses yeux s'arrondissent. Ses sourcils sont froncés. Il est intrigué par quelque chose qui m'échappe.

— Qu'est-ce que c'est que ces conneries ? demande-t-il en fixant mon flingue.

Encore un pas.

— Putain, mais c'est pas flingue, ça. C'est un… jouet… C'est putain de jouet en plastique que tu tiens dans les mains ?

Je sens que ma vessie va me trahir. La boule dans mon ventre remonte, explose mes poumons, écrase mon diaphragme, émiette mon larynx. Puis la peur jaillit comme un tsunami qui noie mon destin fourvoyé. Mauvais karma.

Bartosz met ses deux mains sur ses reins, se gondole vers l'arrière et se met à rire bruyamment.

— Putain, j'ai failli me faire avoir par une *Zabójca* avec un jouet en plastoc.

Il bondit sur moi. Je jette mon arme dérisoire qui le touche au menton, mais il ne paraît même pas s'en apercevoir. L'une de ses mains attrape mes cheveux et me tire en avant. Je suis le mouvement qu'il imprime d'une seule pression et m'affale par terre. Il me saisit par le cou, me hisse. Mes pieds ne touchent plus le sol. Je suis propulsée deux mètres plus loin et m'écrase dans les cagettes vides abandonnées dans un coin de l'appentis. Il ne me reste plus que quelques minutes à vivre, mais Bartosz ruine mes espoirs.

— Je vais pas finir toi tout de suite. Je vais te violer avant. Je te violerai aussi après. Tu veux mourir comment ? Étranglée ? Étripée ? Étouffée par ma queue ?

J'ai mal à la tête. Mes vieilles blessures au dos me harcèlent. Je voudrais m'endormir pour ne plus rien endurer. Le suicide par simple pensée. Les ténèbres ont gagné du terrain. L'ombre domine et le kraken qu'elles enveloppent me surplombe. Il se penche. Se caresse l'entrejambe. Des gouttes de salive s'échappent de sa gueule aux crocs démesurés. Un loup qui s'apprête à dévorer une brebis aux pattes brisées. Je ferme les yeux, ouvre mes bras en croix. Son corps se couche sur mon corps. Ses jambes touchent mes jambes. Ma main droite se referme sur un morceau de bois, une simple lame de cagette, un débris fragile ; fragile, mais *effilé*. Je plante la pointe saillante dans son cou et le rouge m'inonde. Bartosz a les yeux exorbités. Il dit : « Que tu… » Puis il grimace de douleur et dit : « Tu as fait quoi ? » Et enfin il dit : « Putain. »

Bartosz se redresse. Il est à genoux, attrape la lame de bois fichée dans sa peau et la retire. Le sang coule abondamment. Je suis toujours sous lui. Je me tortille dans tous les sens pour échapper à son emprise, mais ses jambes m'enserrent et je reste sa proie. Il fixe le bout de cagette d'un air hagard. En forme de poignard, avec une extrémité acérée et une partie plus large qui correspond à un manche. Il prend le col de mon pull de la main droite, et de la gauche, il brandit l'arme avec laquelle je l'ai suriné. Il frappe. Je saute en arrière. Le poignard en bois m'atteint au visage. Je sens mon œil se déchirer. Le liquide coule sur mes joues et ce ne sont pas mes yeux qui transpirent. Je rebondis dans les débris, dans le coin de la pièce. Je n'y vois plus que d'un œil. La souffrance est atroce. C'est comme si on venait de placer ma tête dans un étau et qu'on serrait très fort. Mon nerf optique est si présent en moi que rien d'autre ne subsiste. Un gémissement qui a tout de la supplique. Le message nerveux monte dans mon être et je me noie dans l'acide. J'implore la pitié de celui qui mène la danse.

Face à moi, Bartosz semble dans les vapes. Il s'est mis debout, mais titube. S'il reprend du poil de la bête, il m'achèvera.

J'essaie d'oublier ma blessure, expire fortement, attrape une caisse en bois. Je suis si faible que je parviens à peine à la lever. Puis, mue par l'énergie du désespoir, en transe, je me rue sur le Polonais. Je le frappe violemment sur le côté du crâne. Il tombe. Un nouveau coup. Un autre. Un autre. Un autre. Un dernier. Ce ne sont que des chiquenaudes, mais elles suffisent à lui extirper un râle qui me réconforte et me redonne confiance. Son visage n'est qu'une bouillie sanguinolente, un magma de chairs à vif.

Je me traîne misérablement jusqu'à l'entrée. Sous la couverture où j'avais dissimulé l'arme factice, je m'empare du ruban adhésif et du poignard qui l'accompagnaient. Je reviens vers mon adversaire. Nouveau coup de caisse sur le front pour l'engourdir. J'entoure généreusement ses poignets à l'aide du large scotch. Je remonte jusqu'aux avant-bras. Même chose pour les chevilles.

Ensuite, j'attends.

Le captif n'est pas évanoui. Il bouge très légèrement et marmonne dans sa barbe. L'angoisse tapie dans mon cœur a repris le dessus et ma cage thoracique est agitée de lourds sanglots. Je déchire une manche de mon chemisier et m'en sers de compresse pour mon œil. Ce que j'essuie est un mélange de sang et de matière gélatineuse, translucide. J'en ai un peu sur le pouce et ça colle.

— Mes mains. Libère-moi…

À peine un souffle. Bartosz n'a plus rien de sa superbe. Son cou est trempé. Si j'ai su lui causer une telle plaie avec une simple esquille de bois de cagette, avec un vrai poignard, je saurai creuser sa tombe.

Malgré le vertige qui m'oblige à fermer les yeux de temps en temps, je m'accroupis à ses côtés. Il gigote et je savoure ce moment.

— Mais qu'est-ce que tu veux, putain ?

Maintenant, de la peur transparaît dans le timbre de sa voix. Et la peur, la pure, l'authentique, l'originelle, celle qui fait se contracter les ventres, celle qui fait frémir, celle qui tétanise, je la connais bien. Elle est indomptable et la bête est matée.

— Bartosz ?

— Oui ?

— Je vais te faire payer la mort de la fille de La Rochelle.

La lame du couteau apparaît et luit dans la nuit. Une lame d'une quinzaine de centimètres. Une lame que j'ai aiguisée patiemment. Je pose la pointe sur son cou et appuie. Ses dents crissent. Il couine comme un porc. Puis il crie :

— Non ! Non ! Fais pas ça… C'est conneries… Je lui ai rien fait, à cette gamine…

— Pourquoi tu te vantes du contraire ?

— Parce que… Pour qu'on me foute la paix… Pour qu'on ait peur de moi… Pour qu'on… respecte moi…

Cette dérobade me met en colère. Bartosz le dur, le lion, la bête, l'impitoyable, le féroce, le sauvage ; Bartosz est devenu une lavette.

— Trop facile, Bartosz. Trop facile…

— Attends ! clame-t-il en voyant que le couteau vient de pénétrer d'un millimètre dans sa pomme d'Adam. Fais pas ça… Je peux le prouver…

Je suspends mon geste, interloquée.

— Tu peux prouver que c'est pas toi le coupable ?

— Oui ! Dans mon sac. Regarde.

— Qu'est-ce qu'il y a dans ton sac ?

— Le procès-verbal. Les auditions chez flics. Y a tout. J'avais avocat commis d'office. Y a tous les papiers, tu verras. Ce soir-là, je suis allé dans bar juste en face de celui où la gonzesse a été vue avant de disparaître. J'y suis resté jusqu'à fermeture. Regarde, je te dis ! Y a des témoins.

Un doute terrible m'assaille.

— Regarde, bordel ! Y a tout dans mon sac. Je garde toujours ces trucs avec moi parce que si je les laisse au squat, j'ai peur que potes fouillent et découvrent que je me vante en disant que c'est moi qui ai fait ça à la fille. Si tu veux savoir vérité, vas-y, regarde.

Un piège ? Il *veut* que j'inspecte son balluchon. Il y tient. Mais que pourrait-il y avoir à l'intérieur qui me mette en danger ? Je tergiverse, mais Bartosz est réellement à ma merci. M'éloigner de lui ne changera rien à sa position. Je m'écarte de cette chenille qui essaie maladroitement de ramper. Dans le sac, je trouve quelques billets de banque et des pièces – pas une fortune, à peine cinquante francs à tout casser –, un pull, un plan de Paris, des cartes d'admission dans plusieurs foyers ; et une chemise à rabats. Je l'ouvre. Il s'agit bien de son dossier. Des PV datés, avec le cachet et tout le toutim pour les authentifier. Tout en surveillant le Polonais de mon œil valide, je lis les feuillets.

Il dit vrai. À moins qu'il ne s'agisse de faux – et je n'y crois pas une seconde –, les témoignages récoltés par les enquêteurs attestent que Bartosz est innocent du crime horrible du 3 septembre 1983. Cinq personnes dont l'intégrité ne peut être remise en cause confirment que ce soir-là, Bartosz est resté au moins jusqu'à deux heures du matin dans le bar en face de son voisin, *Le Dernier Café*. Il est tout à fait logique qu'il ait été aperçu aux abords du dernier lieu où l'on a vu la victime puisqu'il y était et qu'il ne l'a jamais nié. L'heure du crime ayant été estimée assez précisément, Bartosz est hors de tout soupçon.

— Alors ? T'as fini ta lecture, sale chienne ?

— Oui.

— Tu vois bien que je suis innocent. Libère-moi, putain de sale pute. Libère-moi.

Il est trop affaibli par sa blessure au cou pour me sauter dessus si je défais ses liens. Si je ne fais rien, il tombera dans les pommes dans quelques minutes. Il me suffit d'attendre un peu et je pourrai quitter l'antre de notre confrontation sans danger.

— Enlève ce putain de scotch, sale pute…

Bien sûr, il se lancera à ma recherche. Il sillonnera Paris

jusqu'au moment où il me localisera. Puis ce sera la curée. Je vais donc devoir partir. Fuir. Décamper de la capitale et ne jamais revenir. Bartosz ne connaît pas mes vrais prénom et nom. D'ailleurs, personne à Paris ne sait qui je suis. Il ne devrait pas faire le lien entre Astérix et moi. S'il interroge Loussig, celui-ci pourra prétendre que jamais il n'aurait pensé que je puisse être aussi dangereuse. Loussig est quelqu'un d'important et il n'est pas directement responsable de ce qui vient de se produire. Bartosz ne s'en prendra pas à lui.

Patienter jusqu'à ce que Bartosz s'évanouisse, donc, puis l'abandonner là, dans cette flaque de sang qui s'agrandit de seconde en seconde. Il survivra. Constitution trop robuste pour mourir ainsi. Ensuite, il me faudra prendre la clef des champs. Nice, Montpellier, Bayonne... Les destinations ne manquent pas quand on n'a aucun but.

— Libère-moi.

Je reviens vers Bartosz. M'agenouille près de lui. Plisse les paupières quand la douleur éperonne mon globe oculaire. Retiens ma respiration. C'est déjà comme si j'étais un peu morte. Le couteau approche de ses mains. Se pose là où le ruban adhésif maille ses poignets. Il soupire de contentement, enfin apaisé, soulagé. Son haleine est infecte et mon odorat en berne se rappelle à mes bons souvenirs.

Puis ma main change de direction. Je l'oriente dans l'autre sens. La lame se pose sur sa poitrine. Mon autre main rejoint la première sur le manche, en soutien. J'enjambe le Polonais et m'assieds sur lui. Mes cuisses galbent chacune de ses hanches dans une bigarrure érotique.

— Tu feras pas ça et tu le sais. Tu n'es pas une *Zabójca*. Libère-moi et tu resteras vivante. Et je conseille toi foutre le camp très loin de Paris. Si jamais je te retrouve, je tuerai toi, d'accord ? Le marché est bon pour toi. Tu as une toute petite chance de t'en tirer si tu pars à l'autre bout du monde...

J'appuie. La pointe perce la chemise, touche la peau, déchire la peau, troue la peau. Un filet de sang s'étale en auréole. Bartosz gémit. J'appuie encore. Il y a un cœur qui palpite et qui bientôt ne palpitera plus. Je l'entends qui cogne. La lame s'insère entre deux côtes. J'appuie. Millimètre après millimètre, elle s'enfonce. Elle entre en lui. Elle le viole. Elle le perfore. Il étouffe. J'appuie. Ça le transperce et ça touche le fond et ça s'arrête. Mes mains appuient. Mon corps appuie. Que ma vengeance s'abatte. La loi du (talion) plus faible. La dernière seconde est écarlate. Le précipice éternel. Ma catharsis en riposte. Mes souvenirs qui m'assiègent et moi qui pleure et moi qui pousse et moi qui tue.

Et lui qui meurt.

*

Mardi 16 avril 1985

La peur est tenace. Une invitée qui s'incruste et qu'on ne déloge pas. J'aime les odeurs et celle de la peur pétrifie et séduit à la fois. Je peux comprendre que certains soient drogués aux sensations extrêmes. Moi qui pratiquais l'escalade, c'est peut-être ces shoots d'adrénaline que je cherchais. Dès qu'on me surprend, par exemple en apparaissant subitement dans mon champ de vision réduit, je tressaille.

Bartosz n'est pas mort.

Ou plutôt, disons que son corps nourrit les asticots quelque part dans le cimetière de Thiais, parmi les ampoules grillées, mais que son esprit, lui, est encore là et me hante. Depuis la barbarie de l'entrepôt, j'entends sa voix, comme si un fantôme me pourchassait. Il est ma mauvaise conscience, mon génie obscur. Cette petite voix qui me donne du *Zabójca*, je l'ai baptisée *la Cloche*.

Francis aboie. Je sursaute. Astérix le note et m'adresse un

regard de dépit. Il m'aime, ce vieux clochard arthritique à la face parcheminée, et me contempler ainsi, dans ma déchéance, tout épouvantée, avec une paire de lunettes de soleil collée au nez pour camoufler l'orbite vide, le rend amer. Et la cicatrice qui traverse mon sourcil pour venir mourir sur le cerne noirâtre qui souligne mon œil gauche n'arrange rien. Il a assisté à ma lente glissade sans pouvoir la freiner. Et il culpabilise. Il écrase sa Gitane, passe au peigne fin l'une de ses besaces et vient vers moi avec un carton à la main.

— France, comment tu vas ?

— Comme une âme en peine.

— Arrête de te faire du mouron.

— Je me fais pas du mouron. Je me fais… plus rien. Je suis vide.

Il lorgne la bouteille de vin posée en équilibre contre mon mollet. Pas besoin de parler, nous nous comprenons. Je saisis le goulot et la lui tends. Il s'envoie une rasade à noyer un paquebot.

— Tiens, c'est pour toi.

Il me donne le colis.

— Pour moi ?

— Ouais. C'est ben ton anniversaire, non ?

— Oui. Tu t'en souviens.

— On l'a fêté l'année dernière en se pintant la gueule. Moi, j'oublie pas ces trucs-là.

J'ouvre le cadeau. À l'intérieur, une bille. Un œil de verre. Il s'agit d'une demi-sphère creuse. Un iris vert est dessiné dessus.

— Astérix, où t'as eu ça ?

— Au marché noir. C'est une occase. C'est peut-être pas exactement la même couleur que ton œil, mais j'ai essayé de faire gaffe à ce que ça y ressemble. J'ai eu l'idée à l'hosto, quand t'es sortie après qu'on t'ait énucla… enécl… encul…

— Énucléée !

— Voilà. Quand tu m'as montré qu'y avait que du vide sous ta paupière, j'me suis souvenu que y avait pas mal de cloches qui portent ce genre de trucs. J'ai économisé pour que t'aies un œil de verre de super qualité, gamine. C'est pas un truc qu'on bricole comme ça, à l'arrache, pour les gars des rues. C'est une prothèse de bourgeois, ça. La nana a dû vouloir en changer et il s'est retrouvé sur les marchés à la sauvette. J'espère que ça va t'aller. Le type m'a fait une démonstration pour quand qu'on le met. C'est impressionnant, mais ç'a pas l'air de faire mal. Faut surtout que ça soit propre. Quand tu te le mettras dans l'calot, faut pas qu'y ait de la crasse qui s'incruste dedans, qu'autrement tu vas douiller sévère…

Je souris. Me reconstruire sera compliqué. J'ai 24 ans aujourd'hui, un bilan s'impose, non ? OK, bilan : mon dos est bousillé, je suis borgne, je vis dans la rue depuis presque deux ans.

Francis vient se coller contre ma jambe pendant que j'enlace Astérix et que je l'embrasse sur la bouche. Je suis si émue que je hoquette sans pouvoir m'arrêter.

— Oh, France, remets-toi.

Il m'aide à placer l'œil de verre dans mon orbite. La sensation est particulièrement désagréable, mais je le laisse faire. Après avoir fermé l'œil plusieurs fois pour que la prothèse se cale correctement, je place en face de moi le miroir de poche que nous utilisons à tour de rôle chaque matin pour discipliner nos toisons. La couleur de l'œil n'est pas exactement la même, mais les nuances sont infimes. Ce qui est le plus choquant, c'est quand j'oscille sur le côté avec mon œil valide et que le globe oculaire se déplace ; mon œil gauche reste fixe, comme si je louchais.

— Bon, ouais, c'est un œil de verre, pas un *vrai* œil, argumente Astérix. Mais c'est mieux que rien, non ?

— C'est parfait. Merci.

Je dépose un nouveau baiser sur ses lèvres parfumées au briolet et lui signifie que je vais prendre un café au bistrot de Manu, l'estaminet de la rue de Sully qui accepte de servir les clodos à condition qu'ils restent en terrasse et ne fassent pas de vagues.

Francis sur mes talons, je remonte le boulevard Bourdon, salue la grosse dame noire qui tient le kiosque en face de la boulangerie, marmonne un « J't'emmerde » à un passant à la mise impeccable que j'ai bousculé par mégarde, indigné par ma goujaterie. Je m'installe sur une chaise branlante. Manu me sert un double café pour la modique somme d'un franc. Puis je me tiens à carreau. C'est la règle chez lui : le café et les ballons de pinard sont tous à un franc pour les sans-abri, à condition qu'on se comporte en Marie-Chantal, qu'on ne gueule pas, qu'on ne se bagarre pas et qu'on évite de vomir sur les autres clients. Je m'attelle à toutes ces tâches avec application.

La une du canard du jour parle encore des attentats à l'explosif qui ont eu lieu samedi dernier, à Paris, à la banque israélienne Leumi et à l'Office national d'immigration. Je feuillette les pages suivantes en espérant atteindre la rubrique des sports et tombe sur une courte dépêche, dans les faits divers :

Ouest France – Mardi 16 avril 1985

AFFAIRE MARGOT VANUREN : LE PRINCIPAL SUSPECT LIBÉRÉ

Par Jean-Christophe Trénier

Gabriel Cassel, le principal suspect dans l'affaire qui a causé la mort en septembre 1983 de la jeune Rochelaise Margot Vanuren, a été remis en liberté hier. Pour ses avocats, les enquêteurs n'ont jamais obtenu de charges suffisantes pour justifier son incarcération. Maître Waquier, l'avocat principal de Gabriel Cassel, a notamment fait remarquer qu'à part le témoignage d'un riverain qui assure avoir aperçu le suspect en compagnie de la victime, quelques minutes avant que celle-ci ne disparaisse pour être retrouvée morte le lendemain, la police n'avait pas récolté le moindre indice incriminant Gabriel Cassel.

La chambre de l'instruction de la Cour d'appel de Poitiers a jugé que la détention du prévenu depuis bientôt deux mois, après sa mise en examen pour séquestration, viol et meurtre, devait être interrompue.

Patrick Vanuren, le frère de la victime, estime pour sa part que « la remise en liberté de Gabriel Cassel est un scandale. La justice ne devra s'en prendre qu'à elle-même si Cassel commet un nouveau crime. »

Margot Vanuren a été découverte morte le 4 septembre 1983 dans une décharge de Lagord, en périphérie de La Rochelle. Son corps avait été démembré. Elle a été vue pour la dernière fois la veille, le 3 septembre au soir, dans un café sis en bas de l'immeuble dans lequel elle louait un petit studio.

Dans un premier temps, les soupçons s'étaient portés sur un sans-abri au casier judiciaire lourdement chargé, surpris dans la rue le soir de l'enlèvement de Margot. Celui-ci avait rapidement été mis hors de cause et il aura fallu plusieurs mois aux enquêteurs pour que l'étau se resserre autour d'un nouveau suspect. Les responsables de la cellule judiciaire chargée de faire la lumière sur ce drame certifient que d'autres pistes sont à l'étude.

Ma gorge nouée m'empêche de respirer. L'enjeu m'asphyxie.

J'ai suivi de loin l'arrestation et la mise en examen de Gabriel Cassel, mais les journaux le présentaient à l'époque comme un témoin ne divulguant pas tout ce qu'il savait, et pas comme un suspect crédible.

Tu es idiote, Zabójca, me susurre la Cloche. Si ce type a été mis en examen, c'est qu'il était plus que témoin. Et c'est nouvelle preuve que tu as tué moi pour rien. Eh, tu as tué un innocent…

Bartosz était *un* monstre, mais il n'était pas *le* monstre.

Je dois savoir.

Gabriel Cassel…

Je me lève d'un bond et m'élance. Francis me rattrape et tient la cadence pendant que je cours jusqu'au pont Morland. Astérix sirote son litron en regardant l'eau du canal. Je contourne la voûte. Derrière le pont se trouve un petit coin de verdure. Pas grand-chose, à peine deux mètres carrés d'herbe non entretenue. Avec un bâton trouvé sur place, je creuse. En moins de dix minutes, je retrouve ce que j'avais enterré peu après mon arrivée sur Paris, lorsque Astérix m'avait conseillé de planquer ce qui avait de la valeur, et notamment les papiers d'identité que d'aucuns se feraient un plaisir de me dérober en cas d'agression. J'ai maintenant ma carte d'identité, mon permis de conduire et les huit cents francs qu'il me reste de ce que j'avais retiré de mon compte bancaire avant de fuguer vers la capitale, il y a vingt mois.

Quand je reviens sous le pont, Astérix est debout. Il allume une cigarette qu'il me tend. Je fume avec lui.

— Tu vas partir, France ?

J'atermoie. Mais on ne ment pas aux hommes dignes, même quand ils sont vêtus de frusques et qu'ils vivent sous le ciel.

— Oui, Astérix. C'est l'heure.

— D'abord Mathilde. Et puis toi. Tu vas emmener l'corniaud ?

— Oui. Francis vient avec moi.

— Tu retournes chez toi ?

— Oui. Y a des odeurs de chèvrefeuille, chez moi. Tu me manqueras. Et aussi : merci. Merci pour tout.

Astérix n'est pas de ceux qui versent des larmes. Il est de la vieille école, des pudiques, de ceux qui font mine que rien ne les atteint. Un cœur énorme dans un buste d'airain. Mais ses lèvres tremblent. Ses yeux sont rouges. Sa voix vacille.

— Tu feras gaffe, hein ?

— Oui.

— Tu restes méfiante, d'accord ?

— Promis.

— Sois comme les bêtes. Oublie pas le sirop des cloches. Toujours sur le qui-vive.

— Toujours.

— Et tu te battras, hein ?

— Oui, je me battrai.

— Et aussi, tu ne renonceras pas. Jamais.

— Non, je ne renoncerai pas.

Je l'embrasse une dernière fois.

C'est un adieu. Je hume le parfum de la rue. L'odeur est piquante et poivrée. Là-bas, un train et le vent vont m'emporter vers hier.

Un homme que je ne connais pas attend dans la cité océane. Il va me falloir l'approcher sans qu'il se doute de rien, provoquer une rencontre en apparence fortuite. Je le manipulerai et découvrirai la vérité. Puis viendra l'heure des révélations.

Et si sang doit encore couler, Zabójca, tu le feras couler…

I

GUEULE D'ANGE FLÉTRIE

UN AN ET DEMI PLUS TÔT

Lundi 5 septembre 1983

Sur l'antédiluvien poste de télévision posé sur une étagère, dans un angle de la pièce, la guerre de la montagne bat son plein. Un milicien phalangiste est interviewé par un journaliste qui hoche la tête consciencieusement quand l'autre déblatère ses menaces sur les populations druzes. Des images de Beyrouth dévastée ponctuent la diatribe de l'illuminé. Des ruines, des corps et partout, du sang. La couleur écarlate domine, plus pimpante que jamais, occultant l'anodin en attirant les passades obscènes de son pouvoir hypnotique. En plateau, l'animateur d'Antenne 2 annonce que d'ici quelques instants, le ministre des Relations extérieures, Claude Cheysson, s'exprimera pour ânonner son laïus rédigé par ses conseillers avec la voix sépulcrale de mise dans ce genre de situation.

Les coudes sur le comptoir en zinc, les mains soutenant ma tête, je retiens à grand-peine les sanglots qui ne demandent qu'à exploser à la surface de ma douleur. Le Liban, les troubles à Tripoli, Mauroy et la mine contrite de Bernard Rapp, moi, je n'en ai cure. Seule compte l'horreur entrevue juste avant le reportage sur les forces chiites. Le monde s'est écroulé – *mon* monde. Ils l'ont annoncé. La manchette disait : « Mort atroce d'une jeune fille à La Rochelle : un sans-abri suspecté ». Je sais. Je sais et ça me tue. Je sais et le monde n'est plus le même. Un voile sépia l'a recouvert et moi qui suis si sensible aux odeurs, je ne sens plus que la mort, la putréfaction, la tombe. Je sais que le monde n'est plus qu'un hypogée depuis que ce fait divers a été balayé en moins d'une minute dans le journal télévisé. Je sais que le monde n'est plus. Des meurtres, il y en a tous les jours, mais je comprends pourquoi personne n'est venu frapper chez moi, hier. Le monde. Le monde et moi à côté.

Un signe au serveur. Quatrième bière commandée. Plus celles qui l'ont précédée dans d'autres tripots. Et les questions qui se bousculent aux frontières de ma conscience. Beaucoup de questions. Trop de questions. Et puisque de réponse il n'y a pas, plutôt que de se torturer, autant inonder le chagrin en l'engloutissant sous des hectolitres d'alcool, pour l'empêcher de flotter à la surface. Le paradoxe : pour éviter le naufrage, que coule la mélancolie sous un tsunami. On peut déplacer le mal là, ou là, ou ici, ce sera toujours moins douloureux.

Un homme grand et maigre, mal fagoté, les cheveux rares, un épi ridicule pointant sur le crâne, s'approche de moi. Il pue le tabac froid. Je dois avoir l'air d'une proie suffisamment ivre pour me laisser amadouer par la lie des cavaleurs. Le séducteur arbore ce sourire d'opérette, celui du type tellement confiant qu'il va faire des ravages que cette moue le catalogue tout de suite. L'étiquette *« je suis un raté »*, invisible sauf pour moi, se détache du col de sa chemise. Elle brille ; on ne voit qu'elle.

— Je vous offre un verre ?

— Oui. J'en ai pas envie, mais je suis prête à accepter un verre si c'est le prix à payer pour que vous foutiez le camp.

— Oh, je vois… Du calme, je voulais juste…

— Tu voulais juste me payer un demi dégueulasse à deux francs pour me baiser ensuite. Merci, pas intéressée. Ni par le demi ni par la baise. Fous le camp.

J'ai parlé fort. Trop fort. Il recule, les mains en l'air, essayant de sauver les apparences. S'il a des collègues plus loin, il leur fera croire qu'il m'a rembarrée. C'est de bonne guerre. On sauve la face quand les dés sont jetés, je le fais aussi.

Je promène mon nez au-dessus du verre et l'odeur de houblon m'électrise. Je ferme les yeux. Je voudrais discerner les touches de sorgho ou de blé noir qu'on hume lorsque les arômes des meilleures bières brunes s'échappent, mais ce breuvage au goût de pisse n'est pas un nectar et le verre souillé par le calcaire n'est pas un calice. Ils correspondent tous les deux à ce dont j'ai besoin.

Je veux m'enfoncer. Je veux endurer la souffrance. Il me faut avoir mal, c'est la seule manière de rendre hommage, de ne pas avoir l'impression d'être épargnée, de plonger littéralement dans ma schizotypie.

Mes yeux se détournent de l'écran de télé. Rapp sourit et je veux effacer ce rictus abominable de son visage. Comment peut-il sourire après ce qu'il a annoncé ? Ce n'était qu'un entrefilet, une simple dépêche lue d'une manière aseptisée, sans emphase, sans âme. Inutile de suinter l'empathie et la vie quand on annonce la mort. Pour le monde, c'était ça ; pour moi, c'est l'extinction des feux. La fin.

Monsieur tabac froid ramène sa calvitie. Il a descendu une anisette avec ses potes piliers de comptoir, de l'autre côté du troquet, et revient à la charge. Impossible qu'il croie à une seconde chance avec ce que je lui ai dit plus tôt. Et cette question : pourquoi ? Pourquoi insiste-t-il ? Ne voit-il pas que je suis à bout ? Vous connaissez le coup de la goutte d'eau, non ? J'ai essayé d'ébrécher le vase pour ne pas que ça déborde, mais là, s'il tente encore, c'est un arrosoir entier qui va submerger le réceptacle fendillé que je représente. Barre-toi, Mec-maigre-et-dégarni, je t'en supplie… Barre-toi, car j'ai envie de crever et je cherche le moindre prétexte pour déclencher l'apocalypse. C'est tout un concept, Mec-maigre-et-dégarni : je m'en fous. C'est si simple et pourtant, si complexe : je m'en fous. Puisque je n'ai plus foi, tout peut bien s'éparpiller. Tu vas être une étincelle, Mec-maigre-et-dégarni, juste un alibi ; le subterfuge pour que je m'abandonne.

Que je m'abandonne, Mec-maigre-et-dégarni, et tu auras servi d'ébauche à ma catharsis.

— On a changé d'avis ?

J'ai un truc dans la gorge qui m'empêche de moduler ma voix. Je ne parle plus, je grommelle comme une ivrogne.

— T'as changé de tête ? T'as changé d'haleine ? Tu t'es acheté un dico et tu l'as appris par cœur pour améliorer ta conversation ?

Ses yeux sont exorbités. J'aime quand j'étonne. Il exécute une habile rotation, comme pour vérifier que ses camarades, derrière, n'ont pas assisté à sa déconfiture. Il s'humecte les lèvres avec un bout de langue flasque marbrée de lignes bleuâtres. Cela lui donne un répit pour soigner sa répartie, mais je ne lui en laisse pas le temps :

— Si t'es le même connard que tout à l'heure, alors non, j'ai pas changé d'avis.

Juré, je n'ai pas bougé. Mes mains sont immobiles. Ma tête fixe. Toujours assise sur ce tabouret branlant et inconfortable. Juré, je n'ai pas effectué le moindre geste. Tout en moi n'est que paralysie. Juré, je n'ai pas bougé. Mais mon verre est vide, à présent, et la bière qu'il contenait a été jetée sur Mec-maigre-et-dégarni. Pourtant, juré, je n'ai pas bougé.

Ou alors, oui, alors, peut-être ne m'en suis-je pas aperçue ?

— Elle est folle, cette conne ?

Mec-maigre-et-dégarni s'est reculé. Ses bras sont ouverts et il contemple le désastre sur sa poitrine. Ma théorie : il n'y croit pas. Mec-maigre-et-dégarni est devenu un terrain d'accueil brassicole.

Il n'est qu'un paumé, un fantôme qui hante les bistrots, noyant sa solitude dans l'alcool que sa paie famélique lui permet de s'offrir. Et ne parle qu'avec ceux de son clan. Et n'espère plus. Et se noie, lui aussi. Sous ses apparats croûteux et dégueulasses, ce type n'est rien qu'une âme pauvre et esseulée, comme tant d'autres. Peut-être même a-t-il bon fond. Et si, avec un peu de chance, son chemin avait bifurqué, au bon moment, il serait certainement heureux. Il n'est qu'une victime un peu collante, un peu lourde, rien de plus. Juste un déchet qui se hasarde à jouer une caricature de Bel-Ami. Aucune raison de le harceler, de le métamorphoser en souffre-douleur.

Oui, mais il sent le tabac froid. Et puisque Mec-maigre-et-dégarni sent le tabac froid, j'attrape ma chope par l'anse et la lui balance sur le côté du crâne, de toutes mes forces.

La chope ne se brise pas ; le crâne, si.

Mec-maigre-et-dégarni part à la renverse. Au-dessus de son oreille, alors qu'il chute, une auréole cramoisie trace une gerbe irrégulière dans l'espace. Les gouttes partent dans toutes les directions. J'en prends dans la bouche. Son sang a mauvais goût.

Il s'écroule sur le carrelage jonché de mégots.

J'ai dû crier. Je ne me suis pas entendue. Insolite, ce rythme régulier qui anime les veines qui partent de mon cœur. Comme si tout était normal. Comme si je ne venais pas d'agresser sauvagement un simple dragueur lourd.

Le dragueur lourd bouge, et un dragueur lourd, même s'il gigote mollement sur le sol poisseux, est un dragueur lourd… vivant.

Ainsi, je ne suis pas tueuse…

Tant pis.

Dans ma tête, des étoiles crissent sur l'ardoise de mes pensées. C'est froid et lent et pétrifiant. Je dois trouver tout ça anodin, car au lieu de prendre mes jambes à mon cou, je lance mon pied en avant pour pousser le tas informe agglutiné contre mon siège. Le tas informe est composé de : vêtements froissés, cuir d'une qualité médiocre utilisé pour composer une ceinture lâche, peau, os, chevelure rare et brillantinée et sang, beaucoup de sang. Le tas informe est identifié ainsi : Mec-maigre-et-dégarni.

Le passage dégagé, je me rassieds. La suite du programme, normalement : mon bras vers le haut, un index en l'air pour héler le serveur, et de l'alcool, encore de l'alcool. J'ai besoin de beaucoup boire pour beaucoup oublier.

Soudain, je suis violemment tirée en arrière. On m'a saisie par le col. Propulsée par une force avec laquelle je ne rivaliserai pas, je me retrouve le cul par terre, pas très loin de Mec-maigre-et-dégarni. Je lui jette un œil amusé et vois qu'il revient à lui. Oui, oui, oui, il n'est pas mort et tueuse je ne suis pas, c'est confirmé. Éberlué, il n'a pas encore compris que le rouleau compresseur qui lui est passé dessus, c'est moi ; enfin, moi et ma chope magique.

Et si je me forçais à exploser de rire, tiens ? Si je laissais s'évader toute la misère en hurlant ? Je veux du drôle. Un effort et mes lèvres s'arcboutent. Ma bouche se déforme. Si, je vais sourire. Les paradoxes se cultivent et rire franchement colle avec mes projets. Mais quelque chose me frappe en plein milieu du visage, sur le nez. Je pars encore une fois en arrière, en fermant les yeux.

Récapitulons : j'ai agressé sauvagement un type qui me draguait parce que la folie exsude de chaque pore de ma peau, ses deux potes m'ont agrippée par le col et m'ont foutue par terre, et l'un d'eux vient de me balancer un coup de pied dans la tête.

Je suis couchée sur un lit de bière, de sang, de poussière et de mégots. J'ai connu des rades où le patron disséminait sur le sol des seaux de sciure pour absorber la gerbe et les crachats. Celui dans lequel je me trouve n'est pas un établissement classe, mais il n'y a pas besoin de répandre de la sciure partout.

Ça parle autour de moi, mais le choc de mon crâne sur la céramique m'a rendue sourde. J'écarquille les yeux pour récupérer et j'entends de nouveau. Les camarades de Mec-maigre-et-dégarni jacassent, jacassent, jacassent. Et ça m'agace. S'ils estiment qu'ils doivent me ruiner la face, alors qu'ils le fassent. Mais au lieu de ça, ils parlementent, soupèsent, supputent, délibèrent. La vérité : ils ont peur. Leur pote est toujours écroulé à côté de moi, des éclats de verre mouchetant d'argent sa couperose, et plutôt que de le venger, ils tergiversent.

J'explose de rire et en me tortillant, je me mets à genoux. Je crois que je vais vomir et dois me concentrer pour retenir les haut-le-cœur qui me brûlent l'œsophage. Je pose une main sur le tabouret pour prendre appui, et marmonne :

— Aidez-moi à me relever.

Les piliers de bar se consultent du regard. L'un d'eux, le plus costaud, dit :

— Vous êtes complètement cinglée… Vous auriez pu le tuer, notre pote… Qu'est-ce qui vous a pris de le frapper avec un verre ? Avec un verre, bordel…

— Désolée… Je ne sais pas ce qui m'a pris. Aidez-moi.

Ce sont des gens bien. Ils m'attrapent chacun par un coude et me redressent. Les spasmes qui me brassent le ventre s'érodent. Ce sont vraiment des gens bien ; vraiment. Mec-maigre-et-dégarni essaie lui aussi de se remettre debout, mais il est toujours à genoux. Il n'a pas prononcé le moindre mot depuis qu'il a reçu ma chope sur le nez. Je lui ai peut-être cassé plusieurs dents. Et ses camarades sont vraiment, mais vraiment des gens bien.

Ou alors ils sont cons.

Une fois d'aplomb, je lance mon pied droit en avant et cogne Mec-maigre-et-dégarni entre les jambes. Je ne sais pas si je lui ai démis la mâchoire plus tôt, mais là, je viens de lui réduire les couilles en bouillie. Il se dégonfle comme une baudruche, en posant ses mains sur de la marmelade de testicules.

Les deux types, constatant que je me suis jouée d'eux et que j'ai profité de leur aide pour les trahir et achever ma victime, essaient de me retenir. Le patron du bar gueule :

— Dehors, foutez le camp !

Une cliente effrayée se rue dans les toilettes. Un poivrot accoudé au comptoir se gausse de nous en levant son verre. Qu'il trinque à ma santé, je vais avoir besoin de ses prières.

Je reçois un coup dans la pommette et j'ai mal ; enfin. Ils me soutiennent et m'escortent à l'extérieur. Le bout de mes chaussures, en traînant, accroche les déchets qui recouvrent les dalles. Je perçois le bruit de crécelle d'un grelot suspendu à la porte. On me propulse sur le goudron, et je glisse sur un bon mètre. La douleur aux genoux m'arrache un gémissement quand ils heurtent le macadam. Dehors, ça sent bon. Les odeurs du crépuscule m'assaillent, et je fronce les narines. Ça pue toujours le sang, mais j'apprécie.

— Putain de pute ! Mais elle est vraiment tarée, cette pute…

Le plus petit des deux se tient légèrement en retrait, moins sûr de lui que le goliath qui semble se réjouir de la situation. Son regard fouille le décor tout autour de lui, pour vérifier que personne n'assiste à la scène. Bien évidemment, je suis coupable, monsieur le juge, cent pour cent coupable, mais avouez que le tableau brossé pourrait laisser croire le contraire : une femme seule, ensanglantée, étendue sur l'asphalte luisant, à la merci de deux hommes qui la surplombent. Alors, votre honneur, vous ne pensez pas qu'un témoin pourrait se méprendre sur ce qu'il voit ? Tu parles : l'oraison du plus fort est toujours celle qui meurt.

— Qu'est-ce qu'on fait ? demande le petit.

— Retourne voir Franck.

— Et elle ?

— Va voir Franck, je te dis. Va voir sa gueule et ses couilles. Va voir si ça va.

— Tu vas faire quoi ?

Le costaud sourit. Sa respiration s'est accélérée subitement et ses pectoraux décollent son tee-shirt trempé de sueur de sa peau à un rythme régulier. Il contrôle. Il est dans son élément.

— Je vais lui faire regretter. On s'attaque pas aux couilles d'un mec, putain. Surtout qu'il lui avait rien fait, Francky. Il voulait juste lui payer un verre et elle, elle lui explose la gueule. Et les couilles. Les couilles, pour un mec, c'est sacré. C'est comme pour les vêtements et les mères, on s'en prend pas aux couilles.

— Ouais, les couilles, c'est vache.

— Va voir Franck, maintenant. Va voir ses couilles. Je m'occupe d'elle.

Le petit tourne les talons et disparaît. Avant d'entrer dans le bar, il pivote et m'observe une dernière fois avant d'aller ausculter les couilles de Mec-maigre-et-dégarni. Il doit se demander si son ami va me tuer ou me violer ; ou les deux ; ou il se demande dans quel ordre il s'adonnera à ces tâches. Ce sont des questions que je me pose aussi, même si l'alcool brouille ma réflexion. Le coup que j'ai reçu au visage m'a plongée dans le coaltar, et je ne parviens pas à me relever. Partir à quatre pattes est une option, mais je n'irai pas loin et le colosse me rattrapera sans effort. Là, au moins, je suis au milieu de la rue.

Il s'approche, avec son allure de mâle viril. Je vois du sang sur l'un de ses brodequins – ce doit être le mien. À pas lents.

Il tourne autour de moi, comme un prédateur jouant avec sa proie blessée. Un chat avec une souris.

Tiens, il fait nuit. Je n'ai pas vu le soleil s'éteindre, moi qui aime tant me lever tôt pour l'embrasser quand il sort de ses draps et s'étire. Ce devait être aux alentours de 16 heures que j'ai pénétré dans ce troquet minable. Si les aiguilles des cadrans se déplacent au rythme régulier de quatre bières par heure, j'ai dû écluser plus que je ne le pensais. À la brune, je suis en général mélancolique ; comme si le déclin du jour complotait avec les spectres noctambules. Je soupire. Mon haleine monte vers ce nez que je plisse. J'aime sentir les odeurs, mais là, je flanche.

Je suis comme un papillon attiré par les lumières, je rampe vers le bar.

— Où tu vas, la pute ?

— Payer. J'ai pas payé mes consommations.

— Tiens, ça, c'est moi qui te l'offre.

Son pied m'atteint dans les côtes flottantes. Je roule, me retrouve sur le dos. Dans un réflexe, je me contorsionne et vomis. Je souffle pour vider ma cage thoracique. C'est bien : les fractures de mes côtes sont colmatées par des braises. Je voulais avoir mal ; je suis servie. Quand on n'a plus rien à perdre, la kimodameshi est stérile.

À deux mètres de moi, la porte vitrée de l'estaminet. Derrière, la silhouette d'un homme d'une soixantaine d'années. Il est tassé sur lui-même pour voir sous le panneau publicitaire accroché sur la devanture – une réclame pour une marque de cigarettes très connue, avec un crétin de chameau qui semble me dévisager. Il a une de ses mains en visière sur son front pour ne pas être gêné par les reflets. Quand je tourne vers lui des yeux implorants, le suppliant muettement de me venir en aide, il a un mouvement de recul. Puis il disparaît. On agit toujours ainsi quand on a peur : on regarde ailleurs. Je ne peux pas lui en vouloir : la nature humaine est ainsi faite.

La brute m'attrape par le talon du pied droit.

— Où tu vas comme ça ?

Il me traîne sur une courte distance, sans se soucier que mes cuisses, mes coudes et mon abdomen s'écorchent sur le bitume. Puis ma chaussure lui reste dans les mains. Il se marre. Il la jette, me saisit par la cheville et reprend sa corvée. Je serre les dents, mais les larmes qui coulent et dévalent mes joues éraflées me ragaillardissent. Vivante je me sens et vivante je compte rester.

Il marque une pause, regarde à gauche, puis à droite, et me charrie dans une ruelle perpendiculaire à l'avenue principale. Ici, il fait encore plus sombre. Ici, je suis à sa portée.

La suite, je l'imagine : une ou deux baffes pour m'engourdir – davantage si je regimbe encore –, une ceinture qui tombe, une braguette qui s'ouvre, mon corsage arraché, mon pantalon qui descend sur mes cuisses endolories. Puis l'outrage. Je suis un moustique pris dans une toile d'araignée : plus je m'agite, plus je m'empêtre dans le piège.

Le costaud attrape le col de mon chemisier, me soulève comme si j'étais une gosse de quinze kilos et me catapulte contre un mur. Je rebondis contre une poubelle qui se renverse. Mes esprits, revenez, revenez au galop. Faites un tour et rentrez au bercail, ma survie a besoin de vous…

Mes mains trempent dans des immondices gluantes. Cette matière visqueuse, je préfère ne pas savoir ce que c'est. Un truc collant coule dans mon cou.

— Ferme ta gueule ou je te la fermerai.

Il me domine. Il se sent tellement puissant qu'il va jouir dans son froc avant de flétrir et profaner mon corps.

— Ferme-la et ça ira, d'accord ?

J'entends ses expirations rauques. Il avance, et au fur et à mesure qu'il vient, il grandit, comme si une loupe amplifiait l'impression que je me fais du bourreau. Ses doigts bougent comme s'il jouait du piano. Les odeurs des ordures de la poubelle dans lesquelles je me suis vautrée me provoquent des vertiges. Il est tout proche. Il s'accroupit et sort son sexe. Il trépigne. Il pose sa main sur ma gorge et serre un peu, juste un peu, pas trop.

Moi, je frappe.

À vrai dire, je ne sais pas ce que j'ai dans la main. Mais c'est solide et cylindrique.

La bouteille vide que je tiens l'atteint à la tête, je ne sais pas où exactement ; peut-être dans la région auriculaire, là où un paquet de nerfs se croisent pour m'inviter à les martyriser.

Il s'effondre sur le côté, d'un seul coup. Et ne bouge plus.

Il me faut plusieurs minutes pour me relever. Je n'ose pas m'approcher de lui. Il est (rayez la mention inutile) : un homme qui dort, un homme évanoui, un homme gravement blessé, un homme mort.

Je frotte mes vêtements et pars en titubant, sans repasser devant le bistrot. Je crois que je n'ai plus soif.

*

Mercredi 7 septembre 1983

La migraine qui pressure mon cerveau pour en faire de la pulpe ne me lâchera pas de sitôt. Des gueules de bois, j'en ai déjà eu, mais celle-ci est l'emblème de mon abréaction et je *dois* souffrir. Le logement d'étudiant que j'occupe, moi qui ne suis plus étudiante, m'écrase. Je fixe le plafond ; celui-ci bouge, m'opprime et me menace.

Je suis incapable de me rendre au mur pour la séance d'escalade prévue ; c'est pour cette raison que j'irai à tout prix. J'allume la station de radio locale, le présentateur du flash info annonce que pour le meurtre commis à La Rochelle, la police interroge un clochard arrêté quelques heures plus tôt. J'éteins le flot de paroles qui se déverse comme un torrent dans lequel je ne veux pas me noyer.

Mes côtes sont si sensibles que le moindre mouvement m'arrache un cri. Si deux ou trois d'entre elles sont fêlées, je sais qu'il n'y a rien à faire. Juste les bander et patienter, laisser faire la nature. Mais me cramponner à un mur d'escalade dans ces conditions est dangereux.

Le manège qui tourne dans ma tête ne cesse pas, même quand je suis debout. En charriant ce corps qui ne m'appartient plus, je me dirige vers l'armoire à pharmacie, dans la salle de bains microscopique. J'avale un autre comprimé, tout en sachant qu'il ne me fera aucun effet.

Il me faut un bon quart d'heure pour enfiler la tenue adéquate : un short moulant qui descend à mi-cuisse, un pull à manches longues, un bandeau qui ceint mon front. Je pourrais me changer là-bas, mais sans savoir pourquoi, je préfère m'acquitter de cette corvée maintenant. Je noue mes cheveux en une queue de cheval irrégulière, attrape mon sac dans lequel j'ai fourré mes vêtements de tous les jours, et sors. En montant dans le bus, je vois mon reflet dans l'un des deux rétroviseurs accrochés au-dessus du poste de pilotage. Le macchabée que j'y découvre est blême. Ses yeux ne sont plus verts, mais noirs, et percent son teint diaphane pour irradier leur fatigue à la connaissance du monde et des autres. Des cernes brunâtres m'ont transformée en caméléon. Le profil d'une tache céruléee est dessiné sur ma tempe. Insolite : le macchabée se meut. Le macchabée n'est donc pas un macchabée.

Je suis vivante puisque le miroir l'affirme haut et fort.

Dans le car, mes fesses s'intercalent sur la banquette, entre une vieille dame qui a l'air de dormir et un jeune en blouson en cuir qui écoute son walkman en branlant du chef. La musique est trop forte et je reconnais le refrain entêtant de la chanson *Your eyes*, de Cook Da Books. Je ris intérieurement en imaginant le loubard confesser à ses potes qu'il aime la bande originale du film *La Boum*…

Le bus me dépose à cent mètres de la salle. Je passe ma carte d'abonnement à la connasse de l'accueil, qui n'a jamais souri de sa chienne de vie, et elle la troue sans m'accorder un regard.

Il n'y a pas grand monde en ce mercredi. Un homme et une femme que je n'ai jamais vus s'entraînent au bout, sur la dalle qui finit en dévers après six mètres. Le type s'est vêtu comme Patrick Edlinger, le grimpeur dont on parle depuis l'année dernière. Il a un bandeau rouge autour de la tête et s'est laissé pousser les cheveux pour ressembler à son idole. Je l'observe pendant quelques minutes et constate qu'il n'a ni le cran ni la grâce féline de celui qu'il cherche à imiter.

Une voix venue de derrière me surprend :

— Bonjour, t'es seule ?

Je me tourne et salue Stéphanie, une fille à la mine émaciée que j'ai croisée deux ou trois fois seulement.

— Oui.

Elle serre son poing et place son pouce en l'air.

— Génial. On grimpe ensemble ? Tu peux m'assurer en premier, si tu veux. Je suis déjà chaude.

Elle est avenante et doit avoir énormément d'amies. Le genre de filles sociables à qui l'on ne peut rien refuser.

Je n'ai pas eu le temps d'acquiescer, mais il est de coutume que ceux qui sont seuls se regroupent. Donc, je la suis. Elle a déjà préparé le matériel et une corde de huit millimètres nous attend. J'enfile mes chaussons, me passe un peu de craie sur les mains et sécurise son ascension. Stéphanie est souple et se joue des difficultés avec habileté. Elle est douée. Ou elle connaît parfaitement le parcours. Ou les deux.

C'est ensuite mon tour. Je me hisse sur le pan et monte en dièdre. La difficulté n'est pas si grande que ça, mais ma poitrine est si douloureuse que je grimace.

— Ça va, Juliette ? T'as un problème ?

Il me faut bien dix minutes pour atteindre les huit mètres. Une fois tout en haut, d'une main, pendant que je me cramponne à la dernière prise, j'appuie sur mon mousqueton, dégage la corde et la lance.

— T'es folle ? Oh, Juliette, qu'est-ce que tu fais ?

En bas, Stéphanie a vu la corde tomber à ses pieds. Je ne sais pas si elle m'a surprise en train de la détacher, mais le constat est clair : je suis à huit mètres de hauteur, sans assurage, à la merci d'une chute fatale.

Et je suis bien.

Il me manque des odeurs pour pouvoir planer. Mes paupières sont fermées. Je sens le péril et ça me revigore. Mes côtes n'existent plus. Il y a bien Stéphanie, le pâle sosie de Patrick Edlinger et sa compagne et le responsable de la salle qui piaffent, plus bas, mais je ne les entends pas. Ils doivent me supplier de ne pas paniquer, mais n'ont rien compris à l'instant magique. Ils ne peuvent pas troubler ma méditation. Mes oreilles sont closes et enfin, je suis seule au monde. J'étais sûre qu'il n'y aurait que là-haut que je pourrais réfléchir et vagabonder.

Je pense à dimanche soir. Puis au matin qui a suivi, et à ce rendez-vous manqué. La personne que j'attendais n'est pas venue et maintenant, moi, que puis-je espérer ?

De ma main droite, je gratte une zone qui me démange au-dessus de mon sourcil. J'entends Stéphanie, plus bas :

— Tiens-toi !

Et j'ai envie de dormir. Je continue de frotter mon front.

Et mon autre main, celle qui empoigne la prise, n'a plus

envie d'être chargée de cette mission. Une trace de craie sur la surface orange retient mon attention. Une main, c'est suffisant pour se tenir.

— On monte, Juliette, t'inquiète pas.

Alors, je lâche.

*

Jeudi 8 septembre 1983

Ma bouche est tellement pâteuse que je ne parviens pas à entrouvrir mes lèvres. J'ai soif. Je n'ai jamais eu aussi soif de ma vie. La sensation de soif est terrible. La soif comprime et asphyxie. La soif obnubile et efface tout le reste. J'ai en vision un poisson qui suffoque, sur une berge, ouvrant la gueule pour voler un peu d'oxygène ; certainement la réminiscence d'un documentaire visionné très tard, à la télé, une nuit de solitude.

Autour de moi, du blanc. Les murs, les rares meubles, les draps : tout est blanc immaculé. Seule la porte qui se découpe dans le coin de la pièce est d'un verdâtre tirant sur le jaune citrin ; elle donne certainement sur le cabinet de toilette. Comme toujours, ce sont les odeurs qui me permettent de me situer. Dans les hôpitaux, les remugles qui voltigent dans les couloirs, à la recherche d'un accès, sont étranges. Les produits antiseptiques que l'on utilise abondamment piquent et tuent les parfums naturels.

Un coup d'œil autour de moi et je constate que je suis seule. Souvent, dans les romans ou dans les films, le héros qui se réveille dans une chambre d'hôpital met quelques minutes à recouvrer la mémoire et à se souvenir des événements qui l'ont conduit là. Je ne suis pas dans un roman ou dans un film et ce n'est pas mon cas.

L'escalade *indoor*, Stéphanie, le mousqueton, la corde, les cris, les mains qui se saisissent du vide, la chute. Tout est limpide. Pas d'amnésie qui me donnerait l'occasion de reprendre conscience en douceur.

Dans les romans et les films, toujours, une infirmière entre dans la chambre dans les secondes qui suivent le réveil du patient. Et là encore, je dois attendre. La pièce est d'une sobriété oppressante. J'allais dire que la déco était aseptisée, mais de déco il n'y a pas.

Enfin, on entre. Sans frapper, une femme rondouillarde d'une quarantaine d'années ouvre la porte, la tient d'une main et de l'autre, pousse une sorte de chariot. Elle ne comprend que je suis de retour dans le monde des conscients que lorsqu'elle se tourne dans ma direction.

— Ah, je vois qu'on est réveillée.

Dans les hôpitaux comme dans tous les milieux médicaux, le personnel s'adresse aux patients en leur parlant à la troisième personne du singulier. Et comment qu'on va ce matin ? Et comment qu'elle a dormi ? Et est-ce qu'elle a bien pris ses médicaments ?

— Comment elle va ?

— Elle va bien, réponds-je d'un ton éteint.

— Bien. Très bien.

— Qu'est-ce que j'ai ?

Elle m'observe avec deux billes rondes et noires à la place des yeux.

— Comment ça ? Vous n'avez rien de plus et rien de moins qu'hier. On vous a déjà tout expliqué.

— Je me souviens pas.

Elle sourit, avec cette moue qu'on réserve en général aux enfants, trop benêts pour comprendre l'évidence.

— Ça arrive parfois. Vous êtes arrivée hier. Et vous étiez consciente. Vous ne vous rappelez pas ?

— Non.

— Pas grave. Vous avez fait une chute alors que vous faisiez de l'escalade. Un accident, *a priori*. Vous avez subi un traumatisme crânien, mais pas de gros bobo. Le médecin avait peur pour votre colonne vertébrale, mais rien d'irréversible de ce côté-là. Vous auriez pu finir paralysée. On a prévenu votre mère.

— Ma mère ?

— Oui. Vous nous avez donné son numéro hier. Elle était occupée, mais elle a dit qu'elle passerait ce soir. J'espère qu'elle ne va pas tarder parce que la responsable du service est intraitable sur les horaires des visites.

— Il est quelle heure ?

— 15 heures 30. À 17 heures, les visiteurs doivent partir. Du coup, pour votre maman…

L'infirmière prend ma tension, ma température. Je suis son manège de loin, l'âme perdue dans les abysses, encore enténébrée. Sa faconde m'irrite, tout comme sa voix chuintante et son parfum. Se dégage de chacun de ses mouvements le myosotis qu'on utilise dans les produits bas de gamme vendus à la sauvette sur les marchés, sur le cours des Dames, le dimanche.

— Vous pouvez me rendre un service ? demandé-je.

— Bien sûr.

— Si ma mère arrive, dites-lui que je suis morte.

Elle rit. Puisqu'elle ne m'accorde pas le moindre regard, elle ne saisit pas que je suis sérieuse. Ou alors est-ce un réflexe qui lui permet de ne pas prolonger cet entretien.

— Vous alors, se permet-elle cependant.

— Tant pis. Mais si elle arrive, vous pouvez au moins la retenir jusqu'à cinq heures moins le quart ?

Elle m'ignore, passe de chaque côté du lit pour tirer sur le drap. J'ose lui demander ce qu'elle sait de l'affaire qui a touché la ville dimanche. Elle darde vers moi deux yeux ombrageux et me répond que le clochard suspecté du meurtre de la jeune fille a été relâché et s'est empressé de rentrer à Paris.

— Il venait de la capitale ? demandé-je.

— Faut croire. C'est ce qu'ils ont dit aux infos.

— Qu'est-ce qu'il foutait à La Rochelle ?

— Pourquoi vous me demandez ça à moi ? Il était en week-end. Peut-être que les sans-abri gagnent plus d'argent à La Rochelle le week-end. Comme ils payent pas le train…

Puis elle part. De dos, je remarque que ses fesses roulent comme si sa culotte était lâche.

Pendant l'heure qui suit, je somnole. Ma montre est posée sur le chevet, sur ma droite, et quand j'en ai la force, je la fixe en suivant la course de la trotteuse, en redoutant l'heure fatidique de 17 heures qui marquera le glas du calme qui baigne mon décor. Je n'ai pas les idées claires et ne parviens pas à juger l'état réel de mon moral. Le toubib a dû me filer une sévère dose d'antidouleurs ou, pire, d'antidépresseurs. Si j'étais lucide hier, j'ai dû déblatérer les pires insanités et je ne serais pas étonnée qu'on ait voulu m'ensuquer pour m'éviter une crise de nerfs.

Sur le mur en face, une imperfection sur le revêtement m'obsède. Un simple défaut. Juste une très légère pique, à peu près à un mètre cinquante de hauteur. Un trou minuscule. Deux ou trois millimètres de diamètre, pas davantage. Il y a énormément de choses dans cette faille. J'essaie d'imaginer ce qui a pu provoquer la défectuosité. Trop haute pour que ce soit un chariot ou un matériel quelconque à roulettes qu'on fait glisser. Peut-être un porte-sérum fougueux qui a voulu briser la monotonie de ce mur crayeux ? Par l'interstice s'échappe une minuscule matière brune qui doit appartenir à une couche d'isolation derrière le plâtre et la couche de peinture. Sans cette tare dans le paysage, je ne verrais que le néant.

17 heures 30 et ma mère n'est pas là. Un répit jusqu'au

lendemain, à moins que je puisse espérer quitter ce cimetière dès ce soir, avant l'éventuelle visite de celle qui a eu le malheur de me mettre au monde.

Une demi-heure plus tard, une Guadeloupéenne boute-en-train, les cheveux relevés en un chignon qui se rebelle, dépose un plateau-repas sur ma table de lit. Elle en ajuste la hauteur en triturant le vérin et le glisse devant moi. Elle est joyeuse et sa sincérité me touche.

— Et faut tout manger, hein ?

Je jette un coup d'œil sur la bouillie rosâtre et fais une grimace.

— Parce que ça se mange ?

— Pensez à ceux qui n'ont rien à manger.

— Les chanceux.

Elle part d'un rire tonitruant et je suis immédiatement convaincue qu'à cet étage, cette femme fait plus de bien que tout le personnel réuni.

— Bon, me confie-t-elle en susurrant à mon oreille, je sais que c'est dégueulasse, mais pas le choix, c'est ça qu'y faut manger. Allez-y, ça vous fera du bien, même si on a un peu de mal à le croire quand on regarde de quoi ça a l'air.

— Pas uniquement quand on le regarde. Quand on le sent aussi.

Nouveau rire gigantesque, sonore, débordant. Elle caresse mon épaule pour me réconforter.

— Bonne chance, ma jolie. Cette bouffe, des fois, je me dis qu'il vaut mieux la servir que la manger.

La nuit trépasse et moi avec. J'ai été réveillée toutes les deux heures par les aides-soignantes et au petit matin, quand les premiers rayons viennent percer les stores vénitiens pour éclater dans le maussade, je suis plus épuisée que jamais. Une vieille rombière qui me salue à peine me sert son aigreur et un frugal petit déjeuner sans rien ajouter. Le médecin en profite pour enfin ramener sa fraise. J'ai droit à mon : « Alors, comment qu'elle a dormi ? », mais j'évite de manifester mon amertume par une réponse trop franche.

— Elle a dormi comme un loir et elle est en pleine forme. Quand est-ce qu'elle sort ?

— Qui ça ?

— Elle. Enfin, moi…

— Ah. Elle va devoir attendre un peu.

— Qui ça ?

— Ben… vous.

Je retiens le « Ah, elle… » qui ne demande qu'à s'échapper de ma bouche venimeuse.

— Attendre combien de temps ? Je me sens bien. Je veux partir d'ici.

— Comme tous nos patients.

Le médecin se tourne vers son assistante et lui envoie un magnifique sourire de connivence.

— Laissez-moi déjà vous ausculter, mademoiselle… Cardone. Juliette Cardone.

Il m'oblige à me redresser, me demande d'ôter la blouse blanche pailletée de points bleus que j'ai endossée l'avant-veille, sans en avoir le moindre souvenir. Quand ma poitrine est nue et que je suis penchée en avant, je ne peux m'empêcher de lancer un regard vers la porte de ma chambre qui n'est pas fermée. Je me fous pas mal qu'un visiteur quelconque me mate dans cette position, mais le peu d'égards des praticiens pour ma pudeur mise à mal me met en rogne.

Le médecin, qui ne s'est toujours pas présenté, palpe mon dos. J'ai mal et ne retiens pas un cri de douleur.

— Ah, ça fait mal, pas vrai ?

Non, abruti, je suis en train de chanter. Il touche mes côtes et hoche la tête sentencieusement.

— Eh bien, y a du dégât, là-dedans.

La femme m'aide à poser mon dos sur le matelas trop dur. Le toubib griffonne plusieurs choses dans un dossier.

— Bon, mademoiselle Cardone, vous allez devoir être patiente. Pas de grosses blessures, et c'est un miracle vu ce que je sais des circonstances de l'accident. Et vous êtes plutôt du genre costaud. Bonne constitution. Mais vos vertèbres ont subi un sacré choc. Vos lombaires aussi. Et vous avez plusieurs côtes fêlées. Un peu de repos. Pas de mouvements. Vous allez lui donner cinq milligrammes de…

Je m'efface. Il termine ce laïus que je n'entends plus, car j'ai compris qu'il souhaite que je reste plusieurs jours dans cet hôpital plus triste que moi. Mais moi, eh oui, je ne souhaite pas rester plusieurs jours dans cet hôpital plus triste que moi.

Quand je me retrouve seule, je reprends ma contemplation du défaut dans le mur d'en face. Combien de temps ? Une heure ? Deux ? Je suis tirée de mon examen quand ma mère entre. Elle m'embrasse sur la joue et s'assoit. La chaise réservée aux visiteurs est distante d'un bon mètre, mais elle ne juge pas utile de la rapprocher de mon lit.

— Désolée, pas pu venir hier, trop de trucs à faire.

— Bonjour maman.

— Bonjour aussi. Ça va ?

— Très bien.

— Bon. J'étais pas venue ici depuis que Denise s'est niqué le fémur. Tu sais qu'elle va mieux, la vieille. Va finir centenaire, j'te le dis, moi, alors qu'on pensait qu'elle allait passer l'arme à gauche y a bien longtemps. Dis, tu sais que les PTT veulent me couper le téléphone ? Tous ces enculés, feraient mieux de s'occuper de ceux qui truandent pour de vrai. T'as un peu de retard sur une putain de facture et v'là que t'as droit aux menaces. Ils menacent, les PTT, pas vrai, ma grande ?

— Oui, maman. Ils menacent.

— Tu vois, j'te le disais. Et tu sais que c'est pas la première fois…

Plus tôt, j'ai su gommer ma présence quand les mots du médecin ne m'intéressaient plus. J'en suis encore capable. Les courants électriques liant les neurones qui s'agitent dans mon cerveau se mettent en grève. Hypnotisée, je concentre ma vigilance sur ce défaut en tâchant de résoudre le mystère : comment ce trou est-il apparu ? En arrière-plan, je discerne vaguement un bavardage inconsistant, une sorte de rumeur qui cesse avant de pénétrer mes oreilles.

Je reviens sur terre quand ma mère fouille dans le tiroir de ma table de chevet. Elle dit :

— Non, pas là.

Et je suis malheureuse de l'entendre. Puis elle se dirige vers le placard, l'ouvre, y dégote le sac à dos que je portais en me rendant à la salle d'escalade. Elle le passe au peigne fin, empoigne mon porte-monnaie, l'inspecte. Je regarde ailleurs.

— Je te les rendrai très vite. Ah, et merci, au fait.

Je crois qu'elle m'embrasse avant de partir.

Quand je m'éveille, une heure ou une vie plus tard, que je pense à ce que j'ai et à ce que je n'ai plus, à cette manchette sur l'écran de télévision, dans ce bar, avant que je ne m'en prenne gratuitement à Mec-maigre-et-dégarni – parce que je *devais* m'en prendre à Mec-maigre-et-dégarni, simplement parce qu'il était *là* –, je soupire.

Je me lève. Dans le placard, dans un sac plastique, se trouvent mes vêtements et la tenue souillée de sang qui m'habillait lors de ma chute. J'enfile pantalon, soutien-gorge, pull-over, doudoune fluo. Paire de chaussettes et baskets viennent compléter la panoplie. J'abandonne mes chaussons.

Puis je sors. Une patiente me dit bonjour ; je lui réponds. Je croise une aide-soignante qui ne réagit pas. L'ascenseur est vide. Une fois dans le hall d'accueil, je traverse une allée dont les coussins orange des sièges sont éventrés. Un vieil homme en marcel fume et l'odeur du cigare me ramène parmi les vivants. Il écrase son barreau de chaise par terre et une volute grège monte jusqu'au plafond.

Dehors, il fait froid. Ma faiblesse se rappelle à moi. Je frissonne et ferme mon blouson jusqu'au col. Je traverse et manque me faire renverser par une voiture. Le chauffeur s'arrête, klaxonne, tourne la manivelle pour descendre sa vitre et me traite de connasse. Je ne nie pas l'évidence.

L'hôpital de La Rochelle a cet avantage qu'il se trouve à quelques mètres à peine de la gare. Je retire mille francs d'un distributeur automatique, en priant pour qu'il y ait assez sur mon compte en banque. Prière exaucée. Merci, toi.

Dans la gare, tout le monde est gris. Je me sens moins seule. Février dépigmente et mélancolise les hères tourmentés. Au guichet, j'achète un aller simple pour le prochain train pour Paris. Paris est grande et je suis minuscule.

Je patiente un peu plus d'une heure en savourant un café et en avalant un sandwich famélique au goût de carton. Sur le quai, je sens les gens. Certaines femmes bien mises ont abusé du Chanel à la mode que leur mari ou amant leur a offert. D'autres puent l'eau de Cologne. Des poubelles renversées donnent l'occasion aux rats de s'offrir un festin.

Le train arrive. Je monte. Et voilà.

*

Jeudi 8 septembre 1983

Il fait presque nuit quand j'arrive à Montparnasse. C'est une question de minutes avant que le soleil ne déclare forfait. J'ai encore mal au dos, comme si on jouait aux osselets avec mes vertèbres.

Ça grouille et ça ne marche pas, ici, ça court. On regarde

droit devant soi et on avance. L'important est de ne pas freiner, de contourner plutôt que d'attendre. On file et on rue. Je quitte la gare en jouant des coudes et aussitôt, je regrette de ne pas être allée aux toilettes pendant que j'étais dans le train. Une envie d'uriner me presse ; j'hésite. Je ne sais pas vraiment ce que je fais ici. Je ne sais pas où je vais. J'ai des billets et pièces dans mon sac, mais si je dois survivre longtemps dans les parages avec le peu que j'ai, il me faut économiser chaque centime.

Je suis en transit. L'étape est obscure, nébuleuse, sans but précis. Pourtant, elle est nécessaire, je le sais.

Pisser est compliqué. Pisser est cher. Bon.

J'essaie de trouver une ruelle déserte, mais dans le XIVe arrondissement, celles-ci doivent se compter sur les doigts d'une main. Enfin une artère où je suis seule. Je déboutonne mon jean et m'accroupis au moment où j'aperçois un couple s'engager dans l'allée. Je me rajuste en rougissant et évacue les lieux. Ce n'est qu'un quart d'heure plus tard que je parviens à dénicher un endroit propice pour me soulager.

Ce sont maintenant les lampadaires qui éclairent mon chemin. Sans le savoir, j'ai tourné en rond autour de la gare. J'ai froid, faim et sommeil. Et je suis tellement bouleversée que je ne suis pas en mesure de réfléchir sereinement. J'avise une boulangerie sur ma droite, derrière une contre-allée où sont garées une Visa et une Renault 5. Je fouille dans ma poche, dégage deux pièces de cinq francs et achète un sandwich jambon-beurre et une bouteille d'eau à un commerçant qui me dévisage en fronçant les sourcils.

En continuant tout droit, je trouve un espace libre derrière un container à roulettes qui déborde de déchets. Je n'ai aucun mal à récupérer deux gros cartons vides. Je les plie, en pose un par terre et me sers de l'autre comme couverture. Emmitouflée dans ce lit de fortune, je grignote mon repas, couchée sur le côté. De mes yeux dévalent des larmes brûlantes qui me réchauffent les joues, mais pas le corps. Une lueur blafarde s'échappe d'une échoppe coincée entre deux immeubles, mais il n'y a pas âme qui vive dans les environs, et je me sens enfin prête à relâcher la pression qui tend mes muscles et étire mes nerfs.

J'ai commis une grande erreur en me cachant là où je crois être seule, mais je ne l'apprendrai que plus tard. Ceux qui dorment dehors, encore plus quand on est une femme, ne doivent en aucun cas se retrouver dans un lieu où ils pourraient devenir la proie d'un prédateur.

J'entends un bruit sur ma gauche et une silhouette apparaît. L'homme – car il s'agit d'un homme – ne dit que trois mots :

— T'es seule ?

Mais cela suffit pour que les poils se hérissent sur mes bras et qu'un frisson me parcoure l'échine. Les intonations caverneuses de mon visiteur roulent dans sa gorge. Je me lève dans un sursaut, me saisis de mon sac et me mets à courir. Je contourne le container, manque glisser sur un emballage, me rattrape *in extremis* et fous le camp comme si j'avais le diable aux trousses.

Je cesse de sprinter quand je débarque dans une rue animée. Il doit être aux environs de 23 heures, mais peut-être que minuit est déjà derrière moi. L'avenue que je sillonne est éclairée. Plusieurs gargotes la balisent. Pour me revigorer un peu, j'entre dans un boui-boui turc. Trois hommes me scrutent : le patron et deux de ses clients qui boivent une tasse de thé. L'odeur de la menthe qui infuse atteint mes narines et je frémis. Ils fument des cigarettes roulées, et le haschich sent bon, lui aussi. D'une voix qui bute sur les consonnes, en cherchant ses mots, le restaurateur me demande :

— *Selam*. On peut pour vous ?

Peut-il pour moi ?

— Oui, vous pouvez pour moi.

— Quoi ? répond-il en plissant les paupières, comme s'il ne comprenait pas.

J'observe un silence. Puis je dis :

— Un thé, s'il vous plaît. Le même que celui que vous avez dans ces gobelets. Il sent bon.

Il sourit.

— C'est thé de chez moi. Bon, thé de chez moi.

Je suis servie rapidement. Les clients m'ignorent et me tournent le dos. J'avale rapidement le breuvage bouillant et mon œsophage se contracte. La sensation est un mélange de douleur et de réconfort. Je paie les cinquante centimes qu'il me demande et retourne dans la rue.

Le métropolitain ouvre une de ses bouches juste en face. Les grilles sont fermées, il est donc plus tard que je ne le pensais. Pour la première fois depuis longtemps, je ne porte plus la montre qui entoure habituellement mon poignet. Pas une seconde je n'ai songé à la consulter depuis mon départ de l'hôpital, comme si je croyais que le temps ne me rattraperait pas. Elle a dû m'être ôtée lors de mon admission. Tant pis.

Je descends les marches qui mènent à l'entrée du couloir et m'assieds contre les barreaux. Ici au moins, il fait chaud. Je ne suis pas à l'abri d'une agression, mais en déambulant, je me suis aperçue que tous les bancs publics se trouvent près d'un lampadaire ; probablement pour empêcher les clochards d'y passer la nuit à cause de la luminosité.

J'essaie de trouver le sommeil. En vain. Au bout de plusieurs heures, alors qu'il fait nuit noire et que la plupart des rades du quartier ont fermé, je suis surprise par le bruit d'un moteur. Le véhicule s'arrête pas très loin, à quelques mètres de l'entrée de la station Glacière dans laquelle je me blottis pour fuir le monde. Portière qui claque. Puis le halo d'une lampe qui fouille l'obscurité. Je me tasse et tente de devenir invisible.

Des pas. On s'approche.

— Bonsoir.

La voix est ferme, mais pas belliqueuse.

— Bonsoir. Vous m'entendez ?

— Oui.

— Vous allez bien ?

Je lève le menton. En face de moi se tiennent deux personnes en uniforme. Des flics. La femme est corpulente. C'est elle qui s'est adressée à moi. Son collègue est légèrement en retrait, les mains posées sur son ceinturon, comme un cowboy. Puisque je n'ai pas répondu, elle reprend :

— Vous avez mangé aujourd'hui ?

— Oui. Tout va très bien. J'ai juste besoin de dormir un peu. Merci.

— Il fait froid, cette nuit. On est en septembre, mais ça caille. Vous voulez qu'on vous emmène quelque part ?

— Non. Merci, ça va aller.

— Mais si. On va vous emmener à Nanterre. Vous connaissez ? Vous y êtes déjà allée ?

— Non. Mais ça va, merci.

— Là-bas, vous pourrez vous laver et on vous donnera à manger. Vous aurez aussi une couchette. Ce sera mieux qu'ici, non ?

— Je préfère rester ici.

La femme se redresse et c'est comme si elle s'éloignait. Elle recule en montant deux marches et parle à l'oreille de l'homme. Je ne comprends pas ce qu'elle lui confie. Ensuite, elle revient vers moi, s'accroupit et pose une main sur mon avant-bras.

— On va vous emmener à Nanterre.

— Non merci. Je vous ai dit que je…

— Si, faut y aller. Venez.

Sa main me serre le coude et m'engage à me lever. Je n'ai

aucune chance d'échapper à son étreinte pour m'enfuir. Ils sont deux et je ne me suis jamais sentie aussi faible. La lame qui lacère la peau le long de ma colonne vertébrale redouble d'ardeur.

— Je peux pas rester ici ? Je fais rien de mal.

— Vous venez, c'est mieux pour vous.

Voix plus dure. Je suis le mouvement. L'homme veut s'emparer de mon sac, mais je le tire violemment vers moi.

— Du calme, clame-t-il. Je voulais juste t'aider à le porter, ton sac. Si tu veux le garder, tu le gardes, je m'en branle.

Ils m'accompagnent vers leur estafette. À l'intérieur, trois clochards. Je prends place à côté d'une femme énorme. Qui dit :

— Une p'tite nouvelle ?

Elle rote et tousse. En face de moi, un jeune d'une vingtaine d'années, les cheveux décolorés en blond platine, mate mes jambes, comme s'il jugeait la qualité de la marchandise. Il a des yeux de junkie et ses joues osseuses trahissent son penchant pour les produits qui donnent l'illusion d'avoir des ailes. Installé à côté de lui, un vieux qui me paraît plus lucide.

— Où on va ? lui demandé-je.

— Ben, à Nanterre. T'y es jamais allée ?

— C'est… ma première nuit dehors.

— Tu t'fais ramasser par la BAPSA pendant ta première nuit de cloche ? Tu m'as tout l'air d'être une veinarde, toi…

Je voudrais lui demander ce que signifie le terme BAPSA, mais la grosse femme se met à chantonner d'une voix égrillarde :

Je suis le vagabond, le marchand de bonheur
Je n'ai que des chansons à mettre dans les cœurs
Vous me verrez passer, chacun à votre tour
Passer au vent léger, au bon vent de l'amour

Curieusement, elle ne chante pas si faux que ça, alors que sa bouche édentée et ses joues grasses et couperosées laissaient supposer qu'elle allait se contenter de brailler. Les couplets suivants sont nostalgiques.

Le trajet dure environ trois quarts d'heure. La camionnette s'arrêtera une seule fois, pour alpaguer un vieillard que les flics devront soutenir jusqu'au siège sur lequel il s'affalera, avant de nous débarquer devant d'immenses bâtiments, à deux pas de la Seine. Le CHAPSA est le centre d'accueil où sont livrés les sans-abri recueillis par les brigades dédiées à cette tâche, notamment quand il fait très froid.

Nous nous mettons à la queue leu leu. J'évalue mes chances : je pourrais me mettre à courir pour fuir d'ici. Il y a peu de chances que les flics me pourchassent. Mais d'après ce que j'ai compris, je vais pouvoir me laver, manger et dormir sans risquer d'être attaquée. Et je serai libre de repartir demain.

Le vieux qui m'a parlé dans l'estafette de la BAPSA me tapote l'épaule. Il est derrière moi dans la file et je ralentis pour l'écouter.

— Gamine, fais gaffe à toi cette nuit. Si c'est ta première nuit que tu vas pioncer là, faut pas qu'tu fasses les conneries habituelles.

— Vous m'avez dit qu'on risquait rien, à Nanterre.

— Y vont séparer les mecs et les gonzesses, donc non, tu vas pas t'faire violer. Mais si t'as du pognon ou quelque chose qu'a de la valeur dans ton balluchon, tu vas te le faire chouraver. Fous tes biftons dans ta culotte et dors sur ton sac. Mais c'est juste un conseil, gamine, tu peux bien faire comme tu veux.

Nous sommes séparés à l'entrée. Un garde de nuit me fait remplir une fiche d'admission. Il me demande si je sais écrire. Je confirme, mais lui assure que je n'ai pas de papiers d'identité avec moi. Je ne veux pas qu'on sache qui je suis. Juliette Cardone a disparu à La Rochelle. Ici, je suis une autre personne ; une personne que je ne connais pas encore.

On me guide sans ménagement vers un dortoir. Il fait sombre, mais des globes lumineux et des néons au-dessus des portes permettent de se situer. Une femme en blouse bleue m'indique les douches.

— Vous pouvez prendre une douche si y a encore de l'eau chaude. Après, vous vous installez dans le dortoir numéro six, sur la couchette qu'on a indiquée sur le papier qu'on vous a donné tout à l'heure. Pour le petit déjeuner, faudra aller dans le centre d'hébergement, ça se passera pas ici.

Elle m'abandonne avant que je puisse lui poser la moindre question. Je file vers la douche, ouvre la porte d'une cabine. Par sécurité, je conserve mon sac avec moi, en prenant soin d'éviter de le mouiller. Je me déshabille, aux aguets. Pendant que je frictionne mon corps fourbu, je crains que quelqu'un ne surgisse. Je suis plutôt pudique, mais ce que je redoute, c'est qu'on essaie de m'arracher mes maigres valeurs. Le vieux m'a fait peur avec ses conseils. Ah oui, et aussi, j'ai toujours mal au dos.

Une fois sèche, je jette la serviette que j'ai utilisée dans le panier à linge et me rends dans le dortoir numéro six. Sur les six lits, un seul est libre. Je m'y installe. À ma droite, une jeune femme à peine majeure fume une cigarette, assise en tailleur sur le matelas. Elle me sourit et me demande en chuchotant :

— Hé, t'as un truc à boire ? Les enfoirés m'ont piqué ma bouteille à la fouille.

Je fais non de la tête et me pelotonne sous la couverture jaune qui empeste le tabac. Je somnole quelques heures, me réveillant chaque fois qu'une de mes colocataires remue sur sa couche. Les odeurs corporelles qui se dégagent sont fortes et je suspecte les femmes avec qui je partage la pièce de ne pas avoir profité de l'occasion pour se laver.

Le lendemain matin, je me lève en bondissant. J'ai dormi tout habillée, recroquevillée sur mon sac. La traversée du CHAPSA se déroule sans encombre et je me retrouve dehors, libre de mes mouvements, mais prisonnière de mes peurs. Je remonte la rue des Côtes d'Auty, passe sous l'autoroute et découvre le parc Pierre Lagravère, qui donne sur le fleuve.

Même s'il fait froid, j'y pénètre et cherche un banc. Au moment où je m'installe, j'aperçois un peu plus loin le vieux de la veille. Je baisse les yeux pour ne pas croiser son regard, mais il se lève et me rejoint en traînant la patte.

— C'est un hasard, lui dis-je quand il est à ma portée. Je vous suivais pas.

— Oh, je sais. Tous les clodos qui sortent du centre viennent ici. Alors, pas d'embrouilles cette nuit ?

— Non.

— Bon. T'as becqueté ? T'as bu un jus ?

Je fixe le gobelet qu'il tient à la main. Le parfum des grains torréfiés vient me titiller les narines.

— Non, je viens juste de sortir.

— Va là-bas, tu vois. Juste à droite en sortant du parc. T'as un petit bistrot. Tu dis que tu viens de la part d'Astérix et que tu veux un caoua. Il te le filera gratos.

— Astérix ?

— C'est moi. Je m'appelle Marcel, mais tout le monde m'appelle Astérix.

J'esquisse mon premier sourire depuis plusieurs jours. Astérix a une bonne cinquantaine d'années – même si je découvrirai que la rue vieillit ceux qui la peuplent avec une cruauté sournoise. Ses cheveux sont blonds, mais tirent vers une nuance safran qui pourrait faire croire qu'il les a teints, ce qui est faux, bien entendu. Drus et raides comme du crin, ceux-ci s'éparpillent sur son crâne comme des baguettes. Des gros favoris descendent de ses oreilles jusqu'à ses maxillaires, rejoignant une moustache jaunâtre, tachée de nicotine, qui recouvre sa lèvre supérieure. Son surnom gaulois lui va comme un gant.

J'obéis et reviens avec un café gracieusement offert par le serveur taciturne dont le visage s'est éclairé quand j'ai prononcé le nom du vieux. Je m'installe à côté d'Astérix, sur le banc. Autour de nous, la cime des arbres est balayée par un vent audacieux. La plupart des frondaisons marient des couleurs cuivrées et acajou, et il règne dans les lieux une atmosphère de fin du monde, de décrépitude. L'automne n'est pas sadique qu'avec la végétation.

— Alors gamine, tu viens d'atterrir dans la rue, c'est ça ?

— Oui, c'est ça.

— Et comment qu'tu t'appelles ?

— Je m'appelle… France.

J'ai failli lui révéler mon vrai prénom, mais je ne suis plus Juliette. J'ai pensé à France Gall, ma chanteuse préférée.

— France ? Je te dirais bien ce que je pense de la France, mais j'ai pas envie d'être grossier. Bon, alors tu viens de débarquer ?

— Oui. Je… J'ai été virée de chez moi en…

— Tttt ! J'veux rien savoir, gamine. Ça t'évitera de mentir. C'est tes histoires. Bon, tu vas faire quoi ?

— Vous voulez dire… dans les prochains jours ? Eh bien, je sais pas trop. Peut-être trouver un coin tranquille. On dort souvent dans des endroits comme ça ?

— Seulement quand les Bleus nous chopent. La plupart du temps, on n'aime pas rappliquer à Nanterre. Parce qu'après, faut revenir à pied. Moi, j'ai mon coin *à moi*. Tu sais, la rue, y a des règles. Tu peux pas aller sur le territoire d'un autre ou tu vas te faire bousiller. C'est comme la manche, ça se fait pas n'importe où et ça se fait pas n'importe comment.

— J'ai pas envie de faire la manche.

— Moi non plus. Et je la fais pas souvent. J'suis plutôt un biffin, moi.

— Un biffin ?

— Ouais. Je trouve des trucs et j'les revends. Les cloches, c'est soit des biffins, soit des chiffonniers. Mais tu sais, notre train-train, c'est pas bien compliqué. En hiver, quand y fait trop froid, tu t'démerdes pour trouver une place dans un centre d'hébergement. Y'en a plusieurs à Paname. Si t'as pas de chance et que tout est complet, tu trouves un coin où t'auras pas trop de problèmes. Jamais là où qu'y a personne qui se radine, surtout quand t'es une greluche. La journée, tu fais le tour des restos que tu connais pour récupérer les restes après le service. Quand tu connais un patron, tu peux lui donner des coups de main pour qu'il te file la bouffe qu'il va balancer. Tu vois, ton café à l'œil, tu l'as eu parce que Simon, le patron du bistrot, j'l'aide à virer ses poubelles quand ça rentre plus dans son container. Dans mon coin, là où qu'je crèche, j'ai plusieurs restos à qui j'rends service. Par exemple, j'les avertis quand y a les condés qui foutent des prunes aux bagnoles mal garées. Comme ça, s'il a des clients qu'ont foutu leurs caisses n'importe comment, il peut leur dire d'aller les virer avant qu'ils se prennent une contredanse. Et aussi, si y a une cloche qui vient faire la manche juste devant le resto, je m'en occupe. Je cause au gus et il vire ses miches. Ça évite au type du resto de se faire du mouron, tu piges ?

Je hoche la tête. Astérix est trop volubile pour que je puisse suivre son raisonnement. Je suis encore en état de choc et j'ai du mal à me concentrer. Dormir encore, alors que je viens juste de me réveiller, voilà ce dont j'ai besoin.

— Vous avez une idée de l'endroit où je pourrais aller ?

— Tu veux dire : un coin à toi ? C'est compliqué, gamine. Faut pas croire que les clodos, ça vit en groupe. On est des solitaires. À l'origine, un vagabond, c'est un type qui bouge tout le temps. Moi, par exemple, mon coin, c'est mon coin à moi. Des fois, quand je fais connaissance avec une autre cloche dont la tronche me revient, j'lui propose de venir dans mon coin. Mais c'est mon coin à moi, tu vois ? C'est mon invité. Il reste quelques nuits et quand c'est l'heure de décaniller, il se barre.

Astérix termine son café, jette le gobelet par terre et fouine dans la poche intérieure de la veste militaire trop grande qui bâille sur ses épaules. Il en extirpe deux vieilles Gitane sans filtre fripées et m'en présente une. Je l'accepte et m'approche de lui pour qu'il l'allume avec le briquet rose fluo qu'il brandit d'une main tremblante.

— T'es dans la dèche, gamine, c'est ça ? Tu sais pas où pieuter ?

— Je vais trouver.

— Tu veux venir dans mon coin ?

Je dois froncer les sourcils, car il a un mouvement de recul et dresse les paumes de ses mains face à moi, comme s'il voulait m'arrêter.

— Holà, te fais pas ton cinoche, la môme. J'ai soixante piges et c'est pas à ton cul qu'j'en veux. J'te propose juste de t'aider, de te donner les bons conseils pour que tu te fasses pas troncher dans le mauvais square par le premier junkie venu. Mais c'est comme tu veux.

Je suis Marcel jusqu'au pont Morland, *dans son coin*, pas loin du pont d'Austerlitz, juste en face de la brigade fluviale de Paris. Pendant les quatre heures de marche, Astérix parle et parle et parle encore. Et quand nous arrivons, il parle toujours. Sa gouaille est sans fin, mais elle ne me dérange pas. Je parviens à dresser des murailles entre ce qui m'entoure et mon univers à moi. Sa litanie se métamorphose en une douce mélodie qui m'évite de me sentir seule. Il semble sincère et bienveillant, et j'ai besoin de ça.

Lorsque nous parvenons sous le pont Morland, je découvre un assemblage de palettes qui façonnent une sorte de cabane brinquebalante. Des bâches ont été agrafées à l'extérieur pour former une barrière contre le vent. À l'intérieur, comble du luxe, une batterie de voiture alimente en électricité une lampe et une glacière délabrée. Des feuilles de papier journal tapissent le bois pour mieux isoler l'abri de fortune.

— Les condés me foutent la paix, ici. Et la BAPSA vient pas sur les quais. Quand y fait trop froid et qu'tu te les pèles, si tu veux pas t'emmerder la couenne à aller à Nanterre, tu peux aller dans les accueils de nuit, si y a des places. C'est gratuit les trois premières nuits, mais après, faut raquer trois francs la nuit. Pour les douches, tu peux aller une fois par semaine au métro Montparnasse, ça coûte cinq francs, mais c'est propre et ça pue pas trop la merde.

— Et justement, pour…

— Pour quoi ?

— Pour… faire nos besoins ?

— Ah… facile, t'as qu'à aller chier dans la Seine, comme tout le monde. Pour pisser, par contre, t'emmerde pas, tu peux faire n'importe où. Quand il fait jour, tu peux prendre un carton pour pas qu'on voie tes miches. Et autrement, le mercredi et le vendredi, y a le Secours catholique qui file des fringues. Faudra que t'ailles te trouver des trucs plus chauds, mais n'en prends pas trop parce qu'après, faut te les trimbaler. Tu vas voir, la môme, j'vais tout t'expliquer…

Je ne me sens pas encore à l'aise, mais pas en danger non plus.

— Dites, Astérix, est-ce que…

— Quoi ?

— Est-ce que y a beaucoup de tueurs, chez les clochards ?

— Des tueurs ? C'est une drôle de question. Ben, y a des

tueurs partout. Chez les flics, chez les curés, chez les bourges du XVIe... et chez les clodos aussi. Tu crains pour ta pomme ?

— Non, je me posais la question, c'est tout.

— Quand t'es dans la rue, tu peux surtout calancher à cause d'une cirrhose, mais te faire buter par une autre cloche, oui... ça joue du schlass chez nous autres.

Il m'invite à m'asseoir et me dévoile ses richesses en plongeant la tête la première dans un caddie de supermarché planqué derrière un amas de cartons et de déchets divers.

— Pour se faire la bouffe, pas compliqué. Les commerçants du coin sont pas vaches, j'en connais qui te font chauffer le bazar quand tu leur amènes une boîte de conserve. La bouffe, finalement, avec les assoces, on en trouve toujours, même si c'est dégueulasse. T'as plus de chance de crever de froid ou d'un coup d'surin que de faim.

— Les autres sans-abri ne vous posent pas de problèmes ?

— Parfois, mais faut savoir se défendre. Regarde ça.

Astérix se dirige vers la voûte du pont. Il se dresse sur la pointe des pieds et met ses doigts dans un interstice entre deux blocs de béton. Quand il se tourne vers moi, il tient un immense couteau de cuisine. Une lame d'au moins vingt centimètres.

— Qu'ils y viennent me chercher des noises, les fils de garces, t'verras comment qu'j'leur ouvrirai le bide jusqu'aux couilles.

Astérix m'explique toutes les combines, les codes, les règles. Les travailleurs sociaux, les flics de la BAPSA, ceux que les clochards appellent les Bleus, l'argent qu'on peut gagner en récupérant les bouteilles consignées jetées par les Parisiens, les concierges espagnols qui chassent les sans-abri quand ceux-ci, notamment les plus anciens, viennent chanter dans les cours d'immeubles, comme avant. Il est intarissable sur les astuces pour apitoyer les quidams quand on fait la manche. Peu à peu, j'oublie qui je suis. Je deviens France, la cloche de Pantruche, la jeunette paumée.

Nous sommes assis face à face. Astérix m'offre sa bouteille de rouge. J'hésite, mais quand il lorgne dans ma direction avec un œil suspicieux, j'attrape le pinard et porte le goulot à ma bouche. Avant même de toucher mes lèvres, l'odeur du picrate m'arrache une grimace. Le vin violet est capiteux et me râpe la gorge, mais j'en avale plusieurs gorgées sans sourciller. J'y suis, ça y est. Je peux effacer les années d'avant et ne plus penser à rien, si ce n'est à survivre. Manger, dormir, ne pas être seule : mon credo, mon présent, mon *leitmotiv*.

— Alors gamine, tu crois que ça va aller ?

— Je sais pas. J'ai besoin… de me reposer. Mais merci pour vos conseils, ça va m'aider.

— Si ça peut t'éviter de faire les mêmes conneries que moi. T'es qu'une gosse, France, j'en ai vu un paquet vendre leur cul pour de la came ou tapiner pour quelques biftons. T'as pas l'air trop cruche, tu t'en tireras. Mais bon, la rue, tu sais, on peut jamais savoir quand on s'en sortira. Si ça se trouve, t'es là pour un petit moment. Va falloir que t'ouvres l'œil et le bon…

*

Dimanche 24 juin 1984

— Savary, t'es foutu, l'école libre est dans la rue !

Tous. Ils en prennent tous pour leur grade. Mitterrand, Mauroy, Savary. C'est la première fois que la droite manifeste avec une telle aura depuis le retour gaulliste aux affaires. De loin, j'aperçois Chirac et Veil en tête du cortège.

— Essaie de leur taxer cent balles, me susurre Astérix, confiant quant à mes capacités à me glisser dans la foule sans me faire refouler.

Presque dix mois que je suis dans la rue, mais mon corps, mon visage, ma mise, sont encore présentables. Je n'ai pas été marquée par l'hiver comme d'autres qui se sont abandonnés dans les nasses du picrate infâme que les cloches s'envoient chaque jour dans le gosier.

L'objet de la manifestation me passe par-dessus la tête. J'ai cru comprendre que les partisans de l'école libre refusaient la réforme du gouvernement qui vise à supprimer les subventions accordées aux écoles privées. Quand on vit dehors et qu'on ne pense qu'à deux choses : trouver de quoi manger et un endroit chaud et sûr pour dormir, la futilité des enjeux de l'éducation ne provoque chez nous que mépris et aversion. Pour ceux qui arpentent le bitume toute l'année, et pas seulement quand ils ne font pas chorus avec une décision politique, ces hommes et ces femmes ne sont que des bourgeois nombrilistes.

L'heure est clémente pour les pickpockets qui s'immiscent dans la cohorte, mais pour nous, il n'y a qu'une poignée de pièces à récupérer, rien de plus. Astérix ramasse des bouts de sandwichs laissés par terre par les manifestants. Pour ma part, je mendie des cigarettes, la bouche en cœur, le regard plein de malice, jouant de mes charmes décatis.

Fondue dans la masse. J'ai le poing en l'air et hurle que « l'école libre, c'est la liberté », même si franchement, je m'en contrefous. C'est alors que je remarque un chien hideux qui suit un groupe de trois jeunes, à deux mètres de moi, sur ma droite. Un syndicaliste dont le blouson est couvert d'autocollants fluorescents reprenant le sigle de son organisation, la mine patibulaire, l'œil torve, lui colle un coup de pied dans les flancs. Le clébard jappe et saute sur le trottoir. Sans savoir réellement pourquoi j'agis ainsi, je me dégage de la horde et m'approche de l'animal. Il s'agit d'un bâtard d'une bonne quinzaine de kilos, aux poils rêches et cendrés. Dans sa toison : du beige laiteux, du gris et des mèches charbonneuses qui pendent sur le côté de ses babines. Il ressemble au fox-terrier de Tintin, dans la bande dessinée, Milou, mais il est un peu plus gros ; et un peu plus moche. Les poils de sa moustache encadrent un museau humide et sale. Il manque un bout de son oreille droite. Quand je m'accroupis en tendant le pouce, l'index et le majeur de ma main gauche vers lui, comme si je salais un plat, il remue la queue et vient se coller à ma cuisse. Astérix me rattrape, pose sa main sur mon épaule et me dit :

— Laisse tomber le cador, gamine, faut qu'on se fasse un peu de blé.

Et sans m'attendre, il se mélange avec l'escouade qui descend le boulevard Voltaire. Voltaire, justement, bien planqué dans son château de Ferney, a dit : « Qui n'a besoin de rien n'est jamais pauvre. » Mais Voltaire n'a jamais passé une nuit dans la rue. Ce sont toujours ceux qui ont trop qui prétendent ne pas avoir besoin de ce qu'ils détiennent.

Je suis à Paris, dans la rue, pour chasser un homme. Mais avec les mois qui passent, je me surprends à agir et penser comme les va-nu-pieds que je croise chaque jour. Ceux qui marchent à mes côtés, sur le macadam, dans la grisaille. Mes compagnons de borborygmes, comme je les appelle, les princes de rues, les faiseurs de gargouillis, les qui titubent, les qui se noient, les qui se réchauffent en refroidissant leur conscience avec des litres de ginglard.

Quand on devient vagabond, on s'étiole, mais pour détourner l'attention, on cherche un palliatif à l'espoir : l'alcool, les drogues – même si celles-ci coûtent cher –, la démence. Se flétrir est dans l'ordre des choses. On vieillit quatre fois plus vite quand on dort sous les étoiles. Et ces étoiles, maintenant je le sais, n'ont pas la même superbe quand on les admire parce qu'on n'a pas de toit pour s'en déconnecter.

Je m'écarte de la plèbe grouillante en tenant le chien par le col. Dans une poubelle, je me saisis d'un lien de plastique que je noue au cou de la bête pour en faire une laisse. Plusieurs passants me badent avec une morgue qui ne m'outrage plus. Fouiller dans les détritus est devenu une habitude. Je ne m'offusque plus du regard des autres en m'attelant à cette tâche si banale. Tendre la main est un réflexe conditionné. Moi aussi je suis une chiffonnière. J'avance et rejoins Astérix.

— Qu'est-ce tu fous avec ce cabot, France ?

— C'est mon chien.

— Arrête tes conneries. T'as pas besoin de t'encombrer d'un clébard.

— C'est mon chien.

— Va falloir lui trouver de la bouffe et il doit avoir plein de puces. Dégage-le, l'est moisi.

— C'est mon chien.

— D'accord.

Il renonce, sachant pertinemment que quand j'ai pris une décision, je m'y tiens coûte que coûte. Depuis qu'il m'a prise sous son aile, Astérix s'est toujours montré diligent et zélé à mon endroit. Au tout début, il m'a confessé qu'il me considérait comme sa fille. Puis, certains soirs, quand nous nous sentions trop seuls et trop frigorifiés, nous avons couché ensemble. Il n'a plus jamais fait allusion à ses symboliques prétentions paternelles. C'est rare que nous cédions à ces instincts primaires, et ça n'a – pour moi – aucune signification. Astérix est la couverture qui me réchauffe quand j'ai froid au cœur et qu'il fait trop fou, c'est tout.

Le chien me suit, mais je crains que les manifestants lui marchent sur les pattes. Je fais signe à Astérix et nous quittons le défilé. Mon compagnon – celui qui a deux pattes – suffoque. Souffle de taureau qui rue. Il n'a pas l'habitude de maintenir un tel rythme. Je repère un snack sur l'avenue de la République et commande deux cafés à emporter.

— Quatre francs, me demande le type.

Je tends un des gobelets à Astérix et d'un regard, lui signifie que nous allons devoir nous faire la belle. Aucun besoin de parler ; le code est universel et nous nous comprenons.

— Quatre francs, s'il vous plaît, répète le tenancier.

— Minute, y a pas le feu.

Je bois le jus en deux gorgées. Clin d'œil à Astérix. Puis nous repartons dans la foule à vive allure. Il y a trop de monde, trop de clients, trop d'effervescence. Le commerçant ne nous poursuivra pas. Nous répétons la même arnaque à trois reprises, cette fois-ci en commandant des bières. Puis, Astérix, épuisé, me propose de rentrer chez nous, sous le pont Morland. J'accepte.

— Mais ton bâtard, tu le laisses, gamine, OK ?

— Non, il vient.

— Pas question. Il vient pas dans mon coin. C'est mon coin à moi. L'est moisi ton pouilleux.

— Si, il vient.

— D'accord.

Nous tournons le dos au cortège, un peu déçus de ne pas avoir su profiter d'une foule aussi immense. Astérix sait être fourbe et cynique, mais il ne déroge jamais à cette règle sacro-sainte qu'il m'a serinée tant de fois, les premiers jours qui ont suivi mon introduction dans le royaume de la cloche : on ne fait rien pour attirer les flics et on évite les problèmes. Arnaquer une petite vieille en l'amadouant, banco. Faire les yeux doux à un jeune coq naïf et le délester de quelques billets qu'on ne lui rendra jamais, banco. Fuir d'un troquet sans payer, banco. Jamais les condés ne perdront leur temps avec ce genre de larcins. Mais jouer les voleurs à la tire, agresser physiquement une proie, tremper dans les combines des voyous, trafiquer de la came…

— Ça, gamine, assure Astérix, c'est des conneries. C'est mettre le pinceau dans la souricière et ne plus s'en dépêtrer. Ne reste pas dans les clous parce que t'as de la morale ou un code de conduite, c'est pas ça l'histoire. Fais en sorte de pas déconner parce que t'es maligne. Pour ne pas se faire choper par les cognes, le seul truc à faire, c'est d'avoir l'air inoffensif. Si tu les fais pas chier, ils perdront pas de temps à t'alpaguer.

Dans la manifestation, il n'aurait pas été compliqué de se mêler à la populace et de faire les poches des moins vigilants, mais si on nous avait surpris, nous aurions été embarqués *manu militari*. Les flics détestent se charger des problèmes des sans-abri. Quand ils se retrouvent obligés d'intervenir à cause de nous, ils recourent aux méthodes les plus brutales pour nous faire déguerpir du quartier qu'ils couvrent. Les passages à tabac que subissent les clochards dans les commissariats n'intéresseront jamais personne. Mais il ne faut que quelques semaines dans ce monde pour flairer les traquenards.

— Mon coin, sous le pont Morland, on me le laisse parce que je fais pas de vagues, explique Astérix. Les commerçants ne se plaignent jamais de moi. Les condés savent que j'suis jamais dans les bastons de pochtrons qui les réveillent en plein milieu de la nuit. On me tolère parce que je passe inaperçu. Faut que ça continue comme ça.

Astérix n'est pas bien épais, mais tout le monde le respecte. Il erre comme une âme en peine dans les IVe et XIIe arrondissements depuis la nuit des temps. Une authentique figure locale, à l'ancienne. Il a connu l'époque des chants dans les cours d'immeubles et des *à vot' bon cœur, m'sieur dame*. Pas besoin de jouer des muscles pour se défendre. Suffit qu'un étranger s'en prenne à lui pour que tous les sans-logis des parages volent à son secours. C'est grâce à lui que je m'en suis sortie sans être (jamais) violée ou (trop) violentée depuis mon arrivée, en septembre dernier. En étant sous sa férule, je me garde des périls traditionnels qui perdent ceux qui dorment à la belle étoile dans la capitale.

Il m'a prodigué conseils et avertissements, m'a évité les pires infamies. Sans jamais rien me demander en échange. Nous partageons le maigre pécule qui assure notre survie, nous partageons les corvées, nous partageons la nourriture et l'abri, nous partageons, parfois, l'une des paillasses qui nous servent de lit. Sans Astérix, sans cet irréductible clochard, je mangerais les pissenlits par la racine. Les arnaques, les astuces pour bouffer à l'œil, les moues à adopter pour apitoyer les passants, les lieux à fuir comme la peste… Je sais tout ce qu'il y a à savoir et c'est à lui que je le dois.

Astérix ne me questionne jamais sur mes intentions. Chaque sans-abri a une histoire, et la mienne pique sa curiosité, mais jamais il ne s'est montré indiscret. Un soir où nous avions bu plus que de raison – comme pratiquement chaque soir, finalement –, il m'a confié qu'il savait que je n'étais pas là par hasard. Je n'ai pas été plus loquace que d'habitude.

Nous rejoignons Mathilde sous le pont Morland. Elle s'est mise à la colle avec Astérix depuis une semaine environ. La première réaction de mon compagnon me fait encore sourire… Quand cette visiteuse inattendue est venue le trouver, il a cru que j'allais être jalouse. Avec force précautions, Astérix m'a juré ses grands dieux qu'il la connaissait depuis belle lurette et qu'il ne savait pas qu'elle pointerait le bout de son nez. J'ai eu beau en rire et lui assurer que je ne nous considérais pas comme un couple – cette idée est tellement saugrenue –, Astérix n'en a pas démordu.

— M'en veux pas, France. L'est pas là pour te remplacer, la Mathilde. J'suis pas croque d'elle.

Mathilde a cinquante ans. « Mais je sais que j'en fais dix de plus, a-t-elle admis le premier jour de notre rencontre. C'est la rue qui laboure la peau et fout du raisin dans les yeux. T'verras, toi, si tu restes longtemps dehors, tu seras comme moi. » Ses cheveux sont blancs au niveau des racines et teints au henné, d'un brun si foncé qu'ils paraissent parfois marengo quand la lumière des lampadaires glisse sur son crâne. Des paillettes blanches qui dansent dans une mer acajou. Ses joues sont striées de veinules rouges qui dessinent un entrelacs des différents trajets qu'elle a parcourus dans sa vie de misère. Elle porte un nombre incalculable d'épaisseurs de vêtements, au point qu'elle ressemble parfois au bonhomme Michelin – mais en plus chatoyant. Pourtant, cette fin du mois de juin est clémente. Il fait un temps à mettre les gueux dehors.

Autour de nous, le chien jappe, ce qui agace passablement Astérix. Avec humeur, il ramasse des galets qu'il jette sur l'animal. Sans succès ; la bête s'amuse à attraper les pierres au vol, comme si c'était un jeu, ce qui ne fait qu'accentuer l'acrimonie de mon mentor.

— T'vas vraiment le garder, c'te carne ?

— Oui.

— Et comment qu'tu vas l'appeler ?

— Je voulais l'appeler Astérix, à cause de ses moustaches... mais c'est déjà pris. Alors ce sera... Francis.

Astérix fronce les sourcils, vexé. Il rote, s'essuie la bouche avec la manche de sa chemise et me demande, ulcéré :

— C'est con de donner un nom de bonhomme à un clébard. Pourquoi Francis ?

— À cause de Francis Cabrel. Si Francis Cabrel était un chien, il lui ressemblerait.

— C'est con.

— C'est vrai.

Astérix attrape la bouteille. Il patouille sa barbe en bataille, vise Francis et, sans la lâcher, lui envoie un peu de pinard entre les oreilles.

— Tiens, voilà, elle est baptisée, ta bestiole.

Nous passons plusieurs heures à somnoler et à siroter le reste de gros rouge qui tache. Astérix remarque que le soleil ne va pas tarder à décamper à l'autre bout de la planète. Il se lève, s'approche de la berge, défait sa braguette et pisse dans la Seine. Puis, après s'être rajusté, il nous avertit qu'il va chercher des sandwichs. Il me reste six francs et je me charge d'acheter une bouteille de pinard au Prisunic du boulevard Diderot.

Une fois réunis autour de l'alcool et de notre bivouac, Mathilde se met à genoux derrière moi. J'ai un léger mouvement de recul quand elle plonge ses doigts noueux dans mes cheveux sales, mais elle me rassure en me susurrant qu'elle va juste tresser les mèches rebelles qui ruissellent sur mes oreilles. Nous dévorons à pleines dents les sandwichs dégotés par Astérix.

— Dis, Mathilde. Tu vas rester longtemps à Paname ? lui demande-t-il.

— Quelques jours. Maintenant qu'y fait beau, j'vais me barrer sur la côte, en Normandie. T'connais la Normandie ? Cabourg ? Y aura des touristes. Je peux rester ici en attendant, Astérix ?

— Bien sûr. Pas de problème.

— Merci. Ça craint, en ce moment, pour les cloches, à Paris. Y a eu beaucoup de bagarres près de la gare du Nord. Y a du raisin qu'a coulé…

— Des camés ?

— Non. Y en a toujours pour jouer un p'tit air de surin, tu sais bien. Et puis, y a le Bartosz qui chante partout qu'il va saigner ceux qui l'emmerdent. Faut s'en méfier comme de la gale, de celui-là. C'est un tueur…

— Tu parles… Il raconte ça à tout le monde pour se faire mousser, mais c'est que du vent…

Mathilde fait non de la tête. J'entends à sa voix éraillée que l'ivresse la guette, mais elle paraît sûre d'elle.

— Les cloches qui se la racontent, y en a toujours eu. Mais Bartosz, c'est pas pareil. Quand il dit qu'il tue ceux qui l'emmerdent, il a les yeux qui brillent, et pas qu'à cause du jaja. C'est un pervers, ce type. Un cruel.

— Vous parlez de qui ? demandé-je.

— D'un taré qui crèche près de la gare du Nord, précise Astérix. Il fait comme un paquet de cloches : il passe l'hiver à Paname pour pieuter dans les centres d'accueil, et l'été, il s'incruste dans les trains pour aller au soleil quémander l'artiche des touristes.

— Tu le connais bien ?

— Non. J'évite ce genre de barjot. Je sais qu'y cogne sec et qu'il a toujours un couteau dans son froc, mais je pense aussi que ce qu'il sait faire le mieux, c'est se vanter.

Encore une fois, Mathilde ne semble pas d'accord. Elle ingurgite une gargantuesque gorgée de vin, manque s'étouffer, se racle la gorge et fait de grands moulinets avec sa main gauche, comme si ça pouvait l'aider à ne pas avaler de travers. Puis, en roulant les « r », elle dit :

— Pour la petiote de La Rochelle, par contre, c'est presque sûr que c'est lui.

— La Rochelle ? dis-je.

— Ouais. Le Bartosz, l'année dernière, il a été accusé d'avoir découpé une jeunette, sur la côte, à La Rochelle.

Je me dresse. Si j'ai atterri dans ce monde apocalyptique, si je passe mes nuits dehors depuis tant de mois, si j'ai endossé la peau d'une autre, celle que je n'ai jamais été, France, c'est à la fois pour fuir les ruines de mon existence et me lancer sur les traces de la bête dont parlaient les journaux après le crime horrible de La Rochelle. Cela fait des mois que mes oreilles traînent çà et là, pour découvrir si quelqu'un sait quelque chose. C'est d'une voix emportée, avec des accents frénétiques qui trahissent mon intérêt, que je questionne le duo qui m'entoure :

— C'était quand, exactement ?

— En septembre. Septembre de l'année dernière.

— Et pourquoi tu dis que t'es sûre que c'est lui le coupable, Mathilde ?

— Ben parce qu'il le chantonne trop fort et depuis trop longtemps pour que ça soit pas vrai. Tu vois, si c'était juste un coup de bluff pour faire croire que c'est un dur ou une sorte d'aveu qu'il balance quand il est bourré, il en aurait parlé et après, il aurait fermé sa gueule. Mais le Bartosz, dès que t'as un p'tit souci avec lui, il te menace en te disant qu'faut pas l'emmerder parce que quand on l'emmerde, on finit en morceaux. Et il donne l'exemple de la gamine de La Rochelle.

— Mais tu disais qu'il a été accusé du meurtre ?

— Oui. Mais les poulets l'ont relâché, faute de preuves. Il était là-bas, à La Rochelle, à la sortie de l'été. Il a joué du surin avec la p'tite, les flics l'ont embarqué puis remis en liberté. Puis il est rentré à Paname et il dit à tout le monde que c'est lui qu'a fait le coup. Personne ose plus s'en prendre à lui. Personne ne lui dit non. C'est un tordu, j'te jure. Si tu le croises, France, change de trottoir.

Astérix a trop picolé pour suivre la conversation. Il dormaille en expirant fort, la tête posée sur une veste roulée en boule, et ne fait que confirmer les dires de Mathilde en maugréant.

Moi, je me souviens qui j'étais avant. Et je me rappelle aussi pourquoi je suis ici. J'ai les veines qui gonflent et le sang en ébullition.

O

LA JEUNE FILLE ET LA CHOSE

DANS LES TÉNÈBRES, LE SOIR MAUDIT

Dimanche 4 septembre 1983

La lune brillait de son éclat morbide, reflétant un dôme cireux sur la terre battue. Des détritus s'entassaient un peu partout, bordant des passages étroits ou des clairières plus larges. Au sud, des carcasses d'appareils électroménagers étaient compactées, imbriquées les unes dans les autres, formant un mur métallique d'environ trois mètres de haut. Un lampadaire au globe couvert d'une épaisse couche de crasse renforçait mollement la lueur de l'astre, comme une lanterne aux vitres opaques, attirant une nuée de moustiques qui le percutaient avec ferveur.

L'odeur âcre du sang était absente, mais quelque chose dans l'air annonçait sa venue prochaine. Sur le sol poudreux, la jeune femme était couchée en chien de fusil, pieds et poings liés par des cordelettes. Sa poitrine se soulevait férocement au rythme de sa respiration saccadée. Des mèches de cheveux rétives tombaient sur ses yeux et sa vue en était obstruée. Elle se tortillait comme une chenille pour s'éloigner du chemin, mais sans grande volonté. L'homme accroupi était trop proche pour qu'elle espérât lui échapper, et gaspiller ses forces était vain. La terreur vampirisait chaque partie de son corps, mais elle était lucide quant à ses chances de fuir. À sa merci. L'illustration de l'impuissance totale. Très vite, elle avait saisi qu'elle ne pourrait s'en sortir qu'en l'amadouant.

Prenant appui sur ses hanches, elle roula sur sa gauche et grimaça quand ses côtes entrèrent en contact avec une poignée de gravillons qui comblaient un nid-de-poule. Retenant un sanglot, elle essaya de se redresser. Il était toujours là, lui, en attente, assis sur ses talons, les fesses touchant presque la terre, les avant-bras calés sur ses genoux, la fixant avec un calme terrifiant. Margot était incapable de lire sur son visage ce que pensait celui qui l'avait kidnappée. L'air énigmatique qu'il affichait pouvait signifier tant de choses.

Elle avala sa salive et bredouilla, transie de peur :

— Laissez-moi partir. Je vous en supplie. Détachez-moi et laissez-moi partir.

L'homme ne répondit pas, aussi Margot enchaîna :

— Vous n'avez aucune raison de faire ça. Et puis, y a rien de grave. Laissez-moi partir et tout ira bien. On peut encore revenir en arrière et tout oublier. Libérez-moi et je vous jure que je rentrerai chez moi, qu'on pourra tout effacer. Je n'irai pas voir la police.

— Je veux que vous restiez avec moi, répondit-il d'une voix placide.

— Mais pourquoi ?

— Parce que j'en ai envie, besoin. Je n'étais pas sûr. Mais il le fallait.

— Il fallait quoi ?

— Vous. C'était pas prévu.

Décontenancée par sa politesse, saisie par l'adrénaline, Margot remua la tête, interdite. De sa main gauche, elle toucha son poignet droit et ce qui l'entourait.

— Alors, pourquoi vous avez fait ça ? Pourquoi vous m'avez attachée ? Pourquoi vous m'avez amenée ici ?

— J'ai suivi mon instinct. Faut toujours suivre son instinct, c'est ma devise.

— Mais vous… Qu'est-ce que vous allez me faire ? Vous voulez me faire du mal ? Arrêtez. Arrêtez ça. Vous aviez l'air gentil, tout à l'heure, dans le bar. Vous n'êtes pas un monstre.

— Non, je ne suis pas un monstre. Mais quand la Chose grossit, il faut lui donner à manger. Il faut la laisser bondir ou elle vous ronge de l'intérieur. On ne peut pas la contenir, vous savez. Vous ne pouvez pas vous envoler. Pas maintenant. On doit aller au bout.

— Au bout de quoi ?

— De nous. Laissez faire. Je m'en occupe. Je m'occupe de tout. Peut-être devriez-vous fermer les yeux.

Dans les parages, un volatile se fit entendre ; le hululement d'une chouette. Margot discerna aussi le bruit lointain d'un moteur de voiture. Loin, très loin, trop loin, la route départementale qui traversait Lagord sinuait entre trois hameaux d'habitations anciennes. Peut-être qu'en hurlant, elle alerterait quelqu'un ?

— C'est pas trop tard. Vous ne m'avez rien fait de mal. Libérez-moi. Ça se voit que vous n'êtes pas comme ça.

— Comme ça ? Comme quoi ?

— Comme… ça. Vous n'êtes pas un de ces dingues, ça se voit. Vous êtes… normal.

L'homme gratta la minuscule cicatrice en forme d'esperluette, au-dessus de son sourcil droit, se pencha en arrière et laissa échapper un furtif rire caustique qui contrasta avec le ton employé plus tôt. Sa gorge ainsi révélée brilla sous la lumière de la lune.

— Normal ? demanda-t-il. Vous pensez que je suis normal ? Mais oui, je suis normal. Dans la vie, je suis comme tout le monde. Normal, c'est ça. John Wayne Gacy et Ted Bundy aussi avaient l'air normaux. Ils menaient des vies banales, comme moi. De paisibles voisins, populaires, serviables. Même face à l'évidence, leurs proches n'y croyaient pas. C'est juste que nous, on ne refoule pas notre part d'ombre. On a conscience de quelque chose. La conscience est la conséquence du renoncement aux pulsions.

— Quoi ?

— Pardon, c'est de Freud. Je pense qu'on est nombreux à être comme ça.

— À être comme ça ? À être comme quoi ?

— À accepter la Chose. On l'a tous, même vous, je pense. Elle est là, dans le ventre ou dans la poitrine. Vous devez bien la sentir vous titiller, parfois, quand vous êtes au bord du gouffre, non ? Vous avez déjà serré les poings très fort ? Vous avez déjà grincé des dents ? Vous avez déjà senti qu'une explosion était sur le point de vous annihiler ? Elle hiberne, la Chose. Vous, vous savez l'endormir pour de bon ou l'oublier. Pas nous. Nous, on l'accepte. On ne peut ni la dompter ni l'apprivoiser, alors des fois, on la laisse faire. Je devenais fou quand je tentais de la renier. J'ai failli mourir. Alors, j'ai renoncé à la tenir toujours en laisse. Quand elle veut sortir, elle sort. C'est rare, heureusement. Et le reste du temps, je suis comme tout le monde. Banal, oui. Terriblement banal. Sans la Chose, vous pourriez me trouver très sympathique. On aurait pu devenir amis. Je suis proche de plein de gens qui ne se doutent pas une seule seconde que je ne garde pas la Chose en cage. C'est pas difficile d'avoir l'air normal. Personne ne peut se douter de ce que je suis, de ce que j'ai dans l'estomac, de la Chose qui veut tout dévorer. Mais là, c'est trop tard.

Soudain, comme mue par une résolution nouvelle, Margot s'agita. Elle tira fort sur les liens qui la retenaient, sans succès. Face à elle, l'homme ne souriait pas, comme s'il ne prenait pas particulièrement plaisir à entretenir ce climat apeurant, comme s'il était lui aussi esclave du désenchantement. Le voile noir du ciel, tirant sur le bleu cobalt, plastronnait son amertume sur le décor sépulcral, amplifiant la panique et l'ambiance crépusculaire.

— Vous pouvez encore revenir en arrière, supplia-t-elle.

— On ne contrôle pas tout, vous savez. On meurt de folie quand on renie ce qu'on est. On n'est jamais vrai. On passe notre temps à se travestir pour ne pas montrer qui l'on est vraiment.

— Mais vous, ce que vous êtes vraiment, ce n'est pas ça. Je sais que vous êtes quelqu'un de bien.

— Seulement quand je ne suis pas moi-même. Quand la Chose prend le dessus, rien n'est plus pareil. Vous connaissez la seconde topique freudienne ? Je ne peux pas canaliser mon ça. Ou peut-être que je ne le veux pas. C'est un volcan. On ne peut pas éviter l'éruption. Ça doit jaillir. Tout ça, ce sont les pulsions. Les pulsions, c'est le vrai problème. On ne peut pas les contrôler. On ne peut pas toutes les contrôler. Il n'y a pas de catalyseur. Pas pour nous. On doit faire avec. Ça va faire mal. Pardon. Fermez les yeux, c'est mieux.

Une lame apparut dans la main de la bête. Une longue lame argentée d'au moins vingt centimètres. Luisante. Acérée. Il en planta la pointe dans le sol et se mit à crayonner des formes confuses entre ses pieds.

Il dit :

— Si tu veux pouvoir supporter la vie, sois prêt à accepter la mort.

Margot se mit à gémir nerveusement. Elle roula aussi loin qu'elle le put.

Puis l'homme se leva lentement. Il s'approcha de sa proie. Le poignard se dessinait dans les nimbes qui se déployaient autour de lui, prolongeant sa silhouette cauchemaresque.

Quand la lame plongea en elle, dans son ventre chaud, Margot hurla.

PROLOGUE

LA VEILLE

Samedi 3 septembre 1983

Les vertèbres cervicales de Margot craquent. Comme un chat, elle ploie sa nuque vers l'avant en retenant son souffle ; et s'étire en joignant ses mains en coupe au-dessus de sa tête, les doigts entrelacés. Un soupir suave s'échappe de ses lèvres entrouvertes, un soupir qui vole et caresse la sérénité qui flotte dans la pièce. En expirant, la zone située entre ses omoplates se creuse. Il y a quelque chose d'érotique dans cette pose, mais tout ce que fait Margot est érotique ; tout ce que dit Margot est érotique ; Margot est une allégorie de l'érotisme. Elle gonfle la poitrine, retient sa respiration, puis déploie ses ailes dans ces cieux qu'elle est seule à hanter. Un sourire béat illumine le bas de son visage, dessinant deux paraboles sur ses joues rose pâle, des fossettes au coin de sa bouche qui n'existent que dans ces moments-là. Sur son front, des boucles rebelles piquent vers la naissance de ses sourcils, vibrionnant comme des ressorts récalcitrants. Elle les balaie d'un mouvement furtif de la tête. Puis déambule nue dans la pièce dépouillée, sans pudeur. Les rayons d'un soleil paresseux, s'apprêtant à tirer sa révérence après avoir embrasé les êtres, mettent en lumière la silhouette gracile de la jeune femme. Sa posture et ses pas reproduisent derrière elle une marionnette aux membres démantibulés, en ombre chinoise, au-dessus de la table en formica sur laquelle trônent une assiette sale, une bouteille de vin vide et des miettes de pain éparpillées. Elle ramasse ses vêtements entassés en boule au pied du lit et, indolemment, avec des gestes lents et saccadés, presque en dansant, les enfile un à un en se déhanchant. Une culotte, un jean, un chemisier lilial froissé avec une bétoine mauve brodée sur l'épaule. Margot se dandine et le spectacle est une œuvre d'art.

Posée à même le sol, une tasse ébréchée exhale des parfums épicés. À l'intérieur, deux sachets de thé fripés, encore humides ; l'un d'eux est déchiré et des dépôts tannés maculent une cuillère en étain. Une tache brune auréole le plancher vermoulu. À côté de la tache brune, d'autres taches brunes, des cercles concentriques qui hypnotisent ceux qui les fixent. Il y a une atmosphère provençale, un je ne sais quoi de Sicile dans les langueurs qui bercent les esprits. Encore de la chaleur, dans l'air et dans les corps ; et dans les esprits. Encore une impression de vacances qui touchent à leur fin et refusent leur sort. C'est dans les nuances rousses et nankin foncé qui déposent un voile d'ambre sur le décor, dans les odeurs poivrées et dans les pensées languissantes. Les grains tombent dans le sablier à leur rythme, sans se presser, avec effronterie et audace. Les horloges se sont arrêtées ; matées, les horloges ; maté, le temps qui se volatilise.

Margot s'assied sur le bord du lit. Le drap bleu pastel a été arraché pendant les ébats. Dans la pièce, la misère est palpable. Il fait si chaud que les corps en sueur qui se sont mêlés n'ont besoin que de l'autre comme couverture. Chaque objet est usagé. Sur un meuble bas à étagères, une couche de poussière disloque les reflets diffusés par l'ampoule nue accrochée au plafond. De faméliques tapisseries se décollent dans les angles. Sur l'un des coins, on a même tenté maladroitement de rapiécer un pan en le punaisant au mur ; ce rafistolage de fortune donne le sentiment qu'une lézarde serpente sur une vingtaine de centimètres en charbonnant la teinte beige du papier peint. Tous les studios de l'immeuble sont à l'identique. Loués pour trois fois rien à des étudiants qui ne font guère qu'y passer la nuit, plus intéressés par le rythme trépidant qui berce la cité océane que les cœurs jeunes et bravaches veulent conquérir, rentrant à pas d'heure, à l'aurore, souvent ivres, un air paillard aux lèvres, pour y voler quelques pincées d'un sommeil réparateur indispensable pour qu'on puisse remettre ça le lendemain. Qu'importe le confort de la tanière, ceux qui veulent vivre vite n'y sont que de passage. Face à Margot : un réfrigérateur d'un mètre de haut, d'un blanc crayeux, à la porte émaillée de multiples chocs, un évier en céramique fendillée, un pot de café soluble vide, des cagettes empilées, souillées de feuilles de salade, qui forment une espèce de tablette. L'odeur de pourriture qui s'en échappe deviendra insoutenable d'ici peu. Un logement étudiant, tout simplement.

— Je dois y aller, Jimmy.

Non de la tête. Puis Margot :

— Si, je dois y aller.

Margot se dresse d'un bond et se faufile vers la fenêtre. De cette lucarne du troisième étage, on aperçoit un bout d'océan qui se détache à l'horizon. Des vagues téméraires remuent au loin pour se noyer dans les flots calmes qui encerclent la baie. Un voile garance strie l'azur, déformé par les embruns. Margot dodeline et dit :

— J'aimerais rester…

— Alors, reste.

— Non, je dois y aller.

— Reste.

— Non. Ton café est dégueulasse. J'ai besoin de boire un café avant de dormir.

— Le café, c'est pas bon pour dormir.

— Si tu es bien, tu dors, café ou pas café.

— Alors, reste et ne bois pas de café.

Margot soupire bruyamment. Avec nervosité, elle gratte le haut de son crâne à plusieurs reprises. Elle pivote de quelques centimètres, mais au dernier moment, retrouve sa position d'origine, les yeux plantés dans le dehors mugissant, dans cette ville insomniaque qui bruisse de mille cris. La Rochelle se régénère, mais ne s'abîme jamais. Surtout ne pas affronter mon regard ; dans mon regard, il y a tout ce qui ne peut être dit. Des reproches muets et pourtant assourdissants, et aussi de l'espoir et aussi de l'amour et aussi un peu de peur. Peur de la perdre et peur de ne pas la tenir. Alors Margot grimace et ça lui fait mal. Après un silence qui s'éternise, elle bredouille de cette petite voix mutine qu'elle emploie quand elle sent que les choses lui échappent :

— C'est rien, Jimmy. C'est juste l'heure.

— Non, c'est pas *juste* l'heure. Toutes tes heures devraient m'appartenir.

— Ça viendra.

— Quand ?

— Un jour.

— Quand tu n'auras plus honte de moi ?

— Quand ma famille pourra comprendre. Quand mes parents ne pourront plus rien me reprocher. Quand mon frère sera plus… compréhensif. Patrick est comme ça, on n'y peut rien. Je n'ai pas honte de toi, tu le sais, Jimmy. C'est l'époque qui veut ça.

— Tu n'as pas envie de tourner le dos aux convenances ?

Margot ne répond pas. Pour changer de sujet, il faudrait l'ensorceler. Impossible de la convaincre que l'heure d'aborder l'inéluctable est venue.

— Jimmy, je rentre juste chez moi.

— J'aurais préféré que tu restes dans mes bras.

— C'est ta faute. Achète du bon café et la prochaine fois, je pourrai profiter de toi un peu plus longtemps. Là, j'ai besoin de partir plus tôt et de m'arrêter dans le bistrot en bas de chez moi pour m'enfiler ma dose de caféine. Il est bien, mon petit bistrot. *Le Dernier Café*, il porte bien son nom. C'est tout, Jimmy.

— Arrête de m'appeler comme ça.

Margot ricane gentiment, mais son rire n'est pas naturel et n'a pas l'effet escompté. C'est un rire de circonstance, celui qu'on libère quand on cherche à recouvrer contenance. Plutôt que de démêler un sac de nœuds dont les fils sont tendus à l'extrême, il renforce au contraire l'oppression qu'elle éprouve face à la réalité.

— Le prends pas mal. Je t'appelle Jimmy quand je parle de toi à ma famille, tu le sais, je te l'ai déjà dit.

— Oui, mais là, on s'engueule. Tu peux m'appeler Jimmy quand ça va bien entre nous, pas quand on est en train de se disputer. M'appelle pas Jimmy quand je te fais des reproches, d'accord ?

Margot lorgne les posters qui encombrent le mur, au-dessus de la tête de lit. Sur ceux-ci, la silhouette musclée de Jimmy Connors, la plupart du temps en plein effort, amorçant un de ces revers à deux mains dont il a le secret. Sur l'un d'eux, l'athlète américain est agenouillé sur le gazon de Wimbledon, fier et digne.

— Si t'avais pas chez toi tous ces posters, dit Margot, je t'aurais trouvé un autre surnom. Si t'aimes le tennis, pourquoi quelqu'un comme toi n'a pas des affiches de Navrátilová ?

— Parce qu'elle me plaît pas. Connors, c'est le meilleur.

— Alors, je continuerai de te surnommer Jimmy.

Margot ne peut s'empêcher de glousser en constatant l'ampleur de cet enthousiasme quand on en vient à parler de Connors. Depuis que l'histoire est devenue sérieuse, Margot, comprenant qu'elle ne peut cacher à ses parents et à Patrick, son frère, qu'elle entretient une liaison, a préféré rester évasive, concédant néanmoins que sa liaison avec « Jimmy » est la raison pour laquelle elle disparaît souvent pendant des nuits entières.

On l'extirpe de ses songes :

— Et si un jour tu me présentes à eux, tu feras comment ? Tu leur avoueras que tu leur as menti ou tu continueras de leur faire croire que je m'appelle Jimmy ?

Margot se mordille la lèvre inférieure. Cette conversation, elle l'a déjà eue maintes fois.

— Reviens pas là-dessus. Qu'est-ce que t'attends de moi ? Tu sais que ma famille n'est pas du genre à accepter que je… que je sois avec toi.

— Tu ne leur dois rien.

— Je les décevrais. Tant pis si tu le prends mal, mais c'est comme ça. J'ai été claire avec toi. C'est sérieux entre nous, je te mens pas.

Margot se tourne en tenant ses mains droites, dressées devant elle, comme si elle priait, et dit :

— Je suis heureuse qu'on soit ensemble et oui, c'est vrai, faudra qu'on prenne le temps de parler sérieusement de la suite. Ce que je t'ai dit tout à l'heure, je ne l'avais jamais dit à personne.

— Tu veux dire… ce que tu m'as dit et ce que je t'ai dit en retour ?

— Oui…

Margot, finalement trop pudique pour exposer ainsi ses sentiments, baisse le menton. Un nuage grisâtre voile à ce moment le soleil fourbu, car la luminosité baisse théâtralement, conférant à la scène une touche solennelle qui la conforte dans son aveu.

— Alors on va parler sérieusement ?

— Oui.

— Quand ?

— Demain. Ou après. Non, demain. Très vite.

— Et on parlera de quoi ?

— De l'avenir. De ce qu'on va faire. Allez, fais pas la gueule. S'il te plaît. Fais pas la gueule… Jimmy.

De l'exaltation. Du sang qui bourdonne dans mes veines. C'est dans mon ventre que ça se passe. Une explosion. Une croyance. La certitude que deux êtres se sont trouvés. Demain sera beau. Un immense sourire vient éclairer mon visage parsemé de taches de rousseur. La poitrine comprimée par l'émotion, je m'avance et dépose un baiser délicat sur ses lèvres ourlées. Margot a toujours ce parfum de cerise qui m'enivre. Puis je quitte le lit en faisant rebondir mes fesses sur le matelas.

— Où tu vas ?

— Bouge pas.

Je me dirige vers une commode branlante, vieille comme Hérode. Je tire de toutes mes forces pour ouvrir le tiroir supérieur. Sans ménagement, je fouille dans le bazar et jette sur le plancher des tracts publicitaires, des piles usées, quelques pièces – des centimes –, un stylo en fin de vie, un bandana chiffonné, un pin's dont la peinture est écaillée.

— Ah, voilà…

Je ramasse le stylo, pose l'objet que j'ai déniché et que Margot ne parvient pas encore à identifier, et griffonne quelque chose dessus. Puis je reviens et m'agenouille face à elle.

— Tends ta main.

— C'est quoi ?

— Un bracelet tressé. Tends ta main.

Margot s'exécute. Sur son poignet, je noue le bracelet jaune fluo ; ce même bracelet que je découvrirai, quelques années plus tard, dans le grenier de l'homme que j'aime, et qui me transformera en mante quand je saisirai qu'il n'a pas pu arriver là par hasard.

— Regarde, là, y a marqué : « *Property of* ». Je crois que je l'ai gagné dans une foire. Tu sais, dans une de ces machines où tu dois claquer dix balles pour remporter un lot dont tu te débarrasses le lendemain.

— Tu as écrit quelque chose dessus ? demande Margot en déchiffrant les lettres tracées sur les fils.

— Oui. En vert, on fait avec ce qu'on a. J'ai ajouté mes initiales. « Property of JC ». Au moins, comme ça, tu n'oublieras pas que tu m'appartiens.

— Mais c'est qu'elle est maligne… Je le porterai et ne le quitterai pas, c'est promis. « *Property of JC* ». T'aurais dû écrire « *Property of Jimmy* ».

— Très drôle…

Margot caresse ma tempe. Elle m'embrasse encore deux fois et un frisson me parcourt le long du dos. Je voudrais l'enlacer et me fondre en elle, que nous fusionnions pour ne plus être qu'une seule et même personne.

— Je dois y aller, dit-elle dans un murmure qui me fait tressaillir.

— Je te vois demain ?

— Bien sûr.

— À quelle heure ? Tu sais qu'on a… des projets à élaborer, hein… Tu peux être là à quelle heure ?

— Je serai là pour le petit déjeuner, Jimmy.

— Arrête avec Jimmy. Tu seras là, c'est promis ?

— Promis, Juliette. Je n'oublie pas que je suis « *Property of Juliette Cardone* ».

Je la crois. J'ai envie que ce soir de septembre soit le début de tout.

REMERCIEMENTS

Il y a une quinzaine d'années, je rédigeais dans mon coin une nouvelle qui confrontait un vieux flic désabusé à un assassin insaisissable – et unijambiste, ne me demandez pas pourquoi... Contrarié qu'on devine trop tôt certains éléments de l'intrigue, j'inversai plusieurs chapitres, déplaçai des phases primordiales de l'histoire pour finir par organiser tout le texte à rebours, en le débutant par l'épilogue.

Comme tant d'autres, la nouvelle a fini à la poubelle, mais l'idée de jouer avec la chronologie des événements est restée ancrée dans un petit coin de ma caboche. Juliette est passée par là et vous venez d'assister au mariage entre ce personnage et le concept d'origine. J'espère que vous avez apprécié cette union.

Un grand merci à Van Gyver pour le soin méticuleux avec lequel elle a scruté chaque détail de cette histoire pour la rendre meilleure et m'apporter le recul que je n'avais pas.

Merci aux équipes d'Inceptio. Vous m'avez offert un écrin qui dépasse mes attentes.

Luca

BIENTÔT
CHEZ INCEPTIO

PRÉCÉDEMMENT CHEZ INCEPTIO

POUR ENCORE PLUS DE THRILLERS INCEPTIONNELS

COLLECTION COMPLÈTE INCEPTIO

Les Arcanes d'Hemera T1, Elyna EC, 2018
Les Arcanes d'Hemera T2, Elyna EC, 2018
Les Arcanes d'Hemera T3, Elyna EC, 2020
Everlasting, Juliette Pierce, 2018
Horizons #1, Lysiah Maro, 2018
Horizons #2, Lysiah Maro, 2019
Horizons #3, Lysiah Maro, 2019
Horizons #4, Lysiah Maro, 2019
La Déréliction de la Chaussette trouée, Geoffrey Marchand, 2018
Cry for Help, Liam Fost, 2019
Soline et le Monde des Rêves Abandonnés, José Carli, 2019
Menel Ara T1, Vincent Dionisio, 2019
Menel Ara T2, Vincent Dionisio, 2019
A Walk on the White Side, Julia Weber, 2019
Agravelle ou l'Envers du Temps, Maxime Herbaut, 2019
Surnaturels #1.1, EJ Swan, 2020
Surnaturels #1.2, EJ Swan, 2020
Surnaturels #2.1, EJ Swan, 2020
Surnaturels #2.2, EJ Swan, 2021
Surnaturels #3.1, EJ Swan, 2021
La Dernière Sorcière aux Yeux d'Or #1, Lily Davinni, 2020
La Dernière Sorcière aux Yeux d'Or #2, Lily Davinni, 2020
Sans Elles, Liam Fost, 2020
Symbiose, Camille Salomon, 2020

Utopia, Victor-Emmanuel Brett, 2020
Dystopia, Victor-Emmanuel Brett, 2021
Eden Island T1, Hana Claistel, 2021
Eden Island T2, Hana Claistel, 2021
À la Croisée des Rêves, Elie Soheen, 2021
Outsphere, Guy-Roger Duvert, 2021
Outsphere T2, Guy-Roger Duvert, 2021
Outsphere T3, Guy-Roger Duvert, 2021
Fugitive, Gaïdig, 2021
Une Jeune Femme au Paradis, Julia Weber, 2021
Les Chroniques oubliées d'Hyperion T1, Lina Déranor, 2021
Grecka Acte1, Lysiah Maro, 2021
Le Voleur d'Âmes, Jean Dardi, 2021

www.inceptioeditions.com

Dépôt légal : Octobre 2021